# 古董局中局

马伯庸 作品

新版

2. 《清明上河图》之谜

图书在版编目（CIP）数据

古董局中局 .2 / 马伯庸著 . — 长沙：湖南文艺出版社，2018.5（2025.6 重印）
ISBN 978-7-5404-8628-0

Ⅰ.①古… Ⅱ.①马… Ⅲ.①长篇小说—中国—当代 Ⅳ.①I247.5

中国版本图书馆 CIP 数据核字（2018）第 063118 号

© 中南博集天卷文化传媒有限公司。本书版权受法律保护。未经权利人许可，任何人不得以任何方式使用本书包括正文、插图、封面、版式等任何部分内容，违者将受到法律制裁。

上架建议：畅销·长篇小说

GUDONG JU ZHONG JU.2
古董局中局 .2

| 作　者： | 马伯庸 |
|---|---|
| 出 版 人： | 陈新文 |
| 责任编辑： | 薛　健　刘诗哲 |
| 监　制： | 蔡明菲　邢越超 |
| 出 品 人： | 周行文　陶　翠 |
| 策划编辑： | 李齐章　王　维 |
| 营销支持： | 刘斯文　周　茜 |
| 封面设计： | Topic Design |
| 版式设计： | 李　洁 |
| 内文排版： | 百朗文化 |
| 出版发行： | 湖南文艺出版社 |
| | （长沙市雨花区东二环一段 508 号　邮编：410014） |
| 网　　址： | www.hnwy.net |
| 印　　刷： | 三河市鑫金马印装有限公司 |
| 经　　销： | 新华书店 |
| 开　　本： | 700mm×980mm　1/16 |
| 字　　数： | 310 千字 |
| 印　　张： | 18 |
| 版　　次： | 2018 年 5 月第 1 版 |
| 印　　次： | 2025 年 6 月第 14 次印刷 |
| 书　　号： | ISBN 978-7-5404-8628-0 |
| 定　　价： | 45.00 元 |

若有质量问题，请致电质量监督电话：010-59096394
团购电话：010-59320018

目录 Contents

**第一章　夜半盗墓"吃现席"**

所有人的眼睛都直了，看这些特征，搞不好是个明青花，那今晚可真是大收获了。吃现席有个特点——挖开墓室之前，谁都不知道里头是什么。有可能有稀世珍宝，也可能啥都没有。所以买家一般都先付一笔辛苦钱给盗墓的，谓之打赏，保证盗墓的不管挖出什么，都有一笔保底的收入，不至于白干。／001

**第二章　寻访郑州瓷器造假窝点**

"好消息是，咱们歪打正着，这辆车应该会带着我们抵达我们想要去的地方——造假作坊。""为什么？您怎么知道的？""这就是我要告诉你的坏消息。"我抓起一把土，松开手掌，慢慢让它滑落。这泥土黏性很大，粘在手上不掉下来，好像长在手上的疮疤一样。钟爱华看我的笑容诡异，不由得紧张起来。"现在咱们藏身的这个土堆，不是一般的泥土，而是墓葬土，埋过死人的。"我似笑非笑。／019

## 第三章　故宫博物院藏
　　　　　《清明上河图》是赝品？！

《清明上河图》画的是汴梁市井，里面举凡饭庄、酒肆、民居、车马铺、杂货铺，都刻画得非常精细。其中有一处画的是赌坊，有四个赌徒围着台子在扔骰子。骰子一共有六枚，其中五枚都是六点朝上，还有一枚仍在旋转，赌徒们都张口大呼。汤臣告诉严世藩，按照常理，这几个赌徒应该喊的是"六、六、六"。而宋代汴梁口音里"六"是撮口音，要把口卷成圆形，而这些赌徒却都是张开大嘴，用的是闽音。从这一字之音，可知这是赝品。／057

## 第四章　第二张《清明上河图》惊现香港

无论是鉴古还是考古，都有一个原则，叫作孤证不立。只有一条证据，不算证据，它必须有别的证据去支持。所以我提出的那两点《清明上河图》的质疑，虽然会给学会造成麻烦，但不足以推翻故宫鉴定的结论。但如果在这个节骨眼上，另外有一幅真品冒出来，意义就大不相同了。旁证有旁，孤证不孤。《清明上河图》上没有作者题款，这并不说明什么，可能是被挖走，可能是损毁，种种可能性都存在。但如果出现另外一幅一模一样且题款齐全的，两下对比，那这一幅的真伪就大有问题。／103

## 第五章　寻找鉴定《清明上河图》的关键

当时有个大收藏家毕沅，花了大价钱从陆费墀处购得《清明上河图》，可惜后来犯了大错，满门抄斩，这幅画就进了官中。嘉庆帝特别喜欢这幅作品，把它收录在《石渠宝笈三编》一书内。到了道光朝，戴熙有一次入官作画贺寿，天子一高兴，恩准他进入御库观摩。他借这个机会，终于一睹其真容。戴熙当晚回来，神色有些古怪。他儿子戴以恒也是位丹青名家，问他有没有看到《清明上河图》。戴熙说了一句奇怪的话："张择端灿然杰作，惜乎不全。"／143

## 第六章　　残本的秘密

这是《清明上河图》的结尾部分，这里画的是一个十字路口，行人车马簇拥其中，四角的店铺里也都热闹非凡。再往左一点点，景物戛然而止，变成空白处，全是历代收藏者的题跋和印章。张择端画的是汴京东南城角，以汴河为线索，绘出汴京城郊到城内的沿岸景物。他为的是表现盛世清明之景，那么汴京有一个至关重要的地标，是绝对不应该遗漏的。/ 181

## 第七章　　发现真相

到了嘉靖朝，残缺不全的《清明上河图》真品流入严嵩手里。与此同时，吴人黄彪拿到了乙本，并以此为底，制成了几可乱真的《清明上河图》赝品，并流入王世贞的弟弟手里。等到严嵩败亡，这一真一赝两个版本，便彻底混淆了。没人知道被嘉靖皇帝抄入内府中的，是真还是假。/ 213

## 第八章　　香港：真假国宝现场对决！

舞台上那煌煌大气的汴梁画卷依然平静地摊开着，以无比沉静的气度睥睨着周遭的喧嚣。在过去的千年时光里，它无数次见证了欲望与理想的碰撞。今天所发生的一切，不过是它漫长经历中的一个小小片段罢了。/ 245

**尾声** / 279

**后记** / 282

# 古董局中局2

## 第一章

### 夜半盗墓『吃现席』

玩古董最重要的是什么？

有人说是眼光，有人说是人脉，其实都不够准确。古董这一行玩到极致，真正讲究的就两个字："缘分"。所以老一辈玩古董的人，大多信命，相信命里有时终须有，命里无时不强求。若是一件玩意儿跟你没缘分，你把它强弄到手，这叫逆天而行，会招引无穷祸患，那件古玩不再是善品，反成了噬主的凶物，轻则身败名裂，重则性命堪忧。

不过这都是老讲儿了，属于封建迷信。如今这个时代，大家接受唯物主义教育几十年，早就不信这一套。只要有钱可赚，管他什么规矩、什么路数，一概以大无畏的气魄彻底砸碎踏平。财神爷在上，牛鬼蛇神全都要靠边站。

比如此时跟我同车的那几个人，显然就不是那种敬畏传统的老派古董商人。

我现在正置身于一辆破旧的丰田九座面包车里头，车里除了司机一共只有五个人。车厢里一直特别安静，没人搭讪，也没人寒暄。那四个人端坐在自己的座位上，全都摆出一副拒人千里的淡漠表情，沉着脸一言不发。只有当车子猛然一颠的瞬间，他们才会飞快地调动眼神，假装不经意地朝彼此投去锐利的一瞥。

我能感觉到，这四个人跟我不太一样。我是城里的小古董店主，而他们则是那种专在农村收旧货的古董贩子。这些人常年混迹乡村，跟朴实却又狡黠的农民打交道，所以身上带着淡淡的土腥味和杀气。

这车里坐的都是谁？现在往哪儿去？我完全不知道。车窗关得严严实实，外头的夜色漆黑如墨，根本看不清景物。只有引擎发出低沉的嗡嗡声，表明我们正在朝着某个目标行驶。

我懒得多想，把头靠在冰凉的车窗上，太阳穴抵住窗扣，就这么似睡非睡。这车子走得晃晃悠悠，上下颠簸，我昏昏沉沉中浮起一种奇特的错觉——整个车厢就像是一具刚刚被钉起来的大棺椁，严丝合缝，不留一丝光亮。我在里头躺着，外头有十六人大杠抬着棺材一步步走过坟地，走下墓道，朝着最终的墓穴前进，前进……对了，还没自我介绍呢。我叫许愿，已经过了而立之年，是皇城根儿下一个倒腾古董的小人物。我在琉璃厂有家小店，平时倒腾点金石玉器，店名叫作四悔斋。

哪四悔呢？是悔人、悔事、悔过、悔心。这是我爹临死前的遗言，他在"文革"期间被迫害，投了太平湖，留下这么八个字。而这八个字后头，其实还隐藏着一大段故事。我们家祖上是"明眼梅花"的一支。"明眼梅花"指的是古董行当五个古老的家族，他们各自擅长一个门类古董的鉴定，在收藏界有着泰山北斗的地位。中华人民共和国成立以后，这五脉改组成了中华鉴古研究学会，影响力依然不小。

我爷爷许一城原来是民国时期五脉的掌门人，出身白字门，后来因为盗卖则天明堂的玉佛头给日本人，被当成汉奸枪毙了。我们许家从此一蹶不振，退出五脉。三十岁生日那天，在有心人的推动下，我一头掉进这个旋涡里。经过一番艰苦周折，我总算是为我爷爷平反昭雪，让佛头回归祖国，了结了许家和这玉佛头的千年纠葛。事了以后，我还是回到四悔斋，继续倒腾古董，悄无声息地活着。

我突然听到一声刹车嘶鸣，身子猛一前倾，从回忆中醒过来。车子终于停住了，我睁开眼睛，摆了摆头。这一摆可不得了，我看到旁边车窗外的黑暗中，赫然浮现出一张惨白的人脸，脸上的双眼特别怪异：一边特别大，圆如牛眼，黑的少，白的多；一边特别小，跟王八对瞪不一定能赢。这一大一小两只眼睛，好像随时在瞄准开枪似的。

我顿时吓得一激灵，身子下意识地躲了一下，差点从座椅上掉下去。同车的四个人似笑非笑，露出鄙夷的神色。我这才想起来，这张脸应该是这辆车的司机。没容我多想，"哗啦"一声车门被拽开，司机把头探了进来，一边大眼珠子转了转，沙哑着嗓子做了个请的手势："我叫大眼贼，跑堂的，几位跟着我走吧。"

我连忙调整一下呼吸，跟着其他四个人一起跳下车来。我双脚一踏上地面，一股混杂了松枝和野草的清香扑鼻而来，味道特别清凉。不用问，这是荒郊野岭的山味儿，而且是特别荒凉的地方。我环顾四周，隐隐能看见几座山形轮廓，黑暗中状如巨兽隐伏一般，似乎随时会扑过来。

大眼贼让我们跟紧他，朝着黑暗中的一个方向走去。此时天上乌云遮蔽，把月光挡得死死的，只有那大眼贼手里攥着个忽明忽暗的手电筒，勉强照亮前路。他这个手电筒特别有讲究，灯头罩了一圈硬纸板，这样光柱只收束在前头一段，散射不出去，稍微离远一点，就看不到了。

我们跟着他在高高低低的山坡地上走了十多分钟，七转八弯，中间还钻了两回林子。终于有人忍不住问了一句："你这是把我们带去哪儿？到底在哪里开席？"

大眼贼转回头，咧开嘴笑道："急什么，做东的又不会离席。"说完还嘎嘎笑了两声，声如老鸹。他笑完以后，周围温度陡然下降，森冷森冷的。那人不敢再问，只得"哼"了一声，跟着继续走。

我们一行人走了约莫半小时，终于走进一处幽深的山坳。这个山坳左右被两道高耸的山岭逼夹，形成一小块麓底平原。在远处隐约能听到潺潺水声，应该是从山岭上流下来的溪水，在这里盘了一圈，正好把这小山坳给切成一个三角形。溪水为底，两道山岭是两条边。这在风水上叫二龙入水，是块宜建阴宅的吉壤。

大眼贼踏进山坳，停下脚步，拿手电筒往前头晃了晃："喏，就是那边。"我们顺着灯柱一看，首先看到的是远远一个身穿迷彩服的年轻人蹲在地上，身前有一个半米宽的土坑，坑旁搁着三个精钢柄的重铲和一大堆新鲜泥土。

不用问，这种风水宝地，土下三尺必有墓穴；有了墓穴，必然就有盗墓贼闻风而至。

"挖到什么地步了？"与我同行的一个刀疤汉子问。

大眼贼踩踩地面，得意道："整个墓室的位置已经方出来了，咱们刚刚打到后墙。就差临门一脚，专待各位来开席。"

同行的几个人走到那盗洞前，翻弄刨出来的泥土，表情不一。我听说有积年的盗墓贼，一看土壤就知道是哪朝哪代的墓。不过我可没那本事，估计同行的几个人和我水平差不多。他们检验泥土，只为图个心安罢了，其实看不出个所以然。

检查完泥土，大眼贼笑眯眯地说道："诸位好运气，这回上的菜是头锅的红烧肉，有吃头。要没什么异议，咱们就上菜吧？"

我们五个人点点头，站开一段距离。大眼贼拿手电筒冲那边闪了一下，喊了句"开席"，那个穿迷彩服的小伙计起身，然后抓起一把铁锤和一把铲子。他身材细瘦，轻而易举就钻进了盗洞。大眼贼从怀里掏出一瓶散装的白酒，还有五个杯子，给我们一人递了一杯："山里露重阴寒，整点白的驱驱寒气，还得一阵子呢。"

他不说也罢，一提这事，我顿时觉得阴风阵阵，白雾弥漫，下意识地朝黑漆漆的山林里看了一眼。大眼贼递到我这儿，笑了笑，"老弟头一回吃现席？"我尴尬地笑了笑，大眼贼道："一回生，两回熟，咱们这个辛苦点，可心里踏实不是？"我点头连连称是，接过酒杯一饮而尽，辛辣的散装白酒顺着嗓子滚成一条火线，直到胃里，我的眼睛却一直盯着盗洞口不断抛出的泥土，心中翻腾。

这大眼贼说的"吃现席"，乃是古董界一桩颇为隐秘的勾当，我从前只是听说，想不到如今也亲眼见识了一回。

大凡古董，主要来源有两种：一是活人世代流传下来的；二是死人带进墓里后来被挖出来的。前一种传承分明，后一种却不太好判断真假。你说这东西是从古墓里挖出来的明器，怎么证明？万一是诓人的怎么办？要知道，有些古董本身不值什么钱，价值全在它的出处。同样一粒瓜子，从小卖店买的就不值一文，若是从马王堆女尸肚子里挖出来的，就贵逾千金。

于是就有人想了个主意，先把墓地位置勘察好，盗洞打到墓室边上不动，然后请一些买家到现场来，当着他们的面敲开墓室，把坟墓里的东西掏出来，现掏现卖。买主亲眼见到明器从坟里起出来，自然不必担心有假。

这个勾当，在古董行当里就叫作"吃现席"，这个"席"原意指的不是酒席，是芦席。芦席是干吗的呢？是旧社会用来裹死人的，即指坟墓。我们这样来买东西的，叫"做客的"，盗墓的叫"跑堂的"，而"做东的"，自然就是指墓里的死人——所以刚才大眼贼一句"做东的又不会离席"，吓得那些人都不吭声了。

像大眼贼说这回上的菜是头锅的红烧肉，意思是说这是一座明墓——明太祖姓朱嘛——头锅是说之前没盗洞，里面藏着好东西的概率很高。

我们边喝白酒边等，等了十多分钟，大眼贼忽然眼睛一眯，说："来了。"一群人目光朝盗洞看去，看到两只灰败的死人手缓缓伸出来，不是墓主诈尸顺着盗洞爬出来了吧？这场景可着实有点瘆人，大家下意识地退了一步。大眼贼却哈哈一笑，手电筒一晃，我们这才看清，那手是刚才下洞那小伙子的，沾满了墓泥，两手之间，还抱着一样东西。

看到这东西，大家眼睛都是一亮。看这跑堂的得用两手抱住，说明东西的尺寸小不了。在明墓里挖出这么大的物件儿，可是个好兆头。但我们五个人谁都没动，站在原地看着大眼贼一个人跑过去。

这是吃现席的规矩。买主是来买放心货的，不是来挖坟掘墓的，所以盗墓全程不能沾手，得等人家把明器送到跟前，才能看。这样一来，自己只算是买明器，不算盗墓，损不着阴德，算是个心理安慰。从现代法律角度考虑，万一真东窗事发，也最多是个销赃的罪名。

大眼贼走过去把东西接出来，很快折返回来，小心翼翼搁到地上，拿手电筒去晃。我们五个人凑过去一看，这东西是个瓶子，撇口，长颈，瓶腹圆滚滚的，看器形可能是玉壶春瓶。但表面脏兮兮的，看不出成色。

大眼贼早有准备，先掏出一把毛刷，把上头的泥土狠狠刷了几道，又把那半瓶散装白酒打开，取了块麂子皮，蘸着酒精细细擦拭。很快这瓶子的釉色光泽显了出来，纹饰也擦清楚了，上头有青花如意头纹、卷草纹、缠枝菊纹，看起来气度不凡。

所有人的眼睛都直了，看这些特征，搞不好是个明青花，那今晚可真是大收获了。

吃现席有个特点——挖开墓室之前，谁都不知道里头是什么。有可能有稀世珍宝，也可能啥都没有。所以买家一般都先付一笔辛苦钱给盗墓的，谓之打赏，保证盗墓的不管挖出什么，都有一笔保底的收入，不至于白干；另外一个用处，则是排出座次，谁的赏钱多，谁就能优先挑选。有财大气粗的，甚至会来个包桌。

眼下挖出这么个值钱的瓶子，大眼贼露出肉痛的神情——他已经收过保底的赏钱，这瓶子哪怕是柴窑出的，他也只能放手给人——他把瓶子搁到地上，退开几步勉强一笑："你们来看看吧。"

赏钱给的最多的那人站出来，笑容满面地接过瓶子，来回端详了几遍，却没给其他人递过去，双手环抱，抬头说了一句："几位，这个我先吃了。"

我们四个先是一怔，随后纷纷面露无奈之色。

一般吃现席的规矩，要等坟墓里的东西全都掏出来，一字排开，然后再按照赏钱多寡，一人挑一件，如果还有剩，按次序重复直到挑光。这人上来就把这瓶子占了，有点霸道，但规矩上不能算错。

再者说，他已经动用了一次优先权，要等到我们四个都拿完，才能再挑。到时候能剩下啥，真不好说。从这个角度来看，吃现席和赌石差不多，全看运气。有人只花几百块钱，就能撞到件唐三彩；有人一气包下十来桌坟，却只得了五六斤死人骨头。

于是我们也只好忍气吞声，等着看还有什么菜能端出来。过不多时，大眼贼又从盗洞里起出六七件东西，堆在地上。里面有一尊锈蚀得不成样子的铜香炉、一把长命银锁、半片腐烂的丝绸、两个小陶碗，还有一堆散发着霉味的铜钱。

我们几个人皱着眉头在这堆东西里扒拉，看来看去都不满意。跟那个瓷瓶相比，这些东西都是破烂。那个刀疤汉子抬起头，不耐烦地问大眼贼："里头还有吗？"

"没了。"大眼贼一摊手。

"做东的身上没搜？"刀疤汉子追问道。

大眼贼一怔，连忙赔笑道："张老板，我们不动棺材，这是规矩。"

一般这种盗墓的，只搜摸墓室里的陪葬品，不开棺材，不搜尸身，算是对死者的尊重。不料张老板"嗤"了一声，十分不屑："一群倒斗的，还这么多穷讲究！你们难道不知道，墓主嘴里含的翡翠，屁眼里塞的玛瑙，身上挂的珠宝，那才是好货！"

大眼贼连连摆手："倒斗已经是非分之举，再动尸身，可是要遭报应的——这可是人家的地盘。"他大眼珠子四处乱转，山谷此时夜雾升腾，雾色一片惨白，仿佛死者翻出眼白在一旁窥视，气氛诡秘。

若换了胆小的人，看到这番景象可能就缩了，张老板却根本不理这一套："当婊子还立什么牌坊。我们几个大半夜跑过来，是求财的，不是看你五讲四美的！"张老板不傻，他知道得团结一批，打击一批，一句话就把旁边观望的几个人拉拢过来了，一起对大眼贼施压。

席上的其他客人纷纷点头。大家来一趟不容易，只因为一条莫名其妙的老规矩就空入宝山而回？这实在太荒唐了。就连那个先占了瓶子的人，都表示赞同张老板的意见——只有我没吭声。

可大眼贼还是一脸为难："这可不成，这可不成，咋能干这样绝户的事儿呢……"

张老板见大眼贼不答应，怒从心头起，他把大眼贼推开，走到盗洞前抓起一把铲子，喝道："你开不开棺？不开的话，我就把这洞填喽！"

大眼贼的脸顿时白了。洞里头还有一个人没出来，他这一铲子下去，同伴就要活活被困在墓中。他哀求道："张老板，张老板，可别坏了规矩啊。"张老板满不在乎："放着眼前的钱不挣，这才是坏了规矩！"他手里的铲子作势要填土，大眼贼急得上前阻拦，又被其他几个人逼了回来，嘴里喃喃道："这怎么可以。"

我眉头一皱。我最见不得张老板这种人，于是站出来劝解道："见过挖坟掘墓的，还没见过逼人挖坟掘墓的。你要觉得不过瘾，自个儿下去掏，逼跑堂的算怎么回事？"张老板举起铲子，对准我冷笑道："少在那儿装善人。你给的赏钱最少，按规矩拿不了几成东西。若不开棺，你这趟就算是白来了。"

"君子爱财，取之有道。我奉劝你悬崖勒马，及时回头。"我不甘示弱。

"×！你他妈以为自己是《新闻联播》啊！"张老板骂了一句，突然不怀好意地眯起眼睛，对其他几个人道，"这小子我在车上闻着味道就不对，跟咱们不是一路人。"他又把眼神飘向我这边，"你小子不会是别有企图吧？"

他这是成心挑拨，其他几个人的表情立刻变得有些不自然。

吃现席的风险就在这里。挖坟的地方一般都是在荒郊野岭，万一买家或卖家起了贪心想谋财害命，事后把尸体往洞里一扔，估计几十年都发现不了，所以特别忌讳不相干的人参加，都得是熟脸，且外头留了保人。也该着大眼贼倒霉，他这次找的我们几个买主，彼此都不认识，不知根底，他自己又镇不住。结果被张老板这么一挑唆，局面立刻变得微妙起来。

大眼贼见势不妙，扯扯我袖子："许老板，你就别跟他们顶了，大不了我自己损点阴德，去开棺呗……"

"他都要埋你的人了，你还缩？"我瞪他。

大眼贼枉长了这么一只大眼，居然有点眼泪汪汪，跟大姑娘似的："我带你们来这里吃现席，要是闹出人命，江湖上谁还敢信我？"我撇了撇嘴："看不出你还挺讲义气的。"大眼贼听不出来是讽刺，反而一拍胸脯，特自豪："我大眼贼出道以来，一向是义字当头。"

张老板在那边不耐烦了，挥动铲子，冲着大眼贼喝道："今天这里必然得埋一个人。要么是你，要么是他，你来挑！"他的一举一动，让人忍不住怀疑他早就想翻脸，刚才不过是借题发挥。今天一开席，就上来一道玉壶春瓶，惹得参加者贪欲大起，张老板略加挑拨，这些人就什么规矩都不顾了——人性就是如此，经不得任何试探。

这大眼贼是个守老规矩的人，可碰到这些只认钱的主儿，算是认倒霉。我略一沉吟，拍拍大眼贼肩膀道："这事交给我处理吧。"

"许老板？你……"

我晃了晃头，走到两人之间，举起右手大声道："张老板，我可告诉你，你若是再执迷不悟，马上可就要倒大霉了。"

张老板大概是觉得我在虚张声势，眉头一跳，狞笑着往盗洞里铲进一堆土去。大眼贼不由得失声喊了一声："张老板！别！"

他这一声喊，惊起了四周树上的宿鸟，整个林子里都传来扑棱扑棱的声音。张老板恍若未闻，举起铲子正要使第二下，突然发现自己胸口多了一个米黄色的光圈。他连忙抬头看，看到手电筒还好好地握在大眼贼手里，他再往大眼贼和我身后看，发现这是从林中雾霭中刺出的一道光柱，正印在胸口上。

周围几个人立刻惶恐不安起来，不知这是个什么情况。张老板先是呆了一下，看这光柱对自己没什么损害，冷哼一声，手里填土的动作反而加快了。等到张老板抬起第三铲时，附近林中白雾之间升起了无数光点，有二三十处，飘飘忽忽，都朝着这边涌来，同时有窸窸窣窣的声音在耳边响起。

大眼贼突然撕心裂肺喊了一嗓子："墓主索命来了！"这声音凄厉无比，张老板手里一哆嗦，铲子"当啷"一下跌落在地上。他本来不信这些怪力乱神，可此情此景来得诡异，心中本来就绷着，被大眼贼这一嗓子喊，顿时乱了方寸。

那几个买家都傻了，有一个还偷偷摸出一串佛珠，颤抖着手捻动。我一动不动地站在原地，抱着胳膊，露出高深莫测的微笑。与此同时，一个深沉严厉的声音从幽幽林中飘了过来："你们已经被包围了，立刻放下武器，举起手来。"

声音里带着噼啪的电杂音，显然是通过喇叭喊的。张老板和那几个买家一听，脸色顿时煞白一片，估计他们这时候宁可自己碰到的是厉鬼索命。

只见从林子的雾霭里噌噌噌钻出来二三十号警察，那一大片"鬼火"，其实是他们手中的强光手电筒。皮靴践踏在草地上发出钝声，大盖帽上的国徽偶泛寒光，威势在无声中铺天盖地压下来。这些警察一言不发，脚下如飞，一下子将这个小山坳围了个水泄不通。

先是大眼贼，然后是张老板，还有另外几个买货的，都乖乖蹲下身子，双手抱头——看得出，他们每个人动作都很熟练。只有我站在原地，保持着手臂高抬的姿势，仿佛这些警察是我召唤出来的。到了这时候，张老板他们哪里还不知道怎么回事，纷纷投来凶狠的目光，杀意毕现。

按老规矩来说，我这么做，其实是理亏的。古董行和黑社会有点像，行内的恩怨在行内解决，起了纠纷找圈内的高人裁断，轻易不上法庭。谁要是请来公差坏了别人买卖，这叫"为虎作伥"，是会被人瞧不起的。

不过话说回来，这年头，谁会在乎这些老规矩，也只有大眼贼那种人还恪守本分。我正是欣赏他这种古风犹存，才不惜提前暴露一下。

坚守原则的人，总是值得敬重。我曾经看过一部香港电影，里面有句台词，说："人生在世，总得坚持点看起来很蠢的事情。"

一名小警察看到我没蹲下，眼睛一瞪，一脚就要踹过来，却被旁边一人拦住了。这人手里拎着个电喇叭，正是刚才在林子里喊话的那位警察。他身材精悍，黑瘦的脸膛上浮着一层若有若无的严厉，整个人往这儿一戳，周围的森森鬼气都畏缩得四散而逃。

他把电喇叭交给小警察，背着手慢慢踱到我身边，扫视了现场一圈。张老板他们被他这么一扫，立刻像见了猫的耗子一样把头低了回去。

"你跟我过来。"他冷冷说道，然后勾了勾手。

我跟着他朝旁边的灌木丛里走了十几步。直到确信距离足够远，谈话不会被旁人听到，他才停下脚步，皱着眉头道："许愿同志，你这么做，可有点胡闹。"

"方震同志，我不是一直在配合你们吗？"我满不在乎地回敬了一句。我跟这位叫方震的老警察早就认识了，算得上是生死之交。可是他却一点没有老友重逢的兴奋，脸色反而变得阴沉起来："你刚才干吗主动站出来暴露自己？"

我回答道："他们欺负老实人，我实在看不下去了。大眼贼这种肯守老规矩的人，如今已经不多了，我也是想仗义执言一回——反正你们已经把这儿包围了，索性吓唬吓唬他们嘛。"

"糊涂！你应该跟他们一起被警方抓走，到公安局隔离以后再放你出来。现在这些人都知道你是警方的卧底了，风险会很大，你就不怕他们报复吗？"方震一脸严肃地批评我。

"他们起码得判个十年二十年，怕什么？"我满不在乎地扬了扬手。

方震摇摇头，叹了口气，仿佛对我这种毫无必要的出风头很不满。我佯作没看见，伸了个懒腰："这些细枝末节就不说啦，我说老方，我这趟差事算结了吧？"

"还没呢，一会儿回局里还要做份笔录。"

我一听，顿时叫苦连天："你们都人赃并获了，干吗还要我做笔录啊？"

"这是规定。"方震回答，"对了，审讯的时候，你也得作为文物顾问旁听，这是刘局安排的。"

"好吧，好吧……"

我举手投降。跟方震这种人争辩，简直毫无意义。他就是一块顽石、一道堤坝，任凭你多少风浪打过来，他都岿然不动。我侧过头去，看到远处一道白光闪过。这是几名技术人员在对盗洞现场拍照。周围的警察走来走去，收赃物的、看犯人的、印车辙的，井然有序，声音密集却不喧闹。一想到这么多人悄无声息地跟着我们在山里兜圈子，一直到完成合围都没人觉察，我就佩服得不得了。这得是什么素质，都快赶上特种部队了。方震手底下的人，就和他一样神秘莫测。

"你们从刚才就一直跟着我？"我问道。

"是。"

"那面包车在山里转了好几圈，黑灯瞎火的，真亏得你们也跟得住。"

"职责所在。"

"如果我当时暴露了身份，你们又没及时赶到呢？有什么备用计划没有？"我忽然好奇地问道。

"局里有一个见义勇为烈士的名额。"

"……"

我看着方震的脸，却看不出任何开玩笑的迹象，只得缩缩脖子，终止这个话题。我们谈完话，走回到那边。大眼贼忽然把脑袋抬起来："首长，地下还有个人呢，你们可别忘了啊。"

旁边看守他的警察毫不客气地敲了他一记："闭嘴！"大眼贼连忙把嘴闭上，重新低下头去。我一听乐了，点点头，"你还真讲义气，放心吧，天网恢恢，你们一个也跑不了。"

很快那个掏坟的迷彩服小伙计从盗洞里爬出来，一出洞口就被三个大汉按住。我一看他的脸，顿时就乐了，这小伙子也是一眼大、一眼小，活脱儿一个大眼贼的翻版。

警方人赃并获，大功告成，方震宣布可以离开现场了。林子外头停着好几辆警车，我和方震上了第一辆，其他几个吃席的家伙被一股脑关到第二辆大车里。车队马达同时轰鸣，警灯闪烁，正气凛然，顿时把这荫翳山林中的诡秘气氛震得烟消云散。

方震跟我并排坐在后面，双手搁在膝盖上，眼睛微眯，目视前方一言不发。这是他坐车的习惯，我也知趣地没拉着他继续闲扯，而把目光投向车窗外那一片深沉的黑夜，思绪万千。

这次行动，是刘局找上我来的。他是五脉的红字门出身，在政府担任要职，分管文物古董事务，是五脉在官场的代言人，当初就是他一手策划，把我引入那场佛头纠葛。

几个月前警方注意到，首都市面上有一股明器流入，经过中华鉴古研究学会的鉴定，这批明器都是真的，而且年代整齐划一，外表土壤成分相似，像是从坟里一批盗掘出来的。警方怀疑盗墓团伙又开始猖獗，遂制订了一个钓鱼计划。

这个计划需要一个人，这人必须得懂古董，江湖上有一定身份，又不至于太招眼。五脉里的人都不合适，最后这差事就落到了我头上。我按照刘局和方震的关照，在市面上转了一圈，果然被我找到一个吃现席的组织者。于是我以古董贩子的身份假意入席，和方震搞了一出里应外合。

这次吃现席没有顺利交易，反而以内讧告终。这个结局，早就在我预料之中。吃现席这种古风犹存的买卖，讲究的是规矩和诚信，在如今显然已经不合时宜了。如今经济开放搞活，大家都想明白了，金钱面前，不必讲什么老规矩，怎么赚钱怎么来。即使是像古董界这种老气横秋的保守行当，也经受不起这种冲击，像张老板这样的人越来越多，大势所趋，规矩也在慢慢消亡。

很多古董界曾经的规矩，也像吃现席一样逐渐退出历史舞台，变成一件古董。

如果我爷爷和我父亲活到现在，不知会做何评价。我一边这么胡思乱想着，一边伸出手指，在车窗上蘸着雾气画了一朵梅花。梅花一共分成五瓣，聚在一起何等紧密。可惜车子空调温度一会儿就上来了，这朵梅花也变得残缺不全。

不知为何，即使坐在警车里，那种慢慢滑入漆黑墓穴的压迫感，仍旧在我心头挥之不去，让我呼吸不畅。我的额头轻轻磕了玻璃一下，有细细凉气沁了过来，冰冷无比。车子就在这种沉默中缓缓驶出山区。

很快车队抵达了当地的一个派出所，开进院子里。我一看这架势，恐怕方震他们是打算在就近的警察局里突击审讯，不禁心里暗暗叫苦。看来这一时半会儿，是没法回城了。

这个派出所不大，几辆警车进来把停车场塞得满满当当。我和方震跳下车走进去，随便喝了口热水，嚼了几口饼干，直接走进了审讯室。对面第一个被提审的大眼贼已经被带了进来，双手铐住，坐在椅子上。不过这家伙镇定得很，大眼睛忽闪忽闪地东张西望，全无紧张感。

我以为他看见我，起码得瞪我一眼。想不到大眼贼却是满脸堆笑，先主动打了个招呼："首长好，首长好。"

"他倒想得开。"我咕哝了一句，和方震坐到桌子后头，旁边还有一个负责记录的小警察打开记录本。

方震先遵循程序，问他姓名年龄身份，大眼贼昂首挺胸，对答如流，说自己是河南开封人，姓廖。看他那精气神，好像自己被评为"全国劳模"在接受记者采访似的，一点也不像被审问的犯罪嫌疑人。我估计公安系统要是有年度最佳犯罪嫌疑人评选的话，他肯定能得奖。

问罢了前面的例行问题，方震拿笔杆敲了敲桌面，进入实质阶段："这次吃现席是你张罗的？"

"是，我在市场上放了点风，就有人主动凑过来了……唉，我要是再早一点知道有首长关注，就多招几个不法商贩，也算为民除害。"大眼贼一脸义愤填膺。

"你是什么时候知道警方关注此事的？"

"就是刚才啊。我一看那一排手电筒透着雾气照过来，就全明白了。强光防雾手电筒，只有警察才有这装备。从那一刻起，我就下了决定，要全力配合警方工作。"大眼贼解释说，大眼珠子贼兮兮地转了一圈。

我在一旁忍不住开口问道："既然你知道是警察，为什么要喊一嗓子墓主索命？"大眼贼恨恨道："这些人平时坏事做尽，心里都特别迷信。我喊那么一句，好歹能吓唬吓唬他们——谁让这群浑蛋不仁在先，要活埋我儿子呢？"

方震眉头微抬："那个下去挖坟的是你儿子？"大眼贼笑道："父守坑，儿下洞，这是我们这一行的讲究。"

方震看了我一眼，我点点头，表示他说得没错。确实有这个老规矩。原因很简单，倒斗的时候挖盗洞，一般是一个在洞口守，一个下去墓穴里挖明器。可是人性本贪，时常有守在洞口的人起了贪心，把明器接走以后，一铲子把取宝的活埋。所以合伙盗墓的大多是亲戚，而且得是血亲，但儿子害老子的事也时有发生，后来规矩变成了儿子下洞，老子守坑，这才保得平安无事——别看是个小小的转变，里头可透着不少人性的道理呢。

那下了盗洞的年轻人也是一眼大、一眼小，估计是什么家族的遗传病，不用鉴定，一看面相就知道肯定是父子。

方震低头记了几笔，拍了拍桌子："那你知道你们父子犯了什么罪吗？"

大眼贼忙不迭地点头："知道，知道，诈骗罪。咱们国家《刑法》都规定了，我这是以非法占有为目的，用虚构事实或者隐瞒真相的方法，骗取数额较大的公私财物的行为。"他倒背得挺熟，旁边负责记录的小警察扑哧一声，差点乐出来。

"诈骗罪？"方震冷笑一声，"你们父子今天的所作所为，只是诈骗罪？恐怕不对吧？"

大眼贼赔笑道："首长您圣明，真的只是诈骗罪。"他身子前倾，眼珠瞪得很大，声音压低，好像在说一个天大的秘密给我们听，"这事我就告诉您几位啊，我给他们那些货，都是假的。"

方震愣了一下，连忙吩咐小警察去把那些赃物取来。等到他们把赃物运过来，我知道用着我的时候到了，从容起身，先把那个玉壶春瓶拿起来端详。说起来，这次吃现席吃砸了锅，这个玉壶春瓶要负很大的责任。都是它挑起了出席者的贪欲，这才有了后头的纷争。

其实我对瓷器不是很懂，那是玄字门药家的专长，可惜药不然这个不肖子叛变，药来去世，山中无老虎，也只能让我这个白字门里的赶鸭子上架了。我拿着玉壶春瓶翻过来掉过去看了几遍，突然乐了。这瓶子刚拿出来的时候，现场光线太暗，我只是匆匆拿手电筒照了一眼，没细看。现在仔细这么一瞧，就瞧出问题了。

方震问我乐什么，我说大眼贼说得没错，这是一件赝品，而且赝得没法再赝了。说完我指给方震看，这瓶子底儿有个题款，上头写着"大明洪熙元年成祖遗制"，一共十个淡青釉色的楷字。

方震和那个负责记录的小警察看了看，都看不出个所以然。我索性把瓶子放倒，拿食指一个一个点过那一行字，告诉他们："这瓶子的破绽，就在这一行字里。"

小警察一拍巴掌："我知道了！洪熙是明仁宗朱高炽的年号，明成祖朱棣的年号是永乐！有矛盾。"

我摇摇头："错可不在这里。你看到'遗制'二字了吗？说明这玉壶春瓶是朱棣在位时下旨要的，结果还没等做好，朱棣就死了。等到这瓶子烧制出来，都已经是洪熙年间了，所以题款上前写新皇帝年号，后写成祖遗制，说明这东西虽然是洪熙年出的，但算是先皇生前遗物。错不在这里。"

小警察有点不服气："你一不瞧胎足釉色，二不鉴纹饰，光看这一行字，怎么知道是假的呢？"

我哈哈一笑："这错的地方，就在成祖两个字上。朱棣的庙号可不叫明成祖，而是叫明太宗。"小警察眼睛瞪圆："怎么可能！我中学历史书里就写了明成祖朱棣，可从来没见过什么明太宗。"

我晃了晃指头："你有所不知。朱棣死后，定的庙号就是叫明太宗。过了一百多年，到了嘉靖年间，才改为明成祖。所以说，咱们现在讲'明成祖朱棣'，一点问题都没有，可洪熙年间的工匠，提到朱棣只可能叫太宗。嘉靖前的文物，凡见成祖二字的，铁定是假货——这是个知识盲点，好多人不知道，一不留神就被忽悠了。"

大眼贼露出一副恍然大悟的表情，钦佩地鼓了鼓掌，弄得手铐哗啦哗啦响："原来是假在这里了啊！这位首长真是目光如炬。"

我和方震对视一眼，觉得这家伙反应可有点奇怪，似乎他原来也不知道这假货的破绽在哪儿。

这些赃物里就这个玉壶春瓶值钱，它既然是假的，其他几件连看都不用看了。方震吩咐人把赃物拿走，问大眼贼道："你一开始就打算坑那些人对吧？"

"嗯！"大眼贼大大方方点头承认，一点都不觉得丢人。

我眉头一皱，枉我刚才还夸他守规矩，原来也是个骗子。

但我仔细一琢磨，不得不承认他这一手算盘，打得是相当精明。你想，如果买家把这些赝品当真，他就白赚一笔大钱；如果买家识破其中破绽，那也没什么，东西是当着你的面从坟墓里掏出来的，就算赝品，那也是墓主陪葬的赝品，跟办席的人可没关系。吃现席本来就是碰运气，别说收到假货了，就是颗粒无收，你也只能当是哑巴亏。万一失风被警察逮住，也没关系，大眼贼只需把这东西的破绽一亮，证明是赝品，至少能脱去倒卖文物一条罪名，最多是个诈骗罪。

看来这家伙在动手前，把种种可能都考虑到了，进可攻，退可守，难怪一进审讯室一副有恃无恐的表情。

方震眯起眼睛，陷入思考。旁边小警察沉不住气，开口喝道："你以为你能逃脱法律的制裁吗？盗掘古墓，也是要判刑的！"

大眼贼呵呵一笑，狡黠地眨了眨眼睛。我脑子一激灵，立刻反应过来，脱口而出："莫非……那墓也是假的？"

大眼贼笑道："首长圣明。"

这一下子，审讯室里的气氛变得有些古怪起来。方震冷静地敲了敲桌子："详细说说。"

大眼贼道："其实这事吧，说起来很简单。我们爷俩先寻一块风水宝地，打一个假盗洞下去，也就打下去几米深，什么坟也碰不到。然后我们把事先准备好的假明器藏到洞底，等到开席时，我儿子假装入墓，一件一件运出来卖给他们。那些人很迷信，胆子又小，不会亲自下去盗洞一看究竟，识破不了。"

"难怪你坚持不让张老板开棺。我还以为你是坚持原则，原来是怕露底！"我回想起之前的细节，不禁又羞又气。

大眼贼胸膛一挺，正色道："不是怕露底，而是我知道这事不对。挖坟掘墓，这可是有悖人伦的大罪过，我虽然读书少，也绝不会干那种事。再说，《刑法》第三百二十八条说了，盗掘古文化遗址、古墓葬，并盗窃珍贵文物或者造成珍贵文物严重破坏的要处十年以上有期徒刑、无期徒刑或者死刑，我哪能把脑袋往枪口上撞。"

"你《刑法》倒背得挺熟。"

"知法才能犯法。"大眼贼一本正经地回答。

我身体往椅背上重重一靠，刚才的那点得意情绪全没了。这个浑蛋，可真是太狡猾了。这事从头到尾就是个骗局，这家伙看着傻其实精明得很，我若不是警方的卧底，恐怕被他活活玩死自己都不知道。堂堂五脉中人，竟然被一个农村基层的老骗子给糊弄了，这可太丢人了。

方震大有深意地看了我一眼，让我更加尴尬。我刚才还当着方震的面为大眼贼做辩护，以为他算是贼中君子，闹了半天，原来也是个黑吃黑的主儿！

我坐在那儿，脸上青一阵、白一阵。方震却无动于衷，继续面无表情地审讯："也就是说，所谓'吃现席'，一切都是假的，事先挖好的假盗洞，事先做好的赝品，这就是个局。"

大眼贼纠正道："首长，这话得说清楚。那些赝品有的是我们自己做的，但像玉壶春瓶这种玩意儿，走的是水路，我们自己可做不来。"

"水路？"方震把视线转向我，我无精打采地解释道："水，是往酒里掺水的水，意思是假货。走水路就是说从专门的造假人手里买赝品，然后拿去骗棒槌。"

这事在古董行当很常见。古玩界骗子很多，但会自己加工赝品的骗子很少——造假也是门手艺，不是那么容易的——他们通常都是从专门的渠道低价买回赝品，再去别处骗高价。像郑各村那个郑国渠,就专门做青铜器赝品,全国各地的人从那里进货,拿回去当真品卖,这就叫走水路。因为卖的人打的是仿古工艺品的旗号,买卖均属正当,所以警察对这个环节一直无可奈何。

方震听明白以后,转向大眼贼:"谁卖给你的?"

大眼贼龇了龇牙花子,第一次露出为难神色:"首长,这个……是不是就别问了,实在不方便说。"

小警察一拍桌子:"这里是警察局!谁跟你讨价还价!快说!"

"这……这是道上的规矩。"

"你也配谈规矩!"小警察气乐了。方震慢吞吞地敲了一记边鼓道:"你既然熟悉法律,应该知道有重大立功表现的,还可以获减刑、缓刑。"

大眼贼闭上眼睛,似乎在做激烈的思想斗争,最终开口道:"既然是几位首长抓的我,说明咱们有缘,那我就告诉你们,不过我这也是迫于无奈,不是故意想……"

"别啰唆!快说!"

大眼贼叹了口气道:"说实话,这瓶子找谁买的,我也不知道。"

"你还敢耍花样?"小警察大怒。

"我是真不知道啊。我是听一个同行说有地方能走水路,货好价廉,信誉也不错。不过这条水路见不到人,就只有一个通信地址。我把要订的物件和具体要求写到信里,附上钱,按地址寄过去。过上十来天,人家就给我寄回来了。整个过程,一个人都见不到。"

"你就不怕他们收了钱不给货?"

"他们信誉很好,很多人都从那里走货。而且人家特别专业,你可以指定要高仿还是低仿。像我搞吃现席,需要的赝品不能有明显破绽,但又不能没有破绽。他们送的这个玉壶春瓶,分寸就拿捏得特别好——一般人根本看不出真伪,但真正的专家一眼便能看穿。"

说完大眼贼看了我一眼,让我的自尊心舒服了点。

方震道:"那个地址是什么?收件人是谁?"

"地址我家里有,还有啊,这信是有讲究的,两枚邮票要对贴,还得在信角封口写三个字:老朝奉。"

"咣当"一声,一杯热水砸在了地上。我脸色铁青地问道:"你再说一遍?"

"老朝奉，老帅的老，朝鲜的朝，奉献的奉。"大眼贼一脸无辜地望着我，不知道我怎么突然就激动了起来。

我没法不激动，如果说全中国跟我渊源最深、瓜葛最多的，莫过于这个家伙了。他和我爷爷是同时代的人，当年的佛头案和许家接下来的一系列遭遇，都是因他而起。我的几个好友，或者死于他手，或者根本就是他的卧底。

这是于私的恩怨；于公来讲，老朝奉是古董界的一股暗流，他把持着一个庞大的造假产业，在中国文物市场搅起腥风血雨，与五脉可以说是天然的对头。所以老朝奉不光是我的敌人，也是中华鉴古研究学会的死敌。在佛头案了结以后，老朝奉就彻底消失了，我连他的真身是谁都不知道。我和五脉的人也曾经想深入调查，但线索实在太少，一直劳而无功。他就像一只毒蜘蛛，把自己藏在了错综复杂的蛛网之中，无从觉察。

他到底是谁？他为何对许家如此仇视？老朝奉这个名字，和我家先祖许衡的宿敌鱼朝奉有着什么联系？种种谜团悬而未解，让我始终如芒在背，无法松懈。一日不得到解答，我们许家、五脉，乃至整个古玩市场就一日不得安宁。

我万万没想到，这么一件看似十万八千里之外的案子，居然把老朝奉给牵出来了，真是让我又惊又喜。看来我们许家跟他之间，还真是有一种特别的"缘分"。

我俯身把水杯捡起来，沉默着，眼睛直勾勾瞪着大眼贼，仿佛把他当成了老朝奉。大眼贼大概是被我瞪毛了，急忙抬起铐在一起的双手，用力摆了摆："使不得，同志，使不得。"

"什么使不得？"小警察问。

大眼贼一脸关心地望着我："这位同志龙准高直，双眉平阔，鼻翼两侧的法令纹深长开阔，其形如钟，本是大大的福相。可是你刚才也不知对谁动了杀心，两道法令纹陡然收紧，窄刃偏锋，如一把剪刀倒悬，这就……"他欲言又止。

我死死盯着他，"就怎么样？"

大眼贼叹了口气道："自古面相与命数息息相关，随心而变。同志你杀心已动，面相已呈劫相，铜钟铸成金剪，又循鼻倒悬，对准人中。若不修身养性，调和情绪，只怕……"

"只怕什么？"

"只怕是人中命数，被一剪而断。"

# 古董局中局2

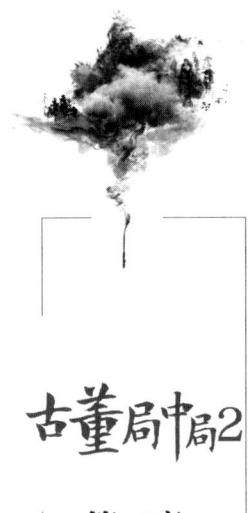

## 第二章

### 寻访郑州瓷器
### 造假窝点

这是一处位于燕郊的墓园，在河北三河灵山脚下，离北京五十多公里，谈不上什么好风水，但胜在僻静。这时候非年非节，来的人很少，特别安静。阳光均匀地泼洒在这片静谧的墓园之间，风吹过两旁黄绿颜色的树木，发出一种深邃安详的声音。我买了两束菊花，缓步穿过墓园。

大眼贼的后续审判都交给方震，我独自一人先返回北京，哪儿也没去，先来了这里。

我走到墓园一角最靠近树林的阴凉地方，那里有两块其貌不扬的石质方形墓碑。这两块并肩相邻的墓碑，一块是我给我爹妈买的。当初他们投了太平湖，骨灰被草草收在了一个简易骨灰盒里，一直到七八年前，我才在这里买了一块墓地，把他们移过来。另外一块是我爷爷奶奶的，则天明堂玉佛头的事解决以后，我爷爷许一城平反昭雪，于是我把他和我奶奶移葬到此，安在我父母隔壁，在阴曹地府彼此也能有个照应。

可惜我爷爷尸骨湮灭无存，我便把他那本手抄的《素鼎录》给搁进去，权做衣冠冢。

我在这个世界上的所有亲人，就全在这小小的墓园里头了。我每次来扫墓，就当是一次阖家团圆。对我来说，这种生活从十几岁开始，就已是一种永不可能享受到的奢侈。我每次来，都会凝望墓碑上的照片和名字良久，想象着爹妈的唠叨，想象着爷爷奶奶互相搀扶着出来，摸我的脑袋，有时候想着想着，忍不住会潸然泪下。

我把手里的菊花轻轻搁在墓台前，想俯身去拔拔杂草，忽然诧异地"咦"了一声。

此时在墓碑前，不知是谁搁了两个精致的小香炉。我看得出，这是青釉双耳三足炉，不是古物，但品相颇好，算是上乘工艺品。香炉里还插着几根香，在我爷爷墓碑前的那个香炉里插着八根，在我父亲的墓碑前插着六根。香已烧了大半截，青烟袅袅，散发着一股微微甜味。就算我不懂香，也知道这香质地不凡。看看香灰长短，烧了有十来分钟吧。

我皱皱眉头，起身环顾，看到在远处的通道尽头站着两个人，正朝这边望来。一个五十多岁一副官相，身旁是一个须发皆白的老者，手持一根藤杖，精神矍铄有如劲松。这两人我都熟悉，一个是刘局，一个是五脉如今的掌门人、红字门家长刘一鸣。

我没着急过去，先蹲下身来把墓碑附近的杂草清理干净，又擦了擦墓碑上的污渍，就地跪了下来。

"爷爷奶奶，爸爸妈妈……"我说到这里，鼻子一酸，这四个词我许久不用，都生疏了，"跟咱们家有三代恩怨的老朝奉，终于把尾巴露出来了。这些血海深仇，我一定要报还给他，任何人也别想阻止。咱们许家自老祖宗开始，去伪存真几百年，没出过一个孬种，我不会给列祖列宗掉链子的。请你们保佑我。"

我说完以后，俯身磕了几个头。一直等到香都烧得差不多了，我才把俩香炉浇水压灭，拎起来朝着刘家的两个人走过去。

"墓园里规定不让动明火。"我把炉子递给刘局，带着淡淡的不满。

刘局笑眯眯地把香炉接过去："我们家老爷子想为老掌门上上香，尽尽心意。我已经跟墓园管理处打过招呼了，他们能理解老同志。"

"哼，是不敢不理解吧。"我腹诽了一句。刘局在政府担任要职，手眼通天，让一个小小的墓园管理处开个后门，可以说是轻而易举。

说实话，我是不愿意让五脉的人来的。我爷爷和我父母都是因为五脉而死，我只希望他们清清白白入土为安就够了，不要死后还被这些烦扰的俗事打扰。所以我给爷爷许一城移葬到此的事，谁都没告诉——不过以刘局的势力，想查出来真是太容易了。他们今天出现在这里，我一点也不意外。

刘一鸣似乎看穿了我心中所想，他拄着藤杖上前一步，平视而道："小许你莫怪我多礼。五脉同气连枝，许掌门当年为了民族大义，负冤屈死；许和平教授孤守机密，隐忍多年。他们两位于五脉都是有大功的人，八炷为尊，六炷为敬，老夫于礼于情，都要亲自为他们二位上这几炷香。"

刘一鸣既然这么说了，我也不好再抱怨什么，执晚辈谢祭礼，给他深深鞠了一躬。刘一鸣呵呵一笑，手里藤杖转动几圈，说了句："很好，很好。"然后转身离去——刘家的人都是这毛病，说起话来高深莫测、云山雾罩，永远不给你说明白了。

我站在原地，刘局忽然抓住我手臂："小许，我们家老爷子有几句话想跟你唠唠。"

"那在这儿说不就得了？"

"墓园阴湿，老爷子不宜多待，去他家里头说吧。"

刘局这个人，平时看着笑眯眯的很和善，却是个谋而后动之人。他只要一张口，那一定是把各种因素都算到，有了十足把握，你会发现根本无法拒绝。刘一鸣以中华鉴古研究学会会长之尊，亲自来为我爷爷和我父亲敬香，这份面子，我是没办法回绝的。

于是我跟着刘家这两个人离开墓园，上了一辆桑塔纳。这次总算刘局没搞得神神秘秘，一路车帘都拉开，风景随意可见。可我心里一直在琢磨刘一鸣找我能有什么事，根本没心思往外观赏，一路心事重重。

车子开了约莫半小时，来到小汤山附近的一处红砖别墅。这小别墅外表是苏式风格，里面的装潢却是古香古色。我跟着他们两个进了别墅，径直走向书房。书房入门的地方，上头匾额题着"四悔斋"三字，让我一怔。刘局看出我的诧异，解释说这是刘老爷子新写的，才换上没两天。

出乎我意料的是，书房里的陈设很简单。除去屋角一张茶台几个圆墩以外，只在临窗处摆着一张硕大的酸枝四面平书桌，上面摆着文房四宝和一瓶白菊，还有一幅写到一半的字。书桌旁边立着一扇竹制屏风，上头雕着一副对联："事能知足心常惬，人到无求品自高"。这几件东西看似简陋，却透着高古的清气。一只梨花肥猫正趴在桌案上呼呼大睡，毛茸茸的尾巴不时扫过笔挂，让上头的大狼毫小白云一阵晃动，平添一份温馨闲适。

"呵呵，这小家伙太娇惯了，撵都撵不走。"刘一鸣怜爱地笑了笑，挥手作势赶了几下。肥猫打了个哈欠，旁若无人。刘一鸣又拿起桌上那半幅字，摇摇头道："字随心意。心不静，这字也写不好了。"说完把纸揉成一团，扔进纸篓。刘局打趣道："这字若流到市面上去，少说也值个一万，您这一揉，几台彩电钱没了。"刘一鸣瞪了他一眼："你在外面胡混，可别把市侩之气带进这里来。"

我们各自找了个圆墩落座。刘一鸣把藤杖搁在旁边，先闭目养神了一阵，这才睁开眼睛，对我说道："自家人说话，开门见山吧。天行有道，变者为常。如今社会剧变，学会也在酝酿改革转型，正是用人之际。小许，我希望你能回来帮忙。"

面对刘一鸣的邀请，我摇摇头："我这人闲散惯了，又没什么水平，怕是帮不上您什么忙。"

佛头案以后，名义上许家已正式回归，可我一个人无权无势，原本的金石业务又早被其他几门瓜分，各自都有利益在里头，盘根错节。我没兴趣去跟他们争，仍然自己开店，与五脉的关系若即若离，性质跟灌江口二郎神差不多，听调不听宣。

"呵呵，是帮不上，还是不想帮？"

刘一鸣眯起眼睛，语速不疾不徐。

一下子被说中心事的我有点尴尬，手下意识地往前伸了一下，这才想起来，自从我进了书房以后，刘一鸣连茶都没倒一杯，我连端起杯子喝一口茶来掩饰的机会都没有。

我对他们老刘家，其实是有怨言的。佛头和我们许家回归之事，就是这两个刘家的人在背后推动。对我来说，虽然结果是好的，为祖父平反昭雪，但中途也是数次九死一生。而刘家稳坐钓鱼台，却是最大的赢家。玄字门元气大伤，黄字门一蹶不振，剩下青字门独臂难撑，整个鉴古研究学会，再无第二人能撼动刘家的势力。我总觉得被他们给当枪使了，这一直让我心存芥蒂。

当然，这种话心照不宣就得了，不好说出口。更何况，我还有另外一个非拒不可的理由。

"刘老爷子，我不是不想帮，而是有事没有做完，在那之前我不想分心。"

"老朝奉？"刘一鸣似乎早就料到我会提这件事。

"是的，这次好不容易抓到一个线索，我绝不会放过。我在爷爷坟前立过誓，一定要亲手逮到那个老东西。"我一字一句地说道。

刘一鸣和刘局对视一眼，刘局开口道："大眼贼的案子方震已经向我汇报了。不过现在是敏感时期，得缓一缓。"

"敏感时期？"

"刚才老爷子说了。学会正在酝酿转型，这会牵涉方方面面的势力，甚至可能会演变为古董界的一次大洗牌，多少人都盯着呢。所以在这时候，不可轻举妄动，节外生枝。"

听到这里，我笑了起来："原来是怕我给学会添乱啊。这你们放心。我以个人名义去调查，绝不给组织添麻烦，跟五脉一点关系也没有，呵呵。"我面上带笑，话里的嘲讽味道却十分明显。刘一鸣见我这副神情，抬起手掌往下压了压："小许，家里人说话，不必如此激动，静心，要静心。"

我再也按捺不住怒气，霍然起身："我许家两代人都是因他而死，他还杀害了我的数位好友，我跟他之间，仇深似海。我不管旁人如何，我是绝对不会罢手的！"

刘一鸣长长一声叹息："老朝奉此人，狡如狐，狠如狼，惊如鼠，与我们五脉斗了这么久，从未有人能揪住他真身。兹事体大，须得仔细筹划，不可逞血气之勇。等到学会改组稳定下来之后，我答应你，会倾五脉之力帮你找他，如何？"

"对不起，许家的仇，我不想假手他人。"我冷着脸说道。

刘一鸣的承诺我可不信，难道学会十年不改组，我就十年不报仇了？再说，老朝奉的年纪如今恐怕得有九十多，随时可能作古，万一我还没找到他他就死了，可怎么办？刘一鸣这显然是缓兵之计，五脉不去抓造假之人，反来劝我罢手，一想到这里，我的心火又腾腾烧了起来。

"真者恒久，伪不能长，天自有报应。"刘一鸣继续劝道。我立刻回了一句："我等不及报应，只好自己动手。"

刘一鸣扫了我一眼："小许，你现在心神不定，火气燎原，这么浮躁，怎么斗得过他？"

"五脉藏龙卧虎，却一直拿老朝奉没办法。我既然能一个人翻了佛头案，对付他也未必干不成。"我半带着讽刺说。

书房里的气氛一下子变得尴尬。刘一鸣也不见恼，他白眉一抬，拿指头点了点我，似笑非笑："一个人什么心境什么念想，古物看得最是通透。人能鉴古物，古物亦能鉴人，你的心浮不浮，咱们找件古董一验便知。"

"好啊。"我脖子一仰，不肯示弱。从来我只听说人鉴定古董，这古董鉴人，还是第一次。我虽然水平比起刘一鸣还差得远，可也不惧。

刘一鸣大袖一拂，指着桌案上的一方砚台道："砚台行止端方，持坚不动，自古素有君子之称。就让它给你鉴看鉴看吧。"我对书画鉴定是门外汉，不过砚台属金石一类，倒也算是我们白字门的专业。刘一鸣这一题，不算难为人。

我把那砚台拿起来，略一端详，不禁暗暗称奇。

这一方砚，是一方蟹壳青东鲁柘砚。它的造型和寻常砚台不同，竟是一架缩微古琴的形状。砚面墨池微凹，首尾都雕刻出七弦印记和岳山、徽位，十分精致，看上去和琴面一模一样。在砚台背面，巧妙地把护轸和燕足作为砚足，让砚琴造型融为一体，浑然天成。在腹底的龙池，我还看到一段篆书砚铭："深邃通幽，获此良艰。匠石奋斤，制为雅琴。"落款是……放翁？

陆放翁？陆游？我的手微微一颤。

鲁柘即当今山东泗水，当地有一条柘沟，沟内泥土十分适合烧制陶砚。可惜柘砚的工艺南宋以后就已经失传，传世的数量极少。陆游题铭加上东鲁柘砚，这可是件不得了的物件，也只有刘一鸣这中华鉴古研究学会的会长、明眼梅花的五脉掌门，才能有这种等级的藏品吧？

我把砚台搁在手里掂量了一下，重量适中，而且触手滑腻，微微有湿气润泽。我又用手指托住砚台，轻轻叩击，很密实。我朝刘一鸣看了一眼，老头微微点了下头。我便随手抄起桌上的一条玉簪朱砂墨锭，慢慢在墨池上研磨。只见墨在池里慢慢化开，轻轻一动，就均匀散开。这有个名目，叫"墨荷承露"，意思是好像荷花叶子承着露水一样，讲究的是似散未散，若凝未凝。

我一看墨荷承露都出来了，别的自然不必验看，把砚台放下，对刘一鸣道："是个好东西。"刘一鸣道："你不要心急，再看看。"

我见他一副高深莫测的模样，心中一疑，再翻过来掉过去看，看不出个所以然，心说这八成是诈我呢。我想到这里，把砚台搁下，对刘一鸣道："您是五脉的掌门，在您屋里的物件，我看不出什么不妥。"

刘一鸣长长叹息一声，摇头道："小许，如此毛糙可不像你的作风，看看那砚铭。"我再去看，还是"深邃通幽，获此良艰。匠石奋斤，制为雅琴"十六个字。这砚铭没什么难理解的，讲石工深入大山，在坑洞中敲下石料，制成琴砚，谓之得来不易。无论字体还是镌刻手法，都没什么特异之处。我甚至模糊记得，"匠石奋斤，制为雅琴"这两句应该是从嵇康《琴赋》里引出来的。

"有什么问题？"我不耐烦地反问。

刘一鸣脸上有淡淡失望之色："急而忘惕，怒而失察。你还说你心境不浮？这么明显的问题都没注意到。"他停顿一下，轻声道，"东鲁柘砚，什么时候要敲石头了？"

我"啊"的一声，差点把那砚台扔地上。我意识到自己犯了一个非常愚蠢而且非常低级的错误。东鲁柘砚是澄泥砚，是拿泥土烧出来的陶砚，又不是端砚、歙砚之类的石砚，怎么可能在题铭里大谈采石的艰辛呢？陆游一代大家，断不会张冠李戴，这砚台是假的无疑。

这本来是常识问题，可我匆匆忙忙验看，愣是把这个破绽放过去了。

刘一鸣摇摇头："连这一方砚台，都能看出你的心浮气躁。你怎么去跟老朝奉斗？"

"您搁在书房的东西，我以为是奇珍，先入为主了。"我还想嘴硬。刘一鸣语气却变得严厉起来："我的书房又如何？真的就是真的，假的就是假的，又和人有什么关系？难道我是五脉掌门，就绝无赝品之忧了吗？小许你以人辨物，就已经落了下乘。"

说罢这话，刘一鸣走到桌前，把那砚台搁在右掌之上，再举左手去摩挲。我看到他那股淡然出尘的气度不见了，取而代之的是一种老人特有的悲伤，微微发抖的下唇扯动脸上皱纹，似乎感怀往事，无限伤心。我一时心有所触，不敢插嘴。

刘一鸣摩挲一阵，把砚台放回桌上，这才转身对我说道："这方砚是我在壮年之时，替一位老朋友鉴定的。那时候我正值得意，一时忘形，心神失守，犯了和你一样的错误，误判此砚。结果我的一个仇家盯住这疏漏穷追猛打，老夫几乎声名狼藉不说，还累得我那朋友家破人亡。后来我千方百计找回此砚，带在身边，就是为了时时警醒自己。你要知道，咱们五脉以'求真'立世，这'真'却是最难求的。一时真易，一世真难，若不谨慎，百年功名，很可能会毁于一鉴。所以我要你静气平心，不只为了你自己，也是为了五脉。"

听了这一套长篇大论，我忙不迭地点点头。刘一鸣见我没怎么听进去，喟叹一声道："我看你今天不宜做什么决定，先回去吧。我也不勉强你，什么时候想通了，再来找我便是。"

谈话就此结束，刘一鸣转回屋里去休息，刘局把我送出门，让司机把我先送回去。临走之前，他执着我的手，笑眯眯地说道："老爷子平时可是很少说这么多话，有点累着了。你多体谅他。"我听他这话，心中一动。看来在这个话题上，刘局和刘一鸣，看法似乎不完全一样。

但刘局这个暗示太模糊了，这一家子人都是有话不直说。我心里揣着老朝奉的事，也懒得去琢磨其他无关的东西，只是随口应了一句。

"答应我，先别轻举妄动。"刘局又叮嘱了一句。

"好的。"我回答。

离开小汤山别墅以后，我直接回了琉璃厂的四悔斋，一推门，看到黄烟烟正在屋里，坐在行军床上跷着脚，在那儿看电视剧。

她是五脉黄字门黄克武的孙女，查佛头案的时候帮了我不少忙，现在是我……呃，我俩的关系挺难描述，不算情侣，但又比普通朋友亲密一些。这女人哪，有点像猫，我过去讨好，她爱搭不理；我往后缩，她就给点甜头，搞得现在我也晕头转向了。

有朋友问我，黄烟烟这么漂亮的大姑娘你是怎么认识的，我就把佛头的故事讲给他们听，他们都不信，说这故事还算曲折，就是里面的感情编得太蹩脚了。我说不是编的，他们说那就是你讲得太蹩脚了。

这话没错，人家谈恋爱，都是花前月下，看场电影送束花什么的。我大概是天生脑子里没那根弦，不会这些浪漫举动，每天就待在琉璃厂的小店里头，就算出去，也是去潘家园溜达，人家态度暧昧，也可以理解……你看，今天我去扫墓，让她帮我看了一天的店。这要是搁别的姑娘，早就大嘴巴子扇过来了。

黄烟烟见我进门，起身把电视"啪"一下给关了，递了一杯茶过来。我接过杯子一饮而尽，擦擦嘴，问她今天生意怎么样。烟烟说一件都没出去。我笑笑，说正常，正常。然后一屁股坐在行军床上，紧贴着她。烟烟也没躲，继续嗑着瓜子。

我正犹豫要不要伸出手去勾她的肩亲热一下，烟烟忽然开口问道："听说你去刘老爷子那儿了？"我心想这五脉真不愧是同气连枝，什么事都瞒不住，便把我跟刘一鸣的谈话说了一遍。黄烟烟听完以后，沉思片刻："虽然刘老爷子这个人心机很重，不过这次他说得有道理。"

我颇觉诧异："你也觉得我不该轻举妄动？"要知道，黄烟烟的爷爷黄克武一直在跟刘一鸣斗，中华人民共和国成立以后的中华鉴古研究学会发展，就是一部黄红两门斗争的历史。她平时对刘家冷嘲热讽，难得有句好话。

烟烟说："刘老爷子没骗你，最近学会确实一直在酝酿改制的事儿，家里人正在加紧活动，四处造势。"

"怎么改？"

"刘老爷子是想把整个京城的资源整合到一起，联合收藏界、古玩大店、大学、博物馆、文物局和相关科研机构，来稳定整个古玩市场。"

"好家伙！"我啧啧赞叹。这可真是不小的手笔。

"这件事要做成了，会是业界的一次大洗牌。其他几门的人，也都在忙这件事。"

这次改制虽然只是整合首都资源，但对全国都有重大影响。所以我过几天得出趟差去南京，那边有几位古董界的老前辈，跟我爷爷有旧，家里派我去争取一下支持。"

"去多久？"

"怎么也得半个多月才回来。"烟烟说完，伸出手摸摸我的脸，"我知道你心里着急，但你一个人去调查，我实在放心不下。老朝奉的危险，你也是知道的。稍不留神，就会吃大亏——别忘了药不然啊。"

听到烟烟这么一说，我嘴角一阵抽搐。药不然这个名字，可实在是刻骨铭心。我本来当他是最好的朋友，想不到他却是老朝奉麾下一个卧底，险些就把我们害死了。这次我死抓住老朝奉的线索不放，一半是因为许家的恩怨，另外一半就是因为药不然的背叛。

烟烟见我神色有异，知道这名字触动了我的伤心事，便温柔地抓住我的手，柔声劝道："所以你耐心点，等我回来。我去跟爷爷说一声，到时候学会调动资源人手，还怕抓不住他吗？"

我"嗯"了一声，收起忧虑神情："行，都听你的——不过我可不能白听。"我转过脸，笑嘻嘻地想要去亲她的嘴唇。不料她身形一晃，敏捷地闪开了。我一脸无奈，她武功高强，真打起来我完全不是对手。黄烟烟咯咯一笑，拎起小红包出门了。

烟烟走了以后，我一个人坐在行军床上，点起一支烟，脸上的笑容在烟雾中慢慢收敛起来。所有人都劝我不要去找老朝奉报仇，但这件事不是简单地说一句"你不要去"就能让我释怀的。

接下来的几天时间，我老老实实待在四悔斋里，哪儿都没去，就打了几个电话。到了烟烟要出差去南京那天，我把她送到火车站。烟烟说又不是生离死别，送到检票口就行了。我说那怎么显出诚意呢，执意买了张站台票，一直把她送进车厢里，帮她把旅行包搁到行李架上，这才下车。

下车了我也没走，一直站在月台上往车厢里看。烟烟隔着玻璃对我说了几句话，还把手伸到耳朵旁歪了歪头，看口型的意思，大概是说到南京她会给我的大哥大打电话。我微笑着点点头，做了个放心的手势。

我站在原地，目送着列车缓缓出站。等到它消失在远方，我假意朝着地下通道走了几步，装作蹲下身系鞋带，仔细观察周围。这时候月台上送客的人都走完了，就剩下几辆卖食品的小推车，几个售货员聚在一起闲聊着。我看看没人注意到我，就走到月台尽头一处绿色廊柱的后面，盯着另外一侧的火车。

这个月台是双向的，在另外一侧恰好也停靠着一辆即将发车的火车，看标牌是去广州的。按照规定，月台只能单向发车，一个车次一个车次地放人。去南京的车发走以后，去广州的车才会开放检票口。我抬腕看看手表，时间差不多了。果然，很快从地下通道传来杂乱的脚步声，一大拨扛着大小行李的旅客拥上月台，各个兴致勃勃，都是打算南下淘金的。列车员们纷纷站到车门前，准备迎客。

我把烟头丢到地上踩灭，刻意紧跟着一个背着大帆布口袋的旅客。列车员伸手找我要票，我一晃手里的站台票，又指了指前头的乘客，一句话没说，就混进车厢里去了。进去以后，我轻车熟路地躲到洗手池旁待着。等到送站的人都下去，火车一开动，我主动找到列车员，说补一张卧铺。

列车员问我到哪儿，我看了眼窗外，毫不犹豫地回答："去郑州。"

没错，郑州。

我要去郑州。

大眼贼给我的那个老朝奉的地址，就是在郑州。

刘一鸣也罢，烟烟也罢，他们都是五脉中人，考虑事情自然要从大局出发，学会利益为先。但我对五脉，实在没什么感情，我有恩于五脉，五脉可无恩于我。许家的仇，别人可以罔顾，我却绝不会罢手。

当然，我已经答应刘局和烟烟了，暂时不去动老朝奉，自然说话算话——不过，我可没答应不去调查外围线索。

我是这么打算的：在郑州查而不动，一有所得，立刻收手，等到学会腾出空来，再继续追查不迟。我出发之前，已经在四悔斋里打好了埋伏，封门闭户，说去外地收货。我算过了，去郑州最多一星期，神不知，鬼不觉，只要赶在烟烟回来之前返回就行了。

大眼贼失风被抓，说不定老朝奉很快就会觉察。如果因为耽误几天而错失了这么一条线索，到时候可没后悔药吃去。

我就这么躺在卧铺上胡思乱想，昏昏沉沉睡了过去。过了十来个小时，列车员把我叫醒说到站了。我揉揉眼睛，往外一看，看到窗外的月台上立着一块硕大的站牌，白底黑字，写着"郑州"二字。

我心想，这就算是进了敌营啦。

玩古董的人都知道，河南是古玩大省，开封、洛阳、安阳三地呈鼎足之势。而这三地的古物，则汇聚于省会郑州。郑州自古就是七郡道口、五路通衢，是重要的文物流通集散地，卓然自成一番格局。想要在河南文物市场分一杯羹，郑州是必须掌握的枢纽。因此各路神仙在此都有势力，错综复杂，水一点不比京城浅。据说五脉数次南下，想要把郑州收入麾下，结果只能换得一个听调不听宣的结果，可见此地之凶险。

我出了熙熙攘攘的郑州站，先在街边的小摊子上吃了一大碗胡辣汤。这玩意儿看似是漫不经心的乱炖，实则滋味无穷，一口辛辣面汤滑入胃里，跟手指头摸了电门似的，全身都麻酥酥的，格外舒坦。我就着两个油饼把这一碗胡辣汤喝了个底朝天，觉得一夜疲劳全都被辣出了体外，斗志昂扬。

我这次来郑州，背着刘家，所以五脉的人脉是不能用了，只能孤军奋战。一念至此，我非但没有畏惧，胸中横生一股豪气来。老朝奉与我许家三代恩怨，是时候由我做个了结了，是生是死，我都绝不会回头。

"这一封书信来得巧，天助黄忠成功劳，站立在辕门三军晓，大小儿郎听根苗……"我不由得开腔唱了几句《定军山》，然后打了个饱嗝，从怀里掏出一张小字条和一张地图来。

这小字条是我在审讯大眼贼的时候偷偷抄的，里面写的就是老朝奉留下来的地址。方震那个家伙，大概是猜到我的心思，把审问记录看得特别死，不让我接触。我施展浑身解数，才从记录的小警察那里骗来。

我拿着这字条和地图，一路按图索骥，倒了几趟公共汽车，终于找到一处十字马路的交叉口。这一带是老城区，放眼望去一片片都是灰瓦平房，巷道交错，远处几栋楼房的工地正在动工，但一时半会儿改变不了整体风格。在这些平房之间还有一条隆起的土包，长条形状，上面长着一层薄薄的青草，在这一片房海之中显得特别突兀。

我附近问了一下，才知道这是当年商代城墙的结构遗迹，不由得多看了两眼。真不愧是郑州，上古遗迹随处可见。几千年前的东西，就这么堂而皇之地夹杂在嘈杂的居民区里，显得别有意趣。

字条上的地址，在附近一条巷子的尽头，是处其貌不扬的平房，商代城墙遗址就在房后，看着好似这户人家的后山。我走到门口，看到大门上吊着一把锁头，门外挂着一个墨绿色的邮筒，旁边是个鲜奶箱，上面用粉笔歪歪扭扭写着门牌号。

我没着急敲门，而是谨慎地在周围转了一圈，找到巷口的一家小卖店。店主是个胖胖的大婶，开始对我爱搭不理，等到我掏钱买了两板五号电池和一卷乐凯胶卷，她的态度一下子变得热情起来。我借机跟她攀谈，打听这家人的情况。

套话是玩古董的人必备的技能，俗称舌头耙子，舌头一摆，就能从对方那里耙出想知道的事。胖大婶一个普通中年妇女，对我根本没什么戒备心，三两句话我就把那家人的底细摸清楚了。

这户人家姓阎，户主叫阎山川，是个报社记者，媳妇在中学当语文老师，家里有个七岁的小孩子。不过据胖大婶说，阎山川是跑财经新闻的，媳妇也很本分，没听说过这家人跟古董、文物什么的有关系。

当然，这说明不了什么。如果他们真跟老朝奉有勾当，不会让外人知道的。我告别胖大婶，在附近的五金店买了把改锥，趁巷子里没人，悄悄撬开了阎山川家的信箱。信箱里只有一份《河南日报》、一份《郑州晚报》，报纸都是当天的，上面什么记号也没有。

我把东西放回去，信箱关好，悄无声息地离开了巷子，在附近找了家叫爱民的小旅馆住下。次日一大早，我在地摊上买了一架玩具望远镜，爬上那座商代城墙遗址。这里可以俯瞰阎山川家，进出动静一目了然。

我连续观察了三天，基本上摸清了这家人的作息时间。户主阎山川每天早上六点半出门，他媳妇每天早上七点带孩子出门，中午都不回家。晚上五点孩子自己放学回来，拿钥匙自己开门。他老婆六点带着菜回来做饭，阎山川差不多要七点以后才回来。送报纸的邮递员每天下午两点准时投递，就送两份报纸，没有明信片或信件，晚上阎山川媳妇回家的时候开信箱取走。

这个状况让我非常迷惑不解。

大眼贼从老朝奉这里买的是一个低伪仿明玉壶春瓶，根据他的口供，一共花了二百五十块钱，那么老朝奉从中赚到的利润，应该是在一百块左右。这个利润率很高，但绝对数不大。老朝奉要靠这个渠道赚钱，每日起码得有十件二十件的走货量，才能形成规模，像这个接生意的当口，三天居然连一笔生意都没有，实在不合理。

我心想，莫非屋子里暗藏玄机？得找个办法进屋里头看看。

阎山川家里倒是经常没人，可这里离大街不远，人来人往很是嘈杂。再说邻居大婶已经认识我了，贸然闯进去，万一被人当小偷抓起来，可就得不偿失了。于是我就把主意打到他们家孩子身上。他们家孩子阎小军上小学二年级，每天下午放学后，和同学一起站队回家，到大街口他才离开队伍，掏钥匙进家门。

这是一个好的突破口。我弄了一顶记者帽和一件夹克衫，又去玩具店里花两百块钱买了一个变形金刚，还是那种组合金刚，叫大力神。我捧着塑料盒子，等在巷子口。快到五点的时候，我远远看到一队小学生站队回家，连忙迎了上去，大声叫他的名字："阎小军！"

一听我喊，队伍里一个小孩子立刻转过头来。他打量了一下我，发现根本不认识，一脸迷惑，但眼睛一扫到我手里的变形金刚，就转不动了。

变形金刚对小孩子的吸引力，不啻《兰亭集序》真本对书法家的诱惑。我故意把变形金刚捧在身前，满面笑容地说："小军你忘啦？叔叔跟你爸是一个单位的，还抱过你呢。你爸爸给你买了个变形金刚，他有事，让我先给你送过来啦。"

我故意当面大声说，他那些同学纷纷投来羡慕的眼神。小孩子特别敏感，阎小军顾不得质疑我的身份，一把接过变形金刚，这手就撒不开了。我哈哈大笑，说还不谢谢许叔叔，他连忙说谢谢许叔叔，不忘得意地回首瞥了一眼队伍。

我顺理成章地摸摸他的头，说："你爸爸一会儿就回来，我给你送回家去，在那儿等他吧。"阎小军被变形金刚弄得头昏脑涨，一点也没起疑心，掏出钥匙把我让进他们家去。

阎山川家进门是一个小客厅，立着个塑料圆桌。里面分成两间，一间大人住，一间小孩子住，都用梅花布帘挡着。厅里的五斗橱上搁着一台松下二十一英寸彩色电视机，旁边还放着一套卡拉 OK 机。再远处是个书架，书架旁支着一架雅马哈的电子琴，旁边墙上是俩人结婚照片，有道裂痕。

看来阎山川的家境还不错，只是无论如何也看不出这家里跟古董有半点关系。我扫了一眼书架，上面的书花花绿绿，不是杂志、工具书，就是股票、时尚类的书，最旧的也是七八十年代的。

我把阎小军叫过来，问他爸爸妈妈平时都在家里做什么，阎小军说摔跤。我一听，不由得打了个哈哈，这熊孩子真是什么都说……我问除了摔跤呢？小军说吵架。我耐着性子启发小孩子，说："你再想想，有没有收到过什么信或者罐子花瓶什么的？"

阎小军眼睛一亮，说："我爸爸有好东西，藏在我屋子里的床底纸盒箱子里。"我按捺住激动心情，让他带我去找。这小孩子也属于没心没肺型的，带着我就进了他的小卧室，撅着屁股从床底下拖出一个大纸壳箱子，上面还拿胶带封着。

拆胶带最好是用蒸汽熏，不露痕迹。但我看看时间快六点了，怕他媳妇回来，急中生智，把箱子颠倒过来。果然这纸箱子底下没封胶，就是四个折口交错叠在一起。我跟阎小军说："你去玩变形金刚吧，这边有叔叔呢。"这孩子居然就大大咧咧跑出去了，估计已经快忍不住了。

我把箱子拆开一看，一口血喷出来。原来里面装的是一摞香港的《龙虎豹》杂志，上头一个个裸女搔首弄姿。我能理解阎大记者为啥把它藏在这里，不过这显然不是我想要的，赶紧又放回箱子，原样放到床底下。

我回到厅里，就听外头一阵自行车丁零零地响，朝外一看，阎小军他妈居然拎着菜提前回来了。我暗叫不好，赶紧把阎小军拽过来，装作教他玩变形金刚。他妈推门一进来，发现屋子里有个陌生男人，吓了一跳。我放下变形金刚，满面笑容伸手过去，说："嫂子你好，我是阎山川的同事，有人给小军捎了套玩具，阎哥让我带回来。"

碰到这种情况，绝不能着急走，一走就显得心虚。狭路相逢勇者胜，你得主动滔滔不绝地讲话，让对方脑子里没有思考的余暇，才有机会先声夺人。我这么一说，她一下子就愣住了，一时间反应不过来。我乘胜追击，又接了一句："阎哥给我看过您照片，您本人看着可年轻多了。"这一句话，先解释了我俩没见过面，又顺势恭维了一番，消除敌意。阎山川的媳妇被我连消带打几句话说得晕头转向，把菜搁到一旁，讪讪道："这个老阎，也不跟我说一声，我好去多买点菜。"

"不用了，嫂子，我这还有别的事，马上就得走了。"我摆了摆手，身子却不动。阎山川媳妇一听我要走，赶紧说："你专门送东西过来挺辛苦，好歹留下来吃顿便饭吧。"她说出这话来，说明疑心已经消除大半，我接下来只要把离开的意思再表达得坚决一点，她客气两句，把我送出门，这一关就算是过了。古董商人多少都有点演戏天赋，这些手段对付普通老百姓简直太容易了。

我暗自松一口气，正盘算什么时机离开最好。不料门外忽然又是一响，我和她同时转头去看，看到一个中年人推门走了进来，正是阎山川。

这一下子饶是我心理素质好，也不由得惊慌起来。老天爷你也太浑蛋了，平时夫妻俩都准时准点，怎么今天这么寸，全都提前回家啊！

阎山川看到屋子里多了一个男人，立刻警惕地停住脚步，朝我瞪过来。我知道，如果给他思考的时间，不消两秒我就会大难临头。我急中生智，拿出鉴别古董的眼光扫了他一眼，看到他脸色潮红隐有酒气，心中立刻有了计较，上前一步劈头喝道："山川！你这喝酒的老毛病怎么还没改，怪不得升不上去！"

阎山川听到这话，肩膀一颤，脸上居然浮现出些许羞惭神色，显然被我说中了心思。

其实这事说来也简单。屋子里摆放着不少酒瓶，结婚照还摔裂了一半，再加上刚才阎小军说爸妈总吵架，说明家里矛盾重重。一个事业单位的中年记者，居然还住在这种小平房里，显然在单位里混得不怎么样。阎山川的不得志，就算不是家庭矛盾主因，也是重要原因之一。这会儿才六点，阎山川一身酒气回来，一定不是应酬吃饭，很有可能是自己喝闷酒去了。

综合这些线索，我再稍加发挥，一下子正中了他的要害。我趁机快步走到他跟前，语气半是劝诫半是斥责："小军都这么大了，嫂子多不容易，你是家里的顶梁柱，得争点气啊。"

"你是……"阎山川有点蒙了。我不由分说打断他的话："是！我是外人，可有些话就得外人来说！"我把嘴凑到他耳边，压低声音道，"床底下的书，嫂子可都知道了。"阎山川眼睛一鼓，顿时大为紧张，支支吾吾解释说那是大钟送的。他媳妇柳眉一立，已经听出有些不对劲了。我长长叹息一声，指着他媳妇说："这话啊，你自己去跟嫂子解释吧，我不管了！"

这句话是最狠的，我故意不挑明什么事儿，他们夫妻俩只要有矛盾，肯定会自动代入进去。这一招"祸水东引"果然奏效，阎山川媳妇脸色阴沉下来，不定想起什么陈年宿怨。阎山川想解释，却又不知该从何说起。我趁这个空当，怒气冲冲推门而出，还故意把门重重摔上。

出了门以后，我头都不敢回，一溜烟儿跑回了爱民旅馆。进房间以后我一屁股坐到沙发上，背后已经被冷汗濡透。说实话，这事我做得有些不地道。我与老阎往日无怨，近日无仇，却要他平白替我承受这飞来的无妄之灾，但我别无选择，看以后能不能找机会补偿吧。

我坐在沙发上把气儿喘匀了点，又起身拿起暖瓶给自己倒了杯热水，心里才慢慢恢复平静。

今天也不能说全无收获。我的闯入是个意外事件，从阎家三个人的瞬时反应来看，他们应该跟古董造假或老朝奉毫无关系。

要么是大眼贼故意给错了地址，要么是老朝奉狡猾，一觉察有异，就立刻把这边的联络站撤了。无论是哪种可能性，都意味着这条线已经失去价值了。刘一鸣和烟烟说得没错，老朝奉是个狡如狐、狠如狼、惊如鼠的人。说不定正是大眼贼的落网惊动了他，这才立刻收回了手脚。

我想到这里，无奈地摇摇头。我冒着被五脉和烟烟指责的风险来到此地，结果却是无功而返。挨骂是小事，关键是老朝奉一下子又缩回了黑暗里，隐藏身形，再想要抓住他的尾巴，不知要到何时了。

老朝奉这根刺一日不去，我许家一日不得安宁啊。

"爷爷，爸爸，我到底该怎么办呢？"我望着天花板喃喃道。天花板上到处都是水渍痕迹，既像是一幅玄妙的青铜铭纹，又像是爷爷许一城那满是皱纹的沧桑脸庞。我希望从中看出答案，就这么一直盯着，盯着盯着，眼皮变得沉重起来，慢慢地睡了过去……这一天夜里，没人给我托梦。次日我早早起了床，打算坐最近的一班火车赶回首都。爱民旅馆可以代买火车票，所以我把钱交给服务员，然后坐在前台旁边的沙发上，等着拿票。我随手从报刊架上拿起一张报纸，心不在焉地翻看。差不多看完了两版新闻，旅馆外头忽然传来一阵喧哗。

我抬头一看，一个身穿红色夹克衫的小个子连滚带爬地跑进来，他年纪不大，脖子上还挂着一台相机。这个小家伙神色狼狈，一进门就连声喊着快报警。前台服务员本想探出身来问，突然又缩了回去，原来在那小个子身后，还追着四五个裸着上半身、下穿牛仔裤的长发汉子。小个子见服务员不敢搭理，大为惊慌，脚下一不留神被拖布绊倒在地，怀里滚出一样器物，掉在地上发出清脆的响声。

一听这响声，我耳朵陡然立了起来。这声音我太熟悉了，是铜声，而且是精铜！铜在古代被称为声金，在五金之中质地最易发声，我们许家在五脉里属白字门，专精金石，这种声音听过太多次。我放下报纸，朝地上扫了一眼，发现那东西是一个铜索耳三足香炉，不大，通体黝黑，看起来像是一件古玩。

小个子看到香炉掉出来，神情紧张，俯身把它捡起来，往怀里揣。就在这一迟疑的当儿，那几个大汉扑过来，恶狠狠地按住他肩膀，喝令他把东西交出来。小个子拼命挣扎："我是记者，你们快放开我！"

那几个人大怒，狠狠踹了他两脚："记者算个屁！赶紧把偷的东西还给我们！"

"这是我买的！"小个子大叫。

"我们不卖了！"为首的人从怀里掏出一沓票子甩到地上，然后下令去搜他的身。小个子梗着脖子趴在地上，拼命护住那香炉："你们卖假货！这就是证据，不能给！"我听到"假货"二字，眉头一皱，不由得多看了那边一眼。恰好一个汉子与我四目相对，他打量了我一下，走过来恶声恶气道："你看什么看？"

"我看什么关你屁事？"他态度恶劣，我自然也没好脸色。

"这儿还有一个嘴硬的！"他这话一出，那边立刻腾出两个人，气势汹汹地朝我包夹过来，作势要打。我突然意识到，我现在穿的还是昨天去阎山川家的那套记者行头，估计这伙人误会我跟这小个子记者是一伙的了。他们见我坐在沙发上不出声，以为怕了，指着我鼻子道："你给我老实待着，不然连你一起打！"

本来我没有见义勇为的心思，但这群夯货非要来惹我，我也就不必客气了。鉴赝识伪，是明眼梅花的天然责任。临走之际，我随手行侠仗义一次，也算不虚郑州此行。

一念至此，我便拨开他的手指，冷冷笑了一下道："光天化日之下，你们在爱民旅馆抢东西，传出去也不怕抹了盘子？人家既然没倒拦头，你们也别欺人太甚，不然可莫怪我刨你们的杵。"

这是玩古董的暗语春点，"抹盘子"是丢人，"倒拦头"是上当受骗的人回来要钱，"刨杵"是指同行人拆台。听了这些话，他们就该知道我也是同道中人。果然，那为首的壮汉听了我的话，态度稍微收敛了点，指着小个子："这浑小子来偷我们店里的货，我们抓贼拿赃。朋友你借条道，彼此都方便。"

"就是那个香炉？"

"那可是正宗的宣三炉！你说这小子罪过有多大？"大汉一本正经地说。我一听，"扑哧"一声差点乐出声来了。

宣三炉是指在大明宣德三年炼出来的铜器。当时宣德皇帝亲自监督，从暹罗进口铜料，前后精炼十二遍，质地极纯。这些铜一共炼成三千件铜器，再也没有多的了，收藏者谓之"宣三炉"。咱们如今说的宣德炉，严格来说指的就是宣三炉。后世虽然一直仿制，但都未能达到那一年的制作水准。所以能流传至今的宣三炉，每一件都是稀世珍品——这家伙张嘴敢说宣三，也不知哪里来的底气。

小个子在地上大喊："他们是在撒谎！他们卖的是假货，我买来当证据去曝光，他们就想给抢回去。"

我点点头。其实刚才我一听那响动,就知道这玩意儿真不了。真的宣德炉,铜质均匀,铜声恢宏大气,赝品往往声音发闷。而且正经的宣三炉,表皮暗淡,收敛在内,如同炉中有火光而不冒。小个子怀里揣着的那个玩意儿,表面抛得贼光贼光,假得没法再假了。

但重点不在这里,而在于怎么说这话。古董界从来不说"假",而是说"不旧""挺新",就是不想得罪人。何况现在那群流氓占着武力上的优势,话不可说绝。我略转了转心思,便笑道:"您这尊宣三炉,宝光不是很足啊,拿出来可有点烫手。"

我把范儿端得足足的,行内术语一露,那几位就有点迟疑。为首的还嘴硬:"我们这可是真品,专家鉴定过的。"

"好,你们既然说他偷了宣三炉,这东西的价值够得上立案了。要不这样,咱们去派出所去报案,你看如何?"

我将了他们一军。若是去派出所报案,这假炉子稍加鉴定就得露馅;若是不去,那就承认给小记者栽赃了。造假都是为了求财,不是为了争气。被行家刨了杵,明白人不会继续纠缠,免得自取其辱。

我本来打算让他们知难而退就得了,可冷不防那小个子又大叫一声:"对,去公安局!他们是个古董造假窝点,骗了很多人!不能放过他们!"

我嘴角抽搐了一下,恨不得踹他一脚,这些事你他妈的不会等脱身了再说啊!果然,那几个汉子听了小个子记者的话,重新目露凶光。为首的大汉一挥手:"管他妈那么多,先把这小子的东西掏出来!还有,把他那相机给我砸了!"其他人立刻七手八脚去撕扯那小个子。

就在这时,门外传来杂乱的脚步声,三四个警察冲了进来。警察一见屋里这阵势,如临大敌,连忙掏出枪来,喝令不许动。人民警察面前,一切黑势力都是纸老虎。那些汉子一见黑洞洞的枪口对着自己,一个个全跪下双手抱头,气焰全没了。

"刚才是谁报的警?"带队的警官放下枪,环顾四周。

"是我。"我从怀里拿出我那部摩托罗拉 3200 大哥大,晃了晃,机器上的通话绿灯还一闪一闪的。

早在跟他们说话之前,我就知道这事决计不能善了,所以事先用大哥大拨通了报警电话,藏在怀里。接下来我们的对话,警察在那边都听得一清二楚,我还故意大声报出爱民旅馆的名字，指引他们过来。

那时候手机还是个稀罕东西，普通人根本没这概念。那些汉子怎么都想不到，我穿着朴实，怀里居然揣着个大哥大。

警察把我们几个全带去了附近的派出所。做笔录的时候我才知道，那个小个子记者叫钟爱华，二十出头，刚毕业参加工作不久，在当地晚报负责文化版面。他最近有个选题，调查郑州市文物市场状况。这孩子是个傻大胆，顺藤摸瓜摸到一家黑店，打算买一件赝品当证据做曝光，结果不慎被对方发现，一路追到此处。若不是我见义勇为，钟爱华怕是已经躺在医院里了。

这孩子真够糊涂的。在郑州这龙蛇混杂的地方开古玩店的，背后多少都有点势力。何况古玩圈子的真赝之争，从来都是闷起来自行解决，找警察或找媒体曝光，都是坏了行规的大忌。他这是捅了马蜂窝，怪不得会被一路追杀。

那伙人涉嫌人身伤害、非法禁锢和诈骗，直接被收押了，我和钟爱华被盘问了几句以后就放了出来。我看看时间差不多了，想回旅馆取票回首都，钟爱华却一把抓住我胳膊，非要请我吃饭道谢。我本想拒绝，但架不住他生拉硬拽，就差没痛哭流涕了，只得勉强答应下来——反正火车下午四点才开，吃个饭来得及。

钟爱华见我答应，高兴得不得了，说："我带您去吃羊肉烩面，我知道一家特别好吃的！"

我算是看出来了，钟爱华这家伙用一个字总结，就是"愣"，或者用个好词形容，叫直爽。他似乎根本不懂什么叫委婉和掩饰，有什么说什么，所有情绪都亮堂堂地表现在脸上，活蹦乱跳。这种人去古董行调查，不被识破才怪。

他带着我七转八拐，来到一处其貌不扬的小店，叫刘记羊肉烩面。钟爱华说："您别看这店小，年头可不短，东西着实好吃。"我们坐下来，一会儿工夫就端上来两个白瓷大碗，热气腾腾的红油汤面浮着几丝香菜。我拿筷子一搅和，里头羊汤的浓郁鲜香扑鼻而来，让我浑身筋骨为之一酥。我这几天为了监视阎山川家，没怎么正经吃东西，闻到这味道，肚子立刻就饿了。

于是我也不客气，低下头稀里呼噜吃了起来。直到把里头面筋捞干净，汤喝光，我才抬起头来，满意地打了个饱嗝。对面钟爱华也吃得差不多了，一嘴都是羊油，一脸难为情地掏出手帕擦了擦。

"你上午干吗那么冲动？"我问他。

一提这话题，钟爱华打开了话匣子，"我有个中学语文老师，人特别老实，兢兢业业教了一辈子书攒了点钱，听人说古玩能升值，就去了今天那家店里转悠。没转几圈，就有人凑上去偷偷告诉我老师，说他瞧见店后头扔着一个小铜炉，店主没当回事，其实是件宝贝，是宣德炉，一转手就是几十万。老师说这么好的机会你干吗不捡漏？那人说今天可巧没带钱，又怕前脚走，后脚这便宜就让人占去了，我看你是人民教师，信得过，这才找您。您先掏钱给炉子盘下来，回头我本钱还您一半。等倒手卖出好价钱，咱们一人五分。我老师信以为真，以为捡了个大漏，连忙取出毕生积蓄，把那炉子盘下来了。等交完了钱，我老师一回头，那人就不见了。请专家一鉴定，假的，一辈子心血就这么没了。老师再去找那家店，人家压根不承认，说那人跟他们没关系。老师急得脑出血住了院，老伴也急病了，好端端一个家，就这么毁了！"

我微微一笑。这招叫作借花献佛，可以算是最常见的古玩骗局。别看这骗术简单浅显，偏偏上当的人最多。没办法，人总想占便宜，一存了这个心思，利令智昏，就会上当。尤其是那些外行棒槌，一骗一个准。

"所以你去那家店里，是想替你老师出一口气。"我问。

"不光是出气！我做这个选题，就是打算好好曝光一下现在的赝品乱象。现在多乱啊，假货遍地都是，不曝光的话，恐怕会有更多人上当。"

"你就不怕遇见今天这样的危险？"

"怕，但总得有人来做这件事情啊——揭露真相，是我们记者的神圣天职。"说到这里，他摸了摸脖子上的凤凰205相机，露出坚定的神色。

这个年轻人冲动了点，但这份还没被俗世磨去的正义感却让我对他心生好感。钟爱华忽然盯着我的脸，一脸狐疑："我看您刚才说那几句话，挺内行的，您在首都也是玩古董的吧？"

"嗯。"我夹起一块海蜇皮，咯吱咯吱嚼了起来。

"那您知道明眼梅花不？"钟爱华问。

我嘴里"咯吱"一声，把舌头给咬了。

明眼梅花是五脉的别称，古董界知道这词的人都不多，一个刚毕业的郑州记者怎么能一口叫出这名字？

这什么情况？我心中升起一团疑惑。

"那是个老词儿了，你知道的还不少嘛。"我反套了一句，仔细盯着他的脸。钟爱华大为得意，眉飞色舞地晃着筷子："为了做这个古董市场现状的选题，我着实去查了不少资料呢——前一阵有个玉佛头事件你听过吧？"

我缓慢地点了一下头，不置可否。玉佛头那次事件在业内很是轰动，但在刘局的刻意管控下，并未在媒体上大肆报道。不过当时记者很多，有心人若是想查的话，还是有不少资料能找到。他若对古玩有兴趣，查到这件事也不足为奇。

"据说在玉佛头的背后，就是明眼梅花。人家一共有五脉传承，现在改名叫中华鉴古研究学会，在首都管着古董鉴定。你想想，五大家族专注打假几百年，往那儿一坐，就是泰山北斗，说真就真，说假就假，多牛×呀！"钟爱华说到这个，眼睛直发亮，跟阎小军看见变形金刚似的。

"你好像很崇拜他们？"我饶有兴趣地问道。

钟爱华一拍胸脯："那当然了，那都是我的偶像。我本来大学就想报考考古系的，家里不让，这才选了新闻系。不然我就直接去首都投靠五脉了。说起来，明眼梅花的事，我可知道不少，跟我们郑州也是颇有渊源啊……"说到这里他整个人突然僵住了，眼睛瞪得溜圆，手指颤巍巍地指向我："你……你……你？"

"我怎么了？"

"我想起来了，你是……那个许一城的孙子，敲佛头的许愿！"钟爱华的嘴唇开始哆嗦。

我心想我什么时候多了这么个绰号，当下点了点头："嗯，你怎么认出来的？"

钟爱华一下子从椅子上站起来，伸出手来想要抓我胳膊："真瞎了我的狗眼啊！我明明看过新闻发布会的照片，怎么刚才就没认出来呢！你就是许愿啊！那个许愿啊！"

我算是体会到那些港台明星在内地是什么待遇了，他两眼发亮跟个追星族似的，热情得让人受不了。我有点不胜其扰，但也有了一点点得意——哥们儿我也算是有拥趸的人了。

周围的食客纷纷投来好奇的目光，我好不容易把钟爱华劝回到座位。他激动得脸红脖子粗，倒了满满一杯啤酒，又站起来："英雄，我敬你一杯！"

"坐下喝，坐下喝。"

"我能给许老师您做一期专访吗？"

"不必了。"我赶紧拒绝。我是偷偷离开京城的，这要是上了郑州的报纸，行踪岂不全曝光了？

"您来郑州，一定是和古董鉴定有关系吧？是不是又有惊天大案等着破？"钟爱华一脸期待地问，然后还没等我回答，又自己敲了敲头，自嘲说，"对啦，这都是机密，怎么能跟我一个小记者讲呢？"

这家伙还真不是一般的直爽。

我看着钟爱华，心里突然冒出一个想法。

看得出，这家伙对古董行业很有感情。他是本地人，又要做郑州文物市场的专题报道，手里一定有不少关于造假的资料。从他那里，说不定可以挖到一点关于老朝奉的资料。我再怎么熟悉鉴宝，在郑州毕竟是外地人，得有当地的帮衬才好施展。强龙不压地头蛇，就是这个道理。

于是我让他冷静一点，一脸严肃地开口道："我来郑州，确实有件事想查清楚。要不你听听，帮我参详一下。"钟爱华激动得满脸涨红，手忙脚乱地从怀里拿出记事本和圆珠笔，唯恐漏听一句。于是我把阎山川家的事情从头到尾说了一遍——当然，我隐去了老朝奉的名字，只说追查到一条制假贩假的线索。我问他："你觉得这信，是如何送进阎山川家的？"

钟爱华这会儿已经稍微恢复了点冷静，听我说完，他把圆珠笔搁在嘴里咬了几下，又问了我几句在阎山川家的遭遇，一时陷入沉思。忽然"咔吧"一下，他竟把圆珠笔头给咬碎了。钟爱华吐出塑料碎渣，咧开嘴乐了："许老师，我想明白了。"

"哦？"

"大眼贼告诉您的地址，应该没错；阎山川对此毫不知情，也没错。"

"这不是自相矛盾吗？"我皱起眉头。

"不矛盾啊，您忽略了一个重要环节。信，可不会自己跑到阎山川家里啊。"钟爱华笑着做了个送信的动作。

钟爱华这么一提示，我脑海里一下子豁然开朗。

对啊，能接触到这些订货信的，除了阎山川以外，还有每天上门送信的邮递员啊！如果邮递员是老朝奉的人，那么他便可以在派送的时候，把所有写给阎家的信截留下来。这样一来，订货信就能神不知鬼不觉地送进工坊。就算这个地址被警方关注，调查者首先也会把方向对准毫不知情的阎山川，给老朝奉留出足够的预警时间。

老朝奉这个安排，可谓是大隐隐于市，巧妙至极。

我看看手表，现在是一点半。还有半小时，那个邮递员就要去阎山川家送报纸了。我想到这里，起身欲走。钟爱华忙道："您这是要去堵人揭发造假黑幕了？"我点点头，事不宜迟，要趁他们觉察之前，把这根线死死咬住。

钟爱华怯生生地问他能跟着去吗，一脸期待。我犹豫了一下，但又不想打击这小家伙的积极性，就说："你可以跟去，但不许跟任何人说。"钟爱华雀跃不已，把脖子上挂着的那台相机举起来又放下："我答应您。不过万一这案子破了，您可得让我做个独家报道。"

"一言为定。"

我们俩离开小饭馆，直奔阎山川家而去。阎山川家照旧大门紧锁，不知昨晚他们吵得如何。我们蹲守在巷子口附近，过不多时，一个留着半长发的邮递员骑着自行车进来，他拿出两份报纸，熟练地投进邮筒，然后车把一打，骑了出去。他自行车后座搭着两个邮政大挎包，里面装满了花花绿绿各种邮件。

钟爱华用眼神问我怎么办，我说跟着他。我们没时间叫车，只能靠双脚去跟踪。好在那个邮递员一家一家投递，速度也不快，我们勉强能咬住他。就这样，我们跟着他在城区里转了足有一下午，邮递员一直在各处街道投递，没有任何可疑之处。

跟踪邮递员可不是个轻松活，我毕竟不是方震那样的侦察兵，跟到后来，累得有些腰酸背疼。钟爱华倒是生龙活虎，还不时举起相机拍上几张。一想到他不时投过来的崇拜眼神，我就不好意思说自己累了，只得咬着牙坚持。

邮递员给一家单位的收发室投递完一摞邮件，然后沿着马路骑下去。钟爱华看着他的背影，忽然诧异道："好奇怪啊。"我问他怎么了。钟爱华说邮递员都是分片儿的，一般负责一个城区内的特定几条街，可他刚才明明是在金水区，但现在过了马路，从区划上说已经进入管城区了，这不合投递规矩。

我摸了摸下巴，若有所思："这么说，他跨区是为了把寄到阎山川家的订货信送出去？"

一想到这种可能性，我们两个人精神一振，跟进上去。我们看到邮递员过了马路，把自行车停在一座五层大楼前，捧着一大堆邮件进去，过了五分钟才出来。出来以后，邮递员没有继续前进，而是车头一拐，穿过马路回到金水区。

他这个举动，无疑证实了我们的猜测。钟爱华问我接下来怎么办，我说："你去跟邮递员，你把相机给我，我进楼里去看看，咱们俩晚上在刘记烩面那儿碰头。"钟爱华跟小兵张嘎似的，特严肃地冲我敬了个军礼，转身跑开。

这大楼一进门是个开阔的大厅，左右立柱旁各摆着两个落地缠枝大花瓶。正中一具大座钟，钟上头墙上挂着一幅洛阳牡丹图。这估计是某个事业单位的产业，租给小公司当办公室。我从大楼铭牌上看到，多是会计师事务所、旅游公司、法律咨询、某某驻郑州办事处、图书编辑室之类。人来人往，还挺热闹的。

我径直走到前台，装出特别焦急的样子，说有一封特别重要的信件递错了，必须找回来。前台是个小姑娘，挺同情我，指了指身后一个大纸箱子，说这是刚送来的，还没分拣到大楼邮箱里。我翻了一圈，里头没有写着阎山川家地址的邮件，就问前台之前有谁拿过没有。前台小姑娘先说没有，后来又说有一家公司是邮递员直接送上去的，不走前台，在四楼，叫新郑图良工艺品有限公司。

我谢过小姑娘，抬腿朝四楼爬去，左拐第一间就是。说来奇怪，相邻的几家公司都挂着黄铜色的牌匾，悬着海报，门前打扫得很干净。这家公司倒好，门前堆着几个破纸箱子和废纸堆，门框还留着胶带痕迹，紧闭的磨砂玻璃门上贴着一张打印纸，上面印着"新郑图良"四个字，怎么看都不像一家正经公司。

我一看这名字，就知道肯定有蹊跷。

国家有明文规定，制贩高仿古代工艺品是合法的，制贩赝品是违法的。可是高仿和赝品之间的定义特别微妙，它们的区别，往往只在于买卖的时候是否明确告知性质。说白了，同样一件唐三彩，你说这是高仿的您拿好，这就合法；你说这是乾陵挖出来的，就不合法——当然，两者的价格也是个重要参考——所以很多造假者钻这个法律空子，给自己披上一层仿古工艺品的合法皮，公然生产大量高仿品。至于这些高仿品在市面上以什么身份流通，那就不足为外人道了。

我在门口观察了一会儿，没着急敲门，而是转回楼下。我跟前台小姑娘攀谈了几句，趁机从纸箱子里偷偷拿走一封寄给本楼一家杂志社的信，又借了张信纸和一个空信封。我在信纸上潦草地写了几句话，放进信封，然后填入阎山川家的地址，撕了张邮票封好，再走上楼去。

我敲了敲门。门很快开了一条小缝，一个女人探出头来，一脸警惕地看着我。我把两封信递过去，满脸堆笑："你好，我是三楼律师所的，刚才我上楼的时候看见邮递员掉了两封信，估计是你们的，给送过来。"

女人的表情稍微缓和了点，她接过两封信，飞快地扫了一眼信皮，然后拈出那封杂志社的信还给我："这封不是。"

我把信接回去，有意无意往办公室里张望了一眼："啊？你们是做工艺品的啊？我这儿认识几个朋友，需求挺大的，有兴趣合作一回吗？"

"对不起，我们这儿不对外。"女人生硬地回答，然后"砰"地把门给关上了。

我捏着信封，望着紧闭的大门，"嘿嘿"冷笑了一声，举起相机拍了几张。这家叫新郑图良的公司，果然是老朝奉的制假产业链中的一环。

我仿佛已经看到一束光芒从天而降，锁定了老朝奉在阴影中的一只脚。距离我把他彻底拖出到阳光下的日子，已经不远了。

我把杂志社那封信送回前台，离开大楼。等我走到刘记羊肉烩面时，钟爱华已经在那里等候多时了。我把相机给他，让他送到附近相熟的洗印店去冲洗，有一小时就能拿到照片。

我们俩进了小店，点了两碗羊汤、两碟小菜，边吃边说。钟爱华告诉我，那个邮递员回邮局以后，跟谁也没接触，直接回了家，钟爱华还记下了他家的地址，然后我把新郑图良的事跟他讲了一遍。

"您没设法溜进去看看？"钟爱华问。

我摇摇头："我估计这里只是一个联络处，里面不会有什么有价值的东西。贸然闯入，恐怕会惊动他们，得不偿失。"

"那您接下来打算怎么办？"

"先回北京上报给学会，等他们研究下一步的策略。"我回答道。

"当啷"一声，钟爱华手里的钢勺掉在桌子上，一脸吃惊："您这就回去了？"

"嗯。"我回答。我出发之前就跟自己做了约定，查出线索适时收手，绝不恋战。老朝奉的障眼法已去，新郑图良浮出水面，再往下查，恐怕就得借助学会的力量了。而学会没有执法权，只有建议权，想动外地的造假窝点，必须通过刘局、方震他们跟当地警方协调，挺复杂的，非一日之功。

钟爱华眉头大皱，满脸的失望："我还以为您会趁热打铁一查到底。"我有点不忍心，宽慰他道："时机成熟我会再来的，最多一个月。你放心好了，你的独家报道跑不了。"钟爱华身子往后重重一靠，脸上居然浮出被侮辱的怒意，一拍桌子："您把我当什么人了？我做报道是为了揭露真相，可不是为了抢什么独家！"

"好，好，是我说错了。"我试图安抚这个奓毛的小家伙。

钟爱华气呼呼地挥动着右臂："您知不知道，咱们只要再往前查一步，说不定就能揭出一个造假窝点。这个节骨眼您要回北京，得耽误一个月。这一个月不知他们又会造出多少假货，坑害多少人。你们五脉的存在，不就是为了阻止这些悲剧发生吗？"

"我可没说不管。但我们的敌人太过狡猾，这事还得谨慎一点才行……"我劝说道，说到一半陡然停住了，我忽然发现，这明明就是刘一鸣前不久劝我的台词，这未免也太讽刺了。

钟爱华没注意到我微微扭曲的表情，他端起相机，用指头烦躁地旋转着光圈："您知道吗？我本来想的是，您是福尔摩斯，我是华生，在旁边用这相机把您鉴宝除黑的行动都记下来——现在看来，是没机会拍到您追求真相的英姿了。"

"呃，也不能这么说。"我迟疑了一下。

钟爱华眼里流露出浓重的失落，就像是一个父亲忘了给他买玩具的小孩子。他站起身来，一字一顿："许老师您要走，我也拦不住，祝您一路顺风。不过这条线我会一个人继续查下去的，决不放弃。至于后面如何，您记得看报纸吧。"我低声喝道："别胡闹了！这些造假团伙背后都有黑势力。你一个人蛮干，实在太危险了！"

钟爱华把相机挎到脖子上，一扬下巴："记者的天职就和相机一样，追求真实，挖掘真相。鉴宝我不懂，但我相信换了当年的明眼梅花，应该也会做出和我一样的选择。"

这轻轻的一句话，让我顿时僵在椅子上，为之语塞。许家老祖宗创建五脉，正是为了"去伪存真"四个字，现在却要靠一个外人来教训。这小家伙一腔热血，让我看到了我爷爷和我父亲追求真实的影子。现在五脉那群钩心斗角的人所缺失的，正是这么一种对真实头撞南墙誓不回的追求。看他失望成这样，我觉得心中一痛。这种感觉，就像是对明眼梅花真正精神的背叛。

我默然良久，终于长长地叹息一声："好吧，你赢了。我会多留几天，咱们把这事再往下挖一挖。"

"真的？"

"真的，你快坐回来吧，服了你了。"

钟爱华一下子就把愤怒抛到九重天外，换了副笑嘻嘻的表情："我就知道，您肯定不会放心我一个人去的，对吧？"我无奈地竖起三根指头："但咱们得约法三章。一、你得听我的；二、一旦苗头不对，就立刻收手，不许逞强；三、这件事绝对不许泄露给第三个人，你爹妈都不行。"

"放心吧，我们做记者的最有职业道德。"钟爱华拍了拍胸脯。

其实我内心深处，也不想就这么一走了之。"新郑图良"就像是一根瓜秧子，只要轻轻一拎，就能拎出一大串瓜。放着这么大的诱惑离开，我也舍不得啊。现在钟爱华给了我一个理由，我想那就多查一下吧。

钟爱华喜气洋洋地坐下，一脸新兵蛋子式的兴奋："那咱们接下来怎么查？盯着进出新郑图良的所有人？"

我略做思考，随即摇摇头。这个办法工作量太大，光靠我们两个根本做不完。更何况，老朝奉是何等精明的人，他在产业链的每一个环节，肯定都设置了保险。比如第一个环节的保险，就是阎山川。只要警方被订货地址误导到他们家，老朝奉就会第一时间抽身而退。等到对方觉察到邮递员送信的猫腻，这条线已经彻底断了。

这家新郑图良工艺品公司，应该就是第二道环节的保险所在。不把保险拆掉就贸然动手，一定会惊动敌人。

从我的观察来看，这家公司只是个皮包公司，并不真正经营业务，它唯一的功能就是收信汇总，与造假的工坊保持单向联系。老朝奉会派人打电话过来，或者找人来取订单。公司办事员既不知电话是哪里打来的，也不知道取单子的是谁。就算警察捣毁了这个公司，也肯定问不出什么东西。我不知道老朝奉会不会这么安排，但若是我来布置，就会这么做。

"那可怎么查啊？"钟爱华哪想到还有这么多弯弯绕绕的，一听就蒙了。

我悠然喝了一口辛辣的羊汤："你去把照片取回来吧，那里面有答案。我本打算带回去给学会当证据用的，现在看来，只好我们自己用了。"

钟爱华拍拍屁股，离开刘记，过不多时便回转过来，手里拿着一沓照片。这些照片洗得很清楚，我一张一张看过来，然后挑出一张，把它摊在桌面上指给钟爱华看。这是一张新郑图良公司正门的特写，钟爱华抓耳挠腮，半天看不出端倪。我拿指头点了点，点在门口那几个棕色的瓦楞纸盒子上。

"这堆破烂怎么了？"他一脸疑惑。

"你仔细想想。造假的幕后黑手（我故意在他面前隐去老朝奉的名字）不光要接订单，也要发货，而且发货量很大。这么大的物资流出，如果在一些小地方邮局寄出，一查就能查到发货人。他们必须得回郑州这四衢通达之地，才好走货。所以新郑图良不光负责收订单,肯定也承担发货的任务。"

"您不是说这个公司跟幕后黑手是单向联系吗?那这岂不是很矛盾?"

"不矛盾。如果我是幕后黑手,我会让新郑图良的办事员做两件事:给指定地点发订单,到指定地点取货寄送。至于发给谁,谁给运来的,她根本不知道——这么一来,就可以最大限度地保护制假者。"

钟爱华瞪大了眼睛:"那这些箱子……"

"箱子里有白色泡沫的颗粒,说明里面装的都是易碎品,显然是古董。而且你看这几个箱子都是同样规格,上面的字也是一样,都写着'震远运输',不可能是随手拿的,应该是批量发货时用的包装——我估计,这个震远运输,恐怕就是负责运输赝品的公司。"

"可是,如果统一用一种箱子,岂不是很容易就被人查到线索?幕后黑手会这么不仔细?"

我摇摇头:"这个震远运输,八成是他们自己的产业,只负责从造假作坊到郑州这一段运输。然后新郑图良的人会把货接下来,换成邮政包装再寄出去——这一套手续看似烦琐,却是遮掩痕迹的最好手段。"

"那个办事员,大概没想到我们能从一堆垃圾里分析出这么多吧?"钟爱华兴奋地一拍巴掌。

我得意地摆了摆手指:"他们千算万算,却漏算了办事员的懒惰。这家公司并不真的做业务,所以办事员对门面卫生没那么上心。她发完货,用了几个震远运输的空箱子,随手扔在门口懒得打扫,这才让咱们看出了端倪。"

钟爱华佩服得直拍桌子:"您可真是个福尔摩斯啊!"

"你这个华生也不差嘛,每个问题都问在了点儿上。"我微笑着回答道。这些推理,其实都是古董鉴定里的小应用。眼睛毒的人,连瓷釉上的小气泡都能看出讲究,别说几个破纸盒子了。

"震远运输的事就交给我吧!"钟爱华舔舔嘴唇,自告奋勇。

这方面的调查,他一个本地记者自然比我在行,我便让他放手去做。出乎我意料的是,这位华生比小说里的华生能干多了,没一小时就拿到了结果。钟爱华说他在工商局和交管局有朋友,打了几个电话就查到了震远运输的底细。

原来这家运输公司是挂在一家国企下面,私人承包,专门跑郑州、开封和洛阳三地的短途运输。承包人姓孙,不过这八成只是个挂名的幌子。钟爱华还查到了它的公司地址,就在郑州西北方向的城乡接合部。

"现在有点晚,明天等我朋友都上班,还能查得更细。"钟爱华不好意思地说。

"已经够了,事不宜迟,咱们现在就去。一件事要做,就要立刻去做,要不就不做。"我做了个决断的手势。现在当着钟爱华面,我有意无意总会说一些短促有力的警句,好像一位导师。这个年轻人对我很崇拜,我有责任去教导他。

我们离开刘记,叫了一辆出租车。司机听我们要去那里,忍不住缩了缩脖子,握着方向盘嘟囔了一句:"你们可得小心点。那个运输公司路数不正,简直就是一帮子熬糟。"我虽然不懂郑州话,但也知道这不是好词,忙问到底怎么回事,司机却不肯说了。我想回头问问钟爱华,却看到他在后座正忙着调校镜头光圈、装胶卷,一副要大干一场的模样。

我们出了城,公路上就没有路灯了。两侧的房屋低矮黑暗,时不时还有几片农地与工地闪过。大约过了二十分钟,出租车突然停了下来,司机一指前头说到了。我眯着眼睛往前一看,在右侧路面出现一片红砖围墙。这墙足有两米多高,墙头上拉着铁丝和玻璃碴子,还挂着一溜儿小黄灯,气势好似古代坞堡一样。

出租车说啥也不往前走了,司机只收了一半钱,慌慌张张掉头离去。我和钟爱华在黑暗中下了车,摸着这红砖高墙走了一圈,花了有二十来分钟。可见这片围墙围的面积不小,估计连油库、维修车间、办公室、停车场全包进去了。它唯一的入口在正门,两扇裹着铁皮的大门紧闭着,旁边还有一块白底黑字的牌子:"郑州市震远运输公司"。

我仰起头来,看着高不可攀的围墙,有点为难。凭我们俩的身手,像武侠片里的大侠那样飞檐走壁是绝无可能,看来只能从正门硬闯。我正琢磨着,忽然发现钟爱华没了。我左右张望,没看着人,忽然听到远处传来一声压低的呼喊声,我循着声音找过去,看见钟爱华正挣扎着从靠近围墙的一堆灌木丛里爬起来,模样狼狈。

"怎么回事?"我过去把他搀扶起来。

"我想来解个手,没想到一脚踏空了。"钟爱华疼得龇牙咧嘴。他揉揉屁股,把挂到身上的苍耳、木刺都拍掉。我往下一看,发现在灌木丛底下有一条很深的水沟,从围墙根部延伸出来,一直通往远处。钟爱华大概是踩进沟里,被绊倒在地。这条沟的边缘参差不齐,沟道也是曲里拐弯,不像是人挖的,而是长年累月被水冲刷出来的。

我沿着水沟的来路把灌木丛拨开，看到围墙根部居然有一个大洞。

这洞跟盗洞差不多宽窄，附近墙皮斑驳不堪，甚至能看见裸露出来的墙基。我耸耸鼻子，洞口散发着一股腥臊的异味，估计是围墙里的人把这里当下水道用了。我俯下身子，把脑袋往里探了探，发现可以钻进去，便回头让钟爱华噤声，做了个钻洞的手势。钟爱华犹豫了一下，把相机小心地揣到怀里，带着一脸为革命不怕牺牲的神色跟了过来。

所谓的钻狗洞，大概就是这种感觉了。我和钟爱华趴在地上手脚并用，拼命憋住呼吸，一口气从这个下水洞穿过围墙，顺利进入震远公司的大院，眼前豁然开朗。

这个院子颇为空旷，远处是个二层楼的办公室，一楼车间，二楼办公，旁边还有个仓库。在我们钻过来的围墙附近停车场，一字摆开七辆绿色的东风大卡车。我扫了一眼，这七辆车有六辆是空的，只有一辆的后车厢盖着军绿色的苫布，不知道装的是什么。

我心里暗自盘算，这辆装货的车既然满载，应该是刚从制假作坊送到郑州的，里面装的一定都是全国定制的各类赝品。而其他六辆车都是空车，应该是卸好了货，准备返回作坊的。

钟爱华举着相机，好奇地在这六辆车之间来回溜达。我正要说些什么，突然眼前白光一闪，差点没把我晃晕了。我怔了一下才反应过来，钟爱华这小子，为了拍照居然把相机闪光灯给开了！此时已经入夜，他这么干，就跟在院子里扔一枚闪光弹似的，别人想不注意都难！

果然如我所料，对面办公室立刻亮起灯来。过不多时，有人声和脚步声传过来，由远及近。我顾不上责骂钟爱华，飞快地环顾四周，发现除了那辆满载的货车，别无隐遁之处。

"快上去！"

钟爱华也知道自己闯了大祸，惶恐不安。我瞪了他一眼，他立刻像是犯错误的学生一般，乖乖地踩着轮胎攀上那辆车，扯开苫布。我也赶紧爬了上去，正看到抓着苫布的钟爱华面露惊疑，似乎要跟我说什么。我哪有时间听他说，把他头往下一按，低声喝道快盖上！顺手把大哥大关机，免得关键时刻突然来电话。

我们两个手忙脚乱地把苫布盖在身上，扑倒在地。一直到这时候，我才觉出不对劲来。按照我的猜测，这辆车里应该装满了大大小小的坛、罐、炉、盘之类的

"仿古工艺品",可我现在却觉得像是趴在软绵绵的沙滩上。我伸手一抓,居然抓到一把沙土。

这就是为什么钟爱华刚才一脸诧异,这辆货车居然不是运的赝品,而是运的灰土——敢情是辆泥土车!这些泥土明显是直接铲过来的,没有细筛过,里头还掺杂着青草根、石子甚至一些碎砖烂瓦。我把泥土放到鼻前闻了闻,这些湿黏泥土散发着一股轻微腐臭的味道,让人微微有些不适。

但事到关头,也不能挑拣了。我和钟爱华扑在沙土里,深深埋下去,像两只冬眠的青蛙。没过一会儿,车子旁边传来脚步声,有那么三四个人走过来。

"东子,这儿没人啊,刚才你到底看见啥了?"一个声音道。

"哎,我是看到一道闪光,白白的跟鬼火似的,好像还有人喊了一嗓子。"

"×,真的假的,你可别吓唬我们,老子是吓大的,懂吗?吓大的。"

"我是真看见了啊!就在这位置。我要骗你我就跟你姓。"

"小心起见,大家再找找吧!"

脚步声朝着不同方向而去,我和钟爱华缩在苫布里,大气也不敢喘。过不大工夫,脚步声重新凑到了一起。

"都找了,没人啊。"

"我这儿也没看见。"

"我说诸位……不是咱们运的这批货出了问题吧?"

这句话一说出来,外面顿时一阵奇特的沉默。隔了好久,才有一个声音干笑道:"老三你别瞎说,这都哪儿跟哪儿啊?"

"真的,东子看到的那玩意儿,保不齐是鬼火。我奶奶以前跟我说过,说只有死不瞑目的厉鬼,才会化成鬼火,到处找人麻烦。"

"阿弥陀佛,阿弥陀佛。"

"这都是封建迷信吧?咱们这里又不是乱葬岗,哪儿来的鬼火?"

"你忘了这车里装的是什么了?"

车子外面又是沉默了一阵,一个浑厚的声音咳了几声,发了命令:"这样吧,我看这车也别在这儿搁着了,大晚上的怪瘆人的。六子,你给村里送过去。我一会儿打个电话,让他们那头接一下。"

那个叫六子的很不情愿:"走夜路开不快,到那儿都得半夜了。"不过他只是嘟囔了几句，到底不敢反抗。没过一会儿，驾驶室的门"咣当"响了一声，随即发动机嗡嗡地发动起来，整个车厢里的土都开始沙沙地抖动。

苫布下的我和钟爱华面面相觑。事情出现意外转折，看来这个六子已经上了车，打算开着上路了，至于去哪儿，我们完全没有头绪。

我们的身子此时都半埋在泥土里，只勉强露出两个脑袋来。钟爱华压低了嗓子说："许老师，咱们一会儿怎么办？是跳车啊还是……"我没回答，而是沉着脸抓起一把土，细细捻动，又放到鼻子下闻了一会儿。钟爱华不明白我的举动，又重复了一次问题，我摆手让他安静些，又抓起一把土，朝他伸手："拿来。"

"什么？"

"那个造孽的相机闪光灯！"

钟爱华脸色大愧，连忙从怀里把它掏出来。我让他调到长时闪光，然后把泥土放到灯下细细看。反正外面的苫布很厚，不必担心被人发现。研究了一番，我把闪光灯关掉还给他，然后说："我有一个好消息，一个坏消息。"

"先听好的吧……"钟爱华怯怯道。

"好消息是，咱们歪打正着，这辆车应该会带着我们抵达我们想要去的地方——造假作坊。"

"为什么？您怎么知道的？"

"这就是我要告诉你的坏消息。"我抓起一把土，松开手掌，慢慢让它滑落。这泥土黏性很大，粘在手上不掉下来，好像长在手上的疮疤一样。钟爱华看我的笑容诡异，不由得紧张起来。

"现在咱们藏身的这个土堆，不是一般的泥土，而是墓葬土，埋过死人的。"我似笑非笑。

钟爱华的脸色急遽变化，他拼命与自己的面部肌肉搏斗，有那么一瞬间差点要吐出来。此时汽车已经上了公路，速度慢慢提升上去。土堆的形状随着车身抖动而缓缓变化着，仿佛里面随时会有苍白的手臂或头颅破土而出。钟爱华坚持了一阵，实在无法承受这种心理压力，四肢一撑，整个身子从土里抬起来，把苫布拱起一个大包。

"他们……他们运这东西干吗？盗墓？"钟爱华战战兢兢地问道，尽量让自己不接触到这些泥土。

"不，这是为了做旧。"

反正这车子要半夜才到，路上还有很长一段时间。我觉得有必要为这个愣头青上上课，不枉他崇拜我一回。

鉴定文物的一个重要手段，是看器物缝隙里残留的土壤颗粒。一件东西在土里埋得久了，会和周围的土壤产生种种化学变化。不同的地方、不同的埋设手段、不同的材质，变化都不同。只要检验颗粒成分，大致就能判断出其真伪。这种特征是经年累月形成，很难做旧——所以造假者们就想了一个办法，去找盗墓贼合作。盗墓贼挖开一座坟墓，偷了里面的明器，而挖出来的那些几百年老土，就被这些人给收走了。他们不动明器，只收土，有点买椟还珠的意思，所以叫"买椟"。老土弄回来以后，堆到一个坑里——不同年代的不能混堆——然后再把赝品埋进去，浇上催化剂，这叫"焖锅"。一般埋上几年，这老土跟新器就粘紧了，破绽就算是给抹平了。

钟爱华听得瞠目结舌，甚至连害怕都忘了："没想到，居然还有这种手段！这些造假的可真想得出来。"

我舒舒服服地躺在土里，双手枕在脑后勺，眯起眼睛道："不要小看这些造假的，他们才是真正站在时代最前沿的人。我告诉你吧，最新的科技成果，总是先被造假者利用，然后才会被鉴定师掌握。我们这些鉴定者，永远是落后于造假者一步。"

"那岂不是道高一尺，魔高一丈？"

"没错，所以真品和赝品之间的斗争，永远不会停止，就算是到了21、22世纪，这事也完不了。"

"但您不会因此放弃，对吧？"

"正确的事情，总得有人去做。你当记者的责任是揭露真相，我们鉴宝的责任，就是去伪存真。这是我们许家的宿命，也是我的职责。"我望着眼前的苫布，若有所思。忽然"咔嚓"一声，又是白光闪过，原来是钟爱华拿起相机给我拍了一张。我笑了笑："这种环境你能拍出什么？"钟爱华道："您刚才说那话的时候，实在太帅了，我得拍一张。说不定以后给五脉修史，这一张也是历史文献呢！"

车子的速度忽然变快了一些，估计是六子在反光镜里看到车后白光一闪，更加害怕了吧！

"给五脉修史？听起来你似乎对五脉的历史很热心嘛。"我随口问道。钟爱华一听这个，立刻就精神了，当下也顾不得这泥土邪性，趴下来得意扬扬地说道："那当然了，关于明眼梅花的资料，我可搜集了不少。明清的、民国的，挖出不少有意思的东西。您都不知道吧？如今五脉的掌门人，和我们郑州可是还渊源颇深呢。"

"刘一鸣？"我心里一颤，"他跟郑州有什么渊源？"

这个老头子的神秘程度，其实不比老朝奉差，总是若隐若现，极难捉摸。我没在五脉待过，只偶尔听黄烟烟半带讥讽地提过，说刘老爷子当年也是个不世出的天才，可惜一副玲珑心思没用在鉴古上，全用在玩手段上了。不过烟烟也不知道具体详情，五脉老一辈的人嘴都特别严，极少谈论过去的事情。

钟爱华脖子一探，半是得意道："这段掌故，知道的人已经不多了。我也是费了好大力气，才从好几个当事人嘴里采访拼凑出来的。""别卖关子了，快说来听听。"我催促道，跟钟爱华说话真是省心，只要稍加撺掇，他自己就把话全倒出来了。

我看看车外，依然一片漆黑。反正距离目的地还远呢，权当闲聊一样听听也不错。我对刘一鸣很好奇，甚至还有一点疑问。刘一鸣一直阻止我来郑州调查，会不会也是因为当年在郑州发生的事情呢？

钟爱华侧过身去，单手支在土上，侃侃而谈："那还是抗战刚结束时候的事了。五脉掌门之位空悬，五脉里的红字门和黄字门都想争这个位子，互不相让。两门的实力旗鼓相当，斗了几次都不分胜负。为了避免内耗过大，五脉和京城鉴古界的几位耆宿前辈出面，让红黄二门订立一个赌约。当时因为战乱，五脉在各地的影响力急遽下降，亟须收复失地。所以红黄二门各出一人，分赴河南、陕西两个文物大省。哪一门能拿下重镇，哪一门的人来做掌门——这就是当时古董界盛传一时的'豫陕之约'。没想到的是，红字门和黄字门都没动老一辈，不约而同地派出两个年轻人。红字门的是刘一鸣，黄字门的则叫黄克武，都是不世出的天才。经过抓阄，刘去西安，黄来我们郑州。"

听到这俩人名，我眼皮一跳，心想这小子到底什么来历，真的只是刚毕业的小记者吗？这些事别说我，估计烟烟都没听过。我开口问道："怎么不是刘一鸣来郑州？"

"哎呀，我这还没说完呢。"钟爱华对我打断他的话很不满。他说起这些掌故，就和小女生谈起港台明星一样，两眼放光。我听到熟悉的人名从一个愣头青嘴里说出来，感觉还真挺奇妙的。

"那时候抗战刚结束，古董在河南民间散落极多，市场非常混乱。黄克武这个人，疾恶如仇，手段苛烈，身上还带着功夫。他到了河南以后，有心快刀斩乱麻，一口气接连挑了好几家有名的铺子，寻回了五六件文物，声威大震。河南古玩界的人非常紧张,七家古董大铺的掌柜联手在郑州最有名的饭庄豫顺楼办了个赏珍会,请黄克武出席,意图钳制他的滔天气焰。"

我悠然神往,回想黄老爷子当年的风采。原来黄克武从那时候开始,就是一身胆气。这人不懂怀柔之道,强横无前,难怪郑州古董界要"反弹"了。只是不知道这个赏珍会到底是个什么来历,怎么能遏制住黄克武?

钟爱华看出了我的疑问,挠挠头道:"我不是很懂古董啦。不过听家里老人说,这赏珍会也叫斗珍会,是河南地界的传统。我猜啊,可能是双方以自己的收藏为筹码,考校彼此的鉴别功力。斗法很多,什么隔板猜枚、白鹤献寿、灵猿攀枝、百步穿杨。玩这个,眼光、身家、手段、胆识,少一样都不行。一不留神,可能一下就把性命都给赔进去。"

我"嗯"了一声。这个赏珍会,想必和北京这边的斗口差不多,只不过难度更大,赌注更高。从前玩古董的都是文人雅士,不会把鉴古搞得跟武夫决斗似的。到了民国乱世,人眼见血见多了,举世都是戾气,才有了这些好勇斗狠的规矩。那些白鹤献寿、隔板猜枚的花样,应该是鉴宝时的限定条件。

"黄克武一个人独抗七家商铺,可真是赵子龙单骑闯曹营啊!"我啧啧称赞道。

钟爱华也是一脸神往:"孤胆英雄,单刀赴会。这等豪气,至今想起来还是叫人热血沸腾!"

"那么这场赏珍会上发生了什么?"

钟爱华露出遗憾神色:"那天晚上在豫顺楼赏珍会的具体细节,我不知道。当时连豫顺楼的掌柜都被赶到了楼下,谁也不许上去。我只知道一开始黄克武大占上风,连破十宝。七家大商铺的掌柜抵挡不住,连夜从开封请来一位绰号阴阳眼的高人,上了三楼,与黄克武斗了一出刀山火海。"

我不知道"刀山火海"是个什么斗法,但光听这名字就凶险非常。

钟爱华道:"具体发生了什么,谁也不知道。总之……据说这位高人以绝大代价,终于逼住了黄克武。黄克武之前话说得太满,只得黯然下了豫顺楼,连夜返回北平。而刘一鸣那时早已收复陕西群雄,在五脉恭候大驾。这掌门之位,自然就落到了红字门手里。"

"那个高人是谁?"我好奇地问道。

"这人什么来历、什么身份,没人知道。唯独有一点尽人皆知,他天生一对阴阳眼，能看透黄泉来路。你想啊，这古玩都是死人用过，别人都是靠看纹饰、看质地，人家能跟死人沟通，哪朝哪代的，一问就知道了。"

"这纯属扯淡。你当记者，可不要信这些封建迷信。"

我缓缓把有些酸麻的身子换了个姿势，长长出了一口气。原来刘黄二家的恩怨，是从那时候起来的。而河南至今对五脉不甚感冒，也是从那时候种下的因。事隔多年，我居然趴在一辆运送墓土的车上听到这些渊源，世事种种，因缘经纬，可委实奇妙得紧。

钟爱华憾道："可惜阴阳眼当天回到开封就死了，那七位老掌柜如今也都过世了，亲历者只剩黄克武一个人，我千辛万苦，只从旁人口中搜集到这点线索，再详细的故事，恐怕只能去北京问那位黄老爷子了。"

"你对这些掌故，怎么这么执着？"我对钟爱华刮目相看。古董行当内，知道这些旧事的人都不多，他一个圈外的年轻后生，居然花这么大心血去搜访，不得不赞一句用心。

钟爱华道："我有个舅舅，是安阳考古队的。他每次来探望我，都给我带点他挖的小玩意儿，骨针呀、碎陶片呀、小石刀什么的，每一件礼物背后都还有故事。我对古董的兴趣，就是从那时候开始的。后来我舅舅有一次收购文物，一时走眼误买了赝品，被单位批评，怀疑他贪污货款。他那个人很好面子，居然自尽以表清白……唉，所以我早早就决定了，一定要让这些做假货的人付出代价。可惜我没有鉴宝的天分，只能选择当记者了。"

钟爱华说到这里，攥紧了拳头，一脸愤恨。

这家伙的鉴宝水平不值一提，但做记者还真是颇有天分，尤其难得的是对真相有着如此执着的追求，这份嗅觉和执念难得得很。假以时日，恐怕会是个厉害的家伙，说不定又是一个姬云浮。想到姬云浮，我心中不由得一黯。

"你放心吧，以我爷爷的名义发誓，我一定会揪出造假者的幕后黑手。"我郑重其事地说。

"那就这么说定了啊！"

两只沾满了墓土的手在黑暗中握了握。

就在这时候，车子速度忽然降了下来。我悄悄掀开苫布一角，这附近月色不错，我能勉强看清周围的环境。车子已经下了公路，顺着一条田间土路向前开去，一路颠簸不已。远远地可见到一个村庄，绝大部分屋子都已经沉入黑暗中，但村口朝着这个方向，星星点点有几个手电筒在晃动着。

这大概就是他们的目的地了。我心里一阵激动，现在距离老朝奉，又近了一步。

我暗暗告诉钟爱华，现在差不多可以跳车了，别等到车子进了村，卸车的人在四周一围，可就跑不了了。现在车速很慢，两边又都是农田，麦子长得很茂盛，正适合跳车。我和他抓准一个卡车转弯减速的机会，先后跳了下去，然后一个打滚滚进麦田，身子趴在地上。

司机没发现有人跳车，继续朝前开去。我们俩等到车子开远，猫着腰一路从麦田里蹚过去，故意画了一道弧线，从另外一个方向钻进了村子。

月光很亮，不用仔细辨认也能看清环境。这村子估计是老自然村，欠缺规划，里面大多是红砖瓦房，也夹杂着几间歪歪斜斜的土坯屋，东一间，西一间，非常散乱。房屋之间的巷道跟迷宫差不多，又狭窄又弯弯绕绕，路面的泥土保持着雨天被拖拉机碾过的形状，向两侧翻卷如浪花，走起来深一脚、浅一脚。

这时候大部分村民都已经睡去了，四周静悄悄的，连狗叫的声音都没有，只有一股混杂着秸秆和猪粪的味道从脚下黝黑的泥中散发出来。钟爱华问我下一步该怎么办。我却推了推他，说："你自己看吧。"

我站在路中间，指给他位于右侧的一座农家小院。院子外长满青苔的土坯墙壁很低，发情的公猪甚至可以一跃而过。钟爱华趴在墙头往里看去，不由得倒吸一口凉气。

古董局中局2

第三章

故宫博物院藏
《清明上河图》是赝品?!

寻常的农家小院里，都是些猪圈鸡舍，堆放农具蔬菜之类。而在这个院子的空地里，堆放的却是密密麻麻的瓷器！确实是密密麻麻，一点也不夸张。院里头这一片官碗顶上搁着好些折腹碗，那一堆橄榄瓶旁挨着更多葫芦瓶，一摞一摞的青花高足盘堆得跟饭店里的洗碗槽似的，摇摇欲坠。墙角居然还放着两尊四灵塔式盖罐。月光下放眼望去，白花花的一片，分外耀眼。这副阵容，足以让台北和北京的故宫博物院蒙羞。

"这⋯⋯这瓷器是成精了吧？"钟爱华结结巴巴地问道。

"咱们再接着找找。"

我们走到邻院，景象也差不多，仍是满坑满谷的瓷器。而且这些瓷器上头灰蒙蒙的，罩着一层土。在瓷器堆旁边，还有一个用塑料布和木杆扎起来的简易工棚，里头搁着几件铁锅、铁棒、小锤、几张锉纸和一个盛着半桶干泥浆的塑料大桶。最好笑的是，有三个人物青花大罐——天色太暗，看不清是什么人物——摆在工棚里，上头放着一片木板，板上随意搁着几件脏衣服和几个硬馒头，这是把它当桌凳用了。

"这都是干吗用的？"钟爱华已经眼花缭乱。

"铁锅用来烧酸，铁棒和锉纸用来磨边，小锤可以造出缺损效果，那个塑料大桶是用来上泥的。一件瓷器从窑里出来，先要咬酸，然后磨旧，必要时还得故意缺上一角，造成残缺效果。都弄好了，抹上泥土，扔到墓土里去养着，基本上就能糊弄住大部分人了。所以他们对墓土的需求量很大，需要一车一车地往这里运。"

钟爱华张大了嘴，简直不敢相信。在他的想象里，造假作坊要么是摆满先进科学仪器的实验室，要么是古香古色传承千年的幽深之地，可实在没想到会是一座极普通的农家小院，用的还是极粗糙的工具和手法。

"那些市面上流传的瓷器，就是这么作假的？"

"做旧。"我纠正他的用词。

"他们就这么明目张胆地把假货放在院子里晒？就没人管？"

"人家这可不叫造假，这叫仿古工艺品。"我半是讽刺地说，"国家可没规定不许烧瓷器，也没规定不许把瓷器往旧了处理。"

"可是，卖给别人不就是违法了吗？"

"你可以把这里理解成一个假货批发市场。来这里买货的，都和大眼贼一样，不是自用，而是买回去骗人的。村子和他们之间，是正常的仿古工艺品交易，至于人家买回去干吗，就跟村子没关系了。你让警察拿什么罪名去抓？"

"好卑鄙啊！"

钟爱华嘟哝了一句，摘下相机，喊里咔嚓开始拍起来。我任由他自己忙活着，双手插在裤兜里，望着村子里那一片黑压压的黑瓦屋脊，陷入沉思。

这一片人家的院子，恐怕都和我们眼前的情景差不多。钟爱华或许会震惊，我却对这个情况早有心理准备。造假行业可不是最近才有的，这些村子造假的历史少说都有百年，而且都是家族传承，各有擅长的专业。当年郑国渠的郑各村，就是专司青铜器造假。这个村子，应该是专门从事瓷器造假的，而且不是一家一户，是全村参与。

那两个院子里扔着的瓷器，我目测估计得有几百件，再算上其他院落里晾晒的，数量可谓惊人。个人的小窑没这么大的生产能力，所以在这个村子里一定隐藏着一个规模不小的大作坊，拥有磨料、制坯、施釉、窑烧一整套环节的生产线，甚至可能都不是手工作坊，而是实现了半机械化。

好家伙，这可是一条大鱼呀。我摸摸下巴，心里充满喜悦。

这里生产规模如此之大，应该是老朝奉重要的基地之一。规模越大，就越不易掩盖，越容易露出破绽。我要从中找出老朝奉的蛛丝马迹，自然也就更容易。

"钟爱华！"

"许老师，什么事？"

"省着点胶卷，咱们去找找造假作坊的厂房。"

钟爱华一听，大为兴奋，连声问怎么找。我用力跺了一下脚，脚下路面被跺起了一团土尘："这儿有路标。"

钟爱华低头一看，在月光下这路面显得有些异样，但哪里奇怪一时又说不出来。我蹲下去，用指头蘸了点口水，在地面一抹，再送到眼前细细观看。这里的道路都是黄土路，一下雨就会变成泥浆，再被自行车或拖拉机那么一轧，就会变得坑坑洼洼。车辙附近的黄泥里，夹杂着一些细白的土壤颗粒，两者颜色分明，有点像是黄酱里掺了一勺白糖。

我把钟爱华叫过来，给他看我的发现。我有意培养一下他，便没有直接说出答案，而是问他。钟爱华打开闪光灯的长闪，屏息凝气看了半天，看得鼻尖上都闪过一滴汗水。

"这种黄白相间的泥土特征只在路上的车辙印附近才有，而且多分布在表层，你能想到什么？"我问。

"嗯……这应该是运输时撒落的粉末。"

"对，而且这附近院子里都是瓷器，那么这些白色粉末说明什么？"

钟爱华想了半天，惊呼一声："原来他们除了造假，还贩毒？！"

"……"

我恨不得拍他脑袋一下，这孩子都在想些什么啊？我耐着性子解释道："古董界有句话，叫作假不离真。造假的地点，一般都不会离真货的产地太远。这是为了保证土质和自然环境相仿，最大限度模拟真实。这个村子既然造瓷器，说明一定是紧邻一处著名古窑，这样才能保证品质一样。烧瓷器的第一步，就是把瓷土研磨澄清，筛成瓷粉，然后再捏成泥坯。这一个环节会产生大量粉尘，飘得到处都是。所以当作坊把需要做旧的瓷器运到这里，一路上不可避免地会有瓷粉末抛撒出来。"

"也就是说，咱们循着这个痕迹，就能找到他们的加工地点？"

"没错。"我顺着这条小路朝村子深处望去。今晚月色足够亮，只要观察足够仔细，就能分辨出一路上撒落的瓷粉痕迹，顺藤摸瓜。

"等我们找到工坊的位置，就立刻离开，免得出危险。"我提前跟钟爱华叮嘱了一声。他虽然愣头愣脑，但不傻，对我的决定没有异议。

我们俩循着瓷粉指示的道路在村里的巷子转来转去，有时候为了分辨痕迹，甚至要趴在地上前进。在惨白的月色照耀之下，两个人在狭窄幽深的古村巷道里如此钻行，这一番景象诡异至极。

我越深入查找下去，心中的惊异和喜悦就越大。一般的村子，往往是几个家族各自为政，自家有自家的窑、自家的绝活。而现在种种迹象都表明，这个村子是集中生产、统一管理——这说明整个村子都被某种势力强力地统一起来，统购统销，效率更高。能有这种统治力的，毫无疑问，除了五脉，也只有老朝奉能做到。

我不指望在这里能找到老朝奉，但这么大的一片产业，他再小心，也一定会留下痕迹。进入作坊，就意味着我距离目标又近了一步。

我们在村子里摸索了很久，中间有好几次跟丢了白粉痕迹。到了凌晨两点多的时候，我们终于锁定了作坊的位置。

作坊位于村子东头一条小河沟的延长线上，远远看去是一片麦子地，走近才发现是一片洼地，洼地状呈梭形，东边逐渐收紧变窄，地势抬升，一直到与地面平齐，恰好与村子一角相接。在洼地上的建筑群自成格局。最远端是个靠山的采土厂，估计烧瓷的土都是从这里挖取，还有一个方形的澄清池，这更坚定了我认为这靠近某个著名瓷窑的看法。紧靠着采土厂的是十几间平顶长屋，错落有致，彼此间隔不远，围出数个院落，院落里是许多黑乎乎的机械和料堆。再过来则是十来个馒头窑，说是馒头，其实那圆顶和砖围砌得更像坟堆，只不过后头多了个烟囱，这会儿还在咕嘟咕嘟冒着烟。

我看到瓷窑旁边的屋子里亮灯，估计是有人值守。再往外，就是几间大库房和一个停车场，还有各种石料釉料堆放的露天仓库，甚至还有个篮球场。这一片区域看似与村子融为一体，实则泾渭分明，里面各种功能性建筑一应俱全，井然有序，和一个小型工厂差不多了。

在这片区域最靠近村子的地方，有一栋二层小楼，样式还挺新，门口挂着个牌子，上面写着"顺州汝窑研究所"。我一看这牌子，心中顿时一片了然。

原来这里是顺州啊，难怪了。

我一直怀疑这里挂靠着一个著名瓷器品种，现在看来，主要仿的居然是汝瓷！

我听玄字门药家的人说过，对于瓷器技术，国家一直有专门的政策扶植，在各地名窑遗址附近都成立了研究所，专攻老瓷重现的科目。汝瓷位列五大瓷之魁，传世极为贵重，素有"纵有家财万贯，不如汝瓷一片"的说法，所以是重点攻关目标。如果我记得不错的话，1958年汝州的汝瓷一厂就成功烧出一批仿古汝瓷，1983年甚至已经可以烧出天蓝釉，与宋瓷不相上下。随着开放搞活，这些技术流到民间，成了赝品的技术助力。

顺州就在汝州旁边，两地土质相仿，这里出的瓷器，往往也被刻意称为汝瓷。这个村子，应该就是顺州下辖的某一个村子，所以才会扯出汝瓷研究所的虎皮，打着官方合法的旗号公然造假。

不知道市场上那些一听汝瓷就两眼放光的收藏家，看到这幅情景会做何感想。

"行啦，咱们撤吧。"我说。

要知道，这里全村既然都参与造假，警惕性一定非常高，不会轻易放外人进来。天亮以后，我们两个陌生人一下子就会被村民发现。河南民风彪悍，加上又涉及生存利益，我们俩能不能活着离开，都是个问题。

我这次来郑州的目的，已经超额完成了。造假作坊这个证据，比新郑图良更为扎实。皮包公司可以溜之大吉，村子和作坊却跑不了。我回首都以后，随时可以带着五脉的人和警察杀回来，没必要现在冒险。

钟爱华抬起相机看了看，又放下，告诉我这里距离作坊太远，闪光灯也没效果，想靠近一点去拍。我有点担心，生怕惊动值班的人。可钟爱华已经朝作坊方向猫着腰摸去。我不敢高声叫他，只得叹了口气，紧紧跟了上去。

好在钟爱华没傻到从正门硬闯，而是沿着那条小河沟走侧面。我们俩猫着腰，屏住呼吸朝前蹑手蹑脚地走去，好似钻进猫耳洞的老山战士们。我们很快攀上河边的一处小丘陵，丘陵的另外一侧下方，正是那一排大小不一的馒头窑。

老朝奉的这个作坊，虽然打着汝瓷研究所的旗号，但承接全国造假业务，什么品种朝代的都烧，所以烧窑的规格也就不同。这些馒头窑的窑心温度一般都在一千三百摄氏度左右，就算隔着厚厚的窑壁，附近也特别热，人没法长待。想潜入作坊的话，从这里突破最为安全。

我探头看了一阵，确认下头没人，然后跟钟爱华打了一个手势。这个丘陵不算高，但地势特别陡峭。我们俩拽着坡上的茅草，两脚斜顶着凹坑，轻轻地往下蹭去。钟爱华爬到一半，突然脚下一滑，挎在脖子上的相机开始剧烈晃动，身子摇摇欲坠。我下意识地伸手去拽他，结果我们俩同时失去平衡，朝着地面跌去。

我们其实离地面已经不远，这个高度摔不死人。可我在掉落途中无意中往下一看，不由得大喊一声！原来这边紧靠着馒头窑，摆有四五条木板架，上头堆放着一大堆晾着降温的瓷器，大大小小琳琅满目。我和钟爱华跌落其中，正好似两头疯牛冲进镜子店，顿时推金山，倒玉柱，木架一散，噼里啪啦撞碎了无数瓷碗、瓷瓶、瓷罐、瓷盏、瓷杯——如果这些都是真品……

这一阵响动在黑暗中不啻爆竹惊天，远处的屋子里立刻亮起灯来，人影闪动，还有狗叫的声音传来。我和钟爱华环顾四周,发现这里地势开阔,除了往一千多摄氏度的窑里钻,没别的躲处。

我暗暗后悔,若是早在村里就收手,何至于冒出这等风险。千叮咛,万嘱咐,还是克制不住自己的贪心。钟爱华脸色也变得惨白,他作为当地记者,知道农村民风有多彪悍。这作坊牵扯到巨大利益,搞出人命来也不奇怪。

我们两个沉默了十秒钟,钟爱华忽然把相机往我手里一塞,然后一指那边说:"许老师,你拿上相机,去屋子里躲一躲。那边没开灯,应该没人。"

馒头窑口正对五十米开外有一片小围墙,两扇木门敞开着,里头是一间平顶砖屋,窗户里一片漆黑。我摇摇头:"这作坊就这么大,往那边去,岂不是让人家瓮中捉鳖吗?"钟爱华道:"他们不知道咱们是两个人。你进屋子里躲着,我往外跑,他们肯定是追我,不会去搜屋子。"

"等一等,你是说你去当诱饵吗?"我差点喊出声来。

钟爱华朝那边看了眼,语气急切:"许老师,我是本地人,还有记者证,他们不会太为难我的。你可不能有闪失!"

"这绝对不行!"

"我游泳好,可以走水路!你再啰唆,咱们俩可就都完了!"

钟爱华大吼一声,把我往那个方向恶狠狠地一推,然后转身朝相反方向跑去,一边跑还一边故意把瓷器踢倒,发出脆响。我望着他的背影,眼眶一热。事到如今,我也只能相信他的话,遂把相机一拎,沿着馒头窑的阴影朝那边跑去。

我穿过木门,冲进院子里,发现这里除了当中一栋大砖房,四面都是围墙,只有一个出入口。而且这个口正对着馒头窑,任何人站在那边,随意一瞥,都能发现小院的动静。我不敢逗留太久,在黑暗中摸到屋子的门把手,手腕一拧,发现没锁,连忙拉开一条小缝闪身进去,迅速又把门给拉上。

这间屋子朝向背阴,月光照不进来。我一关上门,整个屋子立刻重新陷入黑暗。我双目不能见物,又不敢开闪光灯,只能伸直手臂,喘息着,慢慢地朝前摸去。忽然"当啷"一声,我脚下碰到一个瓷碗还是什么器皿,吓得立刻站在原地不敢动弹,生怕被外头的人听见。

从刚才踢翻瓷碗的回声来判断,这屋子挑梁很高,占地不小,甚至可以用空旷来形容。我站在这一大片黑暗中,一动不动,视觉被完全遮蔽,其他感官却变得异常灵敏。我索性闭上眼睛，让自己的感觉伸展开来。我的耳朵，能听到外面隐约传来的瓷器碎裂的声音和呼喊声，能听到自己慢慢恢复正常的心跳；我的鼻子，能闻到屋子里有一股若有若无的味道；我甚至能感到皮肤的丝丝酥痒，那是对气流流动的感应。

突然，我的头皮一阵没来由地发麻，一个飘忽的女声在背后响起："谁？"

我汗毛倒竖，急忙回头，黑暗中却看不到任何东西。只听见耳边窸窸窣窣的，既像是女人的脚步，又像是毒蛇在草丛中钻行，还有细微的金属碰撞声，我把脖子上的相机举起来，四下警惕地望去。这玩意儿沉甸甸的，至少能给我点安全感。这时那个女声再度响起，这次却又换了一个方向："别紧张，先把东西放下。"

我心里一松，可随即就发现不对劲。这屋子里明明漆黑一片，普通人类怎么可能看清我的动作？除非她不是……一想到她说不定正飘浮在我背后的黑暗中，直勾勾地俯瞰着我，我的汗毛又竖了起来。虽说我是个坚定的唯物主义者，但此情此景，实在是有点让人毛骨悚然。

"我只是路过，没有恶意。你有什么冤屈可以跟我说，有什么心愿我可以帮你了。"我站在黑暗里絮絮叨叨地说着，保持着高举相机的姿势，一时间背后冷汗涔涔。我和那女鬼对峙了一会儿，忽然屋外传来砰砰砰的敲门声，还有叫喊声，在黑暗中显得特别清晰。我心跳顿时又漏了半拍，只要那些人打开门，我立刻会被发现，连逃跑的机会都没有。这可真是屋漏偏逢连夜雨啊，前狼后虎，该怎么办才好？

我正游移未决，女声突然又在我耳侧响起："听口音，你不是成济村的人？"我心想原来这里叫成济村啊，连忙点点头。女声道："他们是来抓你的？"我又忙不迭地点头。忽然黑暗中一只手搭在我的肩膀上，还好，不算凉，是人类的体温："不想被抓住的话，向前三步。"

如果是鬼，哪有闲工夫注意我的口音。我不由得松了一口气，决定冒险相信她一次——反正局面也不可能变得更坏——我朝前迈了三步，她又说道："右转四步，再左转两步，原地蹲下。"

事到如今，只能赌一赌运气。我依言而行，走到那边蹲下身来，双手往两边一摸，摸到几个大小不一的瓶碗，触感有些糙，像是没上釉的素坯。我这才明白，她叫我这么走，是为了避开这摆了一地的半成品。

瓷器的工序，是先把瓷土做成泥棒料，再做、印、利成特定器形，谓之素坯，或叫坯胎。坯胎要充分干燥，然后再勾饰上釉，送入窑内烧制。这间屋子的地上摆着这么多素坯,应该是用来勾饰和上釉的加工场所——但还是那个问题,她是怎么看到的?

等我蹲好,门"吱呀"一声被打开了小半扇,一道微光照进来,恰好扫到我刚才站立的地方。我眯起眼睛,看到一个女人背影站在门口,清瘦而矮,背弓得很厉害,年纪看来不小。门外进来几个穿迷彩服的年轻小伙子,态度挺客气:"素姐,您刚才听见声音没有?"

被称为素姐的女人淡淡道:"我听到不知是谁把瓷器踢碎了,然后朝那边去了。"她指了指钟爱华逃走的方向。

"我们已经派人去追了,您这边没事吧?"

"没有——是遭了贼吗?"素姐朝前迈了一步,恰好挡住他们与我之间的视线。

"谁知道,大半夜的不让人安生。素姐您把门锁好。柱子,你去把灯都给我打开,一定得抓住那狗日的。"来人骂骂咧咧地吩咐了几句,然后招呼其他人离开。

门重新被关上,这次我能听清她的脚步声逐渐靠近,在距离我很近的地方停住了。她的脚步声很奇特,缓慢而细碎,有点像是旧社会裹脚老太太的走法。

这时屋子外头啪啪传来几声响动,整个作坊的大灯全都给打开了。一时间,四下亮如白昼。这间屋子只有一扇窗户,借着透进来的亮光,我总算是看见了素姐的正脸。这是个老太太,面相平凡,脸上却没什么沟壑,唯有肤色白得有些不正常。她头发梳得一丝不苟,用一块方巾包住,身上穿着件的确良的长袖衬衫,虽然发旧却洗得极为整洁,双手胳膊上还套着碎花套袖。

在素姐周围,我看到了一地的瓷器素坯,旁边还有几个架子,上头摆着一排排勾了彩或没勾的半成品。而在架子尽头,是一把椅子和一个工作台,工作台的正面摆放着十几个铁皮槽,槽里都是各色颜料,每色一槽,以色调排列,像彩笔盒似的丝毫不乱。果然,如我猜测的那样,这是给瓷器坯胎勾饰的工作间。

这位老太太大半夜不去睡觉,一个人在这黑屋子里待着,不知想干吗。

"你为什么不把我交出去?"我忍不住问道。素姐的举动实在太奇怪了。刚才我们俩在黑暗中,连脸都没见过,只说了两句话,她就决定包庇一个深夜闯入不知底细的人,为什么?

"我记得你刚才说,要帮我申冤和了结心愿。"素姐的语气特别平淡,没有升降调,听不出任何情绪波动,简直像是一盘没放盐的水煮白菜。

我尴尬地抓了抓头:"我那是吓坏了信口胡说,您可别在意。"素姐道:"君子一言,驷马难追。"她的语调太平了,我判断不出来她到底是当真了还是在讽刺我,只得说道:"您就不担心我是坏人?"

"你的口音是北京的。一个北京人,不远千里跑到成济村,一定是别有所图,而且所图非小。你是不是坏人我不清楚,但只要知道你跟成济村过不去,就够了。"

我不得不承认,老太太的思路清晰得很,仅从口音就推断出这么多东西来。我仔细端详素姐的脸,觉得她的神态淡然中带些古怪,可我又说不上哪里别扭。

"那,需要我帮您申什么冤?"我鼓起勇气问。老太太却没接这个话,反问道:"你先说说,你为什么会闯进这里来?"我略做思忖,把老朝奉之事隐去,只说是北京的记者,和钟爱华来曝光古董造假作坊。素姐面无表情地说道:"这不是真话,我听得出来。"我不知自己是哪里露出破绽,一时有些尴尬。素姐忽然又道:"你我萍水相逢,不知底细,确实不该一见面就坦诚相待。罢了,本也该是我先自报家门的。"

一边说着,素姐慢慢走回到工作台前,坐在椅子上,伸手从旁边架子上拿起一件素坯。这是个小碗,还没上釉。素姐左手四指擎住碗底,先旋了一圈,右手从淡红色槽旁拿起一管勾笔,蘸饱颜料,开始在碗上勾画。她的手法极为熟稔,手腕一抖,转瞬之间,小碗上就多了数朵寒梅。她把小碗放到右手边完工的木板上,前后不过一分多钟。

"如何?"素姐问。

"碎梅能这么一气呵成点成的,可不多见。"我心悦诚服地赞叹道。

素姐刚才勾的,叫作碎梅,是瓷饰里比较难画的一种。牡丹、芭蕉、荷莲、菊花等花饰,皆是粗叶宽瓣,唯有梅花短碎而细,不易勾画;而且瓷器色料性沉黏,笔锋稍有迟疑,颜色便会滞聚一团。所以绘制梅饰,特别考校细处运笔的功力。俗话说庸手画梅,高手点梅,一字之差,境界差之甚远。想看一个人的绘画功力,让他画出梅花来就知道——这屋子里光线很差,老太太六十多岁,落笔却一点没受影响,真可谓是个中高手。

素姐听我这么一说,略觉意外:"哦,看来你也懂瓷。"说到这里,她又点了点头,似乎自己想明白了,"既然敢深夜闯瓷器作坊,自然对这些多少懂点。"我毕恭毕敬地答道:"只是一点粗浅知识,不入专家法眼。"

"不入法眼?确实,你所作所为,是入不了我的眼哪。"

素姐缓缓转过脸来，睁大了双眼。我突然呆在原地，如受雷击——微茫的光线中，我看到她双眼中的瞳孔泛白，全无神采。

素姐竟是个双目失明的盲人！

难怪这屋子里漆黑一片连灯都不用开，难怪她在黑暗中能"看到"我的所有动作。她不是看，是听出来的。

可我简直不敢相信，刚才那纯熟精密的勾饰技法，居然是一个盲人画出来的。

要知道，盲人画画不稀奇，但给瓷器勾饰则是另外一回事。立体的坯胎不同于平面宣纸，勾笔也不同于毛笔，釉料的性质与墨质更是大不相同。釉上彩是一种勾法，釉下彩是一种勾法，纹饰怎么搭配，比例曲度怎么调，颜色怎么抹，动笔前都得胸有成竹，勾的时候还得随时调整。

一个盲人能做到这些，她得对勾饰和瓷器熟到什么程度啊？

素姐见我半天没说话，又拿起一个胆瓶，在手中旋了几圈摸准了器形，挥笔勾画，一会儿工夫一幅松鹤图便呈现在瓶上。庸手瓶上作画，往往时涂时抹，而素姐的运笔毫不停滞，极为流畅，仿佛一切都已经重复了千百遍，烂熟无比，当真是神乎其技。

"我在顺州汝瓷研究所待了几十年，这么多年来，我只钻研瓷饰。你把一件事重复几十年，就算想忘都难了——卖油翁怎么说的？唯手熟尔。"

素姐一边说着，一边倏然停笔搁瓶，整个人如渊渟岳峙，面上却不见任何自得，反带了丝苦涩。而我已然震惊到说不出话来，我实在没想到，在这里会遇到一位大国手。

"这里高仿赝品的纹饰，全是出自您的手笔？"我说出心中疑惑。素姐缓缓道："成济村所有高仿的订货，都会送来我这里。如何烧造上釉我不管，纹饰这块，我有自信可以描摹得不露分毫破绽——你闯进来的时候，我正在工作。"

我说怎么大半夜的她还待在工作室。对一位盲人来说，日夜本没区别，说不定夜里清净，更适合她干活呢。想到这里，我轻呼一口气，肩膀垂下。之前我就有猜测，一个造假的作坊，必然会有高手坐镇。如今看来，成济村的镇坊之宝，应该就是这位素姐了，难怪刚才那些人对她如此恭敬。

但我心中的疑惑却越来越多。以她的水准，放眼全国都是超一流的大师境界，随便哪个地方，都会当国宝一样供奉，为什么甘心窝在这么个小地方造些不入流的假货呢？素姐虽然目盲，却总能看透我心中所想，她离开工作台，来回走了两步。

我又听到那种细微的金属响动，低头一看，这才注意到，素姐两个脚踝之间拴着一条脚链，链条是监狱里专用的钢铰链。别说素姐，就是一个壮年汉子戴上这东西，也迈不开步子，只能跟小脚老太太似的一步步挪。我大吃一惊，连忙从地上坐起来："难道……您是被囚禁在这里的？这是为什么？"

她拖着链子走到窗前，额头贴在玻璃上，淡淡道："君子无罪，怀璧其罪。"

我一听，顿时明白怎么回事了。把身怀绝技的巧匠拘押在隐秘之处，终身禁锢，据为己用，这种事在旧时候是有的。可这都解放多少年了，居然还有人胆大包天搞非法禁锢！一想到这位工美大师被关在这间小黑屋里，在黑暗中孤独地违心作画，我就有压抑不住的愤怒涌上心头。

"这都什么年代了，居然还有人做这样的事！这是犯罪啊！他们怎么能这么做？"

素姐道："刚才那些人你看到了？他们虽然对我尊敬有加，可绝不允许我走出作坊半步。刚才他们来敲门，其实是为了确认我还在这里。"

我陷入沉默。谁守着这么一位大国手，都定会严防死守，不容半点消息泄露出去。素姐看我沉默，神情终于露出一丝苦涩："所以你该明白，为何我要帮助一个不知底细的入侵者。我没有选择，这也许是我唯一的机会。"

我终于明白，素姐一开始说的替她申冤，为她了愿，并非玩笑之言，而是一位老人在绝望中唯一能抓到的稻草。我热血沸腾，一拍胸膛："您放心！我绝不会坐视不理，一定帮您逃出生天！"

素姐摇摇头："我这把年纪了，可动弹不了。我只希望你能把消息送出去，就够了。"我心念电转，想到一件大事，连忙问道："是谁把您囚禁在这里的？"

素姐道："我本来是顺州汝瓷研究所的纹饰专家。退休那年，所里的领导给我引荐了一人，据说是古玩界的老前辈。这位老前辈说他有心复兴汝瓷，建起大厂，殷切地要返聘我，希望请我去指导后辈工作，发挥余热。我不虞有诈，结果被他诓到这里，再没离开过。"

"您可知道他是谁？"

"我双眼已盲，看不到相貌，只知道他自称——"

"老——朝——奉！"我一字一句地接住她的话，脸色凝重。

饶是素姐一贯淡定，也明显呆了一下："你……你怎么会知道这名字？"还没等我回答，她立刻反应过来了，"你从北京来，莫非你是……"

"不错，我是五脉中人。"我低声说道。

我相信，素姐既然研究瓷器，对五脉一定有了解。果然老太太的手明显颤抖了一下，随即问道："药来是你什么人？"药来是青字门的掌门，专司瓷器。素姐一听五脉，自然第一个就是问他。

可惜药来已经去世，我也不想细说，便回答说他是我的长辈。

"那你是哪家的？黄克武？刘一鸣？沈云琛？"

我没想到她对五脉的构成还挺熟悉的，一一否认。素姐奇道："五脉一共四家，你到底是哪家的？"

"我姓许，叫许愿。"

"哦，许家。原来他们家回来了……"

素姐略为感叹了一句，没继续往下问。这可以理解，一个被禁锢了这么久的人，她最关心的是眼前的困局，而不是打听一个八竿子打不着的别家八卦。她用手轻轻拍了拍膝盖，自言自语道："许家也好，反正都是五脉，很好，非常好——这么说来，五脉终于打算对付老朝奉了？"

"没错！我们好不容易才查到成济村，他在这里吗？"我语气急切起来。

"你能查到这里，也算是有本事。可惜这里虽是老朝奉的产业，但他一年也不见得会来一趟。"

"那他总有代理人吧，总得有人管这个作坊吧？"

素姐没有回答我的问题，她拖着脚链走到门口，谨慎地侧耳倾听。此时那些大灯陆续都关掉了，不知是抓住人了还是已经放弃，整个屋子又恢复到一片深沉的黑暗中。素姐确定附近没人，才回转过来，压低了声音道："你若只是普通毛贼，我本打算送你几件真瓷，换得一个报警的机会。你若是五脉中人，又是冲着老朝奉来的，那就另当别论了——我问你，你找老朝奉打算干吗？"

"把他绳之以法，让他身败名裂。"我毫不犹豫地回答，几乎是从牙缝里挤出恨意来。

素姐道："老朝奉此人狡黠无比，若你想从成济村追查，那是千难万难。"她见我失望地发出一声叹息，抬手一摆，放慢语速，脸上露出一丝大仇将报的快意，"不过我这里恰好知道一些关于老朝奉的隐秘事情。这个事件烂在我肚子里，只是些残片朽物；在你手里，或许能化为利器，点住他的死穴。"

我一听她这么说，立刻打起十二万分精神，聚精会神地支棱起耳朵。素姐没着急开口，而是重新坐到椅子上，拿起一件器物，悠然而熟练地勾起纹饰来。我觉得，她应该是真心热爱这门手艺，把它当成了自己的生命和寄托，否则在这种被人胁迫的恶劣环境下，不可能会支撑这么久。

素姐很快又勾完了一件，缓缓问道："你知道《清明上河图》吗？"

这个问题太低级了，《清明上河图》是北宋张择端绘制的汴梁风情图长卷，将首都汴梁在清明时节的市井全景一一描绘出来，细节详尽，文史价值极高，乃是国之重宝。只要上过中学的人，都知道这张画的价值。

可是，我们明明是在一个瓷厂里，明明谈的是老朝奉，为什么素姐突然横插进这么一个跨界的无关问题？

"你可知道《清明上河图》如今身在何处？"素姐又问。

"这个问题我也知道答案。《清明上河图》的真本原是收藏在紫禁城内，后来被溥仪带到了伪满洲国去。抗战胜利以后，时局混乱，无数人冲进伪满皇宫去偷东西，这幅名画也因此流落民间。一直到长春解放，解放军四处寻访，这画才重见天日，先收藏在东北博物馆，后来调至北京故宫，至今仍在。其中曲折，已成为圈内一段传奇，足够拍一部电影了。"

素姐赞许地微微颔首，继续说道："据传此画历来伪本摹本很多，所以它被迎回故宫之后，上级调集了一批专家成立鉴定小组，对这幅画进行一次全面鉴定。1951年这画进了故宫，当时鉴定小组分成两派，争论不休。最后一位德高望重的专家一锤定音，认定此本为真，才有了定论——"说到这里，素姐抬起手来，语速放慢，"这个人，正是老朝奉。"

我眼睛一亮。如果老朝奉参与过《清明上河图》的鉴别，那他的身份，就很容易查出来了。可我转念一想，又冒出一个疑问："老朝奉参与《清明上河图》鉴定这件事，又如何化为利器，点住他的死穴呢？"

"如果我说这画有问题呢？"素姐淡淡道。

这一句话说得淡薄无烟，可在我心里却不啻一声惊雷。《清明上河图》的名气太大了，如果这画的真伪存有问题，上级主管部门一定会去调阅鉴定记录，锁定责任人。无论当时老朝奉是看走了眼还是别有用心，他都会因此身败名裂，再也无法隐身于黑暗之中。

可是，事情没那么简单。

要知道，书画虽说也是古董，但和其他古玩不太一样，自成一派。瓷器看施釉成分，青铜器看绿锈，玉类看折射率，这些都是客观指标。但一幅书画是哪位大师的真迹，没有客观标准，更多依靠鉴别者的眼力和阅历，跟着感觉走，全是主观意见。同样一根竹子，你说是郑板桥画的，我说看着不像，那就只能看咱俩谁的资格老。所以书画鉴定，有时候是比拼资历和名望。

《清明上河图》这幅画太重要了，如果没有过硬的证据，很难推翻最初的鉴定结论。素姐既然这么有把握，说这画有问题，那么她手里，莫非握有什么可以一剑封喉的秘密？

"这画有什么问题？"我满怀期待地伸长了脖子。

素姐道："我不确定。"

我差点把脖子给闪着，等了半天，怎么就等来一句不确定？

素姐道："我只是凑巧知道一点《清明上河图》的疑问，这个疑问是否成立，还得要靠你去求证。"我顿时大失所望，瘫坐回地板上，听了半天，原来只是一个猜测罢了，我还以为是什么大秘密呢。素姐听到我叹息，眉头一竖，平静的脸上第一次露出怒容："许家小子，你若觉得没用，就当我没说过。滚回去等天上掉馅饼吧。"

我见素姐动了真怒，连忙道歉。这次是我做得差了，老朝奉那么狡黠一个人，不可能留出大好机会等人上门去抓，想对付他，只有死死抓住每一分可能性。我刚才期待值有点太高，一时失态了。我赶紧跟素姐诚恳地道歉，素姐叹了口气："你这孩子，一提到老朝奉就如此急躁，这样如何对付他？"我勉强按捺焦虑，催促道："素姐我知道错了，您说吧，我好好听着。"我挪动几下脚步，好像一只看见盘里有带鱼却够不着桌子的猫。

"若不是没别的选择，我可不想找你……"素姐冷哼一声，这才继续说道，"1951年《清明上河图》送回故宫鉴定时，我正在学国画，教我的老师差点就进了专家组。他虽无法亲见实物，但能接触到一点消息。鉴定结果出来以后，他一直存有疑问，但顾虑很多，不敢说出来，只敢吐露给我。终我老师一生，也没机会去验证这个疑问。现在看来，我也没有机会了。现在我把它告诉你，希望你别让我们失望。"

我不敢再贸然开口，挺直了胸膛，屏住呼吸安静地听着。

素姐把笔搁下，缓缓道："若要讲明此事，须得从《清明上河图》的传承说起。你不是想找老朝奉报仇吗？不妨耐着性子把它听完。这幅字画背后，可也有个惨烈的复仇故事，与今日大有干系。"

"嗯。"我忙不迭地点头。

素姐不疾不徐道："《清明上河图》是北宋徽宗朝一位叫张择端的宫廷画师所画，这你是知道的。张择端完成之后，将它献给了宋徽宗。宋徽宗亲题'清明上河图'五字，并钤上一方双龙小印，收入宫中。可惜几年后，靖康之变，这幅画遂落入金人张著手中。所幸《清明上河图》是无上精品，收藏之人无不精心呵护，它在金、南宋、元三朝之间辗转数十手，没毁于战火。到了明代，这画先归朱鹤坡，后传徐溥、李东阳，然后落到了嘉靖朝的一位兵部尚书陆完的手上。陆完极为喜爱《清明上河图》，每天都要玩赏一番。他临终之前，叮嘱自己夫人说这幅画是传家之宝，一定要收藏好。他没想到，这一番叮嘱，却牵扯出一桩大事。"

素姐语调平淡，到这里却突然挑高，跟说书似的。我忽然想起来，素姐刚才说她1951年正在学画，看来在研究瓷器勾饰之前，她本是丹青圣手，书画才是本行。她常年被囚禁于此，憋了一肚子丹青掌故无处抒发，好不容易逮着个肯听的，索性一次说个痛快。

素姐"看"了我一眼，继续道："陆完死后，陆夫人谨遵遗嘱，把《清明上河图》缝在枕头里，片刻不离身，连自己亲生儿子都不允许碰触。这位陆夫人有个外甥，姓王，平时也对丹青极为痴迷。他早听说陆家藏有《清明上河图》，垂涎已久，只因陆完看管得太严，不敢张口来借。好不容易等到陆完死了，他就去找陆夫人，央求看一眼。陆夫人被缠得没办法，就对他说你只能在阁楼上欣赏，不许拿走，不许带纸笔，而且不许说给别人听。这姓王的外甥满口答应，空手登上阁楼，先后连看了数十次，前后两三个月，然后凭着惊人的记忆力，愣是默摹了一张一模一样的出来。"

我倒吸一口凉气。别的风景画人物画也就罢了，《清明上河图》画的可是汴梁全景啊，上面房屋、舟桥、器物、牛马、旗仗一应俱全，还有几百个不重样的汴梁市民。这位王外甥能默摹一幅出来，记忆力可真是不一般。

素姐这时话题一转："嘉靖朝有一位大奸臣，名叫严嵩，他有个儿子叫严世藩。严世藩为人歹毒，嗜好搜罗这些奇珍书画，尤其是想要《清明上河图》。都御史王忬正好有事相求严家，就花了八百两银子，从那位姓王的外甥手里把这幅摹本买了过来，当作真品进献给了严世藩。严世藩大为高兴，请府邸里一个叫汤臣的装裱匠来装裱。结果这汤臣一眼就识破这是赝品，借此勒索王忬重金。王忬却没理睬他，汤臣一怒之下，就告诉严世藩，这幅画是赝品，里面有个绝大的破绽——"

说到这里，素姐故意拖了个长腔儿，直到我急切地伸长脖子咳嗽了一声，她才继续说道：《清明上河图》画的是汴梁市井，里面举凡饭庄、酒肆、民居、车马铺、杂货铺，都刻画得非常精细。其中有一处画的是赌坊，有四个赌徒围着台子在扔骰子。骰子一共有六枚，其中五枚都是六点朝上，还有一枚仍在旋转，赌徒们都张口大呼。汤臣告诉严世藩，按照常理，这几个赌徒应该喊的是'六、六、六'。而宋代汴梁口音里'六'是撮口音，要把口卷成圆形，而这些赌徒却都是张开大嘴，用的是闽音。从这一字之音，可知这是赝品。"

"不是说默摹得一模一样吗？"我在黑暗里举起了手来，傻乎乎地问道。

"古代又没有复印机，也没有照相机，而《清明上河图》又以海量细节著称。王姓外甥只凭着记忆临摹，难免有些偏差，这些细枝末节想当然地一笔带过，未及深思。"素姐简单地解释了一下，继续说道，"得知王忬进献的居然是赝品，严世藩勃然大怒，回报严嵩。严嵩怀恨在心，将王忬寻了个别的罪名害死。这时汤臣又告诉严世藩，说这张赝品如此逼真，执笔者一定亲眼见过真本。严世藩按图索骥，查到王某，又查到陆家。一打听，发现陆夫人已死，真本已被陆家人变卖到了昆山顾家。严世藩施展手段巧取豪夺，从顾家将真本抢了过来，放在府中收藏。可他没想到的是，王忬有个儿子，一直对他咬牙切齿，怀恨在心。他叫作王世贞——这个人你知道吧？"

我忙不迭地点点头。这个人的名字我听过，是万历年间相当有名气的一位文史大家，明代的文学家里他能排进前五，但我没想到他父亲就是这个故事里的王忬。

"王世贞年纪轻轻，就以文名享誉京城。他除了诗文以外，还擅长写小说戏曲。王忬死后，有一次他去严府，严世藩问他最近有什么新作可看。王世贞对害死自己父亲的凶手无比痛恨，可自己无权无势，只得委婉地回答说没有。严世藩不信，再三强逼，王世贞看到桌子上放着一个金瓶，瓶中插着一朵梅花，急中生智，回答说最近只写了一部小说，叫《金瓶梅》。"

"《金瓶梅》？《金瓶梅》的作者不是兰陵笑笑生吗？"我越发糊涂了，怎么又从《清明上河图》扯到《金瓶梅》去了？

素姐道:"那是笔名——你听我说完。据说王世贞回到家里,仔细思索了一番,不由计上心来。他以水浒一回为本,数天不眠不休,赶出了《金瓶梅》的稿子。王世贞知道严世藩生性淫乱,故意在书中夹杂了大量男女之事,还把主人公起名叫西门庆,因为严世藩号东楼。王世贞把这些关键之页放到毒药里浸泡,还故意粘在一起不裁,装帧好了送到严府。严世藩对这部书喜欢得不得了,手不释卷。当他读到关键情节时,发现书页粘在一起,就用手指蘸了唾液去捻,一捻两捻,书页上的毒药就送到他嘴里去了。没过几天,严世藩毒发身亡,死前叮嘱左右,停灵时只许至亲靠近。出殡那天,忽然来了一个白衣书生,放声大哭。严府的人觉得他哭得情真意切,就忘了严世藩的叮嘱,让他进了灵堂。白衣书生扑在还没合盖儿的棺材上又大哭了一场,等他离开,严府才发现严世藩的胳膊少了一条,被那书生取走了。而事后严府清点,发现《清明上河图》也没有了。不过他们顾不上追查,因为严世藩死后没过多久,严嵩就在政敌的攻击下倒台。朝廷在查抄严府的时候,发现居然有《清明上河图》,便直接收入内府。"

"等一下……"我打断素姐的话,"您讲错了吧?您不是说《清明上河图》被那个白衣书生盗走了吗?怎么朝廷又在严府查抄出来一本?"素姐道:"是你听故事听得不细。我问你,严府一共有几本《清明上河图》?"

"一本,呃,不对,是两本。张择端的真本和王氏的仿冒本。"我一下子反应过来。

"没错。白衣书生拿走一本,朝廷抄走一本。两本几乎一模一样,到底哪一本是真的,哪一本是假的,除了汤臣这样的专业人士,谁也搞不清楚。"素姐的语调很冷静,但我却听出了她的潜台词:"明官抄入内府那本,未必是真的。"

"可这个明代的复仇故事,跟老朝奉有什么关系?"我把话题拉回到现实里来。王世贞的故事很曲折没错,但那毕竟是明朝的事情了,对我来说,现实才是最重要的。

素姐道:"你听我说。收入内府的那一版《清明上河图》,在万历年间被大太监冯保收藏。此后明清交接,它被数次易手,最终流入大清皇室,被嘉庆皇帝编入《石渠宝笈三编》,善加保管。再然后,就是被溥仪带去长春,流落民间,后被送回故宫……"

我心中一颤:"您是说,故宫里现存的《清明上河图》,实际是王氏赝品,被老朝奉错认为真本?"

素姐轻轻摆了摆头:"我不确定,我老师也不确定,一切都是传说,所以才需要你查实。按道理，王世贞这段故事流传甚广，时人笔记多有提及，甚至还有改编的戏剧《一捧雪》，根本不算秘密。那些参与鉴定的老专家，不会不知道这段掌故，忽略这点破绽的概率很小。但我老师发现的疑点，却不止这一处……"

素姐抬手招呼让我凑过去，然后在耳边悄声说了几句。我听着先是一惊，然后连连点头，最后说都记住了。素姐让我重复一遍无误，这才如释重负："我的自由事小，《清明上河图》事大。你若能从根子把老朝奉挖倒，我这几年清苦也就值得了。"

说完她忍不住叹息了一声，黑暗中的身形显得那么单薄和虚弱。我望着这位盲眼的大师，满怀敬意，拍着胸脯慨然道："您放心，我一离开成济村就报警，然后马上回首都去故宫验证，不耽误。"

素姐竖起一根手指道："我建议你先别惊动五脉。那几个老人精各怀心思，你跟他们说了，谁知道会起什么风波。"

我"嗯"了一声，深以为然。我这次到郑州，本来就是背着五脉来的，肯定不能跟他们讲。再说，刘家的心思我始终看不透。这次如果回去把这事一说，刘一鸣不定又会找出什么借口搪塞，说不定就黄了。等我把所有的事情查得一清二楚，再拿出去表功不迟，我倒想看看刘一鸣到时候会是什么表情。

"对了，我还有一件私事相托。"素姐道。然后我听见她的脚步声走远，在屋子的另外一侧"吱呀"一声打开一个柜子，又走了回来。我的手心被塞了一件东西，不大，瓷面有起伏，摸了一下形状，应该是个莲瓣儿瓷水盂。

"如果有机会，把这个拿给黄克武。"素姐的声音努力保持着淡定，但我还是能听出那一丝扭捏。我暗想，黄克武当年来过郑州，算算年纪，素姐正是二八年华，情窦初开，说不定俩人有过那么一段……呃……事情，我们做小辈的就不好乱猜了。

我不敢表露出这些乱七八糟的念头，乖乖把小水盂揣到怀里。素姐拿起工作台上的搪瓷大茶缸，喝了一大口凉茶："该交代的都交代完了，接下来，就是看怎么把你送出去了。"

我一拍脑袋，倒忘了还有这么个现实问题。昨天晚上那么一闹，恐怕今天的守卫会加倍警惕，逃出去的难度很大啊。素姐略做思忖，忽然问："小许你怕不怕脏？"

我听了一愣，说不怕。素姐点头说好，从地上抓了几个塑料袋给我，我还没明白怎么回事，她又拿起一样东西。

虽然黑暗中看不清楚这东西形状，但它会亮起小绿灯，还会发出刺啦刺啦的噪声。

"你能不能逃出去，就靠它了。"素姐道。

素姐手里拿着的，居然是一部小功率手持步话机。

这种小功率手持步话机我曾经玩过，作用范围也就几百米。这作坊范围不大，不值得专门架电话线，有这种东西确实方便。不过他们居然为素姐专门配了一部，可见对她真的相当重视。

素姐拿起步话机，熟练地调整一下旋钮，然后开口道："做得了，过来提货。"

她连续重复了三遍，对面才有回应，声音明显还没睡醒："素姐，这天还没亮呢。平时不都是八点提吗？釉工们都没起床啊。"素姐冷冷道："你们必须马上过来提走。不然纹饰受潮走形，可别怪我。"步话机里哇啦哇啦了几句，最后还是答应了。

素姐告诉我，她总是在夜里干活，所以工人通常都是早晨到这间屋子，取走上好纹饰的坯胎，抬到隔壁工房上釉，再入窑去烧。所以现在她叫这些人提前一点时间过来，不会引起怀疑。然后素姐对我面授机宜，我听完以为难地扯了扯嘴角，勉为其难地答应。

过不多时，釉工们到了门口，来了七八个人，哈欠连天。素姐开门让他们进来，但不允许开灯。这些釉工估计早习惯了素姐的怪癖，也不争辩，各自摸黑去搬。一边搬着，釉工们一边抱怨，说昨晚兄弟们抓了半宿小偷，都没睡好。素姐问小偷抓着没有，他们说没逮着。我听到钟爱华平安无恙，心里踏实了一大半。

这些釉工各自抱好了坯胎，排成长列，彼此间隔三步往外走去。素姐在黑暗中突然拉住最后一个人，说："大栓子你等一下，我有话问你。"那个叫大栓子的一愣，身子转了过去。

而我事先早抱好了一个落地大花瓶挡住脸，一个箭步站到队伍最后，接替他的位置。这些人个个睡眼惺忪，屋子里又黑，谁也没发现盯梢的人已经换了。

我没法跟素姐告别，只得默默在心里祝福了一句，跟着队伍走出屋子。素姐对时间的拿捏很准，此时正是黎明前最黑暗的时刻，没人会注意到这支队伍。我们走了也就二十来米，到了一处更大的平顶工坊。这里应该就是给坯胎上釉的地方，门口堆着一大堆还没调浆的白色釉粉。我走到那堆粉末边上，轻叹一声，脚下用力一滑，整个人和花瓶都栽进釉粉堆里，顿时全身都沾满釉末，满脸白粉，活像马戏团里的小丑。

前头的人纷纷回头，看不清我的脸，以为我是那个大栓子，都哈哈笑起来，纷纷嘲笑说："现在给你拖进炉子里，直接就能烧出个瓷娃娃。"我故意含糊不清地比画说去洗洗，让他们先进屋，然后转身朝工坊附近的小河边跑去。沿途的保安看到一个浑身白粉的人狼狈地朝河边跑，都笑起来，没起任何怀疑。

到了河边，我把钟爱华的照相机、我的大哥大和钱包装进塑料袋里，高高举着，凫游过河。这小河不深，我又擅长游泳，几下就到了对岸。白粉被冲得一干二净，当然浑身也湿了个透。我顾不得收拾，飞快地跑过河岸，一口气跑过好几块田地，才在一处隐蔽的引水渠旁停下来喘口气。

从这里开始，我算是正式脱离顺州汝瓷研究所的控制范围了。我辨认了一下方向，沿着田地和林地朝东走了两个多小时，走到县级公路上。我拦下一辆专门跑十里八乡的短途公共汽车，在乘客和司机诧异目光的注视下上了车。这车把我送到附近的镇上，我买了几件衣服，在镇子里找了家旅社收拾了一下，再搭车回了郑州。

一到郑州，我哪儿也没去，直奔刘记羊肉烩面，这是我和钟爱华约定的接头地点。一问老板，老板给了我张字条，上头有一个电话。我连忙拨过去，对面很快传来钟爱华兴奋的声音，我们略谈了两句，他让我稍等片刻，然后就挂了。没过十分钟，钟爱华呼哧带喘地跑进店里来。我一看他头发乱糟糟的，衣服还有股水腥味，就知道他回来以后还没顾上收拾清洁一下，心中又感动又歉疚。

钟爱华见了我也特别高兴，左看右看，确定我没缺胳膊少腿，这才放心，点了两大碗烩面，多放蒜，说是要驱驱水寒。

我们两个边吃着面，边交换了一下分手以后的经历。原来钟爱华跟我分手以后，也是直奔小河而去。他水性极好，沿着小河漂了十来里才上岸。回到郑州以后，钟爱华打过我的大哥大，但是关机。于是他把电话留到刘记老板那里，打算若是二十四小时没消息，就立刻报警去救人。当然，这期间他也没闲着，动用自己的关系把成济村查了一遍——这个村子属于顺州县，在郑州和洛阳之间，号称国家仿古工艺品基地。那个震远运输的注册人，就是成济村的村长。

钟爱华和我已经算是患难之交，我这次不再有什么隐瞒，把素姐和老朝奉的事情从头到尾说给他听。钟爱华一边听着，一边让烩面噎得直瞪眼。他本来以为只是造假，现在居然牵扯到非法禁锢了。

钟爱华突然一拍桌子兴奋道："这是好事呀！成济村不是拿仿古工艺品当挡箭牌吗？那我们可以用非法禁锢素姐的名义去让警察查他们。到时候只要素姐肯作证，那成济村伪造文物的罪名就是板上钉钉！"

"嗯，这是个好办法。"我点点头。一举两得，既能救出素姐，也能捣毁一个造假团伙。

"这事交给我来办吧，许老师你呢？"

我摆了摆手，望着窗外："我还有更重要的事情，我得赶回北京，不能让素姐失望。"钟爱华道："明白。我在北京也有几个做新闻的同学，要不要介绍你们认识？有时候，适当掌握舆论的力量很关键哪。"

钟爱华这话提醒了我。如果素姐老师的猜疑是真的，《清明上河图》真的有问题，那我查出真相以后，必须得靠舆论的力量把这事炒大，才能够形成足够的声势。我没什么记者朋友，也不想借助五脉的力量，他的建议真是雪中送炭。

我要了他在北京那几个朋友的联络方式，然后跟钟爱华估算了一下曝光文物造假专题上报的时间。

按照我的想法，最好是《清明上河图》与成济村的事情同时曝光，在多条战线形成压力，互相印证，确保老朝奉彻底完蛋。钟爱华对这个计划连声叫好，两眼放光，摩拳擦掌，显然这种打法非常符合他的胃口。"揪住全国假文物产业的幕后总黑手"这种新闻素材，对任何一个记者都有着极大的吸引力。

"许老师，您可真是太厉害了！既有原则又有手段，还有一腔不为世俗污染的热血。如果鉴宝界都像您这样就好了。"

钟爱华说得我有点脸红，我连连摆手道："别这么说，这是我应该做的。去伪存真，这本来就该是五脉安身立命的根本才对。"钟爱华掏出个本子，把这句话记了下来："这句说得真好，我打算拿来当新闻标题——哎，对了，您不介意这篇报道以您口述的形式发出来吧？"

"不合适吧……"我皱了皱眉头。

"新闻要求的是真实性，再说您做的是正确的事，不丢人。只有大力宣扬正确的事，才能弘扬正气，净化社会风气。"钟爱华说到这里，胸膛一挺，露出一个自豪的笑容，"别忘了，华生的使命，是记录下福尔摩斯的英姿啊。"

讲这种大道理，钟爱华显然比我在行，我被他一套套的"社论"说得难以招架，心想这也不是什么坏事，便答应下来。钟爱华掏出录音笔，说是要存档，我把从郑州到成济村的经历又说了一遍。

烩面吃完，我们也谈得差不多了。钟爱华自告奋勇去给我买回首都的票，我则找了家旅馆开了个钟点房，痛痛快快洗了个热水澡，然后躺到床上。我迷迷糊糊闭了一会儿眼睛，却怎么也睡不着，忽然想起来素姐送给黄克武的那个小水盂，就拿出来捏在手里来回端详。素姐给我的时候是晚上，后来一路逃亡，我都没顾上仔细看。

这个小盂通体乳白，上头用青釉渲染成一圈子山水纹，半山有云，水上有舟，整体风格非常娴静，技法很成熟。我把小盂翻过来，底部有一个方形题款"梅素兰香"——至于这句话有什么寓意，就不得而知了。我翻来覆去鉴赏着这东西，终于沉沉睡去。

等我一觉醒来，钟爱华把票也送到了。我对他叮嘱了几句，然后登上返回首都的火车。等到我终于回到琉璃厂，进了四悔斋，忍不住长长出了一口气，可算是到家了。烟烟还没回来，我打电话过去，一直打不通，估计还在忙着吧；方震在出外勤；刘局也没来骚扰，整个五脉似乎都在围着转型的事转，我这种小角色在忙碌中似乎被淡忘了。

说实话，这真让我心里有点空落落的。我想到这里，暗笑自己太矫情了，原来嫌人家烦，现在人家不理了，又觉得失落。

其实现在这个形势，正中我下怀，大家注意力都不在这儿，我可以专心调查《清明上河图》的事情了。

我在店里稍事休息，然后给郑教授打了个电话。郑教授是药不然的老师，娶的是五脉里的人，算是五脉的外围成员。五脉并不纯是血脉相传，除去刘、黄、顾、药、许五姓以外，还有亲戚、师徒、好友、门客、拜把兄弟之类的外围。到了现代，中华鉴古研究学会和许多大学、科研单位都有联系，成员就更复杂了。像郑教授这种，按古代的说法，算是客卿，现在则是挂一个研究会顾问的头衔。

药不然叛变以后，郑教授颇为自责，反而跟我关系变得很好。老爷子时常跑来我的小店里坐坐，喝点茶，教我点东西，有时候兴致来了，还帮我卖几件货。我一直怀疑，他是把对药不然的感情，全都移到我身上来了。

郑教授一听是我的电话，挺高兴，问我这几天干吗去了。我支吾了他几句说进货去了，然后问他有没有什么办法能看到《清明上河图》的实物。郑教授一愣，说你小子怎么改行钻研书画了。我解释说加强自身文化修养，在补课，看到这一段，想亲眼见识一下。郑教授告诉我，这件事不太可能。《清明上河图》是顶级国宝，被严格地保管在故宫画库里，不对普通人开放。除非是有重大展出活动，否则开库必须经过十几道手续和数个部门的审批，还得有极其充分的理由。

"别说你了，就连刘一鸣要看，都不见得能批准。这个主意你就别打了。"郑教授直接把门关死。

我倒没特别失望，这是在我意料之中的。我握着话筒，又问道："那当时这幅画移回故宫，参与鉴定的人都有谁？"郑教授疑惑地反问："你问这个干吗？"

"好奇嘛。"我只能用这个理由回答。好在郑教授没追问，他想了想，回答说："如果我记得不错，这份名单是保密的。"

"这有什么好保密的？"我大为不解。

"你听过《文姬归汉图》的故事吗？"郑教授问。他知道我一定不知道，所以也不等我回答，自顾说了下去："从前故宫曾收藏有一幅《文姬归汉图》，旧题为南宋，都认为出自南宋四大家之一的李唐手笔。后来此画流落东北，被国家收上来，交由郭沫若郭老带头审定。郭老在画上发现'祗应司张□画'几个字，其中□字模糊不清。郭老经过仔细检校，认为是'瑀'字。于是这幅画的作者，被重新认定为金代张瑀所画。你知道，书画鉴定主观性太强，所以这个结论引起很大争议，有许多人坚持认为是李唐画的，甚至还有人带着一书包资料专程到北京去找郭老辩论，每天都有人跑过来交流，让郭老不胜其扰，惹出不少麻烦。"

"所以《清明上河图》鉴定组名单保密，也是出于这个原因？"

"是的，不会出现具体某位专家，而是以鉴定组集体结论来发布。露出名字的，只有当时的文物局局长郑振铎先生，他挂了一个鉴定组组长的名。"

"这份名单，即使是五脉的人，也看不到吗？"我的语气里透着深深的失望。

"也不好说……算啦，我帮你问问吧。你在家里等着别乱跑。"郑教授的口气，就像是一个宠溺孩子的老人。

放下电话，我想了想，跟钟爱华在北京的一个媒体朋友联系了一下。我电话打过去，他挺热情，看来钟爱华已经提前打好招呼了，这个小家伙做事确实牢靠。这人叫骆统，是《首都晚报》的副主编，这家报纸发行量很大，颇有影响力。骆统或多或少知道点佛头案的始末，对我兴趣很大，允诺只要我拿到证据写成文章，他立刻安排全文刊发。

安排好这些事以后，我决定整理一下自己的屋子。这是我的习惯，每逢大事需静气，收拾房间可以让人心平气和，把屋子里的东西分门别类归拢好，可以让头脑冷静而有条理，不致有什么遗漏。

现在距离老朝奉只有一步之遥，我可不希望出什么纰漏。

我把屋子里的古玩一件件拿出来，擦拭干净，然后重新包好，接着扫干净地，把外套裤子扔进洗衣机里。刚扔进去，我听到"咚"的一声，这才想起来外套里还揣着素姐的小水盂。我赶紧把它捞出来，想了一下，决定还是先不送到黄克武那里。万一他和素姐两人真有什么孽缘，骤见定情信物一激动心脏病发，烟烟非砍死我不可。还是等大事定了再说，烟烟回来以后，让她交过去比较好。我随手把水盂搁到旁边，继续干活。

我这一通收拾，花了两个多小时。等到我忙完了坐到床上喘息，忽然外头传来敲门声。我还以为是客人，懒洋洋地喊了一句今天不开店，对面一声喝道："好你个许愿！赶紧出来！"我抬头一看，原来是郑教授亲自过来了，手里还提着两瓶啤酒和一袋四川麻辣花生。

我连忙放下扫帚迎出去，满脸堆笑地接过啤酒和花生。

郑教授开门见山对我说道："我给你问了，名单没解密，想看可以，拿国务院的介绍信。"

"那就等于不能看嘛……我看您特意上门，还以为有啥好消息呢。"我从袋子里掏出一把花生，搓掉皮，咯吱咯吱嚼起来。

郑教授眉头一皱："你的意思是说，我办不成事，就不能来这儿对不对啊？"我赶紧说："那怎么会，欢迎您天天来，有大学教授给我看门面，多合算。"郑教授哼了一声，自己搬了个板凳坐下。我拿了个白瓷碟盛花生，又拿来两个杯子，把啤酒盖儿起开。

郑教授先浅浅啜了一口，拿起俩花生："你这一出去好几天，我都没地儿找人说话去。"

"其他人呢？"我问。

"唉，非常时期，都在外头忙着呢。学会转型，兹事体大，现在所有人都围着这个转。就我一个闲人。"郑教授口气微带自嘲，又喝了一口，脸上开始微微泛红。他嗜酒，但酒量很差，只能喝点啤的过过瘾。我见他情绪不太高，就试探着问："他们没让您掺和一下？"

郑教授一听，把玻璃杯"砰"地搁到桌子上，看了我一眼："小许，你可别以为我是觉得被人忽视而心怀怨念，我是有点事想不通。刘老的方案我看了，我总觉得吧，学会这么一转型，味道可就变了。五脉是干吗的？去伪存真！几百年了，就靠这简简单单四个字安身立命。可现在转型以后，居然要搞拍卖行了。"

"拍卖行？"我听了一惊，学会转型，居然是要朝这个方向走啊。

郑教授哇啦哇啦地说了一大堆。我这才知道刘一鸣的中华鉴古研究学会转型，目标是要建起国内第一家民间古玩拍卖行。拍卖行在国内还是个新兴事物，国家政策最近刚有松动，以刘一鸣的眼光和雄心，肯定是想抓住这次机会抢先占据市场，成为中国的苏富比、佳士得。拍卖行这种东西，对古玩市场意味着什么？拍卖行是宣言书，是宣传队，是播种机。它是威力强劲的发动机，能把高端古玩市场炒大做大，彻底改变中国古玩格局。不用别的，只消拍出去一两件天价文物，市场气氛马上就能被引导起来，到时候你想让什么藏品红，它在市面上就大热；你说哪件藏品值多少钱，它就值多少钱。能把控住市场风向和价格，这其中的利益，大了去了。

以五脉这么多年积攒下来的业界信誉，搞起拍卖行来，确实实至名归。有明眼梅花坐镇，还怕这拍卖行卖的不是真东西吗？不过拍卖行牵涉太多，操作起来非常复杂，人脉、政策、资金、人才一样都不能少，更不能没有整个古玩行当的支持。这么大的工作量，难怪五脉都忙了个四脚朝天。

"这么一折腾，是比从前赚钱多了，可整个五脉牵扯到的利益太广太复杂，就不纯粹了。现在社会上总说一切向钱看，但咱们学会可不能一时眼热，为了眼前利益把招牌给毁了不是？五脉这么干，成了下场踢球的裁判，早晚得出事呀。现在社会上老说，造导弹的不如卖茶叶蛋的，我一直愤愤不平。想不到咱们五脉也要向钱看了……"郑教授晃晃酒瓶子，"唉，不说了，不说了，说说你吧，你怎么想起来要关心《清明上河图》，这不是你的专业啊！"

"我不是跟您说了嘛，想提高一下文化修养。"

郑教授看了我一眼，把酒瓶子重重一搁，大为不满："我虽然迂腐，但不傻。你真想研究这个，书店里的书多了去，何必追着要问鉴定者名单？"

"哎……这个……"我一下子没词儿了，最后无奈地叹了口气，看着他道，"我不想跟您说谎，这事儿现在还不能说。"

"跟许一城有关系？"郑教授眼神一凛。

我点点头，这不算撒谎，但我不能继续说下去了。素姐特意嘱托过我，暂时不可惊动五脉。老朝奉在里面不知道安插了多少眼线,所以我一个人都不能彻底信任。

以郑教授的智慧,应该能看穿我的难言之隐。他无言地看着我,先是嘴角嚅动几下,末了却什么都没说,只是拍了拍我肩膀,哑着嗓子说:"我不问了,等到时机成熟了你再告诉我吧。"我知道他是想起药不然了,他最喜欢的学生,最后却成了叛徒,这对他的打击是相当大的,让他没法对我开口说你可以信任我。我歉疚地看了他一眼,举起杯子。

我们俩在沉默中碰了一下,各自喝了一杯,又嚼了几粒花生。大概是觉得气氛有些尴尬,郑教授开口道:"其实那份名单,也未必弄不到。"我抬头看着他,心里一阵感动。即便我不肯吐露真相,郑教授还是打算帮助我。我不知道这算是一种赎罪,还是一种信赖。

"郑教授,您不必勉强……"

郑教授一抬手阻住我的话,表示不必在意,然后说道:"想知道名单里都有谁,这个很难。但反过来想,你若心里有一个人选,想知道他在不在名单里,这个就相对容易点。"

我眼睛一亮,郑教授的话没错。如果我有特定目标,想知道他是否参与了《清明上河图》的鉴定,可以有多种办法去求证,不一定通过名单。最简单的,是去问他本人,或者去查他当时的行程,或者询问他身边的人,总之手段多多。

"那你有人选吗?"

我想了一下,回答说:"嗯……没有特定的,不过应该是五脉中人。"郑教授放下酒杯,思考片刻:"书画鉴定肯定是刘家的事,而他们家有资格进专家组鉴定《清明上河图》的,就那么有限的几个人。这个你别管了,我去帮你打听——不过你想看《清明上河图》实物,这个我就没办法了。"

"这个我自己想辙,哪能老是麻烦您呢。"我赶紧说。不过心里却十分失望。这次返回首都,我要查出老朝奉的身份,也要验证素姐的猜想。两者缺一不可。钟爱华的报道,还在郑州压着,可等不了我太久。

"非得看实物不可吗?书店里也应该有高清画册卖吧?或者琉璃厂弄一卷原大尺寸复制品,问题也不大。"

我摇摇头,这就和鉴宝一样,不可能对着张照片就妄下结论,得亲眼看见东西,才能定真伪。再说,那些所谓的高清图册和复制品,清晰度都不行,看不到细节——

而重要信息往往就隐藏在细节里。

"不是实物，哪能看得那么清楚啊。"我喃喃道。这是我计划里最关键的一环，不容出错。

郑教授见我一脸失望，把杯中啤酒一饮而尽，打了个酒嗝，嘿嘿一笑："你有没有试着找过'图书馆'？"

"哪个图书馆？北大图书馆还是国图？"

"都不是，'图书馆'他是个人。"

郑教授的表情变得有点神秘莫测。

在我眼前，是一条僻静混乱的小路，两侧都是些洗发店、杂货铺和几家小饭馆，旁边还有一个砖砌的临时厕所，用白灰歪歪扭扭写着"男"和"女"，阵阵味道从砖空里散发出来，和洗发屋里声嘶力竭的录音机声混杂在一起，构成一场怪味交响乐。路面坑坑洼洼的，坑底堆积着颜色不一的垃圾，车一过就会掀起一阵灰尘。远处一列绿皮的火车鸣笛，然后从这些低矮的建筑群中呼啸而过。

这里是首都南城的一个小村，离丰台不远。京城素有东贵西富北贫南贱的说法，有说是清朝以来的传统，有说是四九城的风水。如今北边已经有所改善，唯独南城，发展始终不阴不阳，往南边稍微走上几里，京城的富贵气就陡然收敛，怎么都脱不了破落二字。

我要去的地方，是在这小胡同的尽头。那里有一个小院，院门是铁皮包裹，锈迹斑斑，此间主人显然没怎么尽心打理过。我推门进去，先吓了一跳。在这方院子里，除了停着一辆人力三轮车以外，只有书，铺天盖地的书，几乎没落脚的地方。我粗粗扫了一眼，古今中外什么书都有，花花绿绿眼花缭乱。

"图书馆在吗？"我扯着脖子喊了一句。

"在。"

在书山之中站起一人来。这人穿着身褐色的夹克衫，叼着烟卷，腰上还绑着一个旅游腰包。我仔细端详，这家伙跟我年纪差不多大，人长得跟中学几何题似的，特别规整，脸是标准圆形，两只三角眼，一个梯形鼻，嘴唇薄似一条线段。

"你就是图书馆？"

"有话快说，我正忙着呢。"图书馆不耐烦地回答，顺手从旁边扯来一段纤维绳，弓下腰，手里一翻，一摞书在一瞬间就被捆好了。

郑教授昨天说过，这人脾气不太好，却是个奇人。从他的外号就能看出来——图书馆，里头全是书。这家伙是倒卖二手旧书的，只要是旧书，管你是善本孤本还是大路货，无所不收，门类极杂，没他弄不到的书。北京搞学术的，都知道图书馆，有时候大学书库里查不到的冷僻资料，到他这儿来问，往往能有意料之外的收获——"只要你问对问题。"郑教授临走前这么叮嘱我。

于是我也不跟他客气，开门见山："你这儿有《清明上河图》吗？"

图书馆停下手里的活，站在书山顶居高临下鄙夷地望了我一眼："话都不会问。我这儿《清明上河图》有几百种，书上的、杂志上的、谱上的、海报上的，你想要什么？"

"我想要《清明上河图》的真本。"

图书馆像看白痴一样看着我，一挥手："你走吧，我这儿没那玩意儿，你得去故宫偷。"

我换了一个问题："你这里有没有和真本完全一样的复制品？"

"没有。"他连想都不想就回答道。

我一阵失望，忽然想起郑教授的叮嘱，又问了第三遍："我能不能在你这里看到真本？"

这次图书馆一点也没犹豫："能。"

我糊涂了，这三个问题，根本就是彼此矛盾。他这里没有真本，又怎么给我看到真本？我正迷糊，图书馆从书山上跳下来，拍拍夹克衫上的灰，朝我伸手。我也伸手过去，跟他握了握。图书馆先是愕然，然后愤怒地甩开："谁他妈说跟你握手了？钱！老子说的是钱！"

我知道这事肯定不会毫无代价，但没想到他这么直截了当地提了出来。

"多少？"

"两万，让你看见真本。"图书馆吐出个数字。

我差点没抓起本书去砸他，拦路抢劫啊这是！两万块，这还只是看真本的价，漫天要价也不是这么个要法。图书馆见我犹豫，抓了抓鼻子："有钱就拿，没钱就滚，别耽误老子做生意。"

"你这也太贵了吧？能不能便宜点？"

"你想要看的东西,就我这儿有,你还非看不可。我不赚你的钱赚谁的钱?对不起,一分不降。"图书馆一点也不忌讳,大大方方地说道。他看我脸色铁青,从腰袋掏出一沓票子,伸了伸舌头,蘸着口水数了起来。点了一会儿,他拿个橡皮筋套好,在我面前扇了扇:"你们这些读书人,平日里假装挺清高,好像书一沾钱就俗了,说白了还不是舍不得出钱。我告诉你,这个世界上,只有钱才是最美好的东西,藏书的都是傻×。"

在我的印象里,和书接触的人,要么是姬云浮那样带着儒雅,要么就像郑教授那样带点痴气,哪怕本性贪图富贵,也多少会遮掩一下。我来之前,还在想图书馆对藏书如此精通,说不定是一个嗜书如命的疯子,却实在想不到居然是这么一个人。

图书馆斜着眼,咧开嘴道:"我知道你嘴上怕得罪我不说什么,心里把我鄙视得要死。甭担心,只要你出钱,就算把我骂得狗血淋头,这生意我也跟你做。"

"就算做生意,也讲究个等价交换。你这两万,开得太离谱了。"

图书馆耸耸肩:"我认钱,可不代表我不识货。《清明上河图》是什么东西,搁到国外,卖个几百万都没问题。"

"但我只是看一眼而已。"

"所以才收你两万。"

"你先告诉我怎么看。"我不肯相让。图书馆鼻子里喷出一声,不再理睬我,转身要往屋子走。我大喝一声:"你若是不告诉我,我就举报你去!"

图书馆停下脚步,转回头来:"举报啥?我的书都是正路收来的。"

"这本也是吗?"我从旁边的书堆里拿起一本《龙虎豹》。这本书和阎山川床底下发现的那本差不多,混在一大堆杂志里,估计是图书馆收上来以后,还没时间挑拣。

"这是别人打包卖给我的。"图书馆眼睛盯着封面,然后又挪开了。

"你说我去派出所举报你私藏淫秽书刊,警察会信谁?我可告诉你,最近可正严打呢。"

图书馆没想到我来这么一手,两只三角眼都快瞪成四边形了。我俩这么对峙了一分钟,他终于狠狠一跺脚:"你够狠,跟我来吧!"果然要对付这种唯利是图者,就得打其软肋。我跟着他进了屋子,屋子里同样摆满了书,四面墙有三面都是接天连地的大书架,上面乱七八糟摆放着大量书籍。

图书馆也不给我让座,自顾自走到书架前,摇头晃脑,指头在虚空中一排排书架点过去，嘴里还念念有词。我问他："干吗呢？"他说："检索。"

我随他的目光去看，这书架上的东西可够杂的，从画报杂志到《毛主席语录》，从脏兮兮的《推背图》到民国小学课本，从商务印书馆汉译名著再到《芥子园画谱》，琳琅满目。在中间有四个大书架，上面的东西以黑、黄、褐等颜色为主，没有封面，灰扑扑的。

"你这儿还真是什么书都有啊……"我大为感慨。

"书有什么稀奇，我告诉你，我之所以这么牛×，是因为我除了书以外，还收各种档案。"图书馆说。

"档案？"

"人们对书挺尊重，对档案却不怎么重视。一出动乱，就丢得到处都是。盛宣怀牛不牛？留了一批盛档，多贵重啊，结果现在星流云散，十不存一。我专收这类东西，你想找什么银号的账本、赫德的海关档案、张学良的电报密码本，咱这儿都能给你挖出来。原先这些档案没人问津，现在倒值钱了，那些研究历史的老先生，都得过来求我。嘿嘿，钱可不少收。"

他一边絮叨着，一边来回检索，最后把目光落到了一个书架的最上端。他搬来几摞书，高低摆成一个台阶，然后踏上去，伸手在书架上掏啊掏啊。忽然一阵灰尘响动，上面一叠东西噼里啪啦地掉了下来。有一九八几年的挂历，有黑乎乎的碑拓，甚至还有两张发黄的《人民日报》。图书馆跳下台阶，从里面翻找出一个大牛皮纸袋子。

这牛皮袋子是典型的机关档案袋，颜色有些发暗，估计很久没打开了。图书馆拿给我看，我看到封皮印着"中华人民共和国文物局"几个正楷大字，下面还有一行手写的毛笔字："《清》鉴图档馆存第一号乙备"。上面还盖着一个大大的文物局红戳，不过略有褪色。

我的心脏咚咚跳了起来，看来这是《清明上河图》鉴定组的工作档案。不知道这里面，会不会有我想要的东西。

"喏，你看到了？"图书馆没好气地抖了抖档案袋。

"这里装的是什么？"

"你不认字啊？这是《清明上河图》在文物局留的资料备档，里面都是实物照片。"

"又是照片啊……"我叹息一声，看来这趟又是无用功。《清明上河图》的照片在市面上铺天盖地，能用的话，还用得着跑来这里查？

图书馆把档案袋一收，不屑道："你懂什么？我收的档案，能和别人一样吗？我告诉你，这是鉴定时用的原始资料。古画不能长时间曝光，所以当时在鉴定前，用专门设备从多个角度拍了几十张高清照片，细节纤毫毕现。大部分鉴定工作，其实是对着照片进行的。鉴定结束以后，这些照片也就存档入馆，放在文物局做备份。前几年文物局清理档案，不知哪个白痴把它扔了出来，被我捡了个大便宜。市面上那些复制品的精度，能跟这母本比？"

我这才明白为什么图书馆说他没有真本，却可以让我看到真本了。既然这些原始照片可以满足鉴定组的专家们的要求，那么对我来说，一定也足够了。我想到这里，兴奋地要去拆档案袋，图书馆却轻轻一撤，把它收了回去。

"我只答应告诉你怎么看，可没答应让你看。你现在看到东西了，可以放心了吧？两万块，我把它卖给你。"

"可两万实在是有点太多了……"

"你可以不看嘛。"图书馆笑眯眯地把档案袋搁到身后，然后眼神里流露出一丝凶光，"你别打举报的主意，你敢去派出所，我立刻就把它扔炉子里烧了烤肉串用。"

我陷入两难境地。不是我舍不得出这两万块，而是这价格实在太离谱了。这些照片，只是要拿去验证一个未确定的猜想而已。我望着图书馆贪婪的眼神，突然想到，我从来没告诉过他我找照片的目的。他之所以敢叫两万的高价，是观察到了我进院以后的急切神情，觉得一定能吃定我。

这在古董行当，叫作见人敬茶。有经验的老店主，就算对这客人背景一无所知，只要观察他看一件古玩的表情，就大致能判断出他是真心想要还是聊胜于无。据此报价，无有不中。

想到这里，我伸出两个指头："两万我是真出不起。两千块，我在这里看完，您再拿回去，如何？"

这下轮到图书馆犹豫不决了。两千块不算少，能买下几车书了，而我要求的，仅仅只是看一眼照片，等于说这两千块他是白拿。可他又有点不甘心，从两万变到两千，落差有点大。不过当图书馆看到我摆出一副"谈不成老子就走了"的表情后，终于还是妥协了。与其开一个把买主吓走的天价，还不如赚这两千块来得实在。

图书馆犹豫再三，总算勉为其难地答应了。这一场博弈，双方都用了心思，总算是皆大欢喜。他是白赚，而对我来说，花两千块换来老朝奉的软肋，也是极划算的。

我身上没带那么多钱,去银行提了现。等我取钱回来,图书馆已经收拾出了一个小书桌,把档案袋搁在上头,还配了一把剪刀、一把放大镜和一盏橘黄色的小台灯,居然还有一杯冲好的橘子水。这家伙侩归市侩,服务精神真是没的说。

我把钱交给他,图书馆唾沫星子横飞地数完,下巴一摆道:"那你就自己在这儿看吧,我不打扰你,爱看多久看多久。那杯橘子水是白送的,饿了想吃东西就得另外掏钱了。"说完推门出去,把我一个人留在屋子里。

屋子恢复了安静,无数本破败的旧书环伺四周,颇有一种"乌衣巷内老雕虫"的感觉。我扭亮台灯,用剪子仔细剪开档案袋的封口,从里面哗啦啦倒出几十张彩色照片。这些照片大部分都是十二英寸的规格,少数几张七英寸的,相纸很厚,摸上去有一种麻皮感。

当时彩色照片在国内还很罕见。1949 年开国大典的时候,当时担任筹备委员会秘书处处长的童小鹏从香港拿到一卷彩色胶卷,拍下了开国大典唯一一张彩照,然后还要千里迢迢送到香港才能冲洗。而《清明上河图》的鉴定是在 1951 年,居然已经用了彩色冲印技术,可见国家的重视程度。

这套照片都是在自然光下拍摄的,每张的右下角都用墨水写着一个号码。我排了排顺序,编号为"壹"的照片是《清明上河图》画卷的平铺全景;下面的十几张是俯拍的画卷分段特写,细节清晰,笔触纤毫毕现,还附了一把尺子。这些照片连在一起,恰好就是一幅完整的《清明上河图》。再往下,则是各种角度的特写,就连题跋、隔水、天头、地头这些画面以外的东西都没遗漏,甚至还有几张是举起原图,让阳光透射过来,以便看清其中绢层纹理。

拍摄者对书画显然很内行,镜头涵盖了方方面面。看完这一整套照片,对《清明上河图》真本的情况基本就可以了然于胸了。这幅画在照片里保持着原始状态,绢色发灰,上头残缺、漏洞之处不少,还有些污渍,可见在东北没少受苦。

可惜我不是红字门出身,对书画的了解有限。大部分照片对我来说,除了赞一声足够清楚以外,也说不出其他什么门道。好在我不是来鉴定古董的,而是按照素姐给我的指示去验证几个疑点罢了。

我很快挑拣出一张照片,这张拍的这段画面,位于汴梁闹市后排一处轩敞瓦房,看样子像是个赌坊,四个赌徒围着一张台子在扔骰子。我想起王世贞的那个故事,拿出放大镜,却发现台上骰子清晰可见,四个赌徒的脸部却模糊不清,五官涂污,根本无法分辨口型是张是合。

我拿着这张照片端详了半天,然后从怀里取出一张《清明上河图》的印刷品。这是我在美术商店买的《中国历代名画集》中的一页,铜版纸印制。这是市面上最通行的版本,无论是中学历史课本、美术史学术专著还是旅游图书,都是用的这版。该画下面有一个标注,注明此画是复制自故宫收藏的真本——当然,画面是远不及这套照片清楚。

在这个版本里,我把放大镜挪到同样位置,立刻顿住了。我看到那个赌坊里的赌徒们五官清清楚楚,口型撮成圆形。

我一瞬间口干舌燥。

当年汤臣之所以能看破《清明上河图》赝品的破绽,是靠赌徒的口型。真本口型为撮圆,赝本口型为开口。

1951年的真本原始鉴定照片里,赌徒五官已被污损,而在通行版本里,同样部位却恢复了原状,变成了撮圆口型。技术上,这不难做到,故宫有专门的技师对画幅进行修补。但修补恰好发生在这一关键部位,是不是有点过巧?看起来就好像是故意遮掩些什么。

修补之前,赌徒到底是什么口型?撮圆还是开口?

我觉得喉咙有些干,拿起杯子将里面的橘子水喝了一半,继续翻找照片,很快翻到专拍题款特写的那几张。

中国的古代收藏家有一个习惯,就是喜欢在自己收藏的画卷上留下钤印或题跋,写写心得体会什么的,跟现在去旅游景点随手乱刻"某某到此一游"的性质差不多。后人只要查看这些印记,就可以看出书画的大致传承,和看一个人的履历差不多。

《清明上河图》的第一个收藏者是宋徽宗,他亲自题了画名,还钤了双龙小印。可惜这部分的绢布已遭人盗割,早就看不到了。好在其他的题跋都在,一个个数下来,从张著到明代大学士李东阳,再到陆完、严嵩,一直到溥仪盖的三印,历历在目,清清楚楚,记录了这一幅国宝的坎坷历程。

可我从头到尾数了三遍,有一个人的题款却始终找不到。而这个人的,本该是不可或缺的。

就是这幅画的作者,张择端。

准确地说,张择端的名字在画卷上出现过。但那是在一个叫张著的金朝人的题跋中提到的："翰林张择端，字正道，东武人也，幼读书，游学于京师，后习绘事，本工其'界画'，尤嗜于舟车市桥郭径，别成家数也，按向氏《评论图画记》云，《金明池争标图》《清明上河图》，选入神品，藏者宜宝之。大定丙午清明后一日。"

据素姐的老师说，鉴定组就是凭这一点认定张择端是作者，进而确认为是真本的。严格来说，这种手法属于循环论证。张著说作者是张择端，所以这卷画是真的；因为这卷画是真的，所以张著说的作者是对的。

作者本人在呕心沥血的作品上不留名字，却要等百年之后由一个金人说出来历，这岂非咄咄怪事？

而且我之前做过一点功课，"台北故宫博物院"藏有一卷《清明上河图》，是清代画院五位画家在乾隆朝临摹仿制的，其上有"翰林画史张择端呈进"的题款。仿本尚且有此，真本岂会遗漏？

我把照片和放大镜都放回到桌子上，身子朝后一靠，闭上眼睛，思绪万千。

素姐说得没错，这两点仅仅是疑点，还不足以盖棺定论认定《清明上河图》是假的。但这些质疑，足以掀起一阵大波澜，引起全国媒体关注。只要让《清明上河图》重新公开接受鉴定，我的目的就达到了，到时候老朝奉以及他那些罪恶勾当，一定会被迫暴露在阳光下。

这就好像警方不一定有犯罪分子的确凿证据，只要寻个足够将其羁押的理由，再慢慢审出真相来便是。

我按捺住心头狂喜，万里长征，终于走到最后一步了。

我重新睁开眼睛，从怀里拿出一个小巧的傻瓜相机——这是木户小姐从日本给我寄来的——对着我挑出的几张照片咔嚓咔嚓拍了几张，然后又把牛皮信封拿过来，对着上面的红戳也拍了几张。

我做完这一切工作后，把照片装回信封里，把图书馆叫进来。图书馆进屋说你看完啦，我说看完了。图书馆拿起信封，重新粘好扔回到书架上，冲我一伸手。我一边把两千块钱递给他，一边说："你信封里看都不看，就不担心我偷拿走两三张照片？"图书馆直勾勾地盯着我手里的新票子，我微微一笑，伸手前递，他一把抢过去，这才回答说："你这人我信得过。"他也不避讳，当着面开始一边蘸着唾沫一边数起来。那姿势，一下子让我想起蘸唾沫翻书的严世藩，心想这小子不会是严世藩转世吧？

图书馆把钱数完，满意地放进腰包。他环顾四周，发现那杯橘子水还剩一半，就拿起来自己一饮而尽，末了还吧唧吧唧嘴，图书馆刚收了钱，心情大好，话也多了起来："哎，年轻人，我看你也不傻，怎么干这种花两千块钱看一眼照片的蠢事呢？"

"一样东西，在每个人眼中的价值都是不同的。"我淡淡回答。

"哪用那么复杂？我跟你说，年轻人，别被那些乱七八糟的思想洗了脑。不能换钱的是废物，能换钱的就是好东西，能换大钱的就是大大的好东西。"

"扯淡！"反正我也看完照片了，不怕得罪他。

图书馆听了我的话哈哈一笑，一指院角："看见那堆蓝皮的书没有？那是一个老头毕生的收藏，专门裱了书皮，编了书目。可等老头一死，他儿子就把这些书全卖给我了，换了钱买了一堆日本电器回去。我告诉你，全北京私人藏的书，有两成都经过我的手。那些爱书的人呵护一辈子，心疼一辈子，舍不得卖，还往里添钱。结果呢？到头来两眼一闭，那些藏品都会被不肖子孙卖到我这儿来。说得好听点是藏书，说难听点，花了一辈子心思只是换个保管权。你说这书藏起来还有什么意思？还不如换俩钱花花。"

他这话听着让人极不舒服，但又没法反驳。我只能撇了撇嘴，表示不赞同。图书馆拍拍我肩膀，故作老成道："年轻人哪，我是觉得你这人爽快，才有心提点一下。现在时代不同了，挣钱最重要，怎么你还想不明白？鲁迅怎么说的？满篇历史都写满了仁义道德，仔细看才从字缝里看出，满本都写着两个字是'挣钱'。"

我无心跟这个财迷多纠缠，既然交割清楚，就立刻推门出去。图书馆在背后喊了一嗓子，说："下次你再想来看，我给你打个八折。"

我冷笑一声，没言语。等到这事掀出来，自然会有人来他这里找原始照片，到时候可就由不得他了。

我匆匆赶回四悔斋，把门窗关好，拿出纸笔来开始埋头写材料。我笔头不算利落，充其量只能得一个"表达清楚"的作文批语，边写边改，费了足足一瓶墨水，到十二点多才写完，起名叫《揭秘〈清明上河图〉》。这份材料是给骆统的，所以没提任何关于老朝奉的事，单纯对《清明上河图》的真伪提出技术性质疑，还附了一些照片作为证据，结尾特意留了我的名字。

虽然我们许家是专研金石的白字门，去质疑《清明上河图》有点狗拿耗子，但这只是古董界内部的规则，老百姓搞不清楚这些东西。对他们来说，古董专家就是什么古董都懂的专家。我之前因为佛头案出了点小名，如今亮出许家招牌，可以增加公信力。

我勾完"愿"字的最后一笔，把钢笔搁下，整个人处于一种兴奋状态。在橙黄色台灯的照射下，这些稿纸泛起一片枯黄颜色，好像已然历经了千年。几年之前，我也是这样坐在四悔斋里，点着同样一盏台灯，为我父母写平反材料。那件事，同样与老朝奉有着莫大的关系。我许家与这个人羁绊太深，我爷爷、我父亲，再算上我这半辈子，已经是两代半的孽缘，如乱丝缠麻，纠结不堪。

"爷爷、爹，希望我这一刀，能把咱们许家这团宿命斩断。"

我望着窗外，低声喃喃说道，仿佛等着他们给我鼓励或者关怀，哪怕一点点暗示也好，窗外却始终寂静无声。我自嘲地笑了笑，收起不切实际的希冀，起身把稿纸订好搁到抽屉里，这才上床。

我枕着海绵枕头，看着天花板，四肢疲惫不堪，精神却无比亢奋。辗转反侧了大半宿，我迷迷糊糊就是睡不着，满脑子都是老朝奉和我们许家的事。一会儿是我的一家人互相搀扶着渐行渐远，一会儿是明堂大火，我爷爷许一城和一个面容陌生的男子殊死搏斗。忽然老朝奉从天而降，哈哈大笑说我早识破了你的伎俩，惊得我一下子从床上坐起来，浑身都被汗水湿透。

这会儿大概是凌晨三点，我醒了才发觉浑身滚烫滚烫的，喉咙疼得厉害，肠胃痉挛，床单竟然被汗水洇出一个人形。我又好气，又好笑，在成济村我又是钻墓土又是跳河，一点事没有；回到北京只去了一趟图书馆的院子，喝了他半杯橘子水，居然就病了。

眼看就差临门一脚了，在这个节骨眼可不能倒下。我赶紧挣扎着爬起来，找了几片胃药吞下去，然后从柜子里翻出一床棉被，打算用土法治疗——捂汗！然后我打开电视机，想转移一下注意力。可是大半夜的一个台都没有，我把电视一关，正准备重新上床，忽然，听到四悔斋外传来"哐当"一声。

此时正是夜深人静，这声音听起来格外清晰。我心中一惊，难道老朝奉知道我要揭发他的大秘密，打算派刺客来干掉我？我连忙把被子搁下，随手抄起长柄扫帚。棍是百兵之首，我虽没练过五郎八卦棍，但一些基本招式都还是会的。

我强忍着身体不适推门出去，四周漆黑一片，似乎没人。我再往外走了几步，脚下"哗啦"一声踢到什么东西，低头一看，不禁哑然失笑。

脚边倒着的是一件卧虎陶器，形状跟肥猫差不多大小，背上有提梁，脖子仰起，虎嘴张成一个上翘的圆口，里头是空的。这东西在古董玩家口里叫虎子，给男人晚上撒尿用的，虎通壶，说白了就是夜壶。这玩意儿是民国货，值不了多少钱。但这大半夜的，谁吃饱了撑的在我家门口扔个夜壶？叫人起夜也没这么奢侈的法子吧？我蹲下去把虎子拎起来晃了晃，里头没水，就这么莫名其妙地扔在我家门口，好似是天外来物。

我想了半天，也想不出谁会干这样的事，只好把它扔到旁边，转身回屋。刚一拉开门，我觉得后背突地一阵发麻，几条肌肉抽筋似的猛跳了几下。我惊得急忙回头，周围夜幕中却没有半分动静，只有那虎子张着大嘴望着我，喉咙深不可测。冷风一吹，我稍微恢复了点清明，陡然想到从前的一个老说法。

虎子这东西，切不可当门而放。夜虎当门，必要伤人，这是大不吉利。旧时候想恶心人，常把装满了人尿的虎子摆别人家门前，主人早上开门一脚踏翻，容易惹来一身腥臊。所以有句歇后语，叫夜虎子当门——惹不起，指的是不要出门惹事。如今夜壶早成了文物了，这些说法渐渐被人遗忘。不知是谁对我有这么深的仇恨，居然舍出一件古董，大半夜地干出这种古朴的流氓事。我望着远处的黑暗，脑子烧得实在难受，也顾不得多想，随手把虎子挪进屋里扔在墙角，然后回后屋继续睡去。

可是，这一夜我再也没睡好过。到了第二天早上，病情更严重了，几乎起不来床。我强拖病体给骆统打了个电话，说明自己情况。骆统倒是挺客气，安慰了几句，说派人上门来取。过了一个多小时，一个小姑娘过来，说是《首都晚报》的编辑，还带了点水果和营养品，给我削好了苹果，冲好了麦乳精。小姑娘挺漂亮，可惜我病体欠安，没兴趣调笑，直接把材料交给她。小姑娘问我要不要去医院，我心想一入医院深似海，大事未定，先不要擅自离开的好，回绝了她的好意。到了下午，骆统打回电话来，说材料看了，非常不错，快的话明天就能见报，到时候会约我做深度跟踪报道。

没过一会儿，钟爱华也打了个电话过来。他告诉我一个好消息，他已经跟警方都协调好了。就在今天，警方会有一个针对成济村的解救行动，钟爱华会跟过去。只要素姐一脱困，揭露成济村黑幕的大专题立刻就会刊登出来。

我这才放下心来。在给骆统的材料里，我稍微提及了素姐的名字，说她是提出质疑的关键人物，但没写明她的下落，留一个扣儿。等到郑州那边的专题一上报，恰好和这个质疑前后联上。先是《清明上河图》的赝品质疑，然后是成济村的造假内幕，再加一条非法羁押国家工艺大师，三管齐下，数事并发，攻击连绵不绝。读者就跟看连续剧似的，一步步看着老朝奉的皮被剥下来，露出本来面目。何等快意！

一想到这家伙即将走投无路，我心中就一阵舒坦，就连身体的病情，感觉都轻了几分。我忽然有种倾诉的欲望，想给烟烟拨个电话，可惜没人接；我又想到方震，但一想到他那张板正的脸，还是算了。我这时候才发现，自己居然找不到可以分享喜悦的人。

于是这一整天，我安静地躺在床上，孤独地等待着那个时刻的到来，就像是一位等待着电影大结局的观众。古人云，朝闻道，夕死可矣，只要让我亲手把老朝奉揪出来，哪怕是马上病死，也值得了。

又是一夜不眠。到了第二天早上，我睁开眼睛，看到窗外明亮的阳光，心想正日子可算到了。我挣扎着想起来去买张报纸，可浑身软绵绵的动弹不了，头晕得更厉害了。我勉强支起身体，喝了一大口凉开水，往嘴里塞了几块饼干，突觉腹中一阵翻腾，哇的一声，全吐在地上了。

我心里这个气呀，头三十年我连感冒几乎都没得过，偏偏在这个节骨眼上，你说我怎么突然就想起得病了呢？我半扶着床头，咽了咽唾沫，残留的胃液烧灼着食道，烧得我异常难受。这时外头一个人敲了敲门，我不用歪头去看，光听那长短划一的敲门声就知道谁来了。我晃晃悠悠下了床，把门闩拿开，一推门，门口果然站着方震。

"许愿。"方震的声音难得透出一丝急切。我应了一句："啥事？"他见我面色不对，眉头一皱。先用手探了探我额头，然后抬起我胳膊架到他脖子上，朝外走去。我问他去哪儿，方震像看一个白痴似的望着我："医院。"我连忙摆摆手："我没事，你把我放开。"可我只是这么轻轻一挣，眼前一下子闪过无数金黄色小点，脑袋一晃，朝地板上栽过去……等我再次睁开眼睛，首先映入眼帘的是一个吊瓶架子，连着我的手臂，一截塑料管在滴着不知什么液体。四周有一股消毒水味扑鼻而来。我抬起脖子，发现自己躺在一个单间病房里，身上还穿着蓝条纹的病号服。

在床头不远的地方有一把简易塑料椅子，方震坐在椅子上，双手捂住膝盖，身体挺得笔直。他看到我醒了，起身按动呼叫器。一个小护士抱着病历板进来，查看了一下我的情况，写了几笔，转身出去了。

"我这是在哪儿？"我问。

"三〇一。"方震回答。

三〇一医院的单间病房？我这也算是享受高干待遇了。我又问："我这是什么病？"

"肠胃炎，还有愚蠢。"方震面无表情地露出"毒牙"。

我转动脑袋，想看看现在是几点钟了，可病房里没有钟表。我正欲开口询问，门外忽然传来一阵喧哗，似乎有争吵的声音。方震推门走出去，外面的喧闹声小了点。很快门被再度推开，郑教授和刘局一前一后走了进来。我看到门外好像还站着十来个五脉的人，个个面露怒容，摆出一副若没有方震挡在那里就要冲进来的样子。

刘局把门随手关上，神色凝重。郑教授连我的病情都没问，几步走到床边，手里抖着一张报纸："小许，这是你写的？"

我拿过报纸一看，是今天的《首都晚报》。骆统果然言而有信，全文刊发了我写的材料，还配了许多背景资料，就是新闻标题起得很抓人眼球：《佛头奇才再破奇案，故宫名画实为赝品》。我原文只是说有疑问，他们直接就认定是赝品了，大概这是为了追求轰动效应吧！

"是我写的。"我把报纸放下，心情变得好起来。这一箭总算发出去了，以《首都晚报》的销量，至少得有几百万人读到这篇东西。

郑教授看我神色流露出嘚瑟，不由得大为恼怒，声调都变了："这就是你探听《清明上河图》的目的？"

"没错。"

"这么大的事，你怎么自作主张！"郑教授吼了起来。他双腮的肌肉在抖动，显然是气坏了。

我勇敢地把视线迎上去："我本来不想自作主张，可学会忙着转型，根本顾不上这些琐事。我想为自己家人报仇，只好自力更生——"说到这里，我似乎想明白了什么，露出一个古怪笑容，"我明白了，老朝奉一直隐藏在五脉里，你们怕事情曝光以后对五脉名声有损，所以投鼠忌器，对吧？"

没错，一定是这样！难怪刘家从一开始就千方百计阻挠我去深入调查，老朝奉与五脉纠葛太深，把他拔出来，五脉少不得也要元气大伤。为了"大局为重"，他们自然不希望我把老朝奉抓出来。

只是他们没料到我会自作主张。哼，这次真是做对了！

郑教授见我居然还顶嘴，痛心疾首地拍着床边："你知不知道，你这次胡闹，闯了多大的祸！"我被他左一句"自作主张"，右一句"胡闹"说火了，忍不住回了一句："我只是履行一个鉴宝人的职责，这有什么不对？"

郑教授勃然大怒："你这孩子，什么时候变得这么自以为是了！你觉得自己书画的鉴定水平比那十几位大师都高？道听途说点野狐禅，你就打算成佛了？"

"那两个疑点都是客观存在的，我自然有权质疑。去伪存真，难道不是咱们五脉的精神？"我脖子一梗，眼睛瞪得溜圆。

"荒唐！"郑教授差点拍翻了病床，"你这孩子，平时看着精明，怎么在这事上如此糊涂！这不是你一个人的事，这是事关五脉存亡的大事！你哪怕先跟家里人商量一下也好啊！"

我内心的愤懑再也无法抑制，挺直了身子大吼道："我家里人都被老朝奉害得死光了！你让我去找谁商量？"声音在房间里炸裂。我心神激荡，情绪起伏，许家被老朝奉害得家破人亡，他们置若罔闻，现在反倒自称是家里人了，没这个道理！

郑教授被我这句话给震慑住了，他后退了两步，扶着床沿叹息道："唉，我真后悔，我应该早点查出五脉中是谁参加了鉴定组。你如果早早知道，就不会做这样的蠢事了。"

"您知道是谁了？"我一听，连忙追问道。

郑教授朝门外看了一眼："1951年参与《清明上河图》鉴定的五脉中人，只有一个人。这个人你不但认识，而且对你有大恩——他是刘一鸣刘老爷子。"

一听这名字，我浑身的肌肉一下子僵住了，整个人呆在病床上。

这怎么可能！我双手紧紧抓住被单，内心惊涛骇浪。

老朝奉是刘一鸣？

我脑子里冒出一个荒谬的念头，可立刻就被否定了。别说年纪对不上，刘一鸣是五脉掌门，怎么可能会反对自己？可如果他不是老朝奉，那么到底谁是？

"五脉只有他一个人参加了鉴定吗？"

"是的，只有他一个人。"郑教授肯定地回答。

这个意外的结果，让我一下子不知所措。我喃喃道："我不相信，你们是在骗我，肯定是骗我。"

郑教授从怀里摸出一张照片。这是一张黑白照片，上面有十来个人，穿着中山装站成两排，上面还有一行手写的字迹："《清明上河图》专家组合影留念。"时间是

1951年4月15日。其中前排偏左是一个中年人，戴着黑框眼镜，两条眉毛已有了几丝斑白，一看便知是刘老爷子壮年时。

我盯着照片，身体开始颤抖起来。

在我的复仇理论里，老朝奉是《清明上河图》的鉴画人，一切罗网、一切计算，都是以此为基础。现在郑教授却告诉我，鉴画人其实是刘一鸣，那岂不是说，我用尽力气挥出一拳，才发现打到了自己人身上。

整个计划，全乱了。

我原本的自信与快意，开始从一角崩溃，顿时有些不知所措，一个不祥的预感涌上心头。

一直在旁边冷眼旁观的刘局放下烟卷，终于开口了："小许，你的专业是金石，为什么突然想起来质疑《清明上河图》呢？又是谁告诉你鉴定《清明上河图》的人是老朝奉？"他语调和缓，可眼神却变得发冷。

这时候也不必再隐瞒了，我无力地松开床单，告诉他们是素姐说的。

听到这个名字，刘局和郑教授对视一眼，我看到两个人的眼神都有些异样。刘局又问道："素姐，是不是叫梅素兰？"我听这名字有些耳熟，再一想，素姐送黄克武的那个小水盂的底款，可不就是叫作"梅素兰香"吗？于是我点点头。

"你在哪里碰到她的？"刘局继续问道，已经有点审问犯人的口气了。

"我带着大眼贼的证据去了郑州，然后找到老朝奉在成济村的造假窝点。我是在那里碰到素姐的，她告诉了我关于《清明上河图》的事情。"

刘局目光如刀："跟你一起去的记者，是叫钟爱华吧？"

"是。他是个热血小青年，一心要打假，成济村就是我们两个联手揭穿的。"

"你都跟他说过什么？"

"我告诉过他我们许家与老朝奉之间的恩怨，我要把老朝奉揪出来报仇。"

"没有其他的了？"

"没了。"

刘局从一个文件夹里抽出一张纸递给我，脸色阴沉："他可不是这么说的。"

我拿过来一看，这是一版新闻报道的传真件，作者正是钟爱华。这期专题，名字叫作《五脉传人大义灭亲，勇揭古董造假黑幕》。

等等？什么叫大义灭亲？这个成语用得有问题吧？

我连忙去阅读里面的内容。钟爱华详细地讲述了我和他在郑州调查的过程，还配发了沿途的照片，细节基本属实。文章里还提及警察顺利捣毁窝点，救出被绑架的梅素兰。一直到这里，都没有问题。可是，我再往下看，却结结实实大吃一惊。文章里以我的口吻表示，成济村的造假窝点是中华鉴古研究学会的产业。学会本来应该是鉴定古董的定海神针，可在经济大潮中迷失了自己，变得利欲熏心，不光造假，还非法绑架工艺大师。身为五脉中人的许愿不愿见到五脉被金钱腐蚀了良心，毅然大义灭亲，誓要还古董市场一个清白云云。

"一派胡言！"我气得差点要把传真扯碎，这真是彻头彻尾的谎言，我什么时候说过这些话！

"你确定自己没说过这些话？"刘局问。

"绝对没有！"

刘局轻轻叹了口气："那我们麻烦就大了。"

他把指头点了点传真纸的边缘，我低头一看，这篇专题也是今天刊发的，但报头不是郑州或者河南，而是上海的一家著名报纸，发行量和影响力不逊于《首都晚报》。

在这间恒温二十三摄氏度的病房里，我浑身冰凉，如坠冰窟。

这一切，绝对是处心积虑的预谋！

最可怕的谎言是七分真三分虚，把假话掺杂在真话里。钟爱华的报道，有照片有细节有引用，只在结尾撒了一个大谎，读者们照单全收。于是，我就被钟爱华巧妙地塑造成了一位"打五脉假的英雄"，还把成济村的造假作坊栽赃到了五脉头上。

而我恰恰又在同时公开质疑《清明上河图》真伪。两条新闻合起来看，所有的人都会认为，这又是一起五脉腐败的铁证，再度被这位打假英雄揭穿。这报道还不是登在郑州，而是刻意选择了上海报纸，与北京一南一北彼此应和，影响力扩大了数倍。

打眼、造假、非法拘禁。这对于正在谋求转型的学会，影响可想而知。

我手抖得厉害，一句话也说不出来。

钟爱华骗了我，素姐也骗了我，他们俩一直在演戏。整件事从头到尾，都是老朝奉的阴谋。钟爱华从一开始接近我，就怀有目的。愣头青只是他的一张面具，内里不知隐藏着多么重的心机。难怪他一直对我阿谀奉承，鼓励我去调查真相，原来都是给我灌的迷魂汤。而素姐，恐怕也是事先就安排好的一枚棋子。她接过钟爱华的接力棒，把我的注意力引向《清明上河图》。可笑我还沾沾自喜，以为走在追寻真相的路上，却不知完全陷入了敌人精心编织的圈套。

老朝奉用他卑劣狡黠的手段，结结实实给我上了一课。

看来刘老爷子说得没错，我整个人心态太过虚浮。常言道，鉴古易，鉴人难。我连他案头的古砚都鉴不出真假，又怎么去看透人心？我放下传真件，心中是无穷的悔意，深深觉得自己当初真是糊涂透顶。

"刘老爷子怎么说？"我愧疚地问道。

刘局指了指门外："他就住在你对面。"

我悚然一惊，刘老爷子不会被我气出个好歹吧？

刘局道："老爷子前一阵子操劳过度，身体有点不济，所以住院疗养一段时间。我已经封锁了消息，他还不知道这件事。"

我暗自松了一口气。刘局道："可是家里其他人，我却遮瞒不住。"我回想起来，难怪门外那一群五脉的人群情激昂。在他们眼里，我根本就是个大叛徒、大工贼。若不是有方震和刘局，他们说不定会把我拖出去打一顿。

我无可辩解，只得保持默然。说实话，我也觉得自己该被打。

刘局严厉地看着我："现在五脉正是转型的紧要关头，突然爆出这么两件事，影响实在太坏了。我已经安排了人，去尽量消除影响。我们会替你发一个声明，你不要接受任何记者采访，不，暂时不要见任何人，老老实实在这里养病，听明白了吗？"

我忙不迭地点头，像个做错事的孩子。我忽然又想到什么，对郑教授和刘局问道："那《清明上河图》那两个破绽，到底是真是假？"

"这事你就别管了，会有专业的人去解释。"郑教授瞪了我一眼。

我悻悻闭嘴，可心里总是有些疙瘩。虽然《清明上河图》是老朝奉打向五脉的一枚炮弹，可鉴定照片却不是假的，它和通行版本上确实存在差异。如果这《清明上河图》真的存有破绽，岂不是说五脉真的是被打眼了？

"总之，这段时间，你就是一块石头，不会说，不会听，也不会动。"

刘局下达了命令，然后和郑教授离开了病房。

在空无一人的病房里，我一个人躺在床上，在郑州的一幕幕飞快地闪过脑海。我惊愕地发现，表面上我挥斥方遒，披荆斩棘，实际上每一步决断，都是钟爱华在悄悄引导。他以一个"崇拜者"的身份，把我当成了一具傀儡，他让我去哪儿，我就去哪儿；他让我干什么，我就干什么。

更让我恼火的是，在这期间，钟爱华明明露出过许多破绽。只要稍微留心，便不难觉察。可我一门心思要抓老朝奉，别人稍一撩拨，就像一条看见肉骨头的野狗，不顾一切地扑上去。我对老朝奉的执着，反成了他最好的诱饵。

"这个该死的家伙……"我咬牙切齿。这浑蛋的演技未免也太好了点，老朝奉手底下，都网罗了什么样的怪胎。

想到这里，我一下子想起了另外一个骗子。

素姐。

我一直到现在都心存疑惑，素姐究竟是这计划中的一个参与者，还是一枚被利用的棋子，她骗了我，可谁又能保证她不是被骗？素姐的眼睛是真瞎了，在黑暗中作画的手法也不是几天能练出来的，这都不是假的；还有那个送给黄克武的小水盂。如果只是为了骗我入彀，没必要搞出这么多无关的枝节。我记得，一提起梅素兰这个名字，刘局和郑教授都面露诡异神色。她的身份，应该没这么简单。

说不定她是真的被困在成济村，在老朝奉的胁迫下才骗我。我对那位在黑暗中手持画笔的女性，无论如何都涌不起厌恶感。这个谜的谜底，大概只有去问黄克武才会知道吧。

但我闯出这么大的祸来，黄克武若见了我，不拆散我的骨头就已经很宽大了。

"妈的……"

我一拳重重砸在墙壁上，痛彻心扉。

在接下来的几天里，我老老实实躺在床上忏悔，没有任何访客来探望我。只有方震每天三次过来给我送饭。但他基本上什么都不说。

肠胃炎不是什么绝症，我的身体几天工夫就恢复了，可以下床慢慢走动。不过我不太敢走出病房，因为刘老爷子就住在对面。这位老人虽然说话云遮雾绕，却一直对我有恩。我自以为是，闯出这么大一场祸来，若是他听了一激动，出了什么状况，我一辈子都得愧疚度过。

外头探望刘老爷子的人却络绎不绝。他们接了刘局的禁令，在病房里什么都不说，但一到走廊，便急切地与其他人谈论这次五脉危机。我从他们的只言片语里，了解到五脉现在的形势实在有些不妙。

在这段时间里，五脉的分支机构不断出事。不是古董店被人砸招牌，就是研究机构被审查，甚至还有正规工坊遭到当地工商执法部门的查处，一时间，危机四起。看来老朝奉早就埋伏了不少后手,这次一口气爆发出来,是要把反五脉的舆论声势给造起来。

狼狈不堪的学会动用了大量关系全力澄清,但社会上的负面影响已经造成,老百姓们议论纷纷,同行们更是疑窦丛生。成济村的事情还好解释,《清明上河图》的真伪之辩却棘手至极。此画名气太大,收藏界、文化界、考古界、艺术界、史学界等多个领域都表示了严重关注,要求故宫开库重验的呼声越来越高,据说上级主管部门还把刘局叫去训话。

一个以信誉为基本的组织遭遇了信任危机,这该是多么糟糕的局面。

讽刺的是,我的声望却是水涨船高。社会各界都把我称为打假英雄,不少记者天天在四悔斋附近转悠,还一度传出我被五脉迫害绑架云云。说实在的,这对我来说,是最无情的羞辱。这种状况,再加上刘老爷子因病住院,五脉开办拍卖行的计划虽然还在进行,却是风雨飘摇,摇摇欲坠。

我本想变成一把杀死老朝奉的匕首,反被他当成一柄刺向五脉的剑。

而且是一剑穿心。

我越听越烦,越烦越自责,最后只能自暴自弃地把脸埋在枕头里,没脸再见任何人。

"如果这是噩梦的话,就让它赶紧结束吧。"我在夜深人静的时候喃喃说道。

我万万没想到,这只是个开始。

古董局中局2

第四章

第二张《清明上河图》惊现香港

这一天晚上,郑教授再次来探望我,他眼窝深陷,比上次见我更加憔悴。我自知理亏,缩着脖子讪讪打了一声招呼,没敢多说话。

郑教授一点没客套,劈头就问:"你听说过百瑞莲拍卖行吗?"

"这个名字我依稀有点印象,好像是香港的一家古玩大拍卖行,英文名叫BRILLIANT,以拍卖过米芾真迹和一尊明青花而著称。但我知道的,也仅此而已。"

"你确定钟爱华或者梅素兰没跟你提过这个词?"郑教授紧盯着我的双眼,仿佛不大信任我似的。

"绝对没有。"我肯定地回答,"发生什么事了?"

郑教授从口袋里取出一张报纸递给我,我一摸,就发觉纸质不太一样,这不是内地出版的。展开一看,竖排繁体,原来是香港的《大公报》。就在头版头条,我看到了一则惊雷般的新闻。

百瑞莲宣称,他们从一位不愿透露姓名的收藏家手里得到了《清明上河图》的真迹,计划公开拍卖,所得款项均捐献给希望工程。百瑞莲同时表示,他们愿意与专业的鉴定机构合作,厘清真相。

后面还附了一段长长的典故考据,和素姐给我讲的王世贞的故事基本一样。百瑞莲说,当时朝廷从严嵩府上抄没的那一幅《清明上河图》,是王氏赝品;真正的真品,则被王世贞拿回了自己家,此后一直被藏匿于民间,一直到今天才面世。

报纸从手里滑落,我的心中无比震骇。

我还是低估了老朝奉。

我本以为老朝奉设下这个计谋,是为了给五脉添堵,顺便羞辱一下我。可人家的眼界,早就超越了我的想象。之前的布局只是铺垫,真正的杀招和图谋,却隐伏在这里。

无论是鉴古还是考古，都有一个原则，叫作孤证不立。只有一条证据，不算证据，它必须有别的证据去支持。所以我提出的那两点《清明上河图》的质疑——其实是老朝奉借素姐之口提出来的——虽然会给学会造成麻烦，但不足以推翻故宫鉴定的结论。

但如果在这个节骨眼上，另外有一幅真品冒出来，意义就大不相同了。

旁证有旁，孤证不孤。

《清明上河图》上没有作者题款，这并不说明什么，可能是被挖走，可能是损毁，种种可能性都存在。但如果出现另外一幅一模一样且题款齐全的，两下对比，那这一幅的真伪就大有问题。这就好比我去派出所认领一个钱包，记不清钱数，这证明不了我是冒领，可能只是记忆力不好。但如果这时有另外一个人也来认领，而且把里面多少张钞票说得清清楚楚，你是警察的话会相信谁？

所以，之前五脉还可以借口"证据不足"来回应质疑，等到这个百瑞莲版的《清明上河图》一出来，五脉的后路被彻底斩断，别无选择，只能接受公开对质。

而老朝奉既然敢让两者公开对质，他一定有强烈的信心，能让百瑞莲藏品击败故宫内府本，成为《清明上河图》的正本。相比之下，刘局等人一直闪烁其词，对那两个破绽避而不谈——故宫的《清明上河图》到底是真是假，越发可疑起来。至少我现在是一点信心也没有。

也就是说，这则新闻一出，中华鉴古研究学会只能硬着头皮在敌人指定的战场，打一场必败的战争。

"这是昨天出的新闻？"我问。

郑教授道："是，咱们家在香港那边的人，连夜送过来的。今天已经有港澳地区和广东媒体转发了，用不了多久，就能传遍全国。到时候刘局也压不住。"

我深吸一口气，和郑教授在彼此的眼里看到恐惧。从引我入彀到百瑞莲藏品出世，一步步落实，这一连串计划得需要多么可怕的统筹和执行力。

我问郑教授家里打算怎么办，郑教授唉声叹气，说："学会的电话都快被打爆了，上级主管都感觉很棘手，许多合作者都萌生退意。偏偏这时候刘老爷子住院不出，无人主持局面，五脉群龙无首，也不知该如何是好。"

刘局都束手无策，我就更是无能为力，只得狠狠骂道："这个老家伙，这是要一次把咱们五脉置于死地呀。"郑教授摇摇头："唉，只怕人家是醉翁之意不在酒啊。"

"你说什么？"我一愣。

"你别忘了，《清明上河图》在国内，是不让买卖的。"郑教授轻轻吐出一句话，镜片后的眼神一闪。这句话如同一道闪电，霎时打通了我的思路。我无力地坐回到病床上，心中豁亮。

《清明上河图》真本收藏于故宫，严禁买卖。如果这幅画被证实是假的，那么香港百瑞莲的藏画自然就成了真本。香港还没回归，内地法律管辖不到，届时老朝奉只消把真本通过百瑞莲进行公开拍卖，便可收获一笔巨额利益。

什么五脉，什么许愿，这些都只是搂草打兔子，顺势而为罢了。这个才是老朝奉的最终图谋！

要知道，在1989年，纽约佳士得拍卖行卖出过一幅元代官院的《秋猎图》，拍出了一百八十七万美元的天价。《清明上河图》比《秋猎图》价值不知高出多少，说不定能成为第二幅凡·高的《向日葵》——那个可是拍出去四千万美元呢。

至于中华瑰宝会不会外流，我在乎，学会在乎，全国十亿人民在乎，但老朝奉可绝对不会在乎。

无利不起早，老朝奉既打垮了仇敌，又套取了利益，一箭双雕。相比他舍弃成济村小作坊的损失，实在是太划算了。这个布局，环环相扣，玩弄人性，实在是玩阴谋到了极致。

而对五脉来说，这次恐怕不只是拍卖行计划夭折，而是真正的灭顶之灾了。

我手脚不可抑制地抖起来，这一切的祸根，都是从我而起。我能在这个病房藏多久？早晚还是要出去面对这个乱局。如果五脉因我而垮，那我还有什么脸面去见我爷爷、我爹。

郑教授见我脸色奇差，顾不得训斥，劝慰了几句，说刘局会想办法的。可这种话，连他自己都不太相信。我猛一抬头，大喊道："我现在去找记者，拼上自己身败名裂，也要把真相说清楚！"郑教授一把扯住我："你还没明白吗？这件事情早就已经和你无关了！现在没人关心这是不是阴谋，所有人现在的注意力，都集中在两幅《清明上河图》上，他们只对那两幅画的真伪对质有兴趣！"

"难道就让我一直缩在屋子里什么都不做？"

"小许，冷静！你现在露面，对五脉的伤害更大！"郑教授呵斥道。一听这话，我只能乖乖地缩回去。

郑教授见我躺回床上，抬腕看看表，表示得走了。他走到门口，忽然又回过头来，低声补了一句："小许你不必太自责，这个圈套不是你中，也会有其他人掉进去。老朝奉的手段，可不是我们能揣度的。"

他这句话，并没让我有多好受。

足足一晚上，我心神不宁地在屋子里来回踱步，活像北京动物园笼子里焦躁不安的孤狼，毫无睡意。正如郑教授所说，眼下局势的发展，已不是我这种人有资格介入的了，悔恨与无力感深深地笼罩在我身上，让我喘不过气来。我蹲在墙角，身体蜷成一团，想哭却哭不出来。这个时候，我多希望能有一只大手搭在我的肩膀上，对我说："孩子，别担心，一切有我。"

可惜连这点要求，都只是妄想。

不知到了几点，窗外已经黑得好似锅底一般，似乎还要下雨。我没有开灯，待在黑暗的墙角，脑子里一片空白。就在这时，枕头旁的大哥大忽然响了起来，带着整张床都微微颤动。我机械地站起身来，接起电话，里面传来一个冷淡的男人声音。

"是许愿吗？"男人的口气很不客气。

"是。"我心里有点纳闷，我这个大哥大的号码只有少数几个人才知道，这个声音我却完全不熟。

"能用得起大哥大，看来真是大款嘛。"对方轻佻地在电话里吹了声口哨。

我没有心情去跟他闲扯，问他什么事情。对方说："黄烟烟是你女朋友吧？"我心中一抽，烟烟去南京好久没联系了，我一直忙着《清明上河图》，也没顾上去找她。现在倒霉的事情太多了，她可千万不要再出事。

"她是我很好的朋友。"我回答。

"你女朋友挺漂亮的，是因为钱才看上你的吧？这年头的姑娘都向钱看，人品都不重要了，啧啧。"

"她到底怎么样了？"我顾不得纠正他，握紧了大哥大。

"你知道她出差来南京吧？她让人给抓起来了。"

"什么？！"

"涉嫌伤人和盗窃二级文物，已经被我们警方给拘留了。"

这简直就是晴天霹雳。我眼前一黑，差点旧病复发。对方听我没说话，连喂了几声:"你小子是不是没良心,一听人姑娘出事就不搭理啦?"

我压低了声音:"到底是怎么回事?"

"具体口供我也没看着,不过原告可是个名人呢,戴鹤轩,听说过吧?这个叫黄烟烟的女人跑到他家里去,抢了一件古董,还把他打伤。出来三四个保安,才把她制服——你女朋友脾气够烈的。现在派出所已经依法把她拘留,可能会以盗窃罪和伤害罪起诉。啧啧,惹谁不好,惹戴老师。"

我不知道这个戴鹤轩是什么来头,先问了一句:"你是谁?"

"我是看守所的,刚才她拉拢我,让我打这个电话报信,说有好处给我……"

我立刻紧张起来,电话对面立刻哈哈大笑:"你别吃醋,不是那种好处,虽然我也挺想的……她说给你打电话,你就能给我足够的好处。她说得对吧?"

"没错。谢谢你。"

"光一句谢谢哪?我要钱。"

"你要多少?"

"你肯定得来南京亲自捞人吧?到时候肯定还用得着我。所以你见面再给吧,给多少钱,我出多少力——对了,人和钱都要尽快到,不然她可撑不了太久。我叫姚天,可别让我等太久。"男人轻佻地笑了一声,留了个联系方式,然后把电话挂了。

烟烟明明说她去南京做几位前辈的工作,说服他们支持学会转型,怎么可能到那个什么姓戴的家里去盗窃古董?

莫非,这也是老朝奉打击五脉的其中一步?

这是很有可能的。烟烟向我一个远在北京的人求助,这说明学会在南京的势力濒临崩溃,根本顾不上管她了。我缓缓站直身体,眼神变得坚毅起来。《清明上河图》的争端也许我没资格参与,但烟烟我绝不会不管。我要离开医院,我要去南京。

刘局和方震虽然要求我不许离开,但没有刻意拘禁,所以我进医院穿的衣服,都被洗干净叠放在旁边的简易衣橱里。我脱下病号服,换上自己的衣服,打算悄悄离开。为了避免注意,我连灯都没敢开。

我在黑暗里正换着衣服,一个苍老的声音突兀地从背后传来:"小许,如许深夜,你要去哪儿?"我刚把一条腿伸进裤筒里,听这么一声,连忙回头去看,看到病房门口站着一个矮小佝偻的身影。

"刘……刘老爷子……"我的声音立刻结巴起来,如果说现在我最不想见谁,刘一鸣应该是第一位的。

刘一鸣身穿和我一样的蓝条病号服，双手扶着一根拐杖。他背后是走廊的灯光，看不清表情。我心虚得厉害，整个穿裤子的动作都走形了，身子一歪斜，差点倒在地上。我慌忙把腿抽出来，走过去扶住他手臂，低声道："您……怎么来这里了？"

"呵呵，住了几天院，闷也闷死了。趁着陪护的小家伙打瞌睡，我出来溜达溜达。你在对门，所以我过来聊聊天。"刘一鸣挥了挥拐杖，语气轻松。我暗自松了一口气，看来刘老爷子还不知道五脉的变故，可我立刻觉得哪里不对劲："您怎么知道我住对面的？"

刘一鸣笑道："傍晚时候你不是喊了那一嗓子吗？什么找记者，什么身败名裂。声音都传到护士值班台那儿了。我老人家身体不好，耳朵可不聋啊。"我心跳加速，头不由自主地垂下来。刘一鸣两条白眉一抬，淡淡说道："说吧，到底发生什么事了？"

"没……没什么，是我自己家的事儿……"我试图掩饰。

"我看不见得吧？"刘一鸣把拐杖一晃，似笑非笑，"孟子有云，'存乎人者，莫良于眸子'。这几天来探视我的人，无不笑容满面，实则个个眼神都忧心忡忡。老夫阅人几十年，这点痕迹还看得出来——咱们五脉一定是出事了，而且是大事，对不对？"

我根本没办法正视他的目光，也没办法回答。刘一鸣道："别站在门口，跟我去外头坐坐，慢慢讲来听。"语气坚决，没有商量的余地。我只得搀着他的胳膊，一起走到外面走廊，找了个靠窗的木长椅坐下。

此时走廊里特别安静，只有我们两个人，头顶的绿罩日光灯很柔和。刘一鸣坐定以后，一言不发地看着我。我别无选择，只得吞吞吐吐地把整件事说给他听，中间不断观察他的脸色，怕老人急火攻心。

我说了大概有一小时，中间陪护的人醒了，出来劝老爷子回去，结果被拒绝，只得远远站在走廊看着我们俩。等我讲完以后，刘一鸣沉吟片刻，没有我想象那样失魂落魄，而是摇摇头，恨铁不成钢地叹息道："这个小刘，他官越做越大，胆子倒是越来越小。居然想要封锁消息，未免忒小看老夫了。"

"对不起……对不起……这都是我的错……"我低声不断重复，身子一矮，想要跪伏在地上。刘一鸣早看出我的举动，双手一托，没让我跪下去："起来，许家从不跪人。"

"您苦口婆心，我却置若罔闻。就因为我一个人，让五脉蒙受了这么大的灾难……"我说到后面，都快哭了，想把心中悔恨一吐为快。

"灾难？"刘一鸣捋髯一笑，"是，你说的这确实是件麻烦事儿。可咱们五脉传承数百年，从来都不是一帆风顺，哪一代没遭遇过几次危难？远的不说，你爷爷许一城的佛头案，让五脉声名狼藉；抗战十四年，生灵涂炭，五脉的根儿几乎断绝；老夫执掌以来，学会所受冲击一波接着一波。这些灾难，哪件不比老朝奉的格局大？多少次生死，可咱们都撑下来了。现在太平日子过得多了，你们心志反倒不如从前，这点小事就鸡飞狗跳。"

听刘一鸣说得举重若轻，浑然没当回事。我愧疚仍在，忧虑总算是少了一点。这时刘一鸣却突然面孔一板："可小许你的错，也是不可原谅的。我之前明明告诉过你，鉴宝之人，最忌心浮气躁，情绪用事。你却犯了大忌，连累学会，聚九州之铁，也铸不成你这个错字。"

这几句话如大锤一样砸在我胸前，我原本抬起来的头重新低垂下去："我知道错了。我想去弥补和澄清，可是刘局和郑教授却不让。"

"他们是对的。你不过是个药引子，已经没用了。现在全国上下都等着看咱们五脉的热闹，你站出来辟谣，谁会听？"

"那……该怎么办？"

刘一鸣闭上眼睛，沉思一阵，方才不疾不徐地说道："老朝奉为了打击五脉，拼命拔高你的声誉。这是一着妙棋，可走得稍微有些过火。咱们想要翻盘，就得从这里入手。而你，就是做活这一局棋的关键。"

我听得有点糊涂，刚才他还说我已经没用了，现在又说我是唯一能救五脉的人。刘一鸣见我迟迟没反应过来，抬头敲了我脑壳一记："解铃还须系铃人，明白了？"

他这一敲，一下子把我的思路给敲通了。

老朝奉打的是一场舆论战，他一手把我塑造成一个"打假英雄"来栽赃五脉，无形之中也让我在公众中的可信度大增。在如今的形势下，学会的任何人站出来说话，都会被认为是狡辩，唯独我没问题。所以在这场战事里，我是唯一一个能在公开场合与他们对抗的人选。

"一手葬送五脉的是你，那么能救五脉的，也只有你。"刘老爷子说道。我点点头，一个临危受命的叛徒，多奇妙的一个角色。刘老爷子又道："可惜你现在声势够了，但还缺了一张左右局势的底牌。小刘和郑教授不让你露面，是因为他们手里也没底牌可以给你。"

我眼睛一亮,听刘老爷子的意思,他似乎留了后手可以化解目前的危局。刘一鸣看穿我的心思,笑着摇摇头:"我这里也无牌可用,老朝奉已经封死了五脉的一切手段。你只能独辟蹊径,从五脉之外去找。"

这,这不等于什么都没说吗?

刘一鸣见我面色为难,又说道:"我问你,老朝奉这一局,棋眼在何处?"

"《清明上河图》的真伪。"我立即回答。

"不错,你要破开这局,就得找到决定性的证据,证明这两幅《清明上河图》孰真孰伪。只有你,只有这张底牌,才能拯救危局。"

"那是一张什么底牌?"

"什么底牌我也不知道。我只知道,那是关于《清明上河图》的一个大秘密。但这个秘密是什么,我就不清楚了。我只能给你一个提示,一个名字。我不知道他会不会帮你,甚至不知道他有没有我们想要的底牌,但这是目前五脉之外唯一的选择。只有找到他,《清明上河图》才有破局的可能。"说到这里,刘一鸣罕有地叹了口气,"不过此人难以评价,要得他援手,难度可不低。"

能让刘老爷子难以评价的人,可想而知得有多古怪。我挺起胸膛,表示无论这人多难缠,我都会全力以赴。刘一鸣竖起一个指头说:"此人姓戴,叫戴鹤轩,当年也曾在《清明上河图》鉴定组内。"

我一听,大吃一惊:"仙鹤的鹤,轩敞的轩?"

刘一鸣颇觉意外:"哦?你认识他?"

于是我把烟烟在南京遭遇的事情说了一遍。刘一鸣叹了口气,把拐杖在地上顿了顿:"这个黄克武,总是不听劝。他派烟烟去找这个家伙,岂不是自取其辱!"他看了一眼我扔在地上的裤子,恍然大悟:"你刚才是打算偷偷溜出去,就是要到南京救人喽?"

"是。"

刘一鸣看了看走廊上的时钟,对我道:"事不宜迟。你既然打算偷偷溜走,那就趁现在吧。对外我会宣布你去秦皇岛疗养。老朝奉不知在哪里有眼线,家里的力量你断然借助不得。不过方震你尽可以信任,他会帮你都安排好。"

"那您这边……"我担心地问道。我暂时对底牌一点头绪也没有,而香港那边已经公开要求对质了，所有人都在等着学会的回应。百瑞莲手里的《清明上河图》是老朝奉最大的一张牌，他胆敢放话公开检验，一定隐藏着我们所不知道的手段。

刘一鸣从长椅上缓缓站起来，略显佝偻的身子一下挺直，看似瘦弱的身躯充满了斗志："学会多年底蕴，还不至于束手待毙。你放心，我可以让局面拖延一个月。这一个月，就是你的期限。明白吗？"

我的肩头瞬间有巨大的压力砸了下来，胃部隐隐作痛。刘一鸣平静地看着我道："害怕吗？"我点点头，刘一鸣道："这种压力，我已经扛了几十年。"我顿时无语，只得深深吸了口气，忍住自己胃部的痉挛。

"你压力也别太大。就算到了最坏的情况让双方对质，我倒要看看，那百瑞莲的《清明上河图》有几分成色，敢和故宫本叫板。"刘一鸣把拐杖在地板上一磕。

我犹豫再三，压低声音问了他一个疑惑很久的问题，一个关系到我的信心与未来行止的问题："老爷子，您跟我交个底，故宫里的《清明上河图》，到底是真是假？"

刘一鸣注视着我，双眉平垂，沉声道："去伪存真这个规矩，咱们五脉可从来没轻忽过。"

"我相信您。"我说。

刘一鸣呵呵一笑，话锋一转："小许，你们许家是金石行当，书画鉴别你还差着火候。你那篇质疑《清明上河图》的文章，看似犀利，实则漏洞多多。"

"既然漏洞多多，你们干吗不站出来澄清呢？"我暗地嘟囔着，但没敢表露。刘一鸣显然看出我的心思，他白眉一扬，没有点破，而是继续说道："你这一趟出去，少不得要与书画丹青打交道。若没点知识垫底，怕是扛不下来。唉，中华书画，博大精深，穷尽一生都探索不完。如今时间有限，我就把和《清明上河图》有关的知识拎出来，给你讲讲宣和年间和宋徽宗的一些掌故常识吧——临时抱佛脚，总比不抱好。"

于是在深夜的三〇一住院部走廊里，刘一鸣坐在长椅上，不疾不徐娓娓道来。我知道这是个极其难得的机会，抚膝细心凝听。他从宋徽宗的瘦金体讲到四字绝押，从翰林画院体制讲到运笔风格。刘一鸣浸淫此道几十年，所学所知，讲得深入浅出，条理分明，听他授业实在是一种享受。

可惜这一堂课只上了一小时，直到陪护和护士找过来，强行把刘老爷子送回病房，才算结束。我不敢让老爷子在外头待太久，深鞠一躬，才转身离去。

我走出大楼，发现方震就站在住院部门口，靠着廊柱，叼着一支烟。真不知道这家伙平时都是什么作息时间，无时不在，一天对他来说简直得有四十小时。他看到我走出来，神情略显意外："我以为你会跳窗走。"

"……你知道我今晚要偷偷跑掉？"我一惊。

方震什么都没说，只是淡淡地吐出一个特别规范的烟圈。

我懒得质问他是怎么监控我的，把和刘老爷子的对谈一五一十讲给他听。他把烟头摁灭丢进垃圾桶，搓了搓手，说："我马上去安排"。我忍不住问他："你就不确认一下我的话是真是假？"方震回答："你骗不了我。"然后转身离去。

方震办事效率奇高。也就一小时光景，他就开着一辆军用吉普来到三〇一门前。我上了车，发现车后排放着一个旅行包，里面搁着两套换洗衣服、一套洗漱用具、木户小姐送我的傻瓜相机、一个笔记本和一个白色的信封，里面鼓鼓囊囊，装着不少钱。外兜里居然还放着一瓶牛奶和密封包的面包——这应该是我的夜宵或早餐，这家伙未免太细心了。

方震又递给我一本蓝皮的证件，封面写着公安部八局几个烫金楷体字，里面贴着我的照片，还夹着一张机票。

"三小时后南苑机场有一班军航直飞南京。这是你的临时工作证件，可以免费乘坐军航与铁路。别弄丢了，要收回的。"他叮嘱道。

我把证件揣起来，靠在座位上闭目养神。方震手把方向盘，目不斜视，也不跟我说话。南苑军用机场在北京南边，算是郊区。南城平时白天就没多少车，到了晚上，道路更加通畅。吉普飞驰，不多时便到了。

南苑机场的候机楼很小，方头方脑的二层小楼在夜色里十分不起眼。旁边就是跑道，上头停着几架黑乎乎的庞然大物，都黑着灯。整个机场好似睡着了一般。方震把车径直开到候机楼前的大门，我拎起旅行包下了车。方震把脑袋从车窗探出来："里面有人等着你。"

我心里纳闷，心想这大半夜的，谁会跑到南苑机场这么远？而且刘老爷子叮嘱过要保密，方震怎么还敢告诉别人？不过我也没多问，问方震等于白问。

"路上小心。"方震难得地关心了一句，大概他也明白我这次出行的难度。然后他把脑袋缩回去，吉普绝尘而去。

我提着行李，走进空无一人的候机楼。这里的候机大厅非常小，顶棚只点着两盏照明灯，形成一小片照明区域，其他地方都是黑的。我看到一个人穿着唐装，坐在灯光下的一排塑料座椅中间，正襟危坐，如同钟楼上的那口大铜钟。

"黄老爷子？"

端坐在那里的居然是黄克武，五脉中黄字门的家主，烟烟的亲爷爷。这么晚了，他还是那一股虎虎生威的劲儿，只是眉眼间带着几丝疲惫。

"坐。"他不看我，只吐了一个字，回荡在候机楼里，如金石铿锵。我乖乖地站在他面前，大气都不敢喘。

"不看在你爷爷分上，我就在这儿拆了你！"这是黄克武的第二句话。我自知理亏，缩着脖子赶紧认错。黄克武转过头来，一对虎眼瞪着我，仿佛要把我吃了："我孙女因为你，被困在南京，你打算怎么办？"

"您放心，我这次去南京，一定会把烟烟救出来。"我低声表了个决心，还不敢大声拍胸脯，唯恐让他觉得轻浮。

"就凭你？"黄克武冷哼一声，"若不是我要去香港，怎么也轮不着你来管我们黄家的事。"

"您要去香港？"我大感意外。我以为他是专门来南苑教训我的，原来也是赶飞机。

"还不是你这个自作聪明的蠢材害的？"黄克武瞪了我一眼。

我惭愧地点了点头。看来这场五脉的绝大危机，逼得这几位老门主不得不亲自披挂上阵。百瑞莲藏品和百瑞莲拍卖行都在香港，刘一鸣在北京居中调度，得有一员大将深入敌阵冲锋陷阵，除了黄克武不做第二人想。

"手伸过来。"黄克武说。

我老老实实伸出手去，黄克武右臂轻抬，一下子我的右手被抓住了。他年纪不小，手劲却十足，跟老虎钳子似的。我不敢挣脱，突然觉得手里多了一件东西，低头一看，发现是一枚内方外圆的古钱，这钱很小，直径也就两厘米上下，极轻，宽缘平背，右上方还缺了一角，锈迹斑斑。我用两根指头拈起那枚古钱，就着灯光去看，等看清了钱文，我不由得倒吸一口凉气。

这，这是大齐通宝！

古钱又称古泉。玩这个的人都知道收藏界素有"名珍五十，宝泉十流"的说法。指的是五十种珍稀钱种，其中有十种极为罕有，被称为宝泉，其中就包括大齐通宝。

这枚大齐通宝，是五代十国中的南唐国主李昇所铸。李昇开国之初，叫作徐知诰，定国号为大齐，铸造了一批"大齐通宝"。次年他改名李昇，改国号为南唐，这批钱被收回重铸。所以大齐通宝传世极少，只有两枚，其中一枚右上缺了一角，称为"缺角大齐"。"缺角大齐"原本被晚清一位叫戴熙的名士收藏，戴极喜此钱，太平军攻打杭州时，他把这枚钱深埋地下，投水自尽。后人在戴家宅子挖了十几次，也没挖到，成为泉界一大悬案。

我万万没想到，从清末开始就让许多泉藏家魂牵梦萦的"缺角大齐"，居然落到了黄克武的手中。

宝泉十流，实际上现存实物也就三四种，大多已经失传。所以"大齐通宝"这玩意儿且不说能卖多少钱，单是现世的消息流传出去，就一定会引起一场泉界大地震——而这枚至宝，在这深夜的南苑机场里，黄克武就这么轻描淡写地放在了我手里。

"拿这个去，戴鹤轩这个王八蛋应该喜欢。"他的声音里带着恨意，但丝毫没有惋惜。

黄克武显然是对我没什么信心，所以拿出了这枚黄家珍藏的"大齐通宝"。对他来说，什么宝贝都不如自己孙女安全重要。我把钱握紧，"嗯"了一声，问道："这戴鹤轩到底是什么人？"

"这个家伙是个神经病。"黄克武很干脆地回答。

他告诉我，戴鹤轩早年是文物局的技术骨干，本名叫戴小平，小年轻一个，谈不上什么鉴赏水平，但精通摄影。《清明上河图》的那套高清鉴定照片，就是出自他手。不过这人有个毛病，管不住裤裆里那根东西，到处拈花惹草。连着出了几回事，文物局领导只得把他调回原籍在南京窝着。在后来的一系列政治风波里，戴鹤轩一直悄无声息。

等到了改革开放初期，他摇身一变，居然成了一位国学大师，到处开讲座讲什么风水周易玄学气功，很受欢迎。后来戴鹤轩宣称从《黄帝内经》考证出一套戴氏养生功，不仅可以延年益寿，甚至还能开发出人体特异功能，一下子就火了起来，俨然又成了一位气功大师。戴氏气功门徒无数，在江南一带很有影响力，都快开宗立派了。

黄克武对戴鹤轩的学问不屑一顾，此人专业素养在全国排不进前一百，但这份能折腾能忽悠的劲头，那绝对是一流的。黄克武考虑到他的影响力，又和五脉有点渊源，就派黄烟烟去游说他。戴鹤轩肯点头，整个南京乃至两淮就盘活了。

"这家伙难对付吗？"我问。最近各路气功大师在报纸上都被吹得神乎其神，我心里有点惴惴。

黄克武从鼻孔里"嗤"了一声："狗屁气功，都是骗人的玩意儿，也就糊弄一下老百姓。他自己练功练得整个人神神道道的，根本就是个疯子。"不过黄克武又补充道，"这家伙清醒的时候，脑子可精明着呢。这枚大齐通宝，不一定能打动他，你得随机应变。"

"明白了。"我说，忽然想到一件事，"对了，黄老，有人托我给你带样东西。"

"谁？"

"您认识梅素兰吗？"

一听这名字，黄克武的表情一下子从威严变得恼怒。我把成济村的事情讲给他听，黄克武半天没说话，目光朝前方望去。

"她托我给您带了一件东西，是个小水盂，上头是山水纹，底款是四个字：梅素兰香。"我从怀里掏出来，递给他。黄克武接过去，看也不看就揣到兜里，态度十分冷淡。我看他这副反应，大为好奇："您和她之间，到底发生过什么事？"

"哼，这跟你没关系。"

"有关系啊。我之所以会上这个当，很大原因就是错信了素姐的谎言。所以如果能从您这儿了解更多消息，说不定里面藏着解决的办法。"

"不可能，她就是个骗子。"

"你们是不是在豫陕之约那次豫顺楼比试中认识的？"

黄克武的眼神严厉地朝我看过来："豫陕之约？你怎么知道的？"

"是钟爱华讲给我听的。"

我一直觉得特别奇怪。豫陕之约和豫顺楼之战，与老朝奉的计划没有半点关联，钟爱华却节外生枝，非给我讲这么一个无关的故事，这其中是否隐藏着什么用意，我一直没想明白。

黄克武作为豫顺楼之战的参与者，又和素姐有着说不清道不明的关系。我相信他一定知道些什么。

"我立过誓，不能把当日之事说出来。你放心吧，那些都是解放前的旧事，跟老朝奉没关系。我跟那个梅素兰之间，也早就没什么纠葛。你的任务，就是把烟烟救出来，别的事情别管！"黄克武气势汹汹地把我的话给堵住了。

他既然表态如此坚决，我也不好逼问。正好这时有人过来招呼黄克武登机，他站起身来，准备出发，走到一半，忽然又回头看着我。

我以为他还在担心，拍着胸脯表了决心："您放心，无论付出任何代价，我都一定会把烟烟救出来。"

"无论任何代价？"

"是。"

"如果是让你违反原则，比如去造假或杀人呢？"黄克武眯起眼睛。我一愣，不知该如何回答。黄克武道："当现实逼迫你违背原则，你该如何处之？这个问题是老刘让我问你的，你现在不必回答。不过你早晚都要面对，自己可要趁早想清楚。"

黄克武背着手离开以后，我在黑暗中陷入了沉思。这个问题，把我的心思全都搅乱了。这真是个好问题，它问的不只是烟烟的安危，还关系到五脉与我们许家自己。倘若那张底牌逼我去造假骗人，或是杀人越货，我该如何是好？从权还是从心？

我想了半天，也想不到两全其美的办法，心中纠葛如乱麻一般。就这么过了一个多小时，有地勤来招呼我登机。我快速搓了搓脸，把这些纷乱的念头搁在一旁，走向飞机。

这趟飞机可比我之前在陕西坐的军航舒服多了，有正式的座位，居然还配了空姐。我上了飞机以后，把座椅朝后调了调，攥着那枚大齐通宝，头一歪，还没等起飞就睡了过去。这一觉，睡得十分诡异，我进入一个没有实质内容的梦境，四周都是黏稠的灰色，我不知道自己是悬浮在半空还是一直朝着下方坠落，四肢无处着力，只能像婴儿溺水一般拼命划动。我想大声呼救，一张嘴却有无数灰雾疯狂涌入，把我呛得连连咳嗽。

我在惊惧中挣扎了许久。猛然间，我被一阵剧烈的颠簸惊醒，整个人一下子朝前扑去，直到鼻子撞到前排的座位，才意识到自己回到了现实。舷窗外头阳光灿烂，飞机已然落地。我低头一看，那枚铜钱在我手里湿漉漉的，几乎被汗水浸透。

这时我才一下子想起来。南唐开国，定都南京。这枚大齐通宝，正是在南京铸造。

现在我把它带回了祖源之地。

南京在古董行当里被叫作"关都"，取关窍之意。这里是南北交会之地，兼有北壮南秀，又是六朝古都，历史悠久，文物古迹不在少数。从前古董界一直重心在北，认为北京为正统、郑州和西安为两只大眼，构成了北方的三星活贯之势，气运流转，皆据此三星而起。而长江以南，只有南京与成都能与之比肩，是南派古玩的两座都城——至于上海，只算是销货的市场，排不上名次。

而且南京还有一个奇处，养在这里的玩物，都带着一层特殊的光泽，无论是盘玉还是养壶，都比北方要温润得多。研究的人说这是特殊的气候条件导致的，可古董行的人都说这是紫金王气。一般说金玉紫壶，意思都是南京养的，身价比寻常的要高出不少。

我在南京机场，先给那个看守所的姚天打了个电话。他没料到我这么快就到了，颇感意外。我告诉他钱都带来了，姚天态度立刻热情了很多，告诉我烟烟目前还在羁押，让我下午去看守所附近找他。姚天还说，现在快进入流程了，想让她安然无恙，只能劝戴鹤轩撤诉。

我放下电话，找了辆车进到南京市里，直奔下关看守所。结果到了那儿，人家午休，大铁门紧闭。我没奈何，只能先在附近转悠。走着走着，我看见路边有一处小公园，里面的空地上站满了人，还有音乐传来。我凑过去一看，这群人里大多是五十岁往上的大爷大妈，在那里站成一个方阵，双手忽抬忽抖，动作整齐划一。一个五十多岁穿蓝色运动服的女人站在队列前头领操，体形特健美。在她旁边，一台双卡录音机里一个男声在不断发出指令，什么玉凤点头，什么气守丹田，那伙人依言摆出各种动作，看着既好笑又古怪。

在录音机身后的小树上挂着一条红底白字的横幅，写着"戴氏黄帝内功同修班"几个字。

原来他们在练习的，正是戴氏气功。我驻足看了一阵，没看出这功法有什么奇妙的，不过这些善男信女个个特别虔诚，可见戴鹤轩这人的影响力实在不小。我心想不如先去跟这些气功学员攀谈一下，多了解一下这个家伙，知己知彼，百战不殆嘛。

我正要往前走，忽然背后一只手搭在了我的肩上："许愿，你等等。"我听声音有几分耳熟，回头一看，全身的血液霎时全都凝住了。

药不然站在我身后，笑眯眯地看着我，还是一脸的吊儿郎当。

我二话不说，挥拳就打，就像我无数次在梦里做的那样。药不然似乎料到我的反应，一边躲闪一边嘴里不停地唠叨："哥们儿，你也太不客气了，一句话不说就动手啊……哎，慢点！"

无论他说什么，我都不会理睬。这个叛徒，我看到他唯一的反应，就是狠狠揍一顿，然后扭送公安机关。

我们扭打的动作很快被附近的巡警发现了。警察过来大声喝问怎么了，药不然一把搂住我脖子说:"没事儿,我俩闹着玩呢。"我冲警察大吼:"警察同志,快抓住他,他是在逃的杀人犯!"药不然反应极快,笑嘻嘻地说:"是,是,我是杀人犯,他是便衣警察,这不严打开始了嘛,我就让他给逮着了。"

那段时间《便衣警察》还在重播,好多小青年都争先效仿。警察打量我们一圈,皱着眉头说别在公开场合胡闹,然后转身走了。我还要再喊,药不然在我耳朵边上说了一句:"你要是想救黄烟烟,就给我老实一点!"

一听这话,我动作僵了一下。药不然得意扬扬:"走吧,我请你吃午饭,咱俩慢慢说。"看他的意思,似乎对背叛我这件事完全没有羞愧之情。可是他既然提到烟烟,我也只能先听听他说什么。于是我沉着脸,跟在他后头,拼命按捺住扑上去一刀捅死他的冲动。

我们一前一后走过小公园,钻进一条狭窄的小巷子里。小巷子的尽头是另外一处马路,快拐弯的地方,是一家卖鸭血汤的小店。小店其貌不扬,但门面弄得特别整洁。药不然冲我做了个邀请的手势,然后自己先钻进去了。

这会儿正是饭点儿,可小店里却一个人都没有。老板趴在柜台上,一看药不然进来了,起身把外头招牌一收,关上了店门,转身进了后厨。我心里一顿,看来这里是药不然的一处窝点。这里虽然是饭店,饭店里头肯定有厨房,厨房里的割肉刀、剔骨刀、菜刀、柴刀不计其数,老板把门一关,这可就是瓮中捉鳖了。

我铁青着脸坐在桌子旁,不动声色。药不然乐呵呵地看着我,说:"咱们俩可是好久不见啦,最近四悔斋生意好吗?"我一言不发,倒要看看他葫芦里卖的什么药。

药不然东拉西扯就是不说正题,过不多时,老板一掀帘,端上来两碗热气腾腾的鸭血粉丝汤。药不然端起喝了一口,大加赞叹,说:"你知道吗,南京古都,只有这里的鸭血粉丝汤才最为正宗。"还催促我品尝一下。我端起碗来,直接往地上一摔,"哗啦"一声,摔了一地的鸭血和瓷片。药不然"啧"了一声,皱着眉头,说:"老许你这太浪费东西了,这年头能吃到正宗口味的地方可不多了。"

"有话快说,有屁快放。"我冷冷道。基督山伯爵不吃仇人家的东西,我也不想跟他在这里浪费时间。

"哎呀,你可真是个急性子,一碗汤都不容我喝完。"药不然这么说着,惋惜地摇摇头,把筷子搁下,"我这次来,是找你帮忙。"

我眉头一挑:"你知道自己罪行累累,打算投案自首?"药不然苦笑着摊开手:

"哎哟哎哟,这可真是天大的误会。我在外头过得挺好,暂时还不想啃窝窝头。"他指了指我:"算了,我这人嘴笨,还是让他直接跟你说吧。"

"谁?"

药不然没吭声,这时我的大哥大却突然响了起来。我拿起来一接,话筒里传来一个苍老而疲惫的声音,这个声音一直深深地烙印在我脑海里,挥之不去。

老朝奉:"许愿,你好。"

我握着话筒,不知该说什么才好。一瞬间,我恨不得顺着话筒爬过去把他揪出来。老朝奉又说道:"你和五脉最近可有点不太顺。"

我"哼"了一声,不想接他的话。老朝奉呵呵一笑:"我看了所有的公开报道,大概能勾勒出个模样了。你小子还算有头脑,可就是这个八头牛都扳不回来的执拗性子,跟你爷爷一模一样。这种性子,万一被人号住了脉,很容易吃大亏。"老朝奉笑声干瘪,似乎中气不足,但笑声里的嘲讽之意却是鲜明得很。

"你这是稳操胜券,所以特意过来羞辱我吗?"我反问。

老朝奉平静地回答道:"稳操胜券?不,我只是想告诉你,这件事跟我无关。"

"什么?"我一下没跟上他的思路。

"我说这个圈套,跟我没关系。"

"别扯淡了!"我大吼一声,差点把大哥大摔了。这件事根本就是因他而起,现在他居然还捡便宜卖乖,何等荒谬!何等可笑!老朝奉的声音却依然平淡:"这次害你的人,不是我。我和你一样,也是受害者。"

我怒极反笑,对着话筒道:"你又是在耍什么新骗术?"

"一个简单的事实。"老朝奉不慌不忙。

"好,我来问你!卖给大眼贼的赝品,是不是出自你手?"

"是。"

"阎山川家地址的花招,是不是你的设计?"

"是。"

"新郑图良工艺品公司、震远运输和成济村的造假作坊,是不是你的产业?"

"是。"

"素姐是不是你拘禁在村里的?"

"是。"

"那你还敢说此事与你无关？"

老朝奉大大地叹息了一声："唉，你仔细想想。五脉被整得灰头土脸，我又何尝不是？成济村的产业我经营多年，梅素兰也是好不容易才请到的大国手。这一下子被警察突击曝光，全砸了。而且警察们顺藤摸瓜，这条线上有不少人都被捕了，我也是损失惨重。"

我听了他这一席话，彻底糊涂了。老朝奉到底在说些什么？成济村明明是他坑我的局，怎么他反倒跟我这里大吐苦水？老朝奉见我没吭声，进一步解释道："简短直接地说吧，这次的事，幕后另有其人。他们的目标，不只是五脉，还有我。"

老朝奉这么一点，我有点回过味儿来了。

难怪我一直模模糊糊地觉得，整个计划有种微妙的不协调感，只是未去深思。现在回想起来，这种不协调感，是因为我先入为主地认为，老朝奉是这个局的幕后主使，成济村是老朝奉扔出去的一枚弃子。但如果整个阴谋真的不是老朝奉主持的，而是第三方，那么很多疑问就迎刃而解了。

这个"第三方"派钟爱华在郑州引导我去破老朝奉的产业，又通过某种手段让素姐说出一句关键的谎言。素姐说的九成都是真实的，她只在一个地方撒了谎，那就是指出《清明上河图》的鉴定者是老朝奉。结果我深信不疑，掀出《清明上河图》的破绽，他们再将预先伏好的舆论一起发动，不仅把五脉挤入绝境，连同老朝奉也伤筋动骨元气大伤。

"从头到尾，人家只用了一个钟爱华，请梅素兰撒了一个谎。一个人、一句话，就四两拨千斤，把五脉和我都搞得鸡飞狗跳。这手段着实高明，布局已臻化境啊。"老朝奉啧啧赞叹道。

"谁会做出这样的事情？"我不得不忍住怒意，去问我这个毕生的仇敌。

"这你还看不出来？谁得利最多，谁嫌疑最大。"老朝奉的声音沙哑，好似一只衰朽的老狐狸。

"百瑞莲？"

"不错。"

我眉头一动："他们是想借此炒作《清明上河图》真本，好拍卖出天价？"

老朝奉在话筒里发出震耳欲聋的笑声："你这孩子，我该说你糊涂还是精明？千钧之弩不为鼷鼠发机，百瑞莲的生意那么大，它会在乎这区区几百万收益？"

我恼火地反问道:"那你说,他们的目的是什么?"

话筒那边嘿嘿一笑,说不出的阴森:"总设计师怎么说的?改革开放,既然要开放,就要大胆地引入外资,引入竞争。以百瑞莲为首的那几家大拍卖行,一直在谋求进入中国内地市场。对他们来说,谁最碍事?"

"难道……"我一惊。

"仇深莫过于断人财路。刘一鸣搞本土拍卖行,意图把持国内古董交易大盘,自然就成了人家必除之而后快的眼中钉。"

只有恶人才了解恶人,老朝奉果然比我和郑教授看得更为深入。我实在没想到,在我身上布的这个局,用心如此深远,如同洋葱一般层层叠叠,剥去数层,才能见到最为核心的动机所在。

他们图谋的,不是《清明上河图》真本,而是整个中国市场啊。等我看清这一切,才发现我是这一棋局中多么重要而又多么渺小的一枚棋子。

我怀疑刘一鸣也已经看穿了这一层因果,只不过他怕事情太大我承受不住压力,才没有明说。

这事确实够大,境外势力、几个大拍卖行都是庞然大物,拔下一根汗毛都比我腰粗。只有他们,才有能力搞出这样的事情来。这个坑害五脉的圈套,虽然执行的人不多,但背后要的情报支持却是海量的。我的情报、五脉的情报、老朝奉的情报、当年《清明上河图》的鉴定细节、素姐被关押的隐秘,这一大堆或明或暗的资料,都是事先要搜集齐全,才能有足够的想象力拼成这么一个计划。这得是多大的势力?

老朝奉继续道:"只要搞垮了五脉,中国本土拍卖行就形不成气候;搞垮了我,中国地下赝品交易也会被他们把持。到那个时候,阴、阳两道全部变色,古玩界这一片金山银山,就成了他们的后花园、殖民地喽。"

老朝奉的话,让我浑身发凉,他这不是危言耸听。

"你居然会说这样的话,还真让我有点意外。"我讽刺道,"既然危机重重,说吧,你现在给我打这个电话,是要做什么?"

"境外这几个拍卖行财大气粗,布局滴水不漏,凭五脉或我的力量,根本无法撼动。这个计划唯一的破局之人,就是你。刘一鸣一定也看出来了,所以他才把你派来南京。我让小药过来帮你,想办法把这次的局面扳回来。"

我冷笑道:"如果我没理解错的话,你是想让我为你这个死敌火中取栗?"

老朝奉丝毫没动气："如今大家的栗子都在火里搁着。你可以坐视我垮，总不能坐视五脉关张吧？这么多年的老店，最后因为你而倒闭，许一城在天有灵，非把你骂得狗血淋头不可。"

"你还有脸提我爷爷的名字！"我怒不可遏。

"别生气，你想想我说得对不对，五脉高高在上，有些民间疾苦是不知道的。我们这些做赝品的，路子和资源不是你所能想象的。一正一奇，咱们正好取长补短，各取所需，不是挺好的吗？"

我勉强抑制住怒气，不得不承认，我无法反驳他。现在百瑞莲要进入中国内地，五脉和老朝奉在外力作用之下，结成了一个利益共同体，一损俱损，一荣俱荣。

"我不会和许家的仇人联手。"我犹豫再三，还是拒绝了他的提议。

老朝奉道："你这孩子，太倔强。国共打了那么多年了，日本人打进来，一样联手抗战。你为了一己私怨，而毁了大局，这可不是智者所为。"

这个老东西，说得我成了罪人似的！可我还是不为所动。仇敌就是仇敌，今天我为了利益暂时与之联手，那是否意味着明天我为了更多利益，可以把这份仇恨抛之脑后？

老朝奉看穿了我的心思："我知道你心里过不去这关，没关系，我送你个理由。你师出有名，就能心安理得对自己有个交代了。"

"什么？"

"此事若是完满破局，我便现身与你见上一面。"

我的心脏顿时漏跳一拍，大脑却保持着一丝清明："你会这么好心？"

"呵呵，我今年都九十多岁了，已是耄耋之年，还有什么看不开的？"老朝奉爽朗一笑。

我闭上眼睛，内心左右为难。老朝奉似乎把一切都考虑得很周详，他这个提议，对我有百利而无一害，既可以尽快破局挽救五脉，又能把老朝奉与许家恩怨一次结清，我实在没有拒绝的理由。可狡黠如老朝奉，会突然变成活雷锋？我断然不信。越是一片坦途，里面越可能藏着陷阱。我已经吃过一次大亏，不想再吃第二次。

"把烟烟弄出来，我再考虑合作的事，否则一切免谈。"我说。

"好。具体的事情，你去跟小药商量吧，我的资源他可以全权调动。记住，事成之前，你可不能对他出手。"

我看了一眼药不然，勉为其难地答应下来。

"你以许一城的名义起个誓。"老朝奉似乎还不放心。

我咬着牙，发了一个誓。老朝奉大笑："别人起誓，我就当放屁。你们许家个个是实诚人，我信得过。"

对方挂断了电话。我把大哥大搁在桌子上，长长呼出一口气，胸中郁结却依然未解。药不然笑嘻嘻地敲了敲桌子："说清楚啦，不会动手打我了吧？"我站起身来，僵硬地往外走去。药不然起身拽住我胳膊："啊？刚才不是说好了吗？"

"你没听见？先去把烟烟救出来，否则免谈。"

"哎呀，我没看出来你们俩感情已经好到这地步了，什么时候结婚办事啊？"药不然伸出两个食指，猥琐地一对，"你自己独居，没人管着，肯定没少那个过吧？"

我猛然揪住他的衣领，一字一句道："我答应不动你，可没答应跟你言归于好。你最好记住这点。"

"好啦好啦，我知道啦，瞪这么大眼睛干吗？"药不然无奈地摊开了手。

我们一前一后出了门。药不然不敢跟我并肩而行，就跟在后头絮絮叨叨："要救烟烟，说简单也简单，说不简单也不简单。这还得着落在戴鹤轩身上。他如果答应撤诉，一切都好说；他要坚持起诉，以他在南京的影响力，我们去找警方说情也没用，人家一句照章办理，就挡回来了。"

"黄克武让我带了一枚大齐通宝。"我说。

药不然吹了声口哨："好大手笔，就是不知那家伙吃不吃这套。"

"既然黄克武让我带这个，就一定有他的用意。"我始终目视前方，不去看他，像是在对空气说话。

我们回到街心公园，练功的人已经散去，我给姚天打了个电话。没过多久，一个小年轻走过来，他为了避免引人注意，脱去了警服，只穿着件白衬衫就过来了。

姚天跟我们一接上头，就伸出两个指头搓动几下。我从怀里掏出几张票子给他，他急不可待地点了点，皱着眉头嫌钱给得少，怎么也得翻两倍，我说你这是漫天要价。姚天一撇嘴，一脸不屑："你想捞女人，还在乎这些钱？"我又拿出一沓钱扔给他。姚天把钱接过去，咧嘴笑了："好，通风报信的费用，就算是两清了。接下来你们打算出多少钱去见见她？"

"你……"我大怒。贪财的人我见过不少，但就算是图书馆，也是言而有信。这个姚天刚收了钱就出尔反尔,未免也太无耻了。

"我说年轻人哪,这么做,是不是不太道德啊?"药不然在一旁发话,倚老卖老地拍了拍姚天的肩膀。后者满不在乎地晃了晃脑袋:"道德?道德值几个钱?你们想见人,只能靠我,定价就我说了算。这叫有权不用,过期作废。"

药不然依然是笑容满面,在他耳边说了几句话。姚天脸色唰的一下变了,眼珠子飞快地转了转,对我说:"我相信你们的诚意,事后付给我就成。"

在去看守所的路上,我悄悄问药不然说了些什么,药不然哈哈一笑:"老朝奉教过哥们儿一句话,叫使功不如使过,这是从前说李靖的话,知道啥意思不?——让人给你服服帖帖干活,与其念他的功劳,不如抓他的把柄。这种特别贪财的人,胆量都特别小。我说我道儿上有人,这事要办不成,他家里就要遭殃,然后让他看了看我怀里的枪,让他看着办。"

"你还带着枪?"我眼睛瞪圆。

"嘘,这是五四式,防身用的。哥们儿不比你,现在可是个通缉犯,得随时做好准备。"药不然说到这里,面孔一敛,口气中流露出一丝黯然和疲惫。我看着他的脸,发现这么长时间不见,这小子比从前沧桑了不少,富家子弟那点习气被磨成了老气横秋。我忍不住在想,那个老朝奉到底有什么魅力,能让药不然甘心背叛自己的家族和安逸生活为他卖命。

药不然迅速调整回嬉皮笑脸:"你也别紧张,这一枪还没开过呢。哥们儿一向主张以德服人,拿这玩意儿是吓唬人用的。"

我把脸转过去,不去理他。

我们到了看守所。姚天让我们在门口等着,他进了办公室张罗了一阵,穿好了制服出来跟我们说,已经帮我们填好了表格,可以去见见黄烟烟,但时间不能太久。

我们两个走过一条长廊,进到一间见面室。这里被一条长长的柜台隔成两部分,环境很糟糕,无论椅子还是墙面都散发着一股黄梅天的霉味。对面的门没关严,隐约传来一股腥臊味道,似乎是厕所没清洗干净。

见面室尚且如此,羁押监牢的条件可想而知。我心里一疼,烟烟大户人家出身,锦衣玉食,哪受过这种苦啊。

很快一名女警带着烟烟进了屋。她穿着一身囚服,头发散乱,但精神还好。她先看到我,眼睛一亮,快走了两步,然后发现我身旁还站着药不然,表情从惊喜转为惊愕，继而变成愤怒。

药不然伸手冲她打了个招呼，烟烟一点没客气，直接喝道："滚！"然后一屁股坐到椅子上，对我劈头就问："怎么他会跟着你？"

我苦笑着双手一摊："说来话长，你先别管这个了，说说你跟姓戴的到底怎么回事？"

烟烟警惕地看了眼药不然，撩起长发，把事情前因后果讲了出来。她按照黄克武的吩咐来到南京，先拜访了几个古玩名家，然后登门拜访戴鹤轩。戴鹤轩从前在北京工作时，跟刘一鸣是同事，经常跟五脉的人接触，其中黄克武跟他关系最好，把他当成小友。所以这次烟烟打着黄家的旗号，希望戴鹤轩能在转型拍卖行这件事上予以支持。

戴鹤轩听了烟烟的要求，满口答应。两个人又寒暄了一阵，戴鹤轩热情地邀请烟烟参观自己的收藏。他有单独的一座库房，专门放古董收藏。烟烟去看了一圈，在库房里戴鹤轩突然拽着她的手，说要帮她把脉。烟烟碍于长辈面子，只得同意。戴鹤轩把完脉以后，说："你的脉象不稳，身体里有隐患，只有我的黄帝气功能够清除。"烟烟开始还勉强听着，后来听他说得越来越不像话，先说只有高级女学员才能享受他亲自传功，然后要求她把上衣脱掉以自然之态接收内力熏陶。烟烟那个火暴脾气，哪里能忍得了这种事，直接抓起一件瓷器砸到了戴鹤轩的脑袋上。

这件瓷器，是一件宋代汝官窑三足香炉。戴鹤轩揪住这个不放，说这是他藏品中最贵重的一件，黄烟烟意图偷窃不成，将其打碎诬他行为不轨。警察赶到以后，说烟烟的指控没有实据，那件瓷器却是实打实给摔碎了，于是不问青红皂白把烟烟抓了起来。

听完烟烟讲述，我气得一拍桌子，脸色铁青。这姓戴的真是个人渣！连故人的孙女都要染指，他是练气功练得走火入魔了吧！

戴鹤轩事后还故作大方，说只要烟烟道歉，他就看在黄克武的面子上撤回起诉。烟烟毫不犹豫地拒绝了这个要求，她恨恨地告诉我，她一点也不后悔这么干，只恨没用力再重一点把戴鹤轩的鼻子打断。

"对了，我爷爷去哪里了？怎么只有你来了？"烟烟问道。

监牢里没有报纸可看，估计烟烟还不知道五脉发生的大事，只当我是专程来解救她的。她如今身在囚笼，就算得知实情，也只能白白着急。于是我犹豫了一下，含含糊糊地说黄克武另外有事,学会先把我派过来了。

"再说了,你出了事,我不来谁来?"我柔声说,伸手过去握住她的拳头。烟烟眼圈略微泛红,我安慰她说:"别着急,我一定会尽快把你弄出来,无论付出多大代价。"烟烟把拳头舒展开,和我的手握在一起,说:"我相信你的能耐。"我暗自苦笑,她可不知道我现在背着一个多大的包袱。

很快会客时间结束了,烟烟依依不舍地被女警带了下去。我又给了姚天几张票子,让他尽量照顾着点,姚天畏缩地看了药不然一眼,满口答应下来。

从看守所一出来,药不然在我身后忽然发出一声冷笑。我回头问他怎么了,药不然伸了个懒腰:"烟烟到底是黄字门的,对瓷器不太了解啊,让人白白占了便宜。"

药不然是五脉里的玄字门出身,精通瓷器。他这么说,必定事出有因。我忙问他到底怎么回事,药不然告诉我,现存汝窑不过六七十件,分散于北京故宫、大英博物馆以及其他一些博物馆里,件件有来历可查,可目录里从来没提过南京戴氏有这么一件汝官窑藏品。

真正意义上的汝瓷,一般出自汝州宝丰清凉寺官窑,特供宫里,运转时间不过十几年光景。而且这个窑烧制器物不计成本,尽善尽美,凡不合格全部砸碎,所以产量极其有限。玩瓷器的都知道,行当里素有"十汝九赝"之说,每年都有好多民间收藏家站出来,说我们家里藏着多少件多少件汝瓷,其实从来没见着过真的。药不然说这件汝官窑三足香炉,虽然没看见实物,但是赝品的可能性极大。

这就好像你说手里有传国玉玺,有这个可能性吗?有!但概率实在太低了,低到不必予以置信。

"这个戴鹤轩也太寒酸了,弄个假汝瓷供在家里当个宝贝,暴发户的文化底蕴就是不行。"药不然刻薄地评论道。

"可就算这香炉是件赝品,也没法帮烟烟脱罪。她是砸了人家东西,不是买了人家假货。要不然,也用不着我专程来南京了。"我摇摇头。

药不然叹了口气,停下脚步:"哥们儿,我知道你对我心怀怨恨。不过现在咱哥俩儿是一根线上的蚂蚱,你有什么事,不该瞒着我才对。"

"我瞒着你什么了?"

"我一直就在纳闷,现在那两幅《清明上河图》对质的时间迫在眉睫,正是五脉生死存亡之际。刘一鸣把你派到南京来,肯定不会只是为了黄烟烟。你找戴鹤轩,肯定还有别的事,而且那件才是正事、大事,我说得对吧?"

这个浑蛋眼光倒真是犀利,一眼就看穿了我的动机。戴鹤轩手握《清明上河图》的秘密,这是我必须要拿到手的,可烟烟也是一定要救出来的。我从走出看守所的那一刻,脑子就在不停地转动,想找一个两全其美的办法。

"这个戴鹤轩,到底是不是和《清明上河图》有关?"药不然紧盯着我,似乎要挖出我心中的秘密来。我被他盯得很难受,立刻冷笑着顶了回去:"你以为我会像从前那样,对你知无不言吗?我还想留点底牌,免得被你害了。"

气氛一下子变得有些凝重。我们两个对视片刻,药不然嘴角动了动:"我们之间已经没有任何信任了是不是?"

"是。"我毫不犹豫地回答。

药不然无奈地举起双手:"哎呀哎呀,你的警惕性可很高。好吧,好吧,这事我先不追问。不过无论你是什么目的,总之咱们该先去跟戴鹤轩见上一面才对吧?"

这个提议我倒是没有意见,总归要先见见这个人,摸摸他的路数,再来决定接下来的计划。

药不然动用了老朝奉的地下关系,很轻易就打听出了戴鹤轩的住所。他的住所分为两处,一处是一栋在玄武湖旁的小楼,楼下是戴氏黄帝气功班本部,楼上是住所。这个地址是公开的,每天外头都挤满了人,不是来报名学气功的,就是慕名来治病的。他还有一处私人住所,在南京郊区,靠着长江边。黄烟烟之前去的,就是这个私人别墅。

药不然路子野,不知从哪里弄到一辆吉普车。我们一路开到了别墅门口。别墅濒临长江,四外视野极好。这原本是一处高干疗养院,后来改制,就被戴鹤轩给盘下来了。别墅还是七八十年代的苏式建筑,但重新装修过,搞得金碧辉煌,跟皇宫似的。

门口站着几个穿白色功夫衫的人来回巡视。他们不是保安或警卫,而是戴鹤轩的弟子,自愿过来给恩师护法的。我们到了门口,自称是北京鉴古研究学会的人,是为了黄烟烟的事情而来。一听这名字,那些弟子纷纷露出鄙夷愤恨的目光,态度十分怠慢。我跟他们交涉了半天,他们才勉强跟里头通报了一声。过不多时,出来一个看起来品级很高的弟子,把我们领进了别墅。

这座别墅的大客厅装潢很有特色,一水儿的清代黄梨木家具,正壁供着一尊黄帝的铜像、一尊香炉,背景是幅太极图。在大厅左右都挂满了照片,全是戴鹤轩与各级领导握手的场景。门口靠窗摆着一个透明方形大鱼缸，里头养着几十条热带鱼。鱼缸伸出水面一截树枝，上头趴着一条斑绿蜥蜴。养鱼是为了聚财，这是风水上的讲究，可养蜥蜴到底是为了什么，我就实在猜不出来了。

"一看这气功就是扯淡，太极图宋代才出现，跟黄帝有个屁关系。"药不然小声说。我不置可否，这大厅的风格斑驳，看似古典实则是锅大杂烩，这正是江湖骗子最喜欢的手段，把神秘学元素嫁接混合，用来糊弄普通老百姓。

我们各自刚拣了把木椅坐定，就忽然听到头顶一阵爽朗的笑声，然后看到两个人从楼上一步步下来。一个是典型的领导干部，大腹便便，旁边陪同的是个深眼高鼻的中年人，身穿青绸唐装，留着一头披肩长发，颇有仙风道骨之感，唯一可惜的是头顶却是一片地中海——想必他就是戴鹤轩。

"王局长，记得这周按照我教您的口诀练习，去除一下身体里的毒素。下周我请您和莫老吃饭，有一件新得的宝物一起鉴赏一下。"戴鹤轩笑眯眯地说道。

"戴老师的收藏，肯定不一般，我肯定要开开眼界。"王局长两眼放光，满口答应下来。

两个人且说且行，看起来关系十分亲密。戴鹤轩走到半路，朝我们这边看了一眼，却没做任何表示。等到王局长出了门，他才折回身来，背着手打量了我们一番，似笑非笑。我这才注意到，他的鼻梁上有新伤，想必是烟烟留下的杰作。

这个人光看眉眼不算英俊，但五官特正，很像是电影里打入敌人内部的地下党员，一看很容易心生好感，难怪能蛊惑这么多人相信他的什么气功。

我刚要开口说话，戴鹤轩抬起手来："我今日早上心血来潮，起过一卦，主有客远来。两位既然是客，不敢不敬香茗。"他话音刚落，就有穿着旗袍的女弟子端来两杯茶和一杯白水。

我和药不然捧了茶杯在手，都没动。戴鹤轩拿起白水，从怀里掏出一个药瓶，解释道："老毛病啦，得按时吃药。"他也不拧开盖子，就把瓶子直接对着茶杯口磕了磕。磕了几下，突然"噗"的一声，一粒药片不知怎么倒出来的，直落入水中，很快熔化。

我和药不然面色如常，丝毫没被他这一手"特异功能"给吓到。这种做派在江湖上叫作孔雀开屏，意思是善于装腔作势，专门用来糊弄老百姓的。这种不开盖就能倒出药片的技巧，如果是魔术师来表演，大家全都哈哈一笑；可一旦冠以气功大师的名头，却搞得神乎其神，真跟修成了正果似的。

我们俩目光里带着几丝讥诮，戴鹤轩大概也看出来了，没再继续表演，放下水杯袍袖一甩："你们是来替黄烟烟求情的？"

"是的，我们希望您能撤回起诉。"我先投石问路。

戴鹤轩弹了一下衣角，微微抬起下巴："你们可曾了解过黄帝内功？"我一下子没跟上他跳跃的思维，愣了一下才答道："只是听说过。"戴鹤轩双手一抱，虚空作了一揖，特别严肃地说道："黄帝内功，是我潜心几十年研究黄帝内经创制出的一门气功，可以延年益寿、祛病消灾，开发奇经八脉，点通天眼，开发出人体潜藏的特异功能。"

我敷衍地"嗯"了一声，戴鹤轩却继续喋喋不休道："这一门功法，其实练的不是身体，是心境，最讲究心态平和。怨不积，恨不累，海阔天空，才能海纳百川。我修炼了几十年，于俗世恩怨早就看淡了——这件事，只要黄小姐给我当众道个歉，我就不追究。至于赔偿，我想区区一件汝瓷，五脉也赔得起。"

我和药不然对视一眼。看来这位气功大师真是会睁着眼说瞎话，前面还装云淡风轻，突然就变成一副无赖嘴脸，偏偏还说得大度无比。

让烟烟开口道歉，那是绝对行不通的。且不说她的牛脾气，明明是这厮起了色心，凭什么还得反过来跟他道歉？换了我也不能接受。我权衡再三，开口道："烟烟脾气不好，遇事容易起急。戴老师你们两个可能都误会对方了。她还年轻，就请您高抬贵手吧。"

我已经尽量说得委婉了，戴鹤轩却怫然不悦："你们把我戴鹤轩当什么人了？好色的登徒子？我告诉你们，我这内功可以沟通宇宙，就算是亲传弟子，都不轻易让渡。我念在黄小姐是故人之后，根骨也不错，好意帮她洗髓伐毛，引她领悟大道。可她非但不领情，还大打出手，要是连个道歉都没有，会扰乱我的心境，日后修行会有心魔。她这不是害我的性命吗？"

戴鹤轩说着这些荒诞话的同时，表情偏生格外肃穆，真跟受了多大委屈似的，不知道是演技还是他自己就这么觉得。难怪黄克武毫不客气地评价他是个变态，这就是一看武侠小说走火入魔的疯子。

我耐着性子又说道："您和刘老、黄老是旧识，又曾是同事。希望您念在二老的面子上，就此歇过吧。"戴鹤轩却不屑地撇了撇嘴，摸着自己的鼻梁骨道："别跟我谈什么面子。我被这个小姑娘砸了鼻子，坏了面相，已经没什么面子了！你们还有点别的解决方案没有？没有就别浪费我的时间了。"

这个结果，倒是没出乎我的意料。如果戴鹤轩是那么讲道理的人，也就不会干出这种烂事了。我从怀里掏出大齐通宝，轻轻搁到桌面上："那么这样东西，不知能否弥补戴老师您的损失？"

"缺角大齐通宝？"

戴鹤轩本来是懒散地斜靠在椅子上，一看这钱，他眼睛陡然一亮，俯身就要拈起来细看，我却伸开手掌，把它扣在桌面上。他不动声色地把手臂收了回去，继续装成一副满不在乎的模样。

"不愧是五脉，底蕴就是丰厚。这东西古泉界找了几十年，想不到一直藏在黄老爷子手里。"他说话时把表情掩饰得很好，可我还是捕捉到了他双眼中的一丝贪婪，看来他对这枚铜钱极有兴趣，这是个好消息。

"汝瓷传世尚有七十余件，而大齐通宝世传只有两枚，物以稀为贵，是否足够抵偿这次的风波了？"我暗暗点了一句他的汝瓷不过是赝品，我这枚钱可是货真价实。

戴鹤轩低头抚摸自己的长指甲，陷入沉思。过了一阵，他抬起头来，露出诡异的微笑："黄老爷子之前没跟你提过？我籍贯是杭州，戴熙正是我家先祖。这钱本来就是我家所藏，不知怎么流落到黄老手里了。所以这不该叫抵偿，而是叫物归原主才对。"

戴鹤轩居然是戴熙的后人，这倒是大出我的意料。可他这个说法，却实在有点强词夺理。按照古董界的规矩，没人能对一件古董拥有无限所有权，哪怕是传家之宝，只要中道失传，那么这东西与这家便再无关系。大齐通宝在清末被戴熙收藏，可戴熙死后它就失踪了，这东西再度现世，戴鹤轩是没权利去主张归属的。

不过抵偿也罢，归还也罢，只要能用这枚铜钱换回烟烟的自由，什么名目并不重要。戴鹤轩跟黄烟烟没么大的仇，是拿一枚稀世珍宝，还是出一口无关紧要的恶气，这个选择题对他来说，并不难做。

"怎么样？"我追问他。戴鹤轩歪了下脑袋，语气感慨："自从戴熙自尽、大齐通宝失落以后，戴家家道中落。当初我在北京还曾拜托黄老，请他留意市面上的动静，好寻回此宝完成祖先夙愿。黄老一直说找不到，原来他早就暗中完成了我的心愿，这是想给我个惊喜呀。"

这就隐隐有点指责的味道了，难道他既想要这钱，又不想搭人情？我双手抚在膝盖上，有些紧张。我现在手里唯一的筹码，就是这枚铜钱，可不要节外生枝。戴鹤轩感慨完了，双手在胸前一运气，慢慢压下丹田，然后长长吐出一口气来："唉，算了。我们修道之人，不该计较这些俗世的细枝末节。黄老肯把这钱送还给我，那就是天大的情分，我自然也不会为难他的亲生孙女……"我正要接口，他眉头一挑，又补充道："……只要这东西真是我戴家遗物。"

"您这是什么意思？"我一愣。

"亏你还是五脉中人，这都不懂。你们随便拿件东西过来，我就得信？总得验真假吧？"

这个要求在情理之中。我把铜钱拈在手里，递给他。戴鹤轩似乎不情愿和我有肢体接触，皱着眉头把钱拿过去，随后拿手帕擦了擦手掌。戴鹤轩打了个响指，很快就有弟子送来一把玳瑁纹的放大镜。他拿起放大镜端详了一阵，突然发出一声冷笑，把铜钱扔了回来。

"黄老爷子是不是欺负我太久没在古董界混，故意拿这么一枚赝品来考验我啊？"

"这怎么可能？"我一下子站了起来。这是用来换烟烟的筹码，怎么可能拿一枚假货？戴鹤轩把放大镜递给我："你自己看看那个'通'字吧。"在放大镜下，我能清楚地看到大齐通宝的细节。这一枚钱宽缘，平背，正面四字钱文清晰可见，边缘齐整。可是位于方孔右侧的"通"字，它的走之边朝钱币外廓方向偏斜出一道细浅的凸起，好似是写字时笔画多写了一道似的。

戴鹤轩只要不提气功话题，整个人就显得特别精明："大齐通宝是李昪开国用的钱，以精致严整而著称，居然出现这样的纰漏，岂不荒谬！而且钱币不是书法，它是用模子铸成，千币一面，怎么会有其中一枚无缘无故多出一笔？"

戴鹤轩连珠炮似的追问，我低头不语。黄克武不可能骗我，但戴鹤轩说的这些，却都是实打实的证据。我一时无从反驳，药不然在一旁着急地几次想张嘴说话，却又不知道该说什么才好。

"你这钱哪，还没我手里这放大镜值钱呢。"戴鹤轩把放大镜拿回去，钱扔还给我，得意扬扬地说道，"我虽然早就离开学术界了，但这点小伎俩还是识得破。我看你们也别忙活了，简单点。她不道歉也成，跟我学三个月气功，我什么时候教腻了，就把她放回来。"他终于露出了流氓嘴脸，我腾地火了，大声喝道："姓戴的，你别欺人太甚！"

戴鹤轩稳稳坐在椅子上，双手一摊："先派个小姑娘来砸我的鼻子，又派两个愣头青来拿假货糊弄人，被揭穿了就恼羞成怒，现在反倒说我欺人太甚？你们五脉可真出息嘛！"

"你可是长辈，请自重！"

"既然知道我是长辈，那就该换你们长辈来谈。"戴鹤轩说到这里，忽然歪了歪头，笑道，"哎，我想起来了，你们五脉如今一脑门子官司，家里的几位长老四处灭火，哪还顾得上管这种小事啊。"

我心中怒火越加旺盛，这个不念旧情的家伙袖手旁观也就罢了，居然还冷讽热嘲。戴鹤轩一点也不介意我的目光，继续喋喋不休："想不到刘一鸣谨慎一世，居然栽到了《清明上河图》身上。啧啧，当初我就说那东西有问题，可惜他不信。现在他让你来找我帮忙，有说过要承认错误的话吗？"

"没说过。"我回答。话一出口，突然觉得袖子被人扯动，我低头一看，药不然一脸无奈地看着我。我暗叫不好，再一抬头，看到戴鹤轩正狡黠地盯着我，唇边浮现出一丝阴谋得逞的诡笑："果然，你来南京找我，不是为了黄小姐，是为了《清明上河图》吧。"

我顿时明白过来，中计了。戴鹤轩这是浑水摸鱼之计，先云遮雾绕扯了一堆内功，再故意拿话挑逗我的怒气，让我心神一乱，然后突然从黄烟烟的话题跳到《清明上河图》，轻而易举就钓出了我的真实意图。

我尴尬而狼狈地站在原地，心中悔恨不已。戴鹤轩突然仔细端详了一下我，眼睛忽然一亮："欸，我刚才都没注意到，你不就是那位打假英雄许愿嘛。"我这才想起来，进门以后，他一直连自我介绍的机会都没给我们。

认出我的身份以后，戴鹤轩的态度有所转变。不过我猜他与其说是热情，倒不如说是好奇。任何人看到一个几乎毁了整个五脉的人此时还替五脉办事，都会充满好奇。

戴鹤轩饶有兴趣地看着我："你如今可是名人哪，以一己之力单挑五脉，大义灭亲，踢破《清明上河图》的真伪，发誓要还古董市场一片晴朗的天空，新闻标题都给你捧到天上去了。闹腾成这样子，刘一鸣居然没把你开革出门，反而把你派来南京，他的胸襟可不小。"他的话，就像是竹篾子一样扫在我脸上，划出一道道的血痕。

戴鹤轩道："你对《清明上河图》的分析我看了，还算言之有物，只是未臻化境，只能说是犀利，尚未完全切中要害……"说到这里，戴鹤轩停口不说了，双眼眯起来。

我心中狂跳，关于《清明上河图》，他果然知道些什么！

我正要发问，戴鹤轩一挥手，自顾自掐指算了算，一拍大腿："我早上起的那一卦，卦象本来是恶客上门，可其中又隐伏着一重变化。我本来看不懂，现在可算是明白了，原来是应在你这里——得啦，你把钱给我吧。"

我不知道他打的什么主意，迟疑地把那枚假钱递给他。戴鹤轩双指一夹，眼睛微眯："拿假钱来糊弄我，我本该把你们赶出去。但既然卦象如此，我也不想把事情做绝。姑且就用这枚假钱，换给你一个机会吧。"

"机会？"

"我给你一个赌斗的机会。你赢了，我如你所愿；你输了，原路返回。"

我不知道他葫芦里到底卖的什么药，但我没有别的选择，只得沉声道："怎么赌？"

戴鹤轩呵呵一笑："别紧张，我不会拿气功来对付你，胜之不武。咱们就用古董界的规矩来赌斗。如何？"

"好！"他的提议，正中我的下怀。

戴鹤轩缓缓起身，朝着二楼台阶做了个手势："请。"我和药不然对视一眼，跟着他朝二楼走去。上了一半台阶，戴鹤轩忽然转过头来，对我笑眯眯地说道："小许呀，我那一卦里，还有个登天梯的征兆，说明你跟我们戴氏黄帝内功很有缘分，不考虑入我门下吗？以你的根骨和悟性，将来一定能有一番成就。"

"不必了，我是无神论者。"我想都没想就回绝了。

"无神论又如何？气功本来就不是鬼神之说，而是沟通宇宙、参悟终极真理的手段。国外好多科学家，也都纷纷来函，和我探讨相对论呢。"

戴鹤轩一进入气功模式，整个人就开始神经起来。我也不招惹他，只是敷衍地应付几句。

我们来到二楼，放眼一看，发现这里没有隔间，而是一片轩敞宽阔的大厅，厅前牌子写着三个大篆："稽古轩"。大厅里摆放着各色古物，从瓷器、木器到青铜器，琳琅满目，都用玻璃罩罩起来，旁边还搁一个黄澄澄的铜牌解说。我估计这里就是戴鹤轩的私人博物馆，里面放的都是他的收藏。屋子四面窗户都挂着厚纱藏青窗帘，所以光线不亮，十分安静，只有低沉的嗡嗡声传来，应该是配套的空调。

我扫视四周，看到其中一个橱窗里是空的，牌子还没撤掉，上面写着汝瓷香炉云云。看来烟烟上次来的时候，就是在这里出的手。药不然冲我做了个鄙视的手势，意思是周围几件瓷器没一件真的。

大厅里最醒目的，是尽头一面特别宽阔的墙壁，高约三米五。贴墙镶嵌着一个大方木陈列架，墙体木质黄中带着一点浅绿，纹路淡雅匀称，隐有金丝浮现。整个木架子隔成大约三十个正方格子，好像一面贴墙竖挂的围棋棋盘。在这个陈列架上，每一个格子里都放着一件古董。古董的种类繁多，有紫铜的香炉、茄皮曲颈花插、檀香木盒、荷叶茶盏、玉佛雕像，有紫砂茶壶，也有描金方尊，还有青花笔海，真假姑且不论，杂得是真够可以，可谓是五花八门。

我收回思绪，直接问他道："怎么赌？"

戴鹤轩用他长长的指甲一指这木架子，微微一笑："百步穿杨。"

"百步穿杨？"

"你们北京怎么说来着？哦，对了，射覆。"

我和药不然眉头都是一颤，没想到戴鹤轩居然挑选了这么一个出奇的方式。

所谓射覆，本来是指中国古代的一种游戏，在瓯、盂等器具下覆盖某一物件，让人猜里面是什么东西。不过在古董圈子里，这个词代表了一种赌斗的手段——赌主在桌子上摆出几件古玩，少则五六件，多则二三十件，谓之"摆阵"。请射覆者远远站开，以一炷香为限，隔空挑出这些古玩中最贵或最古的一件，或者是其中一件真品或唯一的赝品。这个挑选的题目，由赌主来定。

这本来只是个考校眼力的余兴游戏，后来慢慢演变成了一种赌博方式，古董圈子不是武林，没那么多生死决斗，碰到无法调节的矛盾，就用这种方式一决胜负。这种赌斗和斗口不一样，斗口是在近处仔细观察，验的是真假，实打实要靠鉴定水平；而射覆却只允许你站在远处看，不能靠近，更不能触摸，所以直觉、记忆力、眼力和经验都同等重要，难度比斗口更甚。

正因为站得远，看得不清，所以往往胜负的关键因素不是古物，而是心理。比如说吧，赌主摆出两件来，左边一个青花瓷碗，右边一管兔毫毛笔，让射覆的猜猜其中最贵的是哪件。按照常理，自然是前者比较贵，但难保后者不是什么有来历的出处，赌主会不会利用射覆者隔得远无法仔细检验这个劣势，故意挖了个坑等着你？再往深了想，人家是不是唱的空城计，故意来这么一出兵不厌诈？这么一路想下去，没完没了。

这只是两件古玩，瞎猜还有五成的概率。一般射覆都是十来件甚至二十多件一起摆出来，到那个时候，你不把摆阵人的心理琢磨透，就一点胜算都没有。

所以也有人说，斗口斗的是器、是技，射覆射的却是人、是心。

北京从前有过一位八旗子弟，叫作郝人杰，人家都叫他眼钉子。他有一个绝技，走过古董铺子，只要扫一眼，就能说出其中真品赝品，各自作价几何，比老师傅看得都准。卖古玩的一见他来，都赶紧用布帘把店铺挡上，所以得了个外号，叫"大街净"。他先后参加过几十回射覆，未尝一败，就连京城里的许多老行家都曾栽在他手里，靠的就是能看透人心的犀利眼力。后来郝人杰有一次玩射覆，他的对手摆阵时偷偷做了个暗格，他本来射准了，结果人家暗中给调了包，郝人杰不知内情，以为自己错了，一口血喷了出来，自信心全垮了，从此一蹶不振，那眼力就再也不灵了。

我收回思绪，望向戴鹤轩这个陈列架。上头摆着三十件古玩，射覆里算是多的了。好在这阵中种类繁多，古玩几乎没有重样的，差异大，相对好猜一些。如果三十件古玩一水儿全是景德镇的瓷器，那我就直接认输了。

戴鹤轩拿出一炷香，插在香炉里，兴致勃勃地说："我浸淫气功十几年，已经好久没跟古董界的朋友们切磋了，今天就回归传统，用香不用表。"然后他在地上用手势画了一条线，"你就站这儿吧。我也不出偏门题，这个陈列架里，请你射出其中最贵的一件，一炷香的时间，挑对了就算你赢——久闻你破过佛头奇案，这次看看是不是言过其实。"

我站到线上，嘴唇紧抿。药不然站到我背后，悄声问道："哥们儿，这可不容易，你行不行？"我心里没底，但面上却绷着，说："不用你操心，我没问题。"药不然耸耸肩，往后退了几步。

戴鹤轩把香点着，一缕幽烟袅袅而起，整个展厅立刻变得静谧幽远起来。我瞪大了眼睛，朝那边看去。我的视力不错，戴鹤轩那条线画得也不算很远，我基本上能看清那三十个物件的样式、纹饰，质地和上面的个别题字也勉强能看到，再细就看不出来了。

一炷香的时间大约是十五分钟，也就是说我每三十秒要看清一样东西，心理压力是相当大的。射覆者射心，果然是名不虚传。我连忙努力让自己静下心来，一件件看过去。

第一个映入眼帘的，是位于木架右上角的一尊青花山水人物纹笔海。这东西的光泽含而不露，白釉上泛起一点点青色，上头绘着山水，柳树已现枯枝，一旁松柏却依然枝繁叶茂，这画的应该是深秋景致。这东西看起来应该是清中期的，不是雍正朝就是乾隆朝。我飞快地给它估了一个价，然后去看第二件。

第二件是一个微胖的扁铁盒子，有一个托架让它竖起来。盒子应该是铁皮的，四角包着银边，盖子上还有勾勒均匀的几何图案。这是个银边烟盒，里头的高度恰好能摆好一排香烟。这玩意儿若不是民国货，我把药不然脑袋拧下来，根本值不了多少钱，直接画掉。

我轻轻地笑了一下。古玩种类多的好处就在这里，彼此之间差异很大，有些东西可以直接排除掉，省掉不少心。

我飞快地移向第三件，这是个犀角雕的杯子，造型古朴，杯子外壁雕的是一幅山居图，卷藤纹、植株和山中奇石雕得十分精细，刻痕深峻，边角圆润，刀功精湛无比。我隔着这么远，都能感觉到一种厚重的气势涌过来。这东西我猜大概是明代晚期的，这种叠层的雕刻技术是典型的明风，而且要到明代晚期海禁开放，犀牛角这种材料才会大量流入中国。我扫了一眼雕纹的包浆，小童、树藤、山石、大树的表皮都覆着黑褐色包浆，含蓄而幽邃，我相信自己的眼力肯定没错。

不知为何，我一看到那大树，脑子里忽然跃进一个念头。

百步穿杨？

这四个字一下子让我的思绪跑偏了。

百步穿杨，这个名字怎么听着这么熟，最近我一定在什么地方听说过。我摇摇头，想把这些无关的念头赶出脑海，可它偏偏飞速地运转起来。我一下子想起来了，钟爱华在给我讲述豫顺楼大战时，曾经提过这个名号。当时在斗珍会上，七家商号为了钳制黄克武，各出高手赌斗，其中有一项，就叫作百步穿杨。

射覆是个雅词儿，只在京城流行，到了河南改成了更加直观的"百步穿杨"。但戴鹤轩明明是杭州人，又待在南京，怎么用的是河南的术语呢？难道他和豫顺楼之战也有什么渊源？这人年纪轻轻就进了《清明上河图》的鉴定组，跟他的身世背景有没有关系？

这些乱七八糟的思想碎片飞快地划过脑海，吸走了我大量宝贵的时间。等到我回过神来的时候，香已经燃了一半多。

我一时大惊，急忙收回思绪，重新去看陈列架上的古玩。可是那些疑问好似杂草一般，无论如何也清除不了，根本无法集中精力。但这个时候怎么能不集中精力？如果输了，不光烟烟救不出来，只怕《清明上河图》的事也没了着落。我越想越急，越急就越定不下来心，脊背一阵发凉。

香很快就燃尽了，戴鹤鸣把手臂用力一挥："你选好没有？"我这时候才看了不到一半，哪里选得出来，只得草草扫过一眼，勉为其难地指着那犀角雕杯道："我选它。"

"你确定？"

"嗯……"我犹豫再三，还是坚定了自己的信心，把指头点了过去。

戴鹤轩把手一摊："可惜，你输了。"

"为什么？"

戴鹤轩嘿嘿一笑，伸手从架子上把那个犀角杯取下来递给我。我用手那么一掂量，心里就凉了半截。再看那杯上的纹路，彻底凉透了。

犀牛角有一个特点，它的纵向纹路永远都是平行而展，中间绝不交错，收藏家都称之为竹丝纹，而其他的黄牛角、水牛角的纹路是交错的，如同网状。这本该是常识，我一时起急，光顾着看雕饰，却忽略了这么一个本该放在最开始的判断。

犀角牛角，虽然只一字之差，价格却是千差万别。哪怕这杯子真的是明代产物，犀角杯和牛角杯价位也差得远了去了。如果我当时能再沉得住气一点，看到这个纹路，就不会犯这个低级的错误。

我眼冒金星，懊悔得几乎想一头撞到玻璃橱窗上。我为什么这么急！为什么中途走神！最后一个宝贵机会，就这么稀里糊涂地在我手里滑走了。戴鹤轩见我垂头丧气，过来拍了拍我的肩膀："年轻人，你也别难过，这不是你运气不好。其实从一开始，你就没有丝毫胜算——想知道为什么吗？"

他的话刚一出口，我身旁的药不然突然脸色大变，抓住我的胳膊急道："许愿，咱们走！"我站在原地没动，沉声道："这到底怎么回事？"戴鹤轩得意扬扬，把手里的那枚古钱抛了抛："黄克武这个人，脾气是暴躁了点，但眼光和人品不会有错，他怎么会拿赝品来蒙事呢？我告诉你吧，这枚是货真价实的缺角大齐通宝，可惜偏偏你却不信。"

我的身子晃了晃，喉咙嘶哑起来："那一道凸痕，不是伪造不精的破绽吗？"

"我若不说是假的，你怎么会那么轻易让我拿到手？"戴鹤轩笑道，"我免费给你上一课吧。这枚钱不是普通的大齐通宝，而是铁范铜试铸钱。而那条凸痕也不是假痕，那叫流铜。你知道的，铸钱是个大工程，一次就是十几万枚，所以在大规模铸造之前，必须得先试铸几枚示范用的铜钱，以检验模具是否严丝合缝。这一枚钱，显然是模具还不够精细，以致在浇范的时候，铜液顺空隙流出一截，留下这么一道钱疤。"

难怪这枚"大齐通宝"如此贵重,这就和错版人民币似的,印错了的东西比正品还值钱。

"练功之人,最讲究心胸坦荡,别无杂念。我就算让你输,也会让你输得有意义,就当是免费传功。怎么样?学到点东西没有?"戴鹤轩把铜钱搁进口袋里,还装出一副语重心长的模样。

看着他捡了便宜还卖乖的得意面孔,我几乎要吐出血来。他用这么个小手段就把我骗了。一枚能换回天大人情的古宝,却被我当成假币,只换回了一次赌斗的机会——而且已经被我浪费了。

完了完了,烟烟救不出来了;《清明上河图》的底牌也找不到了,五脉要完了。一想到这里,我的心脏就剧烈地抽搐起来,脸色急遽变化,整个人几乎站立不住。

就在这时,药不然扶住我的手臂,另外一只手贴在我后心,让我不至于摔倒:"你的心境已乱,今天就到这里吧。"

"可是这一走,我们可就再无机会了!"我拒绝。

药不然沉声喝道:"你现在这副德行,能做成什么事?"

我闭上眼睛,不得不承认他说得有理。我现在心乱如麻,胸口闷得简直要窒息。射覆失败还罢了,居然还亲手把大齐通宝当成赝品拱手让人,这对我的打击尤其之大。现在我就像是清末那位射覆名家郝人杰一样,信心濒临崩溃,再勉强斗下去,百战百败。

"接下来交给我吧。"药不然拍拍我肩膀,转头对戴鹤轩道,"戴先生,射覆算我们输了。"他还是那一副嬉皮笑脸的神情,戴鹤轩一时摸不清他的路数,眉头微皱:"你是五脉哪位?"

"玄字门,药来的孙子药不然。"药不然漫不经心地往那儿一站,散射出一种危险的气息。他自从进了戴鹤轩的别墅,始终保持着低调,一直到现在才主动站出来。一听这名字,戴鹤轩脸色顿时微微抽搐。佛头那件事他显然知道些内情,对这个危险分子也略有耳闻。他双手放下,摆了个防备的姿态,警惕地问道:"你们两个,怎么会凑到一起?"

药不然望了我一眼:"我们可没凑到一起,不过这跟您没关系——总之,今天我们认栽,下回再向您讨教。"

戴鹤轩转了转眼珠,似乎是心有未甘,但他看药不然的架势,似乎不答应就要动手。他吃得住我，却吃不住药不然的脾性——那可是一个连自己亲爷爷都敢出卖的狠角色，戴鹤轩一时也不敢太过强逼，便大袖一挥，故作大度道："好，亢龙有悔，事不宜极，我随时恭候就是。"

两人不怀好意地对峙了一阵，都看不穿对方破绽，便一起客客气气地走下一楼。我思绪混乱之至，走起路来跌跌撞撞。戴鹤轩好心地说要不用气功帮我推拿一下，被药不然客气而坚决地拒绝了，一路把我拽出了别墅。

我们两个上了车，开出去十来里路，来到一处江堤旁边。此时已经天黑了，周围开阔寂静，一个人都没有。药不然看了看后视镜，把车子灭了火，然后把头转向坐在副驾的我。

"好点没？"

我有气无力地摇摇头，觉得头疼得厉害，而且胃部有轻微痉挛，有点想吐。药不然递给我一瓶矿泉水，埋怨道："哥们儿啊，我说你也太糊涂了。那个姓戴的为什么骗了你以后，还当面把真相说出来？他是在故意羞辱你，打击你的自信心啊！要不是我拦着，那你可就彻底废了。"

"我没事。"我兀自嘴硬。

药不然怒道："没事个屁！你看看自己这副德行，失魂落魄，心慌意乱，就差没投长江了。"

"我的事，不用你管。"

药不然一把将矿泉水瓶抢过去，照头泼了我一脸："我不管？我要是不管你早完蛋了！你看看你今天的表现，得有多他妈心浮气躁。犀角杯那纹路多明显，一条狗都能看出来；还有那枚大齐通宝，就算你不懂泉货，难道还不信任黄克武？这么简单的两件事，你办砸了不说，还跟我这儿破罐子破摔，自暴自弃，你丫脑子到底在想些什么？还有点判断力没有？"

面对他的突然爆发，我沉默不语。药不然没打算放过我，继续骂道："你现在整个人，就跟个汽水瓶子似的，里头装的什么口味，全都让人看得通通透透，一晃还一肚子气儿。别说戴鹤轩，就是潘家园里随便哪个小贩，现在都能把你耍得团团转！原来那个破了佛头案的许愿跑哪儿去了？"

不知为何，我一下子想起刘一鸣当初给我的八字批语："急而忘惕，怒而失察。"药不然没那么文雅，说的意思却差不多。无论是长辈还是死敌，居然不约而同地点出了相同的问题。我叹了口气,无言以对。

药不然见我脸色灰白,口气缓了缓:"我能理解你的心思。你一心想找老朝奉报仇,把五脉给扯进危局之中,结果心怀愧疚,无法解脱,只要一想心里就难受,就没法沉下心来,跟揣着个仙人球似的坐立不安,我说得没错吧?"

我微微地点了点头。我的理性告诉我不要深陷在过去的错误里,对老朝奉的痛恨,对许家的焦虑,对五脉的歉疚,三股不同而又彼此关联的情绪,绞成了一根绳子缠在我的心口,我越是挣扎,它们绞得越紧,无论如何都解不开。我跟刘一鸣在病房进行谈话以后,接受了拯救五脉的使命,利用任务的压力把这股复杂情绪强行压制在心底。可是,当我败给戴鹤轩,意识到自己的使命濒临失败以后,这股情绪一下子反弹回来,让我一下子被抛入自责和痛苦的泥沼,无法抬足而出。

先是被钟爱华设局,坑害了五脉;再被戴鹤轩所骗,失落了唯一扳回局面的机会。我这样无能的家伙,该怎么样才能赎罪?我挥拳朝着车窗砸去,拳头砸在车玻璃上,生疼无比。

药不然盯着我,把矿泉水瓶子放下:"你小子,脾气太轴,喜欢钻牛角尖,一旦进套,自己就无论如何也走不出来了。你知道吗?老朝奉让我过来帮你,就是算准了你自己想不开,得有人帮忙开解——他可真是了解你。"

"别跟我提这个名字。"我猛然瞪向药不然,目光凌厉。

"好,好,不提他。"药不然缩缩脖子,重新发动了汽车。我无力地靠在座椅上问道:"你这是要去哪儿?"

"你现在心境已经乱了,不能任由你自暴自弃下去,幸亏老……呃,幸亏我们早有准备,可以把你变回原来的许愿。"

"又是老朝奉!停车,我要下车!"

我带着怒意要去拉车门,却不防药不然突然重重地捶了我一拳。这拳打得够狠,打得我肩窝钻心地疼。他"哼"了一声,把手重新放到方向盘上:"本来想扇你耳光的,可那么做太娘们儿了,你丫能不能成熟点!凡事分个轻重缓急好吗!"

他见我疼得龇牙咧嘴不说话,这才恨铁不成钢地说:"这次咱们的对手,可跟从前不一样。那些海外拍卖行的实力通天,他们既然布出这么大的一个局,那么绝不会只有这点后招。说不定现在咱们的行踪,就已经在人家的监视之下。被戴鹤轩骗,最多是损失一枚铜钱;如果你还是这副鬼样子,被钟爱华和百瑞莲再骗一次的话,那就真的是万劫不复了。到时候别说五脉，就连我和老朝奉都会被你牵连——咱们现在是一根绳子上的蚂蚱，明白了？"

我勉为其难地点了点头。

"我知道你不服，但我把话在这儿说明白喽，你乐意也罢，不乐意也罢，不想五脉完蛋的话，就老老实实跟我走，时间已经不多了。"说到这里，药不然把车一下子停到路面，拉开车门，"还有一个选择，就是你现在就给我滚下车，抱着你的私怨坐视整个古董界洪水滔天，自生自灭。"

我没有动，但也没有回答。药不然重新握住方向盘，眼神越过我的肩膀，投向浩瀚的江面。他嘴角动了动，说了一句奇怪的话："你至少还有的选择。"

"什么？"我转过头来，略带惊讶地看着他。可药不然的表情已经恢复了平常，似乎刚才那句话根本没发生过。我盯着他，想看出一些端倪，可最终还是失败了。

"你到底跟我走还是下车？"他催促道。我默默地把安全带系起来，问道："去哪里？"

"中山陵。"

药不然吐出三个字，车外江风突然大起。

古董局中局2

第五章

寻找鉴定《清明上河图》的关键

我靠在车里，头依靠着车窗，眼睛朝前方呆滞地望去。车前方漆黑如墨，只有两道车灯勉强照亮前方几米之内的公路，能看到一道一道白印不断后移着。我仿佛穿越回了跟着大眼贼吃现席的时候，唉，相比现在，那时候的我是多么幸福啊。

我和药不然离开江边别墅以后，我本以为会先回到市里休息一夜，次日再出发，可药不然一路没停，直接就把车开进了南京市东郊的紫金山。此时已经是夜里十点多钟。路上几乎没有行人和车辆，就我们一辆车在黑夜中急行，形如奔跑于幽冥路上的孤魂。

车厢里一直很安静，自从药不然说了那句奇怪的话以后，我们没有交谈过。他闷着头开车，我则望着窗外绵延高大的山体发呆。

药不然说的中山陵，位于紫金山东峰茅山，于1929年建成，国父孙中山先生即安葬于此。从前有个风水先生是南方人，跟我聊天时提过，从风水上来说，中山陵的地理位置不算太好。它虽然依山如屏，坐北朝南，但是整个陵寝穴高案低，高拨外露，开阔无回，犯了阴宅要"得风藏水"的忌讳。不过风水先生也说了，整个南京最好的龙穴，是在中山陵西侧的玩珠峰下，但那里已经建了明孝陵了——那可是朱元璋的坟墓。总得有个先来后到。

据那位风水先生说，孙中山革命成功后，第一时间就去拜谒明孝陵，以汉臣的身份告慰明太祖。当晚朱元璋托梦给孙中山，说他驱除鞑虏有功，许他分去紫金山一半风水。可孙先生是一位伟人，他不愿去侵夺明孝陵的风水，所以死前留下遗嘱，把自己的墓穴定在了臣位，既能拱卫孝陵，也不会分去龙气。如果是忠臣在半夜进山，就能看到中山陵和明孝陵之间的山谷里有一条白龙往复盘旋，这正是两人相互谦让的龙气。

这些民间传说多是附会的无稽之谈，迷信而已——不过我如今身在紫金山中，确实感觉紫金山和其他山不大一样。深夜进山，多会觉得阴寒入体，不寒而栗，好像四周的黑暗中无不隐藏着恐惧。而我现在非但没觉不适，反而觉得在崇山之间有什么力量在俯瞰着我，那是一种博大而不带侵略性的温和关注，难以捉摸，却又无处不在。

我不知道这算不算一种妄想。不过在这或许不存在的注视下，我的心境确实平复了许多。

难道我也算是忠臣吗？一个可笑的问题突然跳进我的脑海。我侧脸看了一眼药不然，他全神贯注地握着方向盘，反常地紧闭嘴巴，不再喋喋不休。他也算是忠臣吗？他能感受到来自中山陵的奇妙体验吗？

妄想结束，我很快回归到一个最现实的问题。他和老朝奉把我带来中山陵，到底要干什么？药不然说是让我变回从前的许愿，他准备怎么办？难道让我在中山陵守陵不成？

车子大约行进了半小时，忽然离开大路，沿着一条山路又开了约莫十分钟，药不然终于把车停住了。我眯起眼睛，借助车灯朝前望去，这里是一片起伏不定的山麓，背靠一段挺拔的山崖，左右挺起两个岩坡，它们之间是一片很小的平地。在平地中间，立着一间像是五六十年代军营风格的长方形砖房，墙上似乎还有斑驳的标语，只是看不太清楚。从这个角度看过去，砖房四周似乎立着好多黑乎乎的影子，只是看不清是什么。

"走吧。"药不然冲我挥了挥手。

"就是这里？"我疑惑道。

"没错。"药不然没有过多解释。

又朝前走了几步，我突然停下脚步，浑身一阵发凉。月亮从云中出来了，现在我能勉强看清楚，那军营旁边黑乎乎的影子，赫然是一块块墓碑，长短高低都有，错落有致地簇拥在营地四周，阴沉而诡异。

这里莫非是紫金山中的什么墓地？可又有哪个军营会建在墓地当中呢？药不然带我来的，到底是什么鬼地方？不会真的是鬼地方吧？

一连串的疑问涌现出来，正在这时，营房里面的一个房间亮起了灯。灯光昏黄，只勉强照亮窗边很小的一片区域。我还没看清里面是否有人，一条德国黑背忽然从屋子里蹿出来，冲我们大叫起来。吠声嘹亮，一下子惊扰起四周树上的宿鸟，扑啦啦地飞起一片。

药不然吹了声口哨,那狼狗立刻乖乖地闭上嘴,晃着尾巴迎了上来。看来他在这里是常客。这狗引着我俩来到营房前。我这时候才注意到,军营四围的墓碑数量很多,但大部分不是立在坟头,而是立在地面,下方正反面用两块石板斜撑着避免倒下,还有好多石碑是横七竖八平放在地上的,好似一桌刚刚打完的麻将牌。不过这些碑的年头很久,大部分上头都有斑斑青痕和裂隙,至于这是真的还是做旧的,就不知道了。

药不然压低了声音对我说:"等一下我们见的人很单纯,跟你我的圈子都没交集,你不必费心去套什么话,安心在这里待着干活就成。"

"干什么活?"

"他说什么你就干什么。"

这时候营房里背着手走出一人。这人四十多岁,脸上沟壑纵横,左边颧骨上还有一粒特别醒目的黑痣。他的身材矮而敦实,往那儿一站,极稳,就像是一尊石狮子。

"老徐,我把他给你带来了。"药不然笑道,推了我一把。老徐仅仅"嗯"了一声,态度不冷不热。我伸手过去,跟他简单地握了握手。我注意到他的手掌特别大,虎口有老茧,应该是个石匠。老徐打量了我一下,什么都没说,带着狼狗回了屋子。

药不然对我说:"行了,你就踏实地在这里待着吧,我走啦。"我有点发愣:"这么简单就算是交代完了?"药不然道:"老徐可不是哑巴,他就是这么个寡言的人。"

"那什么时候你来接我?五天?十天?"

"老朝奉说了,时候到了你自然就会知道的。"

我眉头一皱:"烟烟还在牢里,刘老爷子在北京也最多能撑一个月。我们的时间,可没那么多。"

"你若不能在这里养好了心境,给你一年时间也没用。"药不然一句话把我顶了回来,然后又宽慰道,"烟烟那边我会想办法,就算捞不出她,也不会让她吃着苦。"

"关键是戴鹤轩。"我忧心忡忡。他是拯救五脉唯一的希望,但赌斗失败以后,我手里已经没有筹码去跟他叫板了。就算我在这里修成了正果,还能有什么用?药不然看穿了我的心思,他捏着下巴冷笑一声:"这个你放心。今天咱们不算全无收获,我在那个神棍家里注意到了一件很有意思的事,很值得做做文章。"

"是什么?"

药不然敛起那副吊儿郎当的模样，双目闪过一丝狠戾的神色："你等着瞧就是，也该轮到我显显手段了。"

我一时间不知该说声谢谢，还是继续保持敌视。好在药不然也没指望我有什么回应，一挥手，转身离去。

车子开走以后，我转身走进了这间山中小屋里。看得出来，这里原本是军队营房，现在被改造了一番，里面只有一张简易的行军床，其他地方都被石碑、青方砖、各种质地的白纸和一些古怪的器具填满。还有一个大书桌，上头堆着一大堆书和稿纸。

我注意到，除了行军床以外，这里看不到一点现代化的气息。纸是宣纸，一卷卷装在竹篓里面；桌上没有钢笔和圆珠笔，只有两管毛笔，还有一块墨和一方砚台，都是文具商店卖的大路货，跟名贵不沾边。在营地的另外一头，居然砌出了一个灶台，上头是一口大黑铁锅，旁边柴火整整齐齐码成一堆。屋顶上吊着一盏煤油灯，散发着微弱的光芒。

"你睡床，明天六点起来。"老徐指着行军床。

我心想既来之，则安之，看看他们耍什么花样，便问老徐："明天做什么？"

"拓碑。"老徐眼皮都没抬一下。我一愣，想不到居然是这种活。

拓碑也叫墨拓。古代没有复印机，也没有照相机，如果想把石碑上的文字原样复制下来，唯一的办法就是用墨拓。这东西原理和雕版印刷很像，就是将白纸湿贴在碑面，与碑文凹凸嵌合，再在上面施墨，然后揭下纸来，碑文就算是原形拓下来了。所以拓片多是黑底白字，跟反白底片似的。

石碑太重，移动不易，因此古玩界流通的，大多指的就是石碑拓本，也叫碑帖。这类东西号称黑老虎，价值很高，但赝品也极多，稍不留意就可能被老虎坑得血本全无。

墨拓没什么神秘的，充其量是一门手艺罢了，我虽然没怎么实际操作过，但基本情况都还算了解——靠这个就能让我恢复心境？我在心里暗中疑惑地嘀咕了一句，觉得有点匪夷所思。

不过老徐这人闷不作声，估计问他也没用。我便很干脆地直接上床睡觉，看看明天他们有什么花样。

第二天早上蒙蒙亮，我正睡得迷迷糊糊，忽然感觉有人在拽我胳膊。我一睁眼，看到老徐家那只狼狗正在扯我的袖子。我起了床，老徐已经在铁锅里熬了一锅粥，还有几袋榨菜，碟子里还放着几片熏黑的腊肉。灶锅熬粥就是比电饭锅强，米粒口感黏稠，香甜无比，我一口气喝了两碗。

吃罢了早饭，老徐冲我做了个手势，把我带到后院。我环顾四周，此时朝日初升，山风清新，耳边可闻虫鸣鸟叫，远处巍峨的中山陵隐约可见，真是一个适合修身养性的好环境。我放眼在后院一扫，好家伙，院里摆满了各种尺寸的石碑，比房前还多。它们或立或躺，足可建起一座碑林。

老徐住在这么一座废弃营房里，居然囤积了这么多石碑，他到底是什么来头？

老徐径直把我带到一块平放的石碑前面。这石碑高约一米五，上面刻了一百多个字。我读了下内容，这块碑的文物价值不大，是清代光绪年间南京当地某乡绅给自己母亲立的，文字也没什么出奇之处，简单地介绍了一下她的生平，然后没了。

在这块碑前，一字排开放着拓纸、墨汁、椎包、棕刷、排笔、毛毡等拓具，排笔略秃，毛毡边缘颇有磨损痕迹，想必这些东西都是老徐平日用惯的。

看来老徐在这里的主要工作，估计就是拓碑。明明现在大家都用相机了，他还坚持用这么古老的法子，加上他屋子里那少得可怜的现代发明，可知这是个颇有古风的隐士。我看了他一眼，忽然觉得这个沉默寡言的家伙挺有意思。

"今天，把它拓好。"老徐一共只说了六个字，就离开了，都没提拓碑要注意些什么。

算了，不说就不说。关于如何拓碑，我在书里看过好多次，经手的碑帖也有那么十来件，没吃过猪肉难道还没见过猪跑吗？我低头观察了一阵，挽起袖子，心想居然会有一天我亲自上阵拓碑。

这时老徐去而复返，端来一碗热气腾腾的米汤。我开始以为他怕我没吃饱，然后看到他把里头的杂米澄清，才反应过来，这玩意儿是用来上纸的。

拓碑有一个重要环节是上纸。为了能让碑和纸更好地粘连在一起，一般是用清水或米汤把纸充分洇湿。如果是讲究的拓匠，还要用沸水泡白及煮出的胶水——老徐这个住所隐在山中，条件比较简陋，米汤连吃带用，最方便不过。

老徐放下碗，什么交代也没有，背着手走开了。我在脑子里把书里看来的流程过了一遍，做了几个扩胸运动，然后蹲了下去，准备开始动手。

拓碑的第一步，是清洗碑面。我拿起一个大毛刷，蘸着清水，先把碑面整个刷了一遍，拂去浮土，再换成小毛刷子，扫掉字隙之间的沙粒杂草。光是这一项准备工作，就忙活了半个多小时。这还算是运气好，有些古碑上头沾满了青苔，还得用火去烧干净。有时候烧上几次，石头脆了，直接就崩裂，到时候想补救都没机会了。

说来也怪，我在清扫的时候，脑子里的杂念确实少了一些。看来当一个人全神贯注之时，确实不容易走神。

打扫完古碑，我从旁边拿起一张纸，老徐已经裁好了大小，恰好比碑面大上两圈。我拿手一捻，认出这是汪六吉的薄棉连纸。汪六吉是从明初传下来的老牌子，前两年还得了轻工部的银奖。他们的宣纸薄厚适中，捻在手里能感觉到很韧。碑拓用纸，必须得有韧劲，从这一点就能看出，这个老徐挺有眼光，确实是行家。

我把这张纸叠成一个长方形，泡在米汤里头，然后取出覆在湿布上头，再叠一张干纸上去。我用手压了压，确保湿度均匀。弄妥以后，我又拿起笔蘸着米汤在纸上刷了一遍，然后闷在碑面上，四边贴合。我用手旁的毛毡细细地吸了一遍水，换了棕刷，把纸与碑之间的气泡都刷掉。这一套工序，说着繁复，做起来却很快。我心想这简直就是小学手工课的难度嘛，正想着，手里棕刷一晃，劲用得大了点，一下子把纸给刷破了。

碑拓这种东西，一处破损，整张就都废了。我懊恼地捶捶脑袋，把纸揭下来，再换一张。这次小心谨慎，总算没出什么问题，让纸彻底平贴。

闷完了纸，接下来就该砸字口了。这是一个极细致的活儿，需要人用打刷和小木槌敲打笔画之间的间隙，让宣纸进入字口，彻底紧贴碑面凹面。这块石碑字数有一百多，字体不算大，要一个一个敲进去，需要很大耐心。我趴在那里砸了二三十个字，就有些不耐烦了。砸到第五十个字，我气喘吁吁地站起身来，累得有点头昏眼花。

"做这样没意义的体力劳动，真的能让我心境平复吗？我怎么觉得自己越来越烦躁呢？"我对着远方的药不然默默地抱怨道。这时一丝疑问游入我的脑海，老朝奉这个老狐狸，不会是想把我绊在这里，他们好去策划什么阴谋诡计吧？

药不然不也说了吗？该到了他显显手段的时候了。这手段到底是对戴鹤轩的，还是对我的？

我想得有点心浮气躁，扔下打刷，想离开后院。这时老徐从营房里走出来，见我要离开，什么也没说，只是把右手搭在我的肩上。这一搭不要紧，简直如泰山压顶，我根本动弹不得，顿时矮了一截。

"做事有始有终。"他说。

看来这老徐还身兼一部分监视我的职责。我悻悻地掉转身子,回到碑前,继续敲打字口。这一敲打,就敲到了中午才全部敲完。我腰酸背疼地站起身来,打算吃饭,结果走进营房一看,老徐走了,留了张字条。字条上一笔漂亮的小楷,说他去市里一趟,让我自己做饭。

我拿着字条,愣了一阵,这老徐不是看着我吗,怎么就这么自顾自走啦?我走到他的书桌前,看到厚厚的一摞稿纸,上面全是抄录的碑文,以及围绕古碑的考据文字。一笔一画,字写得一丝不苟,写错的地方都用白纸贴住,相当用心。看得出来,老徐在这里花了大心思。旁边放的全是各种拓本碑帖,有些是影印件,有些是老徐自己的拓本,在右下角都写了时间地点编号和老徐自己的名字——徐舒川。

我细细数了一下,这样的拓本得有两百多张,时间前后有七八年光景,心中不由得一凛。这些古碑要寻访、要拓、要考据,这都是要花大量时间的,他这些年只怕只扑在这件事上,没干过别的。

一个人隐居山林与世隔绝,一心一意地考抄古碑将近十年,这是一种什么精神?要知道,现在可是20世纪90年代了啊!谁会做这种没有经济效益也没意义的事?

我闭上眼睛,仿佛看到老徐一个人在此地躬身伏案,独守孤灯。在这些古碑拓本的字里行间,感受到一种让人敬畏的精神,它和我昨夜在中山陵冥冥感受到的那种力量很相似,都是一种把自己彻底奉献给某种事业而散发出的强大意志。

我没有偷窥稿子里写的是什么,而是恭敬地退出他的"书房",为自己把他错当成一个保安而羞愧。我相信,拥有这种决心和强大意志的人,别人无法束缚或控制。看来还是药不然说得对,老徐就是一个单纯到了极点的人,他根本不属于任何圈子,完全沉浸在自己的世界里。

我现在稍微能理解药不然把我送来这里的用意了。

我看了一眼营房大门,最终还是没有迈出去。

中午我给自己随便炒了一个鸡蛋,草草吃完,然后回到了后院,站在石碑前。字口已经全部砸好,接下来的工作,就是正式拓墨了。我俯瞰碑面雪白的宣纸,努力把脑子里的杂念赶走,全神贯注在这一百多个汉字上头。

老徐早就把墨扑准备出来了。这是两个蒜头状的棉花包,外面包着两层丝绸,底略平。我用毛笔把墨水抹在瓷碟里，这是松烟墨，墨质很好，而且老徐还在里面加了半碗蛋清，所以闪闪发亮。我用拓包上好墨，互相揉搓，就很均匀了。然后我拿起其中一个，朝纸上扑去。

按照书上的说法，墨扑需要轻轻捶拓，先轻后重，反复刷上三四遍，直到黑亮如乌金，黑白分明，才算成了。可我很快就发现，这墨拓与滑冰一样，说起来简单，实际上难度可不小。我把拓包捏在手里，怎么拿怎么别扭，更别说去扑墨了。

书里还说拓墨要"先轻后重"，这就更让我为难了。什么算轻，什么算重？我拿着拓包一片片抹过去，不是过浅，就是成了一个大墨团。好不容易拓了一行，看上去却是墨道相杂，惨不忍睹。我想去补抹一下，一下又用大了劲，宣纸随之皱起来了，只得先捶平了再弄。我咬着牙好不容易拓完了一遍，低头一看，且不说施墨均匀与否，单看那些字都墨迹粗浅不一，根本不忍卒读。我仔细分析了一下，大概是上午我砸字口的时候不够认真，纸和碑面之间没有完全贴合，雕字的凹凸感无法显现，拓出来自然没法看。

我忙活了整整一个下午，用废了七八张宣纸，累得头晕眼花，一张都没弄出来。我这才知道，这门手艺看似容易，难度却比跳交谊舞都高。

快到傍晚的时候，老徐扛着一袋子大米回来了。他走到后院，我正忙得满头大汗却一无所获，老徐盯着我看了一会儿，俯身亲自演示了几下。人家这手艺，真可谓是举重若轻、行云流水，没见他胳膊怎么动，碑面已经涂上了一层厚薄均匀的黑墨，动作心旷神怡。

老徐搁下墨扑，淡淡地说了八个字："不动手指，只用腕力。"我依言试了一次，效果果然不错。我正要俯身继续去擦，老徐却把我给拦住了。

"天色已晚，明天再说。"老徐说。

我们两个把东西收拾起来，搬回了屋子。饭菜已经煮好，白米饭加炒青菜，还有几块蘑菇。

我们俩蹲在灶台旁，一声不吭地把饭吃完了。我把碗搁下，抹了抹嘴，开口问了一个忍了很久的问题："你在这里多久了？"

"八年。"老徐干巴巴地回答。

"就一直在拓碑？"

"是。"老徐拓碑时大墨泼洒，说起话来却是惜墨如金。

"为什么？"我斗胆问了这个问题。

老徐放下筷子，看了我一眼："因为碑就在那里。"

这个回答很有哲思，但实在是答非所问。他似乎在回避这个问题，我也不好去追问……于是我们两个在沉默中把饭吃完了。我主动提出洗碗，老徐也没谦让，转身进屋点亮煤油灯，开始写东西去了。我收拾完碗筷，觉得有点撑，躺不下来，就在屋子附近的林子里乱转。人这一闲下来，杂七杂八的思绪就重新涌上心头。我不知道烟烟在牢里怎么样了，也不知道刘一鸣和五脉的状况如何，我这么缩在山里拓古碑，到底是修炼，还是逃避？无数的疑问重新浮现在我的心头。

我知道应该心无杂念，可这些不是杂念啊。

我在外头转了几圈，越转越心烦，有几次甚至有冲动干脆离开算了。可一想到钟爱华、戴鹤轩两张奸计得逞的脸，我终于还是忍住了自己幼稚的冲动，返回营房去。

我一进门，恰好看见老徐从书房走出来。他深深地看了我一眼，什么也没说，递给我几片丝绸和棉花："做几个墨扑来。"我接过东西，先是一阵愕然，随即就想通了。棉花沾了墨就再也洗不干净了，所以一个墨扑只能拓一两块碑，属于消耗品，肯定得经常做新的。有我这个免费劳动力，老徐怎么会不用。

这墨扑看着简陋，做起来也没那么容易。丝绸和棉花质地不同，要把它们扎成一个蒜头形状，扑碑的那一面平宽如熨斗，丝绸和棉花之间要分出层次，以便让墨汁渗透均匀。这么一个简单的工具，我扎了半晚上，才算是勉强扎好了六把。一摸脑袋，一脑门子汗。

我拿去给老徐表功，老徐却不置可否，只让我搁到工具箱里，然后早点去睡觉。我一晚上都在跟墨扑较劲，确实是精疲力竭，倒在床上就睡着了，脑子里再也没闪过其他"杂念"。

一夜无话。到了第二天，我早早起来，继续跟这块碑较劲。有了昨天的经验，今天我的表现好多了。老徐在屋子里写东西，偶尔出来指导我一下。师傅领进门，修行在个人，这话说得真是一点错都没有。手艺这东西，门道其实就那么多，老徐教会我几个诀窍，剩下的就是熟练程度了。还是卖油翁那句话——"唯手熟尔"。

我现在有点明白老朝奉为什么安排我来学碑拓。这东西非常讲究全神贯注，眼、手和心三者节奏相合，一点都不能错。稍有一丝分神，整个碑拓就可能前功尽弃。我有好几次都扑到最后一块了，精神稍一松懈，扑哧，全废。在这种高度紧张的状态下，我整个人双手拿着墨扑，一直盯着碑与纸，根本无暇多想。

傍晚太阳落山之前，我终于成功把第一块碑上的纸揭下来了。这次拓得不算尽善尽美，但大体没有瑕疵，已经算是及格了。我捧着还未怎么干的拓纸，爱不释手，心情像是小学第一次上手工课一样。

没等我高兴完，老徐指给我看另外一块石碑："明天你来拓这一面。"

我一看，眼前一黑。这石碑和上次那块大小差不多，但上面密密麻麻的，少说也有三百个字，而且都是小字。碑文说的是一个前清举人，自然是骈四俪六，朗朗上口，还用了不少冷僻字。从墨拓的角度来看，字冷僻不要紧，讨厌的是笔画太多，敲起字口来实在太麻烦了。

要知道，墨拓时宣纸要保持干湿得宜，如果中途停下来，再重新上水上墨，墨色就会有细微的差异。所以拓碑讲究一气呵成，中间不能停。一百多大字费了我两天工夫，这三百多字，不知得忙到什么时候才算完。

老徐这里没有钟表，我只能靠日出日落来计算时间。这一块石碑，我足足花了三天时间才勉强弄完。一天砸字口，两天扑墨，每天都从早折腾到晚，中间用废了无数纸和墨，眼睛瞪得生疼。老徐从来都不言语，就让我一个人闷在那儿忙活。这三天来我殚精竭虑，跟跑过一遍马拉松似的，倒头就睡。

我咬着牙，终于把碑帖从石碑上一点点揭下来，拿给老徐去看。老徐拿手垫着捋了一遍，略一点头："你可以开始正式学碑拓了。"我一听，眼前一黑，差点跪倒在地。吓得老徐那条狼狗嗷嗷直叫，一边叫一边往后缩。

晚上吃饭的时候，老徐还是如平常一般沉默，我扒拉了两口饭，终于忍不住又问了一句："为什么你要拓碑？"

老徐没吭声。我以为触到了他的痛处，肯定要挨骂。没想到老徐没发火，他闷着头把碗里的最后一粒米饭夹起来放到嘴里，嚼完咽下去，然后对我说："碑者，人手所写，人手所凿，人手所拓。所以碑里有魂，是活的。相机和录像能留其形，难留其神，非拓不足以承其意。"

这是老徐对我说过最长的一句话，也很有哲理。可我觉得，他好像仍旧在回避这个问题。

到了次日，老徐又指给我一块石碑。这块碑不得了，是天子表彰南京一位官员的诏书，这家人特意请人给刻在碑上来炫耀。天子诏书，字字都是金言，自然是一笔也不敢省略，还有被表扬的人的生平与历任官职，整个碑面密密麻麻，光是看完就要眼花缭乱好一阵。我都没勇气去数到底多少字。

好在经过前两块碑的锻炼，我已经熟能生巧，所需要的，也不过是更大的耐心和更细致的心态罢了。

这一次的墨拓前所未有地成功，我从来没这么沉下心来，全神贯注地做一件事情。周围的一切似乎与我没有半点关系。我只盯着眼前的碑，以及碑上的字，它们就是我的一切。

在这个没有钟表的世界里，我拓完了吃，吃完了拓，到后来都不记得过了多少天了。我终于将这块石碑奇迹般地拓完了，乌金发亮，黑白严整，堪称是我完成的最漂亮的一张拓片了。老徐看了，终于吐出两个字："不错。"

我一看机不可失，第三次提出了那个问题："为什么你要在这里拓碑？"

老徐看了我一眼，啥也没说，一转身就走了。我心想前两次问，他都没生气，怎么这次就恼了呢？

老徐走的时候，没告诉我继续拓哪一块碑，我整个人闲下来，突然一下子反而不习惯了。我怕我闲下来又胡思乱想，在院子里转了一圈，决定还是去找老徐问问接下来该拓什么，我刚一进营房，老徐恰好从书房出来，手里还拿着一摞稿纸。

我一愣，这是要干吗？老徐把稿纸递给我："校对。"然后背着手出去了。

得，我从拓匠又改行当编辑了。

这一摞稿子，正是上次我在他书房里没偷看的那堆。我现在得了老徐允许，可以放心地阅读了。不过说实话，这稿子我说做校对真是有愧于心，人家写的一手小楷极为漂亮，纸面整洁，一滴多余的墨迹都没有。拿到封建时代，可以去考状元的——这还用得着我"校对"吗？

我躺到行军床上，选了个舒服姿势，摸着那条大狼狗的脑袋，一页页看下去。这部手稿的名字叫作《南京考碑记》，一看就知道是说南京碑帖的事。我刚一读序言，就大吃一惊。

徐舒川在序言里说，他的父亲徐年当年是孙中山先生麾下的一名卫士。孙先生葬在南京以后，他父亲自告奋勇，成为护陵部队的一员。1949年南京解放，解放军和护陵部队和平换防，徐年随即退伍。凭借抄得一手好碑的技术，徐年被调到南京市文物商店工作，负责碑帖。徐舒川从小就跟随父亲长大，深受影响，对古碑有了极大的感情。

难怪老徐住在这间废弃的营房之中，原来他和中山陵有如此深厚的渊源。

老徐说，南京六朝古都，两千多年历史，可是历代居然没有一部南京碑刻集成，更无人筹办南京碑林，实在可惜。古都古迹，历代战乱毁了不少，"文革"期间又砸了许多，改革开放万象更新，许多地方破土动工，又不知有多少被砸毁。他眼见南京文化就这样一点点流失、遗忘，魂魄无处归依，遂发下誓言，要在有生之年访遍南京碑刻，一一重拓，使前人心血，不致流散一空。

我这时才意识到，老徐并不是让我来校对，拙于表达的他，是在通过这种方式来回答我的问题。

他这个答案，可着实把我惊呆了。现代人，谁还会有这种想法，把自己的一生沉浸到寻访古碑的事业中？偏偏只有他，义无反顾地选择了这么一条清冷狭窄的路。老徐的寡言，他的离群索居，也许正是因为这种执着的孤独吧。这是个真正有古风的隐士。

他也许是傻，但谁又能说他的人生不够如意呢？我怀着这样的念头，翻开书稿的正文。正文的第一部分是各种古碑的碑文原稿，一部分则是考据碑文内容、立碑时间和出土地点以及缘由。稿子不长，可我知道每一段话都经过考验，写起来得花多少心血。这些文字很枯燥，但逻辑缜密，推理细致，还旁征博引了大量资料。我不知道他身居这么一间小屋子里，怎么有这么多资料可以查，外头那些古碑，又得费多大力气才能运来。越读下去，我越是钦佩。

我读了整整一个晚上，到旭日东升才算读完。不是我读得慢，而是我心怀敬畏，不敢浮光掠影草草浏览。我起床以后，揉了揉满是血丝的双眼，把草稿递还给了蹲在灶台旁熬粥的老徐。老徐看也不看，随手把稿子搁在锅边，离灶里的火舌没多远。他不在意，我却吓得赶紧把稿子拿起来，亲自给送回到书桌上去。

"老徐，我有个问题。"我蹲回到他旁边，看着他往灶膛里头送柴火。老徐没吭声，继续拨弄着火。

我问他："我前后问了你三次同样的问题，为什么你三次都给了我不同的答案？"

老徐搁下木条："你拓第一块碑，以力拓碑，我就以力量来回答你；你拓第二块碑，以技驭墨，我就以技法来回答你；你拓到第三块碑，虽然技法粗糙，却能感受到有心意和魂魄在其中，我便用灵魂回答你。"

我没料到他这次一口气说了这么多字,细细一琢磨,真是字字入味,不由得感慨道:"古人说以文证道,以心证道,想不到您把这拓碑也提升成一种境界了啊。"

老徐对我的恭维不为所动,又扔了一根柴进去:"院子周围的古碑你看到了?"我一点头。老徐叹息一声:"这些都是我从南京各处抢救回来的,一共两百零七块,我花了八年,前后拓了六遍。"

我被这个数字吓得愣了愣,这得花去多么大的精力和毅力?我先是钦佩,可细细一想后,忍不住冒出一个念头,老徐之前到底经历过怎样的事情,才会让他选择做这样艰苦卓绝而且无甚必要的事情?如果只是单纯的碑痴,他完全可以居住在城里,寻访起古碑岂不是更加方便?实在没有必要隐居山林。何况碑拓这东西,只要拓过一两遍,就足以保存其原貌,他却反复拓了六遍,这种近乎自虐一样的行为,必然有一个决绝的动机。

"我第四遍问您,您究竟为何在这里拓碑?"我严肃地说。

第一次问,是用力量回答;第二次是用技巧回答;第三次是用灵魂回答;那么第四次问,能回答的,应该就是本心了吧。

我见老徐没有动静,便先开口讲起了自己的故事。从我祖父许一城讲到我父亲许和平,然后讲到我,讲到那个牵扯我们祖孙三代的佛头案。这一口气,就讲到了中午。老徐虽然不言语,但我知道他一定在全神贯注地倾听着,因为锅里的粥都快烧干了,他却还在不住添柴。

我讲完我的故事道:"我第四遍问您,您究竟为何在这里拓碑?"

老徐看我眼神坚定,终于摇摇头,叹了口气,起身从书房取出一页薄薄的稿纸给我。这页稿纸看起来已经存放好多年了,抬头是南京市文物商店专用信笺几个字,边缘有些泛黄。我拿来一看,发现居然是一封检讨书。

检讨书的笔迹和老徐很像,但比他更为老练。上面说,"我"替南京市文物商店在民间收购了一张柳公权的《大唐回元观钟楼铭》的宋代拓本,号称是宋拓精品,旁边还有明代大戏曲家李渔的题跋。但"我"很快发现,李渔的题跋是从另外一幅帖子挖下来补在这里的,于是明拓就成了宋拓,价格虚高了数倍不止。"我"因为工作不注意细节,粗心大意,给南京文物商店造成了巨大损失,要做深刻反省云云。

落款是徐年,老徐的父亲。

书画与拓本之类的东西都是纸质,可以剪切挖补,这也是古董界多年来的常识。

所以这几类东西，最易出赝品。最无良的商人，会把一些真品拆碎剪成几块，分别补到几张假画上去，收益自然翻倍。像是宋拓的善本碑帖，往往有印章而无题跋，就是因为被别人盗挖的缘故。

看来徐年在文物商店工作期间，打了一回眼，不得不做检讨。我注意到检讨书下面还有一行批复："思想不够端正，检讨不够诚恳，对人民财产不够重视。"三个"不够"，在那个时代，这批语算得上是相当严重了。以徐年的出身，恐怕在接下来的政治风波里很难幸存吧。

我没有继续追问。老徐不说，我也猜得出这必然是个凄惨非常的故事，对他打击极大，才做出这自我放逐般的选择。我对他的遭遇感同身受，我许家不也如此吗？这是个时代的悲剧，但也是古董界重演过无数次的赝品悲剧。这样的事，过去有，现在有，未来一定还有，而阻止这些事，岂不正是我们这些人的职责？

想到这里，我一下子惊醒过来，想到了我的使命。我是五脉许家的人，我的使命，就是去伪存真啊。我在这里沉迷了这么久，差点把这些事都忘了。

一想到这里，我先是本能地一惊，连连警告自己不要胡思乱想，免得又走火入魔。可是我惊讶地发现，这次我在思考这些事情时，胸中那口恶气非但没再翻涌上来，反而消失不见了。

这究竟是怎么回事？

我带着疑惑，向老徐问道："我还需要拓几块碑，才能够离开？"

"你这几天睡得着吗？"老徐头也不回地说。

"嗯。"我这几天，每天都累得倒头就睡。

"还想事儿吗？"

"顾不上了。"

"那你走吧。"老徐不再说话。

我愣了愣，随即仰天大笑起来，笑得无比畅快，无比舒心。古代禅师一言可顿悟成佛，老徐这三句大白话，可也威力不小，一下点破了老朝奉的盘中玄机，当真是让我茅塞顿开，拨云见日。

在这之前，我沉迷于自己的过错，无时无刻不在惭愧着、自责着，几乎迷失在泥沼之中，整个人完全魔怔了，所以才会一败涂地。而在中山陵这些天里，繁重的碑拓劳动把我多余的想法驱散一空，我被压榨得没有机会发愁。

以前我看文章，说城里有些年轻人娇生惯养，这不吃那不吃，送到农村待了一个月，什么臭毛病都好了。其实我的情况，和这个是很像的，治愈我的不是什么灵丹妙药，而是忙碌——说白了，就是让我没工夫瞎想。事实上很多事情，你不去上心纠结，它才会显出意义来。不是忘记，不是逃避，而是暂时地退开一步，让头脑恢复清明。只要我想明白这点，心魔自然消除，就不会再困足其中了。

南京不愧是古都，紫金王气不仅能养玉、养壶，还能养人。紫金山中的这几次拓碑，把我的心中阴霾一揭而空，整个人胸口晴空万里，舒心极了。

"现在是什么时候了？"我问，感觉自己完全活了过来。

"十天。"老徐的意思是，我来了已经十天了。

"我要离开。"我提出了要求。

老徐这次没有按我的肩膀，而是站起身来，伸直胳膊指向一个方向："从这边步行出去五里路，有一处岗亭。那里你能借到电话，然后再往前走几里到旅游区，那里会有车，把你送到南京去。"

我心魔已除，再没什么好留恋的，连行李也没有，当即拜别老徐。老徐没有挽留的意思，他回屋把我拓的三块碑帖仔细折好，交给了我。我握着他的手，想对这位隐遁紫金山的当代隐者说几句感谢的话，却说不出口，凡俗之语，都不适合说给老徐听。想了半天我也没想出来什么好词儿，只得羞赧地说道："谢谢你。"

老徐面上无喜无悲，简单地挥一挥手，转身回屋里去了。这十天之于我意义重大，之于他，只能算是隐居生涯中的一丝杂音而已吧。

我迈着大步，按照老徐的指示朝岗亭走去。一个人走在山间公路上，我的身体前所未有地轻松，飘忽若仙，那些阴霾就像是碑帖一样，被一层层地揭去，露出我的本来面目。

"我回来了。"我挥舞着拳头，像个傻孩子一样对着山外喊道。

我很快抵达岗亭，给药不然打过电话，然后搭乘旅游区的车回到市区。一下车，药不然的车已经在旁边等了很久了。

一见面，药不然冲我笑嘻嘻地说道："这十天吃不上肉，你可又瘦了。"

药不然一边开车，一边跟我说了一下这十天来的变化。我埋头拓碑的这几天，五脉的危机愈演愈烈。故宫在沉默许久之后，率先在北京发表公开声明，声称香港所谓《清明上河图》真本纯属无稽之谈。随即百瑞莲拍卖行发表声明，说愿意与故宫藏品一起公开接受权威机构的碳十四检验。

碳十四测年法是检测文物年代的一种科技手段，又叫放射性测年法。碳十四是一种放射性同位素，地球上的动植物只要活着，就会一直通过呼吸吸入碳十四；当生物体死亡后停止呼吸，它们体内的碳十四就会停止增长，并随着时间推移而衰变减少。由于碳十四的衰变速率非常稳定，半衰期恒定为五千七百三十年，所以只要检测出生物遗骸中的碳十四含量，就可以推算出其年代。

"现在连绢画都能用碳十四检测了？"我疑惑道。《清明上河图》是绢画，无所谓生死，不是生物体，怎么能应用这种技术呢？

药不然道："原来是不能，不过现在技术上可以做到了，郑教授一直就在搞这个。你想啊，虽然绢织品不是生物，但绢是由蚕丝织成，而蚕从吐丝结茧到死亡的生命周期非常短。因此蚕丝产生的年份，基本等同于蚕生存的年份，也就等同于制成画绢的年份。"

"现在能精确到多少年？"

"原来这种办法只能检测几万年到十几万年的，现在的话，运气好能精确到五百年内左右。"

"呼，那够了。"

宋徽宗是1100年登基，而王世贞造假《清明上河图》的时间不会早于1526年。前后差着四百年，勉强够着碳十四的应用极限了。事实上，根本不用计算这四百年，只要看这两本《清明上河图》到底哪个年代在前，哪个年代在后，一切疑问自然迎刃而解。

药不然冷笑道："可惜碳十四不是无损检测，必须提取样品，得从画上截下一片，还得是画心部分。百瑞莲这次可真是豁出去了，连他们的《清明上河图》都舍得伤，就看故宫敢不敢接招了。"

我听药不然这么一说，立刻意识到五脉这次麻烦大了。百瑞莲手里头的是赝品，他们舍得剪一片下来，故宫哪可能会接受这种检测方式啊？但碳十四检测又是目前最公正的手段，故宫如果不接受，在舆论眼里就是心虚。

答应与否，都会陷入两难境地。

果然，药不然告诉我，故宫对这个要求一直保持沉默，但舆论已经哗然。境内报纸还好，被刘一鸣用关系压制住，但境外的媒体已经长篇累牍地质疑故宫藏本的真实性了。我捅出的那几段新闻炒得尤其火热,甚至还有记者撰文,声称《清明上河图》的爆料人已经被拘禁,需要国际营救云云。

我摇摇头,百瑞莲这一拳是又稳又狠,真是把五脉给逼到墙角了。

其实我一直有疑问。如果故宫的是真品,坦然拿出去与香港的赝品打擂台就是了,刘老爷子何必宁可顶住巨大压力,来等我找出反制对手的底牌?

难道说故宫藏品是假的?

我想到这儿时一哆嗦,但几天的碑拓不是白干的,我很快就回过神来。刘老爷子已经明确告诉我了,故宫的是真品,那么我就不该怀疑他。信人不疑,我要找的是底牌,其他的事情暂时不考虑。

药不然把着方向盘,侧头笑道:"哟,我还以为你听了这消息,又得来一番痛心疾首呢,看来恢复得不错嘛。"

我冷着脸道:"哼,烟烟怎么样?"

"哦,烟烟还没出来,但我已经把看守所的人打点了一圈,她吃不了苦,放心吧。"

"戴鹤轩呢?我记得你不是说过要显显你的手段?"

药不然一拍方向盘,露出狡诈的笑容:"嘿嘿,算你小子赶得巧,收网就在今晚,你一起来看个热闹吧。"

我没有继续再问,双手交叠搭在车前,目视前方,战意昂然。

吉普车在南京市里驰骋,药不然没带我去江边,反而把我带到了南京大酒店。这是南京市在20世纪90年代初最高级的涉外酒店,没有之一。里面装修得气势非凡,跟录像带里那些香港酒店相比也不遑多让。

可是,药不然把我带到这里来干吗?难道老朝奉最近心情好,打算掏钱让我们住高级宾馆了?

药不然把车停在附近,和我一起走进酒店大堂。他早就开好了房间,楼层还挺高。我们进了房间以后,药不然说:"我去准备准备,你先休息吧,一会儿叫你。"反正是老朝奉的钱,我也不客气,先去痛痛快快洗了个热水澡。

我在淋浴间里仰着头,任凭热水溅在赤裸的身体上,把这几天在中山陵积累的寒气都驱散了,冲走心中的阴霾。"爷爷、爸,我回来了。"我在淋浴间里喃喃自语。

洗好澡出来,我拿浴巾擦着头,忽然看到床上搁着两套白裤子红马甲,跟在大堂给我们开门的服务生穿的一样。衣服旁边还放着一叠宣传材料,铜版纸,印制非常精美。我翻了几页，都是讲各种名贵瓷器的。我不明就里，就问刚进门的药不然。药不然让我把衣服换上，却没告诉我为什么，只说你听我的就是。

我不知道他葫芦里到底卖的什么药，反正现阶段他出卖我也没意义，我就姑且听他的指示，换好了衣服。药不然自己也换上一套，我们俩摇身一变成了酒店服务员。他还弄出两顶红帽子，扣到我俩脑袋上，十分滑稽。

药不然看看时间，差不多五点，便招呼我抱起资料离开房间。我们走到二楼宴会厅的走廊，药不然忽然停下脚步，一抬手，手扶旁边栏杆向前探去，冲我一笑："正主儿来了。"

大堂通往二楼宴会厅有一个螺旋式大理石楼梯，一群人正顺着楼梯朝上头走来。我定睛一看，在最中间偏右的正是一袭唐装的戴鹤轩，他双手捧着一个紫檀木匣子，看起来似乎是很贵重的东西。而被人群簇拥在正中间的，是一位头发花白的慈祥老者，手执拐杖，身着四个兜的中山装。在他们两个外围是一些中年人，每个人的气质神态都像是政府官员，其中就有那天我在戴鹤轩家看到的王局长，他们谨慎地与戴鹤轩、与老人保持一点点距离；在更外围，则是几名秘书模样的人和戴鹤轩的弟子。这个小小的队伍，形成了泾渭分明的三个圈子，慢慢朝着二楼移动。

我看了眼药不然，药不然得意道："那天我一进江边别墅，就听到戴鹤轩跟那个姓王的局长说这一周有酒宴。我估计这次酒宴级别低不了。南京国际大酒店的主厨特别有名，是做淮扬菜的高手，戴鹤轩要请人，八成就是这里了。"

"那老人是谁？"

"不知道，不过身份低不了。你注意到没有？那个站在第三圈穿西装戴茶色墨镜的人，他可是这酒店的副总，他第二圈都挤不进去，你想那老人来头得有多大。"

药不然看他们快上来了，招呼我说快走吧。我们两个快步赶到位于宴会厅右侧的包房区，药不然看来事先做过周密的调查，脚下一点都不迟疑，直奔一间叫作轩月阁的包房而去。这里每一间包房，都配一个上菜用的小房间。药不然一推门进去，里面服务员正忙着切果盘，看到我们一愣。

药不然不客气地说道："首长在这里用餐，为了安全起见，由我们接管包房接待，酒店的人不允许待在这里。"服务员嗫嚅道："我没接到经理的通知啊。"我忽然想起来方震临走前给了我一本公安部八局的证件，也掏出来在他面前一晃，沉着脸道："这是公安部的命令，你们经理没资格知道。"

服务员大概被"公安部"的名头给吓着了，他战战兢兢地放下刀，匆忙离去。药不然看了我一眼："想不到你还藏着这么件好东西，方震给的吧？早知道就不用我费这么大心思了。"

我没心思搭理他："你到底打算如何？"

"很简单，看好时机，咱们把这些资料往各位宾客手里一发就是。"

"这画册里是藏有什么暗号吗？"我眉头一皱。

"没有，这就是直接从南京博物馆拿的馆藏品宣传手册。"

我越发迷惑了，这到底是怎么回事？药不然眨眨眼睛，说："时机到了你就知道了。"然后偷偷拉开一条门缝，朝正厅里望去。

正厅里客人们基本上都落座了，戴鹤轩坐在主位，老人在主宾位，其他人按次序围成一圈。屋子里有资格落座的，就那么七八个人，其他人都没让进来。这场宴席，排场可真是不小。老人喝了一口热茶，指着戴鹤轩道："小戴啊，你的黄帝气功，我跟几位老领导都提过了。他们都表态支持，说是中华瑰宝，值得大力发扬。"

戴鹤轩面露喜色，却极力装成一副淡然姿态："黄帝气功能够蒙莫老您认可，真是国家之幸、民族之幸。"莫老道："你今天不是说携来一件宝物吗？快拿出来吧。"戴鹤轩笑道："莫老，菜还没上呢，您这可有点心急了。"

"一万年太久，只争朝夕啊。"莫老呵呵一笑，满席都笑起来。

戴鹤轩拊掌道："也好，宝赠真君子，佛度有缘人。这宗宝物能遇到莫老这样的有德之人，也算适逢其会。"他说完打了个响指，一个徒弟连忙小心翼翼地把那件檀木盒子捧过来，搁在餐桌上。周围的人忍不住好奇心，伸着脖子看过去，戴鹤轩却偏偏不急着取出来，反而闭上眼睛，双掌夹着盒子微微颤动，似乎在运功。莫老没催，其他人也不敢说话，一时间整个宴会厅里一片安静。

过了约莫三分钟，戴鹤轩这才收功撤手，长长吐出一口气，环顾四周："这件宝物，非同小可，不能轻易示人。我刚才先用内力将它镇住，才敢启盒。"

他这一番话说出来，大家好奇心更浓厚了，大气都不敢喘一口。戴鹤轩缓缓打开盒口木盖，从里面取出一件晶莹如玉、丰肩敛腹的白瓷瓶来。那瓷瓶通体纯白，上头勾了两个蓝字："内府"。

这瓷瓶的雍容气度，震慑了全场。戴鹤轩把瓶子轻轻搁在桌上，扫视一圈，语气变得深沉起来："你们可认得这是什么瓶子？"在座的都是领导，但一个玩古董的都没有，对于这个问题面面相觑。只有莫老饶有兴趣地盯着那瓶子，等着下文。戴鹤轩道："这是大明永乐年间的内府梅瓶。"

席间一阵惊叹，不过惊讶中夹杂着几丝失望。明代的瓷瓶虽然珍贵，但之前戴鹤轩把大家的心理预期抬得太高了，反而显得落差太大了，就连莫老都微皱白眉，等着看他怎么解释。

戴鹤轩微微一笑："各位缘分当真不浅。这件梅瓶，乃是永乐年间内府为天子朱棣所制，一直隐在南京民间，几百年都没被人发现，上个月刚刚被我访得。但这宝物奇不在此处，而在于此瓶封口。"

他把梅瓶斜过去，在座的人看到它的瓶口被一个瓷盖塞住，周围一圈缝隙呈暗黄颜色，显然是密封用的封泥。戴鹤轩道："大家仔细看这一圈封泥，没有断裂的痕迹。你们知道这意味着什么吗？意味着自从永乐年间以来，这瓶子就从来没有被人打开过。"说完以后他抓起瓶颈晃了一晃，里面传来一阵水声，在座的人脸色同时一变。

戴鹤轩道："梅瓶乃是酒器，内府梅瓶里头，盛放的自然是给皇帝喝的御用佳酿。只是不知何故，这酒瓶未及开封就流落民间，一直保存到了今天。瓶中古酒历经七百余年，未曾启封，酒味可谓是醇厚如仙哪。"

听到戴鹤轩这么一说，领导们的眼睛直放光。茅台放个二三十年，就已经是陈酿国宝了，这七百多年的酒，那简直就是仙浆了。莫老看着酒瓶子，忽然开口问道："这瓶子不是叫梅瓶吗？应该是插花的，怎么改装酒了？"

"莫老你有所不知，这梅瓶在宋代本叫经瓶，后来到了明代，因为它口细颈短，只能容一枝梅花瘦骨插入，所以又得名梅瓶——但不是说真用来插花，它仍旧是一件酒器。"

莫老捧起瓶子端详了几圈，连声赞道："好，好，真是一件好宝贝。"然后把瓶子递还给戴鹤轩，眼神里有不舍之意。王局长也啧啧道："哎呀，珍藏七百年的美酒，不知是什么味道。"他起了头，其他人也随声附和。这些家伙都是酒中好手，一见到这等奇珍，哪里还能继续淡定。

戴鹤轩手握梅瓶，对众人道："我刚才说过了。宝赠真君子，佛度有缘人。今日与各位齐聚此地，这就是缘分。缘分不到，不可强求。缘分到了，自然也不能错过。"徒弟不失时机地递过一把小巧的铁锤。戴鹤轩抄起锤子："今天我就破封启瓶，与诸位一享这永乐佳酿！"

他话一出口，满座皆惊。莫老连忙阻拦："小戴啊，这不合适吧。永乐年间的酒，全国，不，全世界恐怕也只有这独一份了，贵比千金。你为了我们几个俗人就毁了这么贵重的宝物，不值得啊。"

戴鹤轩淡然道："莫老，我今日携此宝到此，就是为了与诸位共享。这酒既然生在天地之间，唯有被人畅饮，才是它的本分。我得宝之时为自己卜了一卦，卦象上说是'我有嘉宾'之象，不可独享。而我最好的嘉宾，今天不是都在这里了嘛。"

他这几句说得在座人人面色生辉，莫老也是频频颔首。我不由得佩服这家伙，几句话下来，既消除了客人们的疑惧，又不露痕迹地拍了一记响亮的马屁。

莫老道："既然小戴都这么说了，那咱们就却之不恭。"莫老一发话，其他人小鸡啄米般地连连点头，夸赞起戴鹤轩的慷慨义气，一时气氛十分热烈。

戴鹤轩抄起小锤，对准瓶口猛然敲去。这一敲用力精准，只听"啪"的一声，瓷片飞舞，整个瓶口连同塞子与封泥被砸碎，露出一个大敞口来。一股醇厚酒香扑鼻而来，在座的人不由自主地喉头滚动。

戴鹤轩拿起酒瓶，为莫老身前的小盅满上，然后为其他人各自倒了半盅，最后给自己也倒了半盅。这一圈走完，梅瓶里的酒也就不剩几滴了。戴鹤轩拈起酒盅，起身道："咱们就为这佳酿今日求得本分，干杯。"

莫老为首，所有人都站起来碰了下杯。不过没人一饮而尽，大家都是小口细抿，生怕跟猪八戒吃人参果一样囫囵吞下。莫老细细啜了几口，眼神一亮："好醇的酒！"其他人也纷纷赞道："好酒！""标准的玉液琼浆啊！""七百年陈酿，名不虚传！"

药不然冲我眨眨眼睛，翻开宣传册上的一页。我一看，立刻明白他的用意了——这家伙的手段，当真够狠。

我们两个各自托着一碟凉菜，端上桌去。酒桌上的其他人还沉迷在永乐年间的陈酿中，根本没注意服务员进来走菜。我和药不然一左一右，悄无声息地来到了戴鹤轩的两侧。

戴鹤轩正拈盅微笑，忽然发觉身旁多了两个服务员，他随便扫了一眼，先是一怔，随即脸色阴沉下来。

"你们两个不回北京，来这里干什么！"戴鹤轩怕惊到莫老，只得压低声音喝道。药不然满脸堆笑着凑过去，把宣传画册啪的一下打开："戴老师，我们是想请您点菜。"

戴鹤轩往那上面一看，立刻不说话了。

那张南京博物馆的馆藏精品宣传册里，有一页介绍的，恰好也是梅瓶。这是一件"萧何月下追韩信"青花梅瓶，于20世纪50年代出土于将军山的明代黔宁王沐英墓，是国家一级文物，市博的镇馆之宝。在这个梅瓶的文字介绍里明明白白地写着：世传明初梅瓶只有三件，除了这一件，还有两件藏于日本大阪的安宅博物馆。除此以外，再没有第四件了。（其实"台北故宫博物院"也藏有一件，不过一直要到1996年才正式公开，此前无人知晓。）

戴鹤轩何等聪明，一看就知道药不然是什么打算了。

在座的这些领导只是缺乏文物常识，但并不愚蠢。只要有人点出这内府梅瓶的珍贵之处，他们立刻就能察觉到其中猫腻。举世只有三件的至宝，你会这么容易就找到第四件，还舍得拿起锤子敲碎瓶口？

带着这些疑惑，他们肯定会找个明白人去问，一问就知道珍藏七百多年的酒，根本不能喝，且不说酒质会有什么变化，单是瓶釉的渗透性就能让这一瓶子酒变成一瓶子漆。

但他们每人确实喝了半盅，而且觉得不错。这是为什么呢？这是因为瓶子灌的根本就是其他品牌的白酒。普通人对酒的口感很主观，很容易被周围影响。戴鹤轩在前头把这些人胃口吊得足足的，再用言辞一烘托，有一两人先出声附和，所有人就会觉得这酒确实香醇无比。说白了，这就是个心理作用。

等领导们搞明白这些事，那么真相就只有一个——所谓"封存七百年的永乐佳酿"，根本就是假的。

药不然时机选得极妙，正好是众人把酒喝下去，兴致最高的时候。一旦骗局揭穿，伤害也就格外大。如果这些领导发现这个戴鹤轩居然拿假酒来换人情，势必恼羞成怒，他的这个什么黄帝内功也就不用练了。

我看到戴鹤轩脸上阴晴不定，知道他脑子里肯定在飞快计算着。周围的宾客还沉浸在"仙酒"的熏陶中，没留意这边的动静。

药不然笑眯眯地说："戴老师，我推荐您点这道白烧四宝。"

白烧四宝，白烧此宝。顾名思义，这是个隐晦的威胁，意思是你若不答应我们的要求，你这个"宝贝"可就白白浪费了。但我们用菜名隐晦表达，周围的人听不出其中寓意，也算是给戴鹤轩留了转圜的余地。

戴鹤轩板着脸,冷冷地说了一句:"这道我不喜欢,还是换个玛瑙鸡片和酿杂烩吧。"

他这句话也是暗藏玄机,"鸡"和"烩",连到一起就是机会。戴鹤轩显然不肯轻易就范,觉得我们这种威胁,只能换回一次赌斗的机会。

我们双方其实都投鼠忌器。戴鹤轩忌惮我们毁了他的事业,而我们也清楚,如果真的把这事抖搂出去,戴鹤轩将会彻底断绝与我们合作之路。他说肯给我们一个赌斗的机会,算是最大限度的让步了。

药不然和我对视一眼,把宣传册收了回去:"明白了,我们这就去给您准备,请慢用。"

我临出门前回头看了一眼,戴鹤轩已经换了一番脸色,继续殷勤地给莫老讲解此酒有延年益寿之功,喜得莫老不住称赞。这家伙真是个演技派,能有今日的成就,确非浪得虚名。

等到出了门,我忍不住问药不然:"你怎么知道戴鹤轩会有这么一出的?"

药不然得意道:"咱们进别墅时,我听见他要宴请王局长,还说有神秘宝物要鉴赏,就留了个心眼。后来在二楼,你们在赌斗之时,我注意到展厅其中一个柜子里搁着个瓶子,就是这个内府梅瓶。我一看就知道是假的,再仔细一看,它的瓶口刚被密封好,搁在那里阴干,估计是刚灌进去酒。我心想这肯定是有大买卖要做啊,买通他手底下一个弟子,把底细全都套出来了。"

原来在我一败涂地之时,药不然已经想好了反击的手段。这家伙在敲诈方面,真是一把好手。

药不然道:"可惜戴鹤轩也不傻,哥们儿这招只是逼出一个机会。你有没有把握?别浪费了这么好的机会,不会有下次了。"

我正色道:"不是能不能胜,而是必须要胜。"

药不然笑道:"行啊,修炼回来,眼神都不一样了。老朝奉的手段,真是神鬼莫测——对了,你要不要去看看烟烟?"

"不了,等到我搞定了戴鹤轩再说。"我斩钉截铁地回答。

我们回到房间,换好衣服,走出酒店大门。一上车,药不然忽然说道:"哎,你现在能说了吧?你到底要从戴鹤轩那里得到什么东西?"

"我不知道。"

药不然不满道:"哥们儿都帮你到这地步了,你都还防着我?"

我看着他,竖起两个指头:"第一,我从来没信任过你;第二,我确实不知道戴鹤轩手里有什么。刘老爷子也不知道,但他笃定地告诉我,如果想要《清明上河图》能翻盘,戴鹤轩是唯一手里藏有底牌的人。"

药不然抓了抓头发,显得有些恼怒,但他最终还是认命似的垂下肩膀:"好吧,好吧,这次就姑且相信你吧。不过合则两利,分则两伤,接下来你要是还跟防贼似的防着我,什么都不说,那这事肯定办黄了,大家一起完蛋,明白吗?"

我没有回答。

"别这么严肃,笑一个。"药不然先咧开嘴,露出灿烂笑容。我紧绷着脸,尽量控制自己不去理他。

次日一早,我正准备出发,药不然告诉了我《清明上河图》争议的最新进展。

一个很糟糕的消息。

百瑞莲拍卖行之前宣布,如果故宫拒绝对此事进行回应,他们将委托国际权威机构,先行对百瑞莲藏品进行碳十四检验。现在检验结果已经公布了,证明该藏品的年份应该是公元1000年正负四百年,恰好是宋代。

这个结果,不光将故宫博物院和五脉逼到了墙角,而且已经重重地挥出一拳。

两个版本,真本是宋代,赝本是明代。现在百瑞莲藏品被证明是宋代了,那么故宫收藏的那本如果再拒绝做检验,就等于承认自己是假货。

我有些担心,不知道刘老爷子能不能撑过这一关。

"你也别担心,老朝奉昨天晚上已经开始出手部署了。我不知道他能怎么做,但拖延个几天问题不大。"药不然宽慰我道。

"看来戴鹤轩这里,今天非得有个结果不可了。"我喃喃自语,暗自握紧了拳头。

我们两个驱车第二次来到戴鹤轩的江边别墅。戴鹤轩这次接待我们,一点好脸色都没有,上来就瞪着药不然道:"不愧是破出五脉之人,这种手段都使得出来。"

药不然笑嘻嘻地拱了拱手:"承让承让。"

戴鹤轩冷笑道:"可惜,你苦心孤诣,却只是给一个废物创造了个机会,不觉得可惜吗?"说完抬眼看了我一眼,满是挑衅。

我淡然一笑:"戴老师,咱们就别浪费时间了,开始吧。"

"这次你若败了,就别再来烦我了。"戴鹤轩特意提醒了一句。

我们三个没什么好谈的，径直来到二楼，那面陈列架上热闹依旧，不过摆的古玩已经都换过一遍位置了。戴鹤轩这是怕我偷偷记住上次的位置，不想让我占这个便宜。我心里哂然一笑，嘴上却没说什么。

戴鹤轩拿出一根香，点燃后插在香炉里："和上次一样，一炷香的时间，请你百步穿杨，射中其中最贵之物。"我稳稳站到陈列架前画的那条线，深吸一口气，把视线投向这三十件古玩。

这一次，我的心平静无比，没有任何起伏。这些琳琅满目的古玩，在我眼中和中山陵里那些古碑合而为一，我左持排笔，右执墨扑，就像是在老徐家后院一样，只需稍加敛神，就排除掉了一切杂念，把全部精神都投注在那些密密麻麻的细节里。无论是药不然略带担忧的注视，还是戴鹤轩恶意的眼神，我都看不到了，外界的一切联系，已被我斩断，这个世界里，只有我和这个陈列架上的古玩。

我爷爷许一城在《素鼎录》里曾经说过："鉴宝有两重境界，'有我之境界'和'无我之境界'。有我之境界，是'我'在鉴定古玩；无我之境界，古玩自道真伪。"我原来对这段话不太理解，觉得太玄乎了，可现在我完全静下心来扫视这些古玩，对无我之境界忽然多了一丝明悟。和从前相比，这些古物在我眼中变得更加清晰——不是视觉上的清晰，而是感觉上的清晰。瓷碗上的一丝缝隙、烟盒上的一段小螺纹、鼻烟壶上的几点污渍、金蟾背脊上的半枚玉钱，这些从前我根本不会注意到的细节，如今都变得鲜明起来，无须我刻意留神，它们就自动跃入眼中。

这大概就是所谓"古玩自道真伪"的无我境界吧。这是观察力上的进步，也是心境的提高。

我面无表情地扫视着木架上的物件，十五分钟很快就过去了。戴鹤轩迫不及待地把香根扫掉，宣布时间到，然后问我究竟有没有射中。我缓缓抬起手指，没有半分犹豫，指着陈列架道："我选这个。"

戴鹤轩见我的指头虚晃，以为我心意犹豫，略显得意地追问道："你到底是选哪一格？"

我笑道："就是这个啊。"

戴鹤轩怒道："到底是哪一格，你别想拖延时间！"

我的指头在半空画了一圈："我看了一圈，戴老师您这里最值钱的东西，莫过于这个木架子啊。"药不然眉毛一立，不明白我是什么意思。戴鹤轩哈哈大笑："小老弟，你是不是被吓糊涂了？想认输就直说，放着这么多古玩不点，却对着一个木架子说胡话。"

"我可要买椟还珠了。您这三十格里的古玩，无一例外都是赝品。只有这作为陈列架的木架子，堪称是一件至宝。"

戴鹤轩还在装糊涂："你到底想说什么？"我走到陈列架前，用手拍了拍木框，啧啧赞叹道："用金丝楠木打造这么大一面陈列架，当真是大手笔啊。"

"金丝楠木"这四个字一出，戴鹤轩立刻像是泄了气的皮球一样，气势全无。

这个陈列架的木框没有刷漆，原木原色，木质呈现淡黄，黄中还带着一点浅绿。它的纹路很清晰，线条曲线优美，而且间隔均匀，似是峰峦叠嶂，如同一幅浑然天成的山水国画。最神奇的是纹路间隐有金丝浮现，在光线相对昏暗的展厅里，这个特征显得格外突出——这是典型的金丝楠木特征。

金丝楠木是极为珍贵的木材，质地紧密，温润不燥，千年不腐不变色，在古代只有皇家才有资格使用，普通人敢用的话，那叫逾制，是杀头的罪过。金丝楠木制成的东西，在古董市场十分抢手，哪怕是一串楠木佛珠，都能卖出天价。若是谁能有一套金丝楠木的家具，这辈子都够吃够喝了。

可惜经过长期砍伐，金丝楠木已经接近灭绝。现在国家严禁砍伐，市面上早就没有真正的新金丝楠木了。古董市场上流通的，都是从各地旧建筑、旧家具上一块块拆下来拼凑重卖的，价格贵比黄金。我看戴鹤轩这个木架子的整体质地和色泽略有斑驳，丝有断点，不是浑然一体，显然也是一块块凑出来，拼成这么一个架子。

我甚至看到，陈列架其中几排的围木颜色发暗发阴，隐有泥纹，不由得心中冷笑。这几片木材，一看就知道是从坟墓棺椁里拆出来的，而且都是用得起金丝楠木的富墓大坟。戴鹤轩为了自己这个陈列架，可不知偷偷挖了多少坟，惊扰了不知多少古人。在架子四角还点缀着几片乌黑木角，看起来好似墨点一般。这是阴沉木，有些金丝楠木因为各种原因被埋地下上千年，木料因缺氧以及高压而被碳化成乌黑颜色，就形成了阴沉木，珍稀程度还在金丝楠木之上。

这一面陈列架，居然拼凑有如此之多的金丝楠木，看来这个戴鹤轩在前几年的经历，恐怕不只是气功神棍这么简单。可惜我不是青字门出身，对木器不太了解，不然能看出更多门道。

药不然兴奋地凑过来："你小子可以啊，怎么看穿的？"

"这不是鉴宝,而是心理诡计。"我淡淡回答。

之前说了,射覆考验的不是对古玩的鉴赏能力,而是一场心理战。那三十件古玩摆在架子上,气势惊人,这就是一个巧妙的心理暗示。大部分人一看到陈列架,受了暗示,就会自然而然地认为选择限定范围是这三十件古玩,在射覆时心无旁骛,不作他想。但仔细想想戴鹤轩开赌前那句话,他说的明明是"请你射出陈列架里最值钱的物品",可从来没把木架本身排除在外。

所以只要参赌之人脑子里存在"三十件"的定见,那就必败无疑。这就是戴鹤轩设置的心理陷阱。参赌者越是心无旁骛,就败得越惨。估计戴鹤轩从前用这一手骗过不少人。

第一次我赌斗的时候,心急如焚,十五分钟连三十件古玩都看不完,更别提去注意这个木架了。第二次我完全静下心来,这才注意到木架质地的蹊跷,再仔细琢磨戴鹤轩的措辞,终于勘破他暗藏的玄机——那金丝楠木架子的价值,可比陈列其上的古玩值钱多了。

可见,要破这个局,需要的不是心无旁骛的专注,而是买椟还珠的勇气。

"你小子总算是恢复状态了。"药不然兴奋地给了我一拳。

戴鹤轩输了赌斗,面沉如水。直到我走到他面前,他才故作镇定,从牙缝里挤出一句话:"好,很好,我卦象里的变数,果然是应在了你的身上。我虽洞悉宇宙真理,却也不能不顺应天意。"

我直截了当地说:"我胜了,请您履行诺言吧。"

听到这个要求,戴鹤轩眉毛一挑,眼神里突然透出一丝狡黠:"我认输,我会履行我的诺言。不过你到底是让我履行哪一个诺言呢?是对黄烟烟撤诉,还是《清明上河图》的秘密?"

我心里"咯噔"一声,这才意识到,自己犯了一个很大的错误。

刘一鸣是让我找戴鹤轩要《清明上河图》的秘密,黄克武是让我用大齐通宝换回烟烟的安全。这本来是两件事,可被戴鹤轩一搅和,我把这两件事当成了一件事。当初戴鹤轩在开赌之前,承诺的是"我输了,就如你所愿"。故意把胜利条件说得含糊,原来却是在这里等着我。我千防万防,还是被这个浑蛋摆了一道。

看到我一言不发,戴鹤轩重新得意扬扬起来:"你用大齐通宝换回一次胜我的机会,让我做一件事。没问题,我这个人从来是信守承诺的,所以你快告诉我吧。"

他这是成心要给我出难题。《清明上河图》的秘密事关五脉兴亡,而我又岂能坐视烟烟身陷囹圄而不顾?

看到我不吭声,药不然急得叫了一声我的名字:"许愿!"我知道他是什么意思。今天早上百瑞莲已经公布了碳十四结果,危机迫在眉睫,已经没有时间犹豫了。一个女人和整个五脉,如何选择是显而易见的。

戴鹤轩犹嫌我不够为难,还特意补充了一句:"今天法院给我打电话,程序已经走得差不多了。你再犹豫,到时候连我可都没办法了。"

我没有片刻犹豫,开口道:"我要《清明上河图》的秘密。"戴鹤轩哈哈大笑,摇头感慨道:"易求无价宝,难得有情郎,男人啊,就是这样。黄小姐若是听到这个消息,不知道该有多伤心。"

"我还没说完呢。"我冷冷说道。这次轮到戴鹤轩一愣,我上前一步,指着自己道:"烟烟的自由,由我来替换。"

戴鹤轩眯起眼睛:"你什么意思?我对男人可不感兴趣。"

"你不是想让我入你门下,修炼黄帝内功吗?只要你对烟烟撤诉,我就加入,可以签合同。"

"可是强扭的瓜不甜,你对我已经怀恨在心,我收你在门下,岂不是给自己造一个大麻烦?"

我抬起手指:"那么换个说法。我入你门下,推广黄帝内功,如何?我是破获佛头大案的主角,五脉许家唯一的传人,全国皆知的打假英雄,这些头衔,换回一个黄烟烟,难道还不够吗?"

君子喻于义,小人喻于利。跟戴鹤轩这种利欲熏心的家伙,没法谈道德,那么就聊聊好处。以我如今在国内的知名度,如果参与黄帝内功的推广,那对他的影响力绝对是一大提振。我不信这个精于算计的家伙不动心。

戴鹤轩眼珠骨碌碌地转了几圈,在心里权衡着利弊。药不然急忙一搡我的胳膊:"许愿你疯了!签什么卖身契。烟烟那边我有办法,实在不行,咱们有的是手段让戴鹤轩告饶!"我看他目露凶光,想到他身上还揣着一把枪,连忙把他拽开:"那种事情,我是不会做的。"

"你不做,我去做总可以吧!反正你是白的,我是黑的!"药不然大吼。

"不行。"我断然否定。药不然瞪着我,一副恨铁不成钢的模样:"我倒忘了,你变回原来的你,把原来的迂腐也变回来了。"我露出一丝苦笑和自嘲:"如果我真的和原来一样迂腐,现在就不会和你联手了。"

和老朝奉联手,是我最不情愿的一个选择,几乎已经突破了我的原则。如果现在我再次顺从药不然的想法,我害怕自己以后习惯成了自然,每次碰到两难时都妥协放弃,原则底线就会被一次又一次洞穿,乃至荡然无存。那这样的我,和老朝奉又有什么区别?

我们两个瞪着眼睛对峙了半天,那边戴鹤轩终于开口道:"很好,我给你准备一份合同,你把它签了,咱们两件事都好说。"

"走。"我说,语气很坚决。我知道,我是唯一能够拯救五脉和老朝奉的人,否则药不然也不会跟我联手,这个筹码,可以让我占据主动权。

果然,药不然无奈地龇了龇牙花子,把本来已经探进怀里的手缩了出来:"下次我先斩后奏得了,许大善人。"

我们三个从二楼下来,在大厅坐定。戴鹤轩吩咐弟子准备出一份合同,递给我一管笔。我把合同看了一遍,我将受雇于宇宙黄帝文化推广有限公司,职位是推广大使,薪酬什么的都是空白,合同期限有点惊人——终身。

事到如今,我也没心情跟他逐条谈判,俯身把名字签上,还把身份证掏出来拿去复印了一份。

戴鹤轩把合同签好,心情大好。我催促他尽快履行承诺,戴鹤轩拿过电话,当着我的面给公安局打了一个电话,提出撤诉。然后他告诉我,撤诉也得有个过程,烟烟三天内肯定能放出来。

"不知道她出来以后,发现你跑到我手下,会是什么表情。那丫头可是个刚烈性子。你打算怎么跟她解释?"戴鹤轩饶有兴趣地抖了抖合同,让弟子给收起来。

我不想继续这个话题,便催促道:"该轮到《清明上河图》了。"

"哦,对了,还有这事儿呢。"

戴鹤轩嘴里说着,却不着急。他端起一杯刚沏好的热茶,吹吹茶叶,抿了一口,搁下茶杯,这才慢吞吞地说道:"我家先祖戴熙,籍贯本是杭州钱塘,道光十一年的进士,十二年翰林,官至兵部侍郎。他一生嗜画,是继'江左四王'——王时敏、王鉴、王翚、王原祁——之后的山水画大师。"

"我们不是来听你讲家谱的。"药不然毫不客气地打断他的话。

戴鹤轩双手一摊："你们不想听，那就自己去找《清明上河图》的秘密好了。"我把药不然按住，示意他继续。戴鹤轩得意地瞥了眼药不然，这才继续说道："我先祖戴熙擅画花鸟、人物，以及梅竹石，名声很大，号称'四王后劲'。道光年间，他时常被召进宫去，留下不少墨宝书画。借着这层关系，故宫里的各种珍藏他都曾经有机会见到。"

"其中也包括《清明上河图》？"

"不错。当时有个大收藏家毕沅，他花了大价钱从陆费墀处购得《清明上河图》，可惜后来犯了大错，满门抄斩，这幅画就进了宫中。嘉庆帝特别喜欢这幅作品，把它收录在《石渠宝笈三编》一书内。到了道光朝，戴熙有一次入宫作画贺寿，天子一高兴，恩准他进入御库观摩。他借这个机会，终于一睹其真容。"

陆费墀和毕沅、毕泷兄弟的钤印题跋我都在照片上见过，知道戴鹤轩这个传承的次序所言不虚。

戴鹤轩说到这里，语气稍微停顿了一下："戴熙当晚回来，神色有些古怪。他儿子戴以恒也是位丹青名家，问他有没有看到《清明上河图》。戴熙说了一句奇怪的话：'张择端灿然杰作，惜乎不全。'"

我和药不然听到这一句，齐声问道："什么惜乎不全？"

戴鹤轩又慢慢呷了一口茶，扫了我们一眼："自然是惜乎《清明上河图》画卷不全。故宫所藏，只是残本，缺了一截，故而我家先祖有此一叹。"

这一句话说出来，我顿时觉得脑袋一晕，觉得脑子被极多的信息量一下子冲垮了。先前我也想过《清明上河图》的秘密到底是什么，比如画风、用笔、运墨或者某一处细节隐藏着暗号什么的，却从来没想过，流传了这么多年的名画，居然不是全本？！

我飞快地在脑海里回想它的相关数据，故宫本的《清明上河图》宽二十四点八厘米，长五百二十八厘米，绢本，两侧都被仔细装裱过，看不出有残缺截断的痕迹。历代笔记著述里，也从未提及它是残卷，戴熙这个观点，可真有点石破天惊。

"那么，戴熙为什么这么说呢？有什么凭据吗？"我问。

戴鹤轩摇摇头："戴以恒当时也是这么问的，可是戴熙却没回答，反而把他喝退。这也是没办法的事，《清明上河图》是天子亲自收录进《石渠宝笈三编》的珍品，谁敢多嘴非议？他说短了一截，万一让皇帝听见，让他去把画补全，那可怎么办？"

这倒是真的，道光朝的文字狱虽没有乾隆朝那么严厉，但这些文人早被杀没了胆魄，噤若寒蝉，哪敢胡乱说话。

戴鹤轩继续道："当天晚上，戴熙独自一个人在书房写了幅字帖，写完以后，便把它收藏起来，从不公开示人——对了，就是跟他另外一件珍藏大齐通宝搁在一起。"

我有些不甘心："那幅字帖里写的什么？有没有提到《清明上河图》的残本？"

"都说了从不公开示人了，别说外人，连他儿子戴以恒都没看见过。戴以恒在他的《醉苏斋画诀》里特意写了这段逸事，说他父亲把这幅字帖藏得很紧，还告诫家里人说，除非《清明上河图》真相得白，才许戴家后世子孙公开此帖。戴以恒推测，自己父亲可能曾亲眼见过《清明上河图》的残本，与故宫本进行对照后，终于确定真本不全。戴熙是一位丹青名家，他发现这等秘密又不敢说，简直如鲠在喉不吐不快，于是便把这个发现写在字帖里，留待后证。"

我大概能猜到戴熙的心理活动，这是一种很典型的文人小心思——胆小怕事，却又爱惜自己名声。他写了字帖秘而不发，等到别人站出来证明《清明上河图》确实是残本，戴家子孙便可以公开此帖，证明戴熙才是这个秘密的第一发现人，既安全又青史留名。

戴鹤轩又道："戴熙后来回到杭州养老，没想到闹起太平天国。他被迫投水自尽，大齐通宝从此消失，和大齐通宝搁在一起的字帖，也同时失踪，再无踪迹。好在这段故事因为被戴以恒写进笔记里，得以流传下来，我们戴家的人都知道。1951年国家鉴定《清明上河图》的时候，我以一个技术员的身份参加鉴定组，忽然想到了戴熙的这个典故。不过那个时候政治气候特殊，我不敢乱发表意见，残本一说，我只跟鉴定组的组长郑振铎先生略微提及过，可惜证据不足，他未能尽信，没有正式提出讨论。等到真本的鉴定结果一出来，我待在那里也失去了意义，便找个借口回南京了。"

"残本之说，刘一鸣也不知道吗？"

"我没跟他提过，不过以他的嗅觉，肯定隐隐觉察到我戴家和《清明上河图》之间有什么渊源——不然他现在也不会专程把你派来找我，对不对？"说到这里，戴鹤轩从怀里掏出那枚大齐通宝，让它在指头之间来回滚动，"黄克武把这枚铜钱送还给我，除了示好，恐怕还有提示我的意思吧？"

原来这一枚大齐通宝，还有这么一层寓意。这些老人，有什么话都不明说，非要绕一个大圈子。早知道大齐通宝、戴熙、《清明上河图》之间有这样的关系，我可能会省掉不少麻烦。我在心里暗暗抱怨道。

"行了，我说完了。"戴鹤轩搁下杯子。

"就这些？"我一愣。

"对。"

"说来说去，《清明上河图》到底有没有残卷，根本一点证据也没有，只是你家传下来的一段故事嘛。"

我有点恼火，这等于什么都没说。这个故事当个历史八卦还算勉强，想用来做翻盘破局的筹码，就实在太弱了。我狐疑地盯着戴鹤轩，看他到底又在玩什么花样。

戴鹤轩双手一摊："我可从来没说过我有《清明上河图》的秘密，那只是你们一厢情愿的想法。我知道的，只是这么多，这还是我在家里偶尔翻旧笔记才知道的。戴家其他大部分人，恐怕连这段往事都不知道了。"

"大部分人？"我敏锐地注意到他的用词。

戴鹤轩没想到我一把就揪住了他的话头，不由得打了个结巴："呃……"我毫不客气地趁势追击："你是说，戴家除了你，还有人了解这段往事？"戴鹤轩有些尴尬地喝了口茶，犹豫片刻，这才抬头道："哎呀，哎呀，你小子还真是敏锐。好吧，我告诉你，不过你记住，这个算是员工福利。"

他把大齐通宝收回到怀里，眼睛看向天花板，这个江湖骗子第一次浮现出为难的神色，就像是刘一鸣第一次谈及戴鹤轩时一样。

"论亲戚的话，她算是我的侄女。不过按族谱来说，她们家是正房一脉，我只是个分家，来往不是特别多。她叫戴海燕，是个小丫头，比你年纪还小点。呃，怎么说呢，那是个怪胎。"

我心想，你还有资格说别人？

戴鹤轩道："她父母早亡，都是亲戚家轮流养着。我看她身世可怜，想帮她一把，可那丫头不知道是不是读书读傻了，居然说什么气功都是骗人，都是伪科学，还说我是个骗子。我劝了她几次，她居然跟我划清界限，还到处投稿，要揭穿我真面目。你说是不是怪胎。"

真是个理性正直的好姑娘，我迅速做出了判断。

"她也了解戴熙的事情？"

"不知道，不过她们家是戴以恒一脉传下来的，如果戴熙有什么别的线索，那只有她才会有可能知道吧。"

"那这个戴海燕在哪里？"

"在上海念大学，复旦的，生物系的，现在都读到博士了吧。"

"生物系？"

我和药不然对视一眼，这个领域和古董鉴定差得可有点远。

戴鹤轩眼皮一翻："怎么了？我这个侄女智商很高，头脑可比你们聪明多了，文理兼修，正经是才女。"说到这儿，他咂了咂嘴，惋惜道："可惜误入歧途，陷入西方那一套形而下学的理论中，不然她来跟我一起修炼黄帝内功，成就未必在我之下。"

我懒得听他自吹自擂，催促他快把联系方式和地址给我。戴鹤轩道："我先说清楚啊，你去见她，别说是我介绍的，不然……嘿嘿，可别怪我没提醒你。"

"我知道，你快给我。"

戴鹤轩仰头对弟子嚷道："哎，徐方，上次你不是给那个记者抄了一份戴海燕的地址吗？那记者叫什么来着？"

"钟爱华，上海一个报社的。"那位弟子恭敬地说。

我一口水差点呛到。

很快那名弟子把抄的地址拿了过来。我脸色铁青，抓住戴鹤轩的手腕道："这个钟爱华，来找过你？"

"对啊，就是上星期。"戴鹤轩有点莫名其妙。

"都问了些什么？"

戴鹤轩得意道："问了很多。黄帝内功的最新研究进展、功法推广班的宣传力度，还有一些基础气功理论，我们谈了很久，别看他年纪轻，却很有眼光，一眼就看出这门内功对于中华民族伟大复兴的重要指导意义。"

钟爱华这个家伙，最擅长蛊惑人心和吹捧。我在郑州，也是被他三言两语几碗米汤灌下去，把自己当成了什么伟大英雄。

"那他为什么要戴海燕的地址？"

"他说新闻报道要兼顾多方意见，认为戴海燕很有代表性，她既代表了家族保守势力，也代表了入侵的西方思潮。通过对她的采访，可以体现出我与这两种思潮做斗争的……"

"告辞！"

我打断戴鹤轩喋喋不休的屁话，从他弟子手里接过地址，起身就往外走。戴鹤轩没料到我走得这么干脆,只来得及在后头喊了一嗓子:"喂,你别忘了,你已经签了合同。"

我和药不然快步离开江边别墅,脸色严峻。

百瑞莲的大计划,果然还在继续。钟爱华既然到了这里,说明他们也已经注意到了戴熙所说的"残本"问题,这些人的调查力量当真不得了,戴家和《清明上河图》的关系如此隐秘,他们居然都能查到,而且还比我们先走了一步。

"他比咱们先动手了好几天,什么事情都有可能发生哪。"药不然边走边说。

我"嗯"了一声,心情无比沉重。如今五脉和百瑞莲处于相持状态,在这个微妙的局势之下,谁先拿到残本的消息,谁就能获得一张大牌。以钟爱华和他背后的势力的布局手腕,如果再让他们先动几天,那我几乎没有翻盘的可能。

药不然见我愁眉不展,开口劝道:"不过哥们儿你也别太担心。《清明上河图》到底有没有残本,这事还不好说,说不定戴熙只是信口胡嘞嘞呢。"

我摇摇头:"我最怕的,是钟爱华先行灭口,把这条线索斩断,我们可就麻烦了。"说到这里,我别有深意地看了一眼药不然。佛头案时,这个冷血杀手就是这么干的。药不然似乎对我的目光没有觉察,他忙着发动汽车,嘴里絮叨道:"我倒想会会钟爱华,听起来真是个有趣的家伙。"

"你不会喜欢他的。"我双手抱胸,焦虑地靠在椅背上。

那会儿沪宁高速公路刚刚开工,开车去上海还不太现实。我们一合计,决定还是坐火车比较快。南京到上海之间的车次比较多,而且非年非节,票源充裕。至于烟烟,只能暂时先委屈她在里面多待几天了。

我们赶到南京火车站,正好赶上一趟从哈尔滨到上海的过路车九十五次。我把方震给我的特别证件亮出来,轻而易举弄到了两张车票,可惜没座。好在这个公安八局的证件威力不小,列车长特意把我们安排到餐车上坐着,倒是清静。

火车开动以后,药不然把我的大哥大借过去说要打几个电话,然后一边嘀咕一边走到车厢连接处。我知道他肯定是跟老朝奉汇报,不能当着我的面说,也懒得理睬。

药不然离开以后,我双手揉了揉太阳穴,望着车窗外快速移动的江南景色,鼻子里飘过火车厨房的菜香,心中却像十几条麻绳纠结在一处,残卷的事一直萦绕在心头。

人类进入工业化之后,都是标准化生产,千件一样;而在古代,都是手工作坊,每一件都会有微妙差异。古人作画之时,用墨、用色都是现场调配,用的毛笔和绢纸也是出自纸匠之手，可以说每一张画的墨色浓淡、绢纸厚薄、颜料深浅都是独一无二的，和人的指纹相仿。

这种差异肉眼很难识别，对机器来说却不是难事。

我记得从前曾看过国外的一个鉴定事例。科学家们对一幅文艺复兴时代的油画进行检测，显微镜发现油画颜料的颗粒十分均匀，而在文艺复兴时代，颜料都是工匠们纯手工制成，没那么细腻，颗粒应该是不均匀的，据此断定此物为赝品。国内也有类似的例子，中华鉴古研究学会接过一幅黄公望的《溪山远眺图》的鉴定委托，几位专家都认为是真的。但研究人员深入分析纸质，发现画心纸质的桑皮纤维居多，而画边纸质是藤皮纤维居多，事实一下子就搞清楚了。古代造纸都是一帘一张，不可能桑皮和藤皮混杂。这是造假者故意用旧纸补在黄公望的原画上，虽然补得天衣无缝，但不同的纸质却在显微镜下露出马脚。这是郑教授讲给我听的。

可见赝品造得再好，和真本之间也会有微妙的差异——这就是残卷的意义所在。只要将它和现存的故宫本和百瑞莲本进行比对，和它"指纹"相符的，自然就是真品。

刘一鸣口中所谓的"底牌"，应该指的就是《清明上河图》的残卷。如果被钟爱华先得手，那我们可就全盘皆输了。

"希望这次还赶得及。"我望着窗外快速移动的江南景色，喃喃自语。

我正在琢磨着，药不然从车厢连接处回转过来，把大哥大扔回给我，神色古怪。我问他怎么了，他说五脉终于出手反击，这下可有意思了。

药不然说，中华鉴古研究学会终于站出来回应百瑞莲。它发布声明，宣布将《清明上河图》交给国家权威机构检验。检测结果显示，故宫馆藏的《清明上河图》的碳十四结果是公元1100年正负三百年，数值比百瑞莲本还要接近宋代。

这一下子，整个舆论变得混乱起来。香港媒体根本不信，认为这是中国政府在包庇丑闻，要求第三方机构重新进行检验。内地媒体则分成两派，北方的报纸认为此事有了定论，可以平息了；南方的报纸认为碳十四检测这种技术手段还不成熟，究竟在多大程度上可以采信还有待商榷。

我不知道这一手反击是刘一鸣的主意还是老朝奉的，也许是两个人暗中商量的结果，但效果出奇地好。在有心人的推动下，争论的焦点，暂时从《清明上河图》的真伪变成了讨论碳十四技术的可信度。虽然这种转移焦点的手法不会维持很久，但多少能争取点时间出来。

"不是说一本是明代赝品一本是宋代真本吗？怎么搞出两本宋代的来？会不会是故意做了手脚？"药不然有些迷糊。

"应该不会，这个敏感时期做手脚，经不起检验，等于是授柄于人。"我断然否定，"我认为两边的检验，都是没问题的。"

"那不是矛盾吗？"

"不矛盾。青铜器造假里有种技术，拿古代青铜器的碎片重铸器具，X光都看不出破绽。书画造假里也有类似的手法，拿古纸为底。我估计，那个明代的《清明上河图》赝本，是用宋墨在宋纸上摹画而成，很下血本。拿碳十四这种不够精密的技术检测，自然查不出分别。"

"这么说，碳十四根本就是一招缓兵之计？"药不然恍然大悟。

"对，百瑞莲出了一记昏着儿，被刘一鸣抓住破绽了。学会公布这个结果，目的就是把水搅浑，为我们争取时间。"

药不然感慨道："果然还是要比较残本，才能搞清楚。"

"所以，归根到底，还是得靠我们这边的进展。"我面色凝重，指头敲击着桌面。

我们在南京是中午上车，到了晚上六点多钟，终于抵达上海。上海这个地方，不愧是国际化大都市，列车一进市区，远处高楼大厦鳞次栉比，霓虹灯已经开启，望过去一片五光十色，比灰秃秃的北京可洋气多了。我从来没来过这繁华的十里洋场，心情和南京路上的好八连一样，颇有些忐忑。

在古董圈子里，上海叫水地。水是流水，说的是钱。解放前有个说法，豫、陕两地历史悠久，古董极多，叫"宝地"；北平、南京是政治文化中心，识货的多，叫"见地"；而如果想要卖个好价钱，就得来上海，又靠近水边，是以叫作"水地"。尤其是和洋人做古董买卖，非在上海不可。从上海开埠开始，它在古董交易中一直处于无可取代的地位。所以上海在古董版图里，又被称为龙头，龙头遇水而活，自然是龙飞九天。

在刘一鸣的转型计划里，五脉的第一个拍卖行，就打算设在上海。

五脉在上海势力不小，但我身边既然跟着药不然，也就别想找他们了。其实我也不想找，五脉的人现在看到我都跟仇人似的，不添乱就不错了。

我们出了上海火车站，打了一辆出租车直奔复旦而去。我们迈进复旦大学校门的时候，恰好是七点半。这时候天色还不暗，学生们刚吃完饭，校园里很是热闹。远处篮球场上许多学生在打着比赛，骑自行车的学生们进进出出，还有情侣们在草地上亲热。靠近校门的公告栏上花花绿绿贴着各种社团的海报，还有卖旧书和磁带的小商贩蹲成一排。

"哎呀，虽然不如我们北大，但氛围倒也算是不错了。"药不然兴致勃勃地东张西望，我冷着脸说快走。

戴鹤轩给我们的那个地址很详细，具体到了她的宿舍楼号。不过复旦校园太大了，药不然自告奋勇承担了问路的工作。他专挑女大学生问，而女生对他这种流里流气的人，居然都挺有好感。他一共问了五个小姑娘，她们都特别配合，一扬雪白的胳膊指出方向，还咯咯地笑，笑声清脆如银铃。

我估计如果多停留一阵，他连人家的寝室电话都能要到。

"你可真有一套。"我半是嘲讽半是感叹。

"这是天分。"药不然满不在乎地把头发撩了撩。

戴海燕住在复旦的博士楼里。博士楼是老楼改建的，只有三层。外立墙面重新刷过漆，但个别地方还是露出红褐色的墙砖。墙上开着几扇边框糟旧的窗户，看上去有点像是一个巨大的鸽笼。楼前后种植着几排大树，枝叶繁茂，一条水泥步道蜿蜒而入，颇有曲径通幽的妙处。

我们正要走过去，药不然忽然把我拉住，拽到旁边的树后。

"干吗？"

"你看。"药不然压低声音，朝着博士楼的楼门口一指。

一名二十岁出头的男生一身西装革履，头发油光锃亮，手里捧着一大束玫瑰花朝博士楼走去。身后还有一群围观的学生，拿着相机大呼小叫。

那人面露稚气，一脸阳光。可我却如坠冰窟，浑身颤抖起来。

钟爱华，好久不见。

古董局中局2

第六章

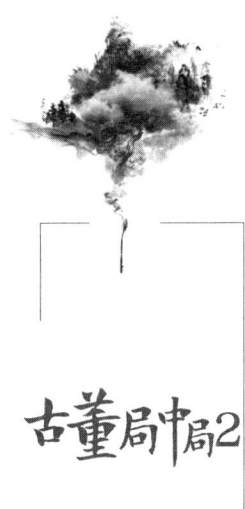

残本的秘密

钟爱华是这一次《清明上河图》危机的始作俑者。如果不是他把我诱入成济村，接下来的一切麻烦都不会发生。这个家伙有着精湛的演技、犀利的洞察力和果决的手段，放到战争时期，简直就是个王牌间谍的料。不知道百瑞莲是从哪里挖掘出这么一个人。

如果可能的话，我真想立刻跳出去，狠狠地揍他一顿，然后拷问出他所知道的一切。

可惜我不能，这家伙只是百瑞莲计划的一线执行者，在他背后，隐藏着一个比五脉还要庞大的势力。如果我现在对他出手，只会打草惊蛇。还有更重要的任务，现在只能选择隐忍。

"他就是钟爱华吧？"药不然悄声问我。我点点头，百分之二百地确定。

"这家伙捧的玫瑰花都是高级货，有意思……"药不然捏着下巴，喃喃自语，眼睛忽然一亮，"戴海燕今年三十岁左右，又是单身。那么钟爱华这副打扮出现在这里，用意不言而喻啊。"

"不会吧？年纪相差将近十岁呢。"我知道钟爱华手段多端，擅长蛊惑人心，但我没想到他居然做到这种地步，这是打算色诱吗？

"你懂什么，三十岁的女博士生，又是单身，很容易陷入姐弟恋。再说了，他连你都能哄得晕头转向，骗骗大龄女青年算得了什么？"

"该死……"

我暗暗骂了一句。如果让钟爱华得手，那我们可就彻底没指望了。情郎和两个素不相识的陌生人，她选择帮谁那还用说吗？唯一让我觉得欣慰的是，钟爱华目前并没有达到目的。若他已经弄到自己想要的东西，戴海燕就没了利用价值，他肯定会毫不犹豫地离开。他捧着玫瑰过来，说明现在还没俘获戴海燕的芳心。

"怎么办？"我不得不求助药不然。这种涉及感情的问题，我太笨拙了，只能请专家出马。药不然捏着下巴，目送钟爱华进入博士楼，笑嘻嘻地对我说："等着看热闹吧。"

话音刚落，一大束玫瑰花从天而降，落在水泥地上，花朵摔得到处都是。周围的学生发出一阵惋惜声，也有喝彩的声音。没过多久，钟爱华狼狈地从楼里走出来，脸上倒没见什么沮丧神色。他看看地上的玫瑰花，一一捡起来放进塑料袋里，转身离去。

我对药不然的未卜先知大为惊奇："你怎么知道这家伙肯定失败？"

"很简单，他犯了战略性的错误。"药不然语重心长地竖起食指，在我眼前轻佻地晃了晃，"戴鹤轩不是说了嘛，这个戴海燕一贯反对她叔父的气功宣传，还坚持不懈地写文章揭露，这说明她是个理性的女性，而且独立意识很强。这样的女性大多有着一套明晰、清楚的审美标准和价值判断，不会被所谓的时髦、浪漫所迷惑。想用玫瑰花收买人心，这招实在是太俗了。"

分析完以后，药不然叫来旁边一个拿着相机的女学生，问她怎么回事。女学生特别兴奋，跟药不然说这是个小开，不知怎么就看上戴老师了，一天三次玫瑰花，每回都是九十九朵，坚持不懈，可真是下了血本了。现在整个校园都很轰动，每天都有人定时来这里围观情圣——可惜戴老师好像对这个人一点兴趣也没有，每次都把花从窗户直接扔下来。

"这个小开可真是情种，别看戴老师这么对他，人家可是一点都没显得不耐烦，每天还是按时来送，风雨无阻。真是个痴情的人。看到他弯腰一朵朵捡玫瑰，我们都觉得真可怜哪。戴老师可太残忍了。"女生说得眼圈都红了，把怀里的琼瑶小说抱紧。

药不然温言抚慰了她一番，然后回转过来道："和我猜的差不多。这样的女性，用普通的办法是不行的，你得比她强势，不容她反抗，或者让她觉得你比她聪明。"药不然分析得头头是道，我这方面没天分，只好问："那你怎么办？"

药不然露出一个灿烂笑容："鉴定，我不行；泡妞，你不行。"

今天时间有点晚了，我和药不然在复旦大学附近找了个旅馆住下。他让我在房间里待着，自己跑了出去。到了晚上快十点钟药不然才回来，手里还拎着几件衣服。到了第二天一早，他钻进卫生间折腾了好一阵。等他一出来我一看，嚯，药不然形象大变，鼻梁上架了副金丝眼镜，穿了一件浅蓝色条纹的白衬衫，纽扣扣得一丝不苟，活脱儿一位谢绝国外高薪聘请毅然回国的华侨年轻科学家。

"我们走吧。"药不然说。我愣了半天，才跟上去。

凭借药不然的魅力，我们从学生那里轻而易举就问到了戴海燕的行程。她上午有课，一般中午吃过饭都会去图书馆看两小时书，雷打不动。

钟爱华照旧在早上和中午出现了两次，又有一百九十八朵玫瑰惨遭遗弃。

复旦的图书馆分两处，文图和理图。戴海燕虽然专业是生物学，不过她去的大多是前者。我们两个中午吃过饭以后偷偷来到文图。这里的阅览室特别大，窗明几净。右侧是一排排的书架，中间被一长条浅黄色的木制柜台隔开，几个老师在来回巡视。左边阅读区里井然有序地摆放着二十几排漆木大桌和铝制不锈钢椅子，星星点点的学生和老师坐在里面，各自低头翻书或做笔记，屋子里很安静。

药不然指着角落道："在那儿呢。"

我一看，看到一个姑娘正靠窗捧着书在看。这姑娘肤色略黑，鼻梁高挺，和戴鹤轩有几分相似，这家人估计都有点俊男美女的遗传。不过她戴着一副厚底宽边的眼镜，得有个五六百度，把脸衬得很小。

药不然冲我做了个必胜的手势，抄起一本很厚的英文书走过去。我隔了三排坐下，远远观望。只见药不然走到戴海燕桌前，她抬起头，两个人交谈了几句，那姑娘忽然"扑哧"笑了一声，气氛十分融洽。我暗赞这小子好手段，钟爱华几天都搞不定的女人，他一会儿工夫就拿下了。

两个人叽叽咕咕了一阵，药不然挥手优雅地告辞，然后带着笑意走到我对面坐下。

"成了？"我问。

"惨败。"药不然一摊手，脸上的笑意像冰激凌一样僵在脸上。

"……怎么回事？"

药不然龇着牙花子道："我一凑过去，人家就看出来意图了，两三句话就把我给打发了，根本没容我发挥。"我呆了呆，脑子一转，猛地一拍桌子："咱们都被钟爱华坑了！"

我的声音有点高，周围一个学生严厉地瞪了我一眼，嘘了一声。我连忙垂下头，压低声音对药不然道："咱们接近戴海燕是为了什么？是为了问她残本的线索，不是觊觎戴家的家产，不跟她谈朋友这事儿也能办成啊！钟爱华那几朵玫瑰花，把我们的思路给带偏了。"

药不然也回过味儿来了："这回麻烦了，打草惊蛇……"

"我看，老老实实跟人姑娘说得了，不要搞歪门邪道。"

"要说你去说。"药不然眼皮一翻。

我略做思忖，从座位上站起来，走到戴海燕面前。戴海燕把手里的书啪地搁下，对着我笑意盈盈，就是不说话。

我毕恭毕敬地问道："是戴老师吗？"

"你早就知道了，何必多问这么一句废话？"戴海燕是张娃娃脸，嘴上却尖刻得很。我这才意识到，那笑意是一种居高临下的怜悯，大概就像是周瑜看见来盗书的蒋干时浮现出的笑意吧。

她这么一说，我顿时有点接不下去了。脑子里转了一圈，我决定还是说实话的好。我坐到她对面，语气平淡："您好，我有一些关于《清明上河图》的问题，想请教一下您。"

"你向一位生物学博士咨询古董的问题？"戴海燕道。

"我为什么请教您，想必您也心里有数，就不必说这句废话了吧？"我把刚才她的嘲讽扔了回去。戴海燕却没生气，她打量了我一番，镜片后的双眸闪过浓郁的兴致："戴熙？"

"是。"

戴海燕朝我身后看了一眼："你跟刚才那位'方鸿渐'是一伙的吧。"

我愣了一下才反应过来，方鸿渐是《围城》里的人物，拿这位克莱登大学的毕业生来比喻药不然，倒也有点意思。

"是的。我们来自北京，我叫许愿，是中华鉴古研究学会的。"我做了自我介绍。

戴海燕的表情有点意外："你是许愿？"

"你知道？"

"最近报纸上都是《清明上河图》的报道，你现在可是个红人。"

我心里大喜，她一个生物学博士，居然也对这些新闻保持关注，这可以省掉我不少唇舌。我努力让自己看上去平静一点："那么您愿意回答我的问题了吗？"

戴海燕扶了扶眼镜，却没直接回答："那个天天送玫瑰花的讨厌鬼，也是你们的人？"

"敌人。"我决定对这个姑娘尽量说实话。

戴海燕满意地点了点头:"不错,至少你没试图用一些拙劣的谎言来侮辱我。"我还没来得及得意,她下巴微微抬起,"不过人家一天三次玫瑰花。你们又打算送什么?"

我双手在桌上一摊:"我可不会拿感情开玩笑,再说戴老师你也不是那种轻易会被人迷惑的女人吧?"

戴海燕哈哈一笑,眼睛眯成了一条线:"姑且当你是恭维吧,虽然太过生硬。"她看了看墙上的石英钟,站起身来,"时间快到了,我要去上课。你们想知道的话,这样吧,你们晚饭后到我宿舍来。"

她居然这么爽快就答应了?我一下有点不敢相信,连忙追问了一句:"这么说戴老师您答应了?"

"因为你是许愿嘛。破获佛头案的古董新秀、一手挑起《清明上河图》争论的大名人、揭穿古董黑幕的求真者。"这些都是报纸上给我封的头衔。

"也没报纸上说的那么夸张啦。"我抓抓头,谦逊道。

戴海燕笑盈盈地合上手里的书,又露出那种居高临下的怜悯笑容:"别误会,我对你没有任何兴趣或崇敬。我之所以答应跟你谈话,只是想借这个机会当面告诉你,你有多么愚蠢。"

把目瞪口呆的我抛在原地,戴海燕起身离开文图。药不然凑过来问进展如何,我说咱们晚上去她宿舍详谈。药不然一伸大拇指:"哥们儿你果然深藏不露,已经有我在大学时的八成风采了。"

我苦笑着摇摇头,不知该怎么描述自己的感受才好。这个女人,不简单,绝对不简单。

到了晚上六点半下课,钟爱华又来了一次,重复了送花、扔花的程序一次,然后灰溜溜地离开。围观的人群散开以后,我和药不然这才悄悄走进博士楼三层,来到戴海燕的房间前。

我敲了敲门,里面的人说进来。我和药不然一进房间,先吓了一跳。

这个宿舍,几乎就像是一个翻版的实验室。桌子上和床边堆着一摞摞的外文资料,临墙的矮柜上摆放着一些实验仪器,玻璃烧杯里搁着牙刷和牙膏。墙上还贴着一张人体解剖图,上头的肌肉和神经清晰可见。现在告诉我说她的衣柜里藏着一具骷髅我都信。屋子里东西很多，但摆放极有条理。除了没有什么生活味道以外，可以说是完美无缺。

戴海燕正坐在一把会旋转的沙发椅上，用柳叶刀削着苹果，苹果皮一圈圈垂下去，厚薄一样，一直不断。

"坐吧。"她头也不抬。

可屋子里没有别的椅子，我和药不然只好一人找了一堆书垫在屁股下。她把苹果慢慢削完，然后切成三片，递给我们每人一片，还挥了挥柳叶刀："已经消过毒了。"我和药不然接过苹果，发现切得特别均匀，跟拿尺子量过似的。

戴海燕把自己那份扔进嘴里吃完，这才扶了扶眼镜，开口说道："我这里的地址，也是戴鹤轩告诉你的吧？"

她用"也"字，自然是指钟爱华也是从戴鹤轩那里得到的消息。我觉得没什么事能瞒过她，便实话实说："我与戴鹤轩赌斗，我赢了。"

"赢一个江湖骗子，也没什么光彩。"戴海燕的镜片掠过一丝厌恶，"你知道我为什么讨厌他吗？"

"他骗人。"

"不，骗人只是恶，算不得大罪。但他宣扬的那一套东西，只能用蠢来形容。这个世界上，可怕的不是恶人，而是蠢人。我至今也无法理解，那些违背物理常识、违背人体规律的谎话，为什么那么多人相信，那么多人膜拜，甚至还有记者帮忙宣传，还有官员帮着推波助澜。居然真的有人相信存在特异功能和气功，真是一种悲哀。"

我估计她肯定得先好好痛骂一顿戴鹤轩，于是也没吭声，只是点头附和。

戴海燕看向我的眼神陡然变得严厉起来："而许愿先生，你和戴鹤轩也不过是一丘之貉罢了。"

"为什么您会这么说呢？"我惊讶地反问道。

戴海燕说道："你讲了一个愚蠢的故事，却惹得全国大众沸沸扬扬，把你捧上名不副实的高位。那你和戴鹤轩有什么分别？"

"我不明白。"

"你放心吧。我今天之所以把你叫来这里，就是想当面驳斥你那漏洞百出的所谓质疑，让你知道自己蠢在何处。"

戴海燕把苹果核搁在一个搪瓷盘里，用柳叶刀一指。我注意到，在她身前的那一摞书，风格和其他技术资料完全不同，放在最上头的一本是中华书局印的《明史》，底下十来本的书名也都是文史类的，书脊上贴着标签，估计都是复旦图书馆的馆藏书。

而在这摞书旁边，是几张报纸，其中最醒目的就是《首都晚报》，而且是刊登了我那篇揭秘《清明上河图》的文章那一期，其他还有几份南方和港澳报纸，都是转载这篇文章的。

戴海燕拿起《首都晚报》抖了抖道："我要说的，就是你这篇荒唐的东西。我这个人有洁癖，不能容忍那些蠢或错误的东西。《清明上河图》恰好和我戴家还有点渊源，所以当我看到这些谬论时，只觉得如鲠在喉。你既然主动送上门来，我自然要一吐为快！"

这姑娘挺有意思，看到别人说错了话，非要扯住说清楚不可。看来，她之所以选择我而不是钟爱华，不过是因为我是揭秘《清明上河图》那篇文章的作者，值得骂的地方更多罢了——诚如戴鹤轩所说，她性子确实有点怪。但其实这也不算怪，她只是特别较真，对真相有执着的追求，这与我五脉"去伪存真"的精神并无本质区别，理应钦佩才对。

而且我不怕她指出我的错误。恰好相反，如果她说出我的问题，证明她确实从戴熙那里得到过什么消息，这是一件好事。

"愿闻其详。"我简单地回答。

戴海燕把报纸打开："你在这里讲一个传奇故事。陆完收藏《清明上河图》，后来王姓外甥偷偷誊了一幅赝品，被王忬拿去献给严氏父子。结果严世蕃的裱糊匠汤臣发现其伪，导致王忬被杀。后陆府家道中落，真本也落入严府。王忬之子王世贞撰写《金瓶梅》毒杀严世蕃，在葬礼上窃走严世蕃一条胳膊和一本《清明上河图》，随后严嵩倒台，另外一本《清明上河图》被抄入内府。没错吧？"

"没错。"

"你从来没查证过？"

"怎么会，我还是做过点资料查证的。"我为自己辩护。

"你查的资料，是不是《寒花庵随笔》《销夏闲记》和清人的《缺名笔记》？"

戴海燕从那一摞文史书籍里选出三册书，扔在我的面前。我看了眼书名，暗暗称奇。这些书都是影印本，虽不算罕见，但也算是专业古籍，不是什么人都能找到的。

她一个学生物的，居然比一般的历史系学生都熟稔，却是难得。

"是，这是记录这段掌故的原始出处。"

戴海燕忍不住拍了拍桌子："对材料不加辨析，不做比较，照单全收，愚蠢，愚蠢，愚蠢！"她双目圆睁，似乎对我感到十分气愤。这说得我有些不悦，便软中带硬地回了一句："您不妨说说，哪里有问题？"

戴海燕道："好！我就一条条说给你听！先说第一点吧。你的故事里头，陆夫人的王姓外甥在陆府观画，不带纸笔，只凭记忆，前后数月，终于眷出一幅赝品，这是你的原话吧？"我点点头。戴海燕道："这一开始，就大错特错！你以为古人眷画，真是靠记忆吗？"

"难道不是吗？"我反问。

"当然不是！"戴海燕眼睛一瞪，"抄画和抄书是两码事。抄书是记录符号，只要内容对了，笔迹形式并不重要，但抄画却完全不一样，运笔形式就是内容本身，这是一种技巧性的工作，哪怕对照着画，都很难做到一模一样，别说硬背了。像《清明上河图》这种细节无比庞杂的画，更不可能靠死记硬背去复制。"

"也许人家是天才。"

"也许，但我相信另外一种解释，你是个笨蛋。"戴海燕毫不客气地继续说道，"你小时玩过蜡烛吧？蜡烛的烛油滴到纸上，会让纸张变得透明。古人眷画，也是同样原理，他们先是在宣纸上涂黄蜡，用灌满热水的铁斗压在其上，反复碾压，让蜡彻底融入纸面，让纸变得透明。然后临摹的人会把透明纸铺在原画之上，用细笔在透明纸上描出线条，再拿开对着原画临摹——看到没有？临摹一幅画都如此费劲，你故事里那个王姓外甥想靠记忆就复制，根本就是个神话。你的整个理论，从一开始就站不住脚！"

我听到这里，额头上开始微微出汗。戴海燕的脾气很急，但她说的话条理却很清楚，我无法反驳。

戴海燕见我不说话了，没见同情，反而眼神更为凌厉。她从书堆里又翻出一本王世贞自己的《弇州山人四部稿》："你还说，王世贞毒杀严世藩，是因为自己父亲王忬被严嵩所杀。你自己好好看看王世贞自己是怎么说的吧。"

我翻开一看，里面夹着一个书签，那一页用铅笔画出来一段话。这是隆庆元年，王世贞向同榜进士、内阁大学士李春芳进言其父被杀原因时说的。王世贞说了三点理由：一是因为杨继盛；二是因为沈练；三是因为徐阶。前两者都是被严嵩迫害而死的忠臣，后一位是推翻了严嵩的名相。

"请问，王世贞列举的这三个父亲被严嵩所杀的理由里，到底哪条和《清明上河图》有关系？"戴海燕问。

"呃……也许是他自己不愿意说。"我仍旧试图辩解。

戴海燕大笑："好，你还不死心？"她又扔出几本《明史》，仍旧是里面夹着书签，用铅笔画了线。我一一翻开看，一看是严氏父子的传记，越看我额头的汗越多。

戴海燕犹嫌不过瘾，她继续问道："王忬之死，在嘉靖三十九年十月初一，王世贞扶棺返回老家江苏太仓，是在十一月二十七日，从此一直隐居，到隆庆二年才出来仕官。而严嵩在嘉靖四十一年倒台，严世藩被发配到雷州，中途逃回江西老家分宜，直到四十四年被杀。我请问你，在江苏的王世贞，哪来的机会在北京朝堂与在江西的严世藩相见？"

我哑口无言。

"至于什么白衣书生在葬礼上窃走一条胳膊和《清明上河图》的桥段，我都懒得说了。人的臂骨是很结实的，在众目睽睽之下，王世贞居然能迅速锯断尸体从容离去，你当他是什么东西？非洲鬣狗吗？"

戴海燕见我无言以对，居高临下地发起了最后的进攻："最后一点，你说王世贞用《金瓶梅》毒死严世藩，可你也看到了，明史里清清楚楚地写道，严世藩是在嘉靖四十四年被公开处斩的，哪里来的毒杀？又谈何在葬礼上被王世贞偷走一条胳膊？"

这一条条反驳砸下来，一砸一个坑，只砸得我眼冒金星，张口结舌，毫无反抗余地。

"你这个故事处处都是漏洞，若是把这当成一段故事，写个小说，也就算了。偏偏你还像煞有介事地当成史实去质疑别人，还惹得全国议论，这就太不像话了。我一个学生物的，随便翻几本大路史料，就看出了其中破绽。你们这些所谓专业人士，到底脑子里进了多少水？"

药不然把手搭在我肩上，表示极大的同情——他也不敢说话，生怕招惹到戴海燕。

这些细节，其实只要细查一下，都可以水落石出。可我太过信任素姐，居然没多方查证，草草翻了几本书就写了上去。想不到，这故事居然如此经不起推敲。当时的我，真是被猪油蒙了心。

而且这些问题还是被一个学生物的姑娘指出来的，我真是有点无地自容。

我垂着头，大脑在飞速消化着这一个意外变故。仔细想想，这其实是一件好事。

整个质疑《清明上河图》的基础，是王世贞为父报仇，从严府窃走真本，不知所终；赝本抄入内府，流传至今成为故宫本。如果这个故事不成立，岂不就证明故宫的《清明上河图》是真的吗？

可很快又有一个问题涌入脑海：戴海燕指出的这些破绽，我也许看不出来，但五脉里什么能人没有，刘一鸣什么学问，他怎么会看不出？我那篇揭秘《清明上河图》的文章，让五脉几乎陷入灭顶之灾，可为什么却没见刘一鸣或其他什么人站出来批驳呢？明明只要像戴海燕一样拿出几本书，谣言就会不攻自破啊？

难道说，故宫里藏的根本就是一件赝品，没法公开站出来说？

戴海燕这时候说了一句话，又把我的注意力拉了回去："你的故事不成立，不代表这件事是假的。"

"什么？"我糊涂了。

"虽然王世贞没干过报仇的事，但是他确实和《清明上河图》赝品纠缠不清。"她翻开《弇州山人四部稿续稿》中的一页，我伸头一看，发现王世贞专门写了一段关于《清明上河图》的话："张择端清明上河图有真赝本，余均获寓目。真本人物舟车桥道宫室，皆细于发，而绝老劲有力，初落墨相家，寻籍入天府，为穆庙所爱，饰以丹青。"

"墨相"即严嵩，"穆庙"即嘉靖皇帝。这一段话的意思很明白，《清明上河图》确实有真本和赝本之分，王世贞都见过。其中真本先被严嵩所得，然后抄没入天府，落到了嘉靖皇帝手里。

我恍然大悟。看来王世贞为父报仇这个故事虽然是假的，但里面却包含了一部分真实。《清明上河图》确实是先被严嵩所得，然后又到了嘉靖皇帝手里。

我急忙又往下读去："赝本乃吴人黄彪造，或云得择端旧本加删润，然与真本殊不相类，而亦自工致可念，所乏腕指间力耳，今在家弟所。此卷以为择端旧本，似未见择端本者。其所云于禁烟光景亦不似，第笔势道逸惊人，虽小丽率，要非近代人所能办，盖与择端同时画院祗候，各图汴河之胜，而有甲乙者也。"

我缓慢地读着，心中惊骇却越来越大。在故事里，王世贞窃走严府里的真本，嘉靖皇帝拿走了赝本；在这段自叙里，却恰好相反，严嵩家查抄的是真本，而赝本则是在王世贞的弟弟王世懋手中，连造假者的姓名都点出来了，叫黄彪。

无论是故事还是自叙，对我们后世的调查者来说，结论都是一样：真本和赝本，一本在宫中，一本在民间，至于哪个是真，哪个是假，就不知道了——结果，整个调查又回到了原点。

戴海燕道："王世贞在这里说得很清楚，他看见过的这个赝本，是吴人黄彪所造。但黄彪也不是凭空造出来，他不知道通过什么手段，找到一张和张择端同一时代同一画院同一景物主题的作品，以此为底炮制出一个几可乱真的赝本。"

她说到这里，"咔嗒"一声，我脑子里的一根线接上了。

难怪故宫本和百瑞莲本的碳十四年代检测结果如此接近，因为无论真本还是赝本，最早的源头，都是宋代，是同一时期同一座画院的产物，恐怕连墨质、绢质乃至笔质都所差无几。

我忽然想起来了。那晚在三〇一医院，刘一鸣说我的质疑文章破绽百出，原来戴海燕发现的这些漏洞，那位老爷子早就看穿了。我当时心里不太高兴，觉得既然漏洞百出为什么你不站出来澄清，现在，我明白为什么刘一鸣要对这个处处破绽的质疑保持沉默了。

戳穿这个故事很容易，可故事里揭示出的真实历史，只会对百瑞莲更加有利。百瑞莲恐怕也是算准了刘一鸣的反应，才会故意安排素姐给我讲了这么一个故事，笃定五脉不会站出来反驳。

转了一大圈，除了证明我是个大笨蛋以外，没有任何新东西。故宫本和百瑞莲本到底谁真谁假，非但没得澄清，反而变得更加模糊。

我沮丧地摇摇头，突然在想，素姐难道会不知道这些？就算她对历史不熟悉，但誊画这种基本常识，她应该知道才对，又怎么会讲出"王氏外甥背画"这种违背常理的段子呢？她会不会是通过这个，想向黄克武传达什么消息？

"许愿，你觉不觉得自己错了？"戴海燕逼问道。

我看她面色微微泛红，眼角和唇边都带着一丝隐藏很深的笑意，大概是从批评我的举动中得到了十足的快感吧。为了讲清楚一个跟她没有利害关系的道理，不惜查阅大量资料然后把陌生人叫来宿舍长谈，我忽然觉得，这姑娘对于对错的执着，轴得有点可爱。

"是，是，我错了。"我诚恳地承认了自己的错误。戴海燕满意地点点头，把散落在地上的书收起来，重新摆成一摞，双手抱胸："好了，你可以走了。"

我连忙拦住："等一下，今天的正题，咱们是不是还没说到……"

戴海燕刚才那一番批判，只是证明我犯了错，而今天的正题，却是《清明上河图》的残本。事实上，戴海燕今天向我说的话，让我越发觉得，只有找出残本，才能将这一次的真伪之争一锤定音。

"今天太晚了，我要睡了，明天再说。"戴海燕断然下了逐客令。

她的语气很坚决，不容我们再说什么，于是我们两个只得起身告辞。从博士楼出来以后，我还没吭声，药不然先忍不住说道："这女人，不简单啊。"看得出来，他对戴海燕有着深深的戒惧。

"这个不用你说，今天挨骂的是我，你却一句话都没说。"

"你还没看出来吗？那姑娘是个施虐狂啊，就是想找个人虐一虐，她就爽啦。正赶上你这种受虐狂，天造地设，我看你赶紧求婚去算了。"药不然比画着手臂，哇哇地说道。

"不要胡说。"我懒得跟他争辩。

"我这可不是胡说。你今天让她发泄了个痛快，心情好了，明天就会痛痛快快告诉我们残本的事情了。"药不然抬头看了看三楼戴海燕的房间。

"别说得好像我是用身体交换情报似的。"

"差不多，差不多。"药不然哈哈大笑。

我突然发现，我现在对药不然的说话方式，有点像我们之前没决裂时一样。我悚然一惊，连忙提醒自己，不要被他的表现所迷惑。这家伙可是老朝奉的得力干将，是我的仇人。我们虽然被迫联手，但不代表我已经原谅了他。

想到这里，我收敛心神，脸色也逐渐冷下来。药不然偏过头来还要说句玩笑话，一见我神色突变，先是一怔，旋即明白过来，笑嘻嘻地闭上了嘴。

这时候天色已经黑透了，博士楼外林荫路上的路灯逐一点亮。我们在尴尬中走了不到十米，忽然一个声音在旁边的灌木丛里响起："两位，请留步。"

药不然目光一凛，手直接抄进怀里，一步踏上前挡在我面前，冲着黑暗喝道："谁？"我的眼角一阵跳动。这个声音我太熟悉了，我曾经听过有人用这个声音叫过我许大哥，叫过我偶像，还鼓励过我不能放弃追寻真相的理想。

钟爱华从灌木丛的阴影里走到林荫道中，挡住我们的去路。他相貌没什么变化，只是少了在郑州时那一脸的稚嫩热血，在路灯照耀下反显出几分阴沉与狠戾。

"许大哥，你好——你是药不然先生吧？"钟爱华稳稳站在路中间，不动声色地向我们打了个招呼。他还是那副面孔，只是傻愣傻愣的热情消失不见，取而代之的是一种阴沉冷漠的气质。

"对，我就是药不然。原来我这么有名气？"药不然笑道。

"气死爷爷，反出五脉，您这样的叛逆青年，想认不出来都难。"钟爱华一本正经地说道，然后扫视了我们一圈，"两位本该是仇敌，怎么现在凑到一块儿去了？"

"这是大人的事儿，你一个小毛头就别管了，乖乖回家写暑假作业去啊！"药不然毫不客气地反击，然后搭着我肩膀，以示别想挑拨离间。对这个举动，我没吭声，也没避开。

钟爱华抬头看了一眼博士楼三层，语气有些感慨："看来，戴老师她跟你们谈得很开心。"

药不然笑道："还不错，该知道的都知道了，不该知道的也知道了。有人起了个大早，赶了个晚集，那就只能在我们屁股后面吃灰了。"

我们三个互相瞪视着，一时间都不说话了。他为什么来，我们为什么来，彼此都心知肚明，不必多说废话。钟爱华在这里苦心经营了数天，还是攻不破戴海燕的堡垒。而我们后来居上，在她房间里谈了这么久才出现。钟爱华别无选择，只能主动现身。

果然，钟爱华叹了口气道："许大哥，你这又是何必呢？五脉放弃了你们许家，老朝奉害了你们许家，你何必要为他们卖命？"

"不帮他们，难道要帮你这个骗子不成？"我冷笑着反问道。

钟爱华道："我承认我骗了你，可许大哥你仔细想想，你有什么损失吗？你之前只是一个默默无闻的小店主，现在却是一手挑开了中国古董市场黑幕的英雄，如果不是我们推波助澜，你现在会有这么大的名气吗？"

"哼，你们只是想借炒作我来打击五脉罢了。"

"这我不否认，但对许大哥你也没坏处不是？"钟爱华说到这里，伸过一只手来，"我可以代表百瑞莲给许大哥你一个承诺。只要你加入我们，将来百瑞莲会在北京、上海、广州三地开设三处古董拍卖中心，你可以任选一处担任主管。"

钟爱华真是好魄力，居然开出了这么高的价码。拍卖行的主管可是个要害职位，一年光是提成就是天文数字。

"不必了。"我断然拒绝，毫不犹豫。

钟爱华似乎早预料到了我的反应，又转向药不然："药大哥，我们虽然是第一次见面，但我对你早就有了了解。如果你肯加入我们，我们可以安排你出国，洗清自己的身份，美女豪宅随便你选，一辈子衣食无忧。"

药不然大叫道："这也太不像话了，凭什么许愿能当主管，轮到我就仨核桃俩枣打发了？想买哥们儿的命，怎么也得几座澳门赌场啊。"

对于我们的拒绝，钟爱华似乎早就料到了："别误会，刚才只是例行公事问问。以我对你们两位的了解，这样的条件，你们是肯定不会答应的。"

"那你还挡着路干吗？"药不然不耐烦地说，手又向怀里探进几分。

钟爱华呵呵一笑，从容说道："其实我只有一件小事相求，戴海燕这里，我志在必得，而许大哥和药大哥是我最大的阻碍。我希望你们……"

药不然没等他说完，噌地跳到他面前，掏出手枪指住他的额头，恶狠狠地说："你小子想要什么花样？"这是我第一次看到药不然掏出枪，吊儿郎当的小青年一下子变成一个锋芒毕露的杀手，我胸口紧张得怦怦跳。

被枪指着额头，钟爱华的表情却一点都没有变："药大哥，你过于紧张了。我不会像你一样使用暴力的，我更喜欢用脑子。"

药不然把枪口又贴近了一些："脑子是吧？等一下我打了洞出来，好好看看你的脑子是怎么用的。"

"你相信吗？我在这里一动不动，就可以把你们两个都干掉。"钟爱华一脸平静。药不然哈哈一笑："尽管来试试吧！"

我眉头一皱，钟爱华不是傻瓜，他如此有恃无恐，肯定安排了什么手段。我望向林荫路的另外一侧，脑海里忽然闪过一丝光亮，悚然一惊，对药不然大喊道："你快走！"

药不然看着我，有点不理解。这时林荫道的另外一个方向，传来了密集的脚步声。那是皮靴踏在水泥路面上的声音，而且人数不少。

这是警察。

药不然顿时脸上一片寒霜，我也变了色。

药不然是一个在逃的通缉犯。钟爱华要对付他很简单，只要打电话报警，他将面临警方的严厉追缉。钟爱华拦住我们说了那么一大堆废话，只是为了拖延时间，等警方赶到。

药不然大怒，拿枪对着钟爱华作势要扣动扳机，钟爱华被压弯了腰，脸上浮现出的得意却遮掩不住。药不然眼看警察逼近，不再有半点犹豫。他把枪收入怀中，转头就走，三步两步就消失在黑暗里。警察们随后赶到，简单地询问了一下钟爱华，然后循着他逃窜的方向追了过去。

林荫道上只剩下我和钟爱华。钟爱华道："怎么样？许大哥，我没撒谎吧？"我看着他："药不然就算被抓，也是罪有应得。但你打算如何对付我？"

钟爱华笑道："对付许大哥你就更简单了。"

话音刚落，林荫道另外一侧又传来一阵脚步声。这次很杂乱，我看到十来个人，有男有女，里面还有两个老外，脖子上挎着相机，手里拿着记录本，跑到我们两个人身边。

钟爱华指着我，对他们大声喊道："各位，这边，在这儿呢，这位先生就是许愿。"

众人一阵惊呼，纷纷抬起相机，闪光灯噼啪亮起，让我有些不知所措。就在一愣神的工夫，无数的问题抛了过来——

"许愿先生，你最近一段时间去了哪里？是出于自愿吗？"

"你对香港百瑞莲要拍卖的百瑞莲版《清明上河图》有什么看法？"

"你身为揭发者，还掌握五脉更多黑幕吗？"

"刘一鸣先生和你是什么关系？"

我目不暇接，想往后退。他们却不依不饶，一个个大着嗓门，问题一个比一个犀利。钟爱华在人群中凑到我跟前，握着我的手，悄声道："许大哥，感觉如何？"

我瞪着钟爱华，眼里几乎冒出火来。

这个浑蛋，可真是好手段！

自从我发表那篇揭秘《清明上河图》的文章以后，声名大噪。刘一鸣有先见之明，及时把我转移到了三〇一医院，避开公众视线，包括前往南京，都是处于保密状态。各大媒体一直都不知道我在哪里，一度还有境外媒体认为我被绑架或者软禁。在质疑《清明上河图》的浪潮里，缺少我这个发起者的声音，始终是一个遗憾，所以媒体都在发疯一样地找我，希望从我手里挖出一手资料。

钟爱华把我的行踪暴露给他们，这些人立刻像是闻到腥味的苍蝇一样扑了过来，只比警察晚了一步。内地的记者还好，那些港澳台以及国际通讯社的记者们，对新闻点可是如疯狗扑食一般，绝不会轻易松口。我的行踪一旦被他们盯上曝光，就别想继续调查下去了。

钟爱华确实一点没说大话，他只给警方和媒体打了两个电话，就把我和药不然全都废了。刘一鸣和老朝奉苦心布下的两枚决胜棋子，就这么被活活困住了。

钟爱华看着我，似笑非笑："你一定在想，钟爱华这个该死的家伙，只是简单地打了两通电话，就让我进退两难。你觉得这很容易？你错了！你知道这两个决定背后，需要多少背景调查、需要多少人脉、需要多少计算？这可不是我一个人的功劳。许大哥，现在你知道自己选择对抗的，是一个多么强大的组织了吧？你现在选择投降，还来得及，我的建议仍旧有……"

他话还没说完，忽然"哗啦"一声，一阵大雨从天而降，浇在了我们所有人头上。记者们猝不及防，纷纷尖叫起来。钟爱华本来精心抹弄的分头，被这片怪水浇得形象全无，一时间大为狼狈。我比他好不了多少，也被浇了个精湿。我摸了摸头发，发现这不是雨水，黏糊糊的，还有种难闻的气味，沾在头发上很难弄掉。

众人纷纷抬头，看到夜色晴朗，星月清晰，一丝乌云都没有，都大感不解。这时一个女生从博士楼的三层探出头来，不紧不慢地对下面说："请你们不要在楼下大声喧哗。这次只是营养液，下次就泼浓硫酸了。"

我一抬头，看到戴海燕正俯瞰着我们，镜片后的眼睛略带怒意，怀里还抱着一个脸盆。钟爱华也发现泼水的是戴海燕，他眯起眼睛，用手把额前的水抹了抹，大声道："海燕，真不好意思，打扰你休息了。"戴海燕没搭理他，钟爱华伸开双臂，对那些记者道："大家别在这里挤了，别扰乱学生和老师们休息，咱们出去慢慢聊，许愿老师已经现身，难道还怕他跑了不成嘛。"

他刻意为之的玩笑话让所有记者都笑起来，在我听来，却是一个威胁。我眉头紧皱，心想被这些狗仔队缠上，脱身怕是不容易了。就在这时，戴海燕又开口道："许愿，你还不快上来睡觉？"

楼下一下子就安静了。钟爱华看——准确地说，是瞪——着我，露出一丝惊讶，再没了刚才的从容淡定。别说他，连我都傻在原地，那姑娘到底在说什么？

"你再不上来，以后就不要来了。"戴海燕扔下一句话，从窗台消失了。

我当机立断，拨开围在四周的记者们，朝博士楼走去。钟爱华思忖片刻，却没有出声阻拦。他站在原地,眼神闪动,一直目送着我进了楼。那些记者也没闲着,噼里啪啦闪光灯闪成一片。

我顺着楼梯一步步走上去,心中却忐忑不已。戴海燕这是什么意思?为什么突然说那种话?而且还是当着记者的面。我估计,第二天各大报纸就会长篇累牍地报道什么打假英雄沉迷复旦香闺了。

我可没自恋到认为这姑娘突然对我发了花痴。

到了三楼戴海燕的寝室前,我敲了敲门,门开了。我看到她已经换了一身白底蓝格的睡衣,坐在椅子上,捧着一本书在读。在她脚边是一个脸盆,里面散发着和我头发一样的异味。旁边还有几个倒空了的化学药剂瓶。

"盥洗室在走廊那边,你去把头洗洗吧。"戴海燕头也不抬地说道,又补充了一句,"这是培育植物用的营养液,主要成分是硫酸铵和过磷酸钙,没毒。"

我端着脸盆走到走廊尽头。这里分成男厕和女厕,但外头的水龙头是共用的,旁边还有一台热水机。我拿盆接了点热水,放在水龙头下,简单地冲洗了一下。盥洗室里总是有人来来往往,都是住在这里的博士生和讲师,我一个外人显得分外扎眼。我洗好以后,犹豫了一下,硬着头皮钻回到戴海燕的房间,关门那一刹那,感觉背后有好几道好奇的目光扫视过来。

戴海燕仍旧在低头看书。我从窗户往外看去,钟爱华的身影已经不见了,只有几个记者还在蹲守,不时抬起相机拍几张。我赶紧把窗户关上,拉上窗帘,然后觉得这样更暧昧了。

"你为什么要帮我?"我转过身来,局促不安地问道。

戴海燕淡淡道:"帮你?你误会了,我只是不喜欢吵闹罢了。"她把窗帘掀起一角,朝外面看了一眼,继续道:"我不知道楼下刚才发生了什么,我也没兴趣知道。不过我若是不管,你是不是明天就来不了了?"

"呃……是的。"我承认。药不然被追捕,我也被曝光在媒体的视野里,行动会受到极大的限制。

"我这个人最讨厌话说一半,中途而废。你如果明天来不了,那么干脆今晚一次说完吧。"

我设想过好几个戴海燕帮我解围的动机,但实在没想到居然是这么一个简单的理由。我问她:"你就不怕别人风言风语?"戴海燕看了我一眼,似乎觉得这是个傻问题:"他们谈论我,与我何干?"

戴海燕把书合上,打了一个小小的哈欠:"我们快开始吧,别耽误我睡觉。等说完《清明上河图》的事,你去哪里,就跟我无关了。"

戴海燕是戴熙的嫡亲正房后人,只有她这里,才有可能知道戴熙关于《清明上河图》残本的线索。钟爱华机关算尽,废掉了我和药不然的行动力,却没算到戴海燕的古怪性格。所以现在我占据有利位置,而他只能站在楼下干着急。

只要戴海燕把戴熙的发现告诉我,让我搞清楚残卷的线索,就能抢回主动权,打乱百瑞莲的布置。

"好,好。"我坐回到那摞参考书上,把双手搁在膝盖上,双目平视,屏住呼吸,好似一个等待聆听教训的小孩子。戴海燕靠在沙发椅上,双手抱胸,睡衣下两条雪白的长腿伸得笔直,像是一只慵懒的波斯猫。外面的记者,无论如何也想不到宿舍里竟是这么一番旖旎情景吧。

戴海燕开口道:"下午我证明的,是你在《清明上河图》流传版本上犯的愚蠢错误。现在我要说的是,你对这幅画本身,也根本没有什么了解。"

对她这种居高临下的论断,我已经有了心理准备,因此保持着沉默,等她继续说。

"想要搞清楚这个问题,先来个小测试吧。我来问你,《清明上河图》这名字,是什么意思?"

"清明指的是农历清明节,上河是指上坟。这幅画的主题,是北宋汴梁市民过清明节时的汴河盛景。"我回答。

"错,大错特错。"戴海燕摇摇头。

"哪里不对?"我一愣。这可不是我信口胡诌的,无论是历史书还是艺术史的书里,都是这么解释的。戴海燕怎么又说大错特错呢?

戴海燕俯身下去,从那堆借自图书馆的文史参考书里翻了一下,拣出一本《中国古典艺术精选》。这本书开本很大,印刷也很精致,戴海燕很快翻到《清明上河图》的一页,这里把长卷截成了四段,平行印成对开,虽然不及鉴定照片那么清楚,但细节都还能勉强看到,算是目前市面上最清晰的版本。

她把画卷转向我面前,用右手食指的指甲划在长卷的最右侧。我注意到,她指的位置,上画着五头驴子,每头驴背上驮着两篓木炭,正被人牵着朝汴梁城走去。

古人看画,从右向左,这位于卷右的一段场景,相当于《清明上河图》的序幕。

"这……有啥问题？"

"已经指得这么明显了，你还看不出？"戴海燕讥讽道，"农历清明，已是晚春时节，马上就是立夏。宋人冬季用炭取暖，夏天运炭进城去做什么？"

"不一定是取暖，也可能是烧火做饭嘛。"我谨慎地解释道。

"好，你再看这里。"

戴海燕的指头划向画卷中间，这里的汴河两岸已经相当繁华，商铺兴盛，其中有几处酒家，酒幌飘扬，宾客云集，隐约可见几个酒瓮大缸，画面精致而细腻。戴海燕点了点其中几点，我看到有三处酒幌上可以分辨出"新酒"二字，这大概就和现在的广告一样，标榜自己是新品。

"新酒的意思，就是用新熟的粮食酿成。无论你酿酒的原料是高粱、小麦、糯米或是大米，清明节这些作物都还没成熟，哪来的新酒上市？"戴海燕提出了第二个问题。

"这……"我一下子语塞了。这个姑娘不愧是学生物的，一般人都会从笔法、风格上来进行考证，她却独辟蹊径，从这么一个匪夷所思的角度提出疑问。

戴海燕没容我思考，又指向了画面上的第三处。这是画卷中的一座大拱桥，这桥叫作虹桥，没有桥墩，桥身圆拱如彩虹，是汴梁城外横跨汴河的一座木结构的桥。桥上熙熙攘攘，人车拥挤，桥两侧都是商贩，十分热闹。

"看到没有？那几个小摊贩的案上摆的是什么？"她问。

"切开一半的西瓜。"我回答。

"你说宋朝有没有大棚温室？能不能在清明节吃到西瓜？"戴海燕的目光锐利无比。

我彻底没话说了。这个分析的思路，真是匪夷所思。先前我也说了，书画鉴定最难的地方，在于艺术没有一定之规，大家从用墨、运笔、上色等方面去评论，一棵树你说画得呆板，我说画得飘逸，没法判断对错，只能比资历。而戴海燕这里列举出的质疑，全是非艺术性的客观事实，实打实的证据。

看来戴海燕果然从戴熙那得到了不少资料，这种考证手法真是让我大开眼界。

"那您说，清明到底是什么意思？"我放弃辩解。

"画上的不是春景，而是秋景。而'清明'二字，就是盛世清明之意，是张择端为了吹捧宋徽宗的统治而起的名字。现在不也一样吗？人民安居乐业，歌舞升平，等等，都是套话罢了。"

"那上河呢?"

"那就更简单了。汴河是自西京洛口分水,从西南方向的西水门进入城区,过旧郑门、州桥,最后从东水门流出,继续向东而去。它横穿整个宋代京城,等于是御用之河,尊称为上河。"

我闭上眼睛消化了一阵,复又问道:"姑且认为你说的是对的,'清明'与'上河'二字可以这么解释,但跟残本有什么关系?"

"关系非常大。"戴海燕的声音一直保持着平淡,却不容置疑。"你看这卷子的左边。"

这是《清明上河图》的结尾部分,这里画的是一个十字路口,行人车马簇拥其中,四角的店铺里也都热闹非凡。再往左一点点,景物戛然而止,变成空白处,全是历代收藏者的题跋和印章。

"你不觉得,张择端选择截在这里,显得很突兀吗?左侧边缘处的街道只画了一半,就连店前树木,都只画了半个树冠。这根本不像是画完了,更像是被截取走了一段。"

"不过这个只是猜测而已吧?"我胆怯地问道,生怕自己的问题又很蠢。

戴海燕看了我一眼:"你要证据是吧?张择端画的是汴京东南城角,以汴河为线索,绘出汴京城郊到城内的沿岸景物。他为的是表现盛世清明之景,那么汴京有一个至关重要的地标,是绝对不应该遗漏的。"

"什么?开封府?大相国寺?"我对宋代历史不熟,只知道这些评书里耳熟能详的地名。

"金明池。"戴海燕的指头点在《清明上河图》的左侧空白处。

金明池我知道,那是个周长九里三十步方形的水池,位置恰好在汴梁西南角的西水门外,汴河南岸。这个地方,可以演练皇家水军,每年三月初一至四月初八还允许百姓进入游览,观看水戏,还经常举办赛船夺标比赛,是汴梁一处特别热闹的地方,大体相当于现在的首体和工体。

就算没专门研究过的人,在《水浒传》《杨家将》《薛刚反唐》《包公案》之类的评书里,也没少听过金明池的名字。我忽然想起来了,张择端还有另外一幅作品传世,名字就叫《金明池争标图》。可见他对金明池,应该也是有很深研究的。

戴海燕道:"金明池是显示朝廷军威的重要政治场所,也是汴梁百姓的娱乐场所，就在汴河边上。张择端要表现清明盛世，画的又是城郊汴河景色，却把金明池这么重要的建筑漏掉了，这岂非咄咄怪事？你去画一幅北京十里长街，会把王府井漏掉吗？"

我神色一动："你的意思是，这幅《清明上河图》确实被人截走了一段，失去的那段上面画的是金明池和西水门的盛景？"

"我不光知道残本上画的是什么，而且还知道这残本到底有多长。"戴海燕略带得意地说道。

"这都能知道？"我吓了一跳。难道说，戴熙亲自写的那幅字帖，最后竟落在戴海燕的手里？不然她怎么会知道得如此详细？

戴海燕道："这是分析的结果。《清明上河图》在被严嵩得到之前，还曾被明代一位名人收藏，此人名叫李东阳，还留下两段题跋。这个你该知道吧？"我点点头，她说得没错。我在研究鉴定照片的时候，仔细地对照过历代题跋和印章，其中就包括李东阳的笔迹。李东阳是弘治和正德两朝的名臣，也是一位收藏大家。

"他题的什么字，你还记得吗？"

我摇摇头，我只关心印迹和版本之间的关联，对内容只是一掠而过，没留意过。反正那些题跋无非是品评画工、鉴赏价值，顺便吹捧一下自己。

戴海燕道："所以说你蠢。李东阳的其中一段题跋，里面可是有一句关键的话，叫作'图高不满尺，长二丈有奇'。"我皱着眉头努力回忆了一下，好像确实有这么一段，但具体数字我就记不清了。

戴海燕掏出一个计算器，噼里啪啦按了一通："明代的尺，合现在是零点三二米。长二丈有奇，咱们取二点三丈。这么算下来，李东阳收藏这幅画的时候，它的长度应该是七点三六米。"

一听这数字，我猛然站了起来，面色大变。现在《清明上河图》的长度，只有五点二八米，差了李东阳所说的版本足足有二点零八米！也就是说，这幅名作被人盗割了将近三分之一！我可没想到这片残本能有这么长。

戴海燕又道："按照《清明上河图》的比例尺来推算，把这二点零八米换算成汴梁城的真实距离，恰好是金明池到西水门这一段的长度。"

随着戴海燕的解说，结论变得很清楚了。《清明上河图》本来向左还有两米多长的画卷，画的是金明池至城门的场景。明代李东阳收藏的时候，尚能看到全本，但随后等到了嘉靖年间，王世贞看到的时候，已经是不全的了。在正德到嘉靖这短短的几十年里，这幅杰作被人割成了两片。

我一下子联想起来，宋徽宗本该有一个题名和双龙小印，但现在的版本上是没有的，据说也是被人盗割，说不定就是这次浩劫中遗失的。如此看来，这个残本不光是有分辨真伪的作用，单是它本身所具备的价值，就已经相当惊人了。将近三分之一的《清明上河图》啊！还有宋徽宗的亲笔题名！

而张择端自己的题名，肯定不会离宋徽宗太远，恐怕也是在那残片上被一并割走了。

戴熙这个发现，实在是太重要了。我激动地在房间里来回走了几圈，想让自己的脑子冷静下来。戴海燕则在一旁冷眼旁观，似乎刚刚谈论的只是一件平常的事。

我忽然停下脚步，发现一个关键问题。戴熙十分完美地证明了《清明上河图》存在残本。但残本在哪里呢？如果我找不到这个东西，就算完美证明，也没有任何意义。

想到这里，我又对戴海燕道："戴熙除了考证出残本的长度和内容以外，有没有提到它的下落？"

戴海燕奇怪地看了我一眼："你在说什么？"

"戴熙啊，你先祖。不是他最早发现《清明上河图》是不完整的吗？"

听到这句话，戴海燕笑意一敛，两条腿蜷起来："你以为我今天跟你说的，都是我从戴熙那里得来的？"

"呃……不是吗？"

戴海燕冷笑着站起来："为什么这世界上这么多自以为是的蠢材？我告诉你，我是戴熙的直系后代没错，但他关于《清明上河图》残本的事，我知道的，也只有戴以恒留下的那段记录而已，其他的一概不知。"

我大为奇怪："那你讲的这些发现，是从哪里听来的？"

戴海燕下巴一抬："你的用词，暴露出你根本从内心怀有陈腐的成见。你觉得女人就没男人聪明？你觉得今人无法超越古人？告诉你吧，这些东西，都是我在高中自己研究出来的。"

我的震惊程度，不比听到《清明上河图》还有残本时小。一个女高中生，居然就能研究这么深的东西，这只能用天才来形容了。戴鹤轩确实提醒过我，说她家学渊源，可我没想到居然能耐到了这地步。

"你高中时怎么想起来研究这东西？"

戴海燕道："高中的课程，对我来说太简单了，我很悠闲，就决定给自己找点事情做。我偶尔翻到戴以恒的笔记，发现了戴熙关于《清明上河图》的言论。我开始试图找到他写的字帖，但是家里根本找不到。于是我决定自己把这个谜解开，就用了一个学期收集资料，一个学期考证，你今天听到的，就是我花了一年时间挖掘出的真相。"

"既然如此，为什么你没有公开发表呢？"我很奇怪，她上高中应该是20世纪80年代中，可我之前可从来没听过书画界有关于这件事的任何议论。

戴海燕耸耸肩，一脸不屑："公开有什么意义。我那时候只是个高中生，根本没人会把我当回事。你们那个圈子，就像是动物园里的猴山，不让外人进，自己人也是论资排辈。他们看的是名字，是资历，而不是内容。我投过几家杂志，也联系过学界的专家，可惜全是石沉大海。我开始很郁闷，然后就想通了。文科没有什么真理，全都是论资排辈罢了！那些东西不够精确，无法量化，只凭一张嘴，谁是谁非根本是笔糊涂账。从那个时候开始，我决定选择理科，科学理论靠的是严谨的逻辑，再大牌的人，说1+1=3也不行。在这个世界里，我可以自己把握价值。"

难怪戴海燕对我是这么个态度，原来她对高中时代受到的冷遇一直耿耿于怀。虽然她早就弃文从理，可这个心结仍在。我在报纸上大放厥词，被媒体追捧；她空有惊天发现，却无人问津，自然心中怒气不小，要跟我好好理论理论。

"所以你今天对我讲了这么多。"我感慨道。

戴海燕看了我一眼："你对《清明上河图》的见识可谓蠢不忍睹，但你毕竟和此画有着密切的关系，一定会认真听我的说法。我的研究成果，只会说给那些能珍视其价值的人。"

"可是那个叫钟爱华的，也一样会重视你的研究成果呀。你怎么不告诉他？"

戴海燕鼻孔里发出不屑的"哧"声："他如果直截了当来问，我也许会说。可他居然装出追求我的样子来，还打扮得油头粉面，每天送玫瑰，不光侮辱我的智商，还侮辱我的审美。"

我这才放下心来，看来不用担心她会把《清明上河图》残本的事情告诉给钟爱华了。

"那你能考证出戴熙字帖在哪里吗？"我满怀期望地问道。她神通广大，连《清明上河图》残缺长度都能考证出来，说不定还有更多线索。

可惜戴海燕摇摇头："这个我帮不了你。戴熙的字帖早就失落了，可能流落民间，也可能毁于战火。戴以恒的笔记没提供任何线索，我们家族也有人试图找过，都没找到。"

我大为失望，这个最为关键的问题，结果还是没弄清楚。戴海燕扶了扶眼镜："戴鹤轩也不知道吗？"

"他说他只是分家，就算戴熙、戴以恒有什么留下来的，也分不到他们那一支。"

"他倒是有自知之明。"戴海燕冷笑道，"我们戴家祖籍钱塘，戴鹤轩那一支很早就迁去了河南，一直到解放前才搬回南京。所以戴家的族谱里，都把这一支另立一册，跟钱塘戴氏分开。"

"嗯……"我忽然觉得有种异样的感觉，似乎冥冥中有什么线索被我忽略了。我挠挠头，却说不清楚那是什么，皱着眉头拼命想。戴海燕看到我抓耳挠腮冥思苦想的模样，"扑哧"一声笑了出来。笑完以后，她站起身来，语气坚决："我要说的，都说完了。你可以走了，以后不要来烦我了。"

"谢谢。"我诚心诚意地说道。我跟她素昧平生，能够得到这么多线索，已经是意料之外的收获了。

戴海燕挥了挥手，我不知道她的意思是不客气，还是少废话。

我正要离开，这时候外面传来一阵敲门声。我打开门一看，是几个警察。他们亮出证件，说刚才有人看到我和通缉犯药不然一起进入这栋宿舍，想请我回去协助调查。

看来药不然已经顺利逃脱了啊，我的心里说不上是遗憾，还是庆幸。

不管怎么说，跟着警察走起码有一个好处，至少不会被狗仔队骚扰。于是我顺从地跟着警察走出去，戴海燕"砰"地把门在我身后关上，同时走廊里有好几道门偷偷地拉开了一条缝。我估计今天过后，校园里肯定会流言横飞，好在戴海燕从来不在乎这些事。

一出宿舍楼，四周噼里啪啦闪光灯乱闪，好几个记者兴奋地抓拍着。警察不得不把他们驱散，才让我坐进警车。不知道明天这些记者到底会怎么写，打假名人夜闯女博士生春闺被抓？

到了派出所，我直接亮出了公安部八局的证件。警察们吓了一跳，连忙去打电话核实。很快他们就把证件还给我，态度好了不少。这是方震给我的护身符，自然不会有假。我告诉警察，我只是和药不然碰巧一起去了博士楼而已，至于我去干了什么，对不起，要保密。

警察们给我做了笔录，然后就让我离开了。我回到住的旅馆，感觉一路上都有人在跟踪着。我到了旅馆前台，亮出证件，说我在执行机密任务，无论谁问都不得泄露我的房间号。旅馆前台诚惶诚恐，拍着胸脯保证说一定完成任务。

回到房间，我忽然想起来，我的大哥大还揣在药不然身上。警察不知道这个细节，肯定不会监听，于是我用房间座机给他拨了过去。电话响了十来声，药不然才接起来。呼吸很粗重，像是刚刚长跑过一样。

"你在哪儿？"我问。

"你不知道比较好，总之哥们儿暂时很安全——钟爱华这个小兔崽子，居然报警，可把我给累坏了，多少年没这么跑过了。"

"我也被记者缠上了。"

"够狠。"药不然悻悻地称赞道，"那后来你怎么样了？"

我仔细权衡了一下，觉得没必要隐瞒，便把戴海燕的发现简明扼要地给药不然讲了一遍。药不然听完，问了一个问题："戴熙的大齐通宝，是和他的字帖一起失踪的对不对？"

"对。"

"黄克武既然有大齐通宝，说不定也知道那个字帖的下落。"

我一拍脑袋，对呀！我刚才怎么没想到这一点呢？这两样东西，戴熙应该都是放在一起保管的。他投水自杀以后，得到大齐通宝的人，说不定也会知道字帖的下落。虽然事隔多年，大齐通宝不知被转了几手，黄克武未必知道，但这是我们目前唯一的线索。

"你肯定被警方跟着，哥们儿暂时不能靠近你了，电话先借给我使使……"药不然不等我说好，就把电话挂了，大概是又遇到什么紧急情况了。

我的心情相当矛盾。我原来巴不得这家伙被警察抓到绳之以法，可现在却又有点庆幸他顺利逃脱。刚才钟爱华出现的时候，药不然抢先一步挡在我面前，人的瞬时反应不会作伪，他的举动，让我真不知道该如何评价这家伙。

想不通，就先不去想，正事更加重要。我立刻给北京拨了一个号，打给方震，把在复旦的情况约略一说，让他跟上海警方疏通一下，免得有麻烦。方震说好。

我又问他刘老爷子怎么样。方震告诉我，刘局现在陪着刘一鸣，天天奔走于各个部门及其领导家里，非常忙碌，这会儿已经服下安眠药睡下了。我本来还想跟刘老爷子汇报目前的进展，咨询一下他的意见，听方震这么说，只好作罢。我又问方震有没有黄克武在香港的联络方式，方震直接报给我一个电话号码。

"黄老爷子在那边弄得怎么样？"我随口问道。《清明上河图》的危机爆发以后，刘一鸣坐镇北京，而黄克武则赶去了香港，在敌人的阵地里周旋。

方震却答非所问。他告诉我，现在《清明上河图》这件事的争议越来越大，碳十四检测结果也无法平息，上头已经决定，搞一次京港文化交流文物展，借这个理由把《清明上河图》送到香港进行对比鉴定。

公开对质国家肯定是不会接受的，但舆论形象又不能不顾及。正好香港还有五年就回归祖国了，于是上头就想出文化交流活动这么一个借口，让各方面都能接受，《清明上河图》就可以名正言顺地运去香港了。

但这个决定对五脉来说，却是再糟糕没有了，这说明他们正在失去对局势的掌控。留给我的时间已经不多了。

方震不愿意评价黄克武，但听他话里的意思，恐怕黄克武在那边的成效有限。自从五脉改组为中华鉴古研究学会，和香港的联系就中断了，几十年来再没任何影响力。现在的香港古董界，对五脉来说是不折不扣的客场。

我想了想，又问道："能不能想办法限制一下钟爱华？"任由那家伙在外头转悠，说不定什么时候又会跳出来给我捣乱。这次方震回答得很干脆："他的身份是香港公民，而且目前没做过任何违法的事，想抓他很麻烦。"他停顿了一下又说："不过你如果想要药不然落网，倒是没有问题。"

看来国家机器的强大，远远超乎我的想象。这本来对我来说，是个千载难逢的好机会，可我犹豫了一下，回答说暂时不必，留着他还有用。方震"哦"了一声，没有追问。这让我松了口气，如果他追问我为什么，我还真拿不出什么站得住脚的理由。

"那能不能想个办法查查钟爱华的底细？"我转移了话题。

钟爱华虽然是香港公民身份，但看他的说话做派，肯定是从小在内地长大的。那种味道，绝对模仿不出来。方震说会试着去查查户籍资料。

"我知道了。一旦有结果,你立刻告诉我。"我说。

"小心。"方震叮嘱了一句,他在电话另外一端的声音没什么起伏,就像是例行公事。可我知道,他这个人从来不说废话。不知道这一句小心,是指小心钟爱华,还是指小心药不然。

放下电话,我拿着黄克武的电话号码拨了几下,听到提示才反应过来,这里没有国际长途服务,要打必须去邮电局。我只得上床睡觉,明天一早再说。我本以为这些千头万绪的事情,会让我做一个繁杂混乱的梦。可出乎我意料的是,居然一夜无梦,一口气睡到了天亮。事实上,自从离开紫金山以后,我就再没在晚上被噩梦惊扰过。

次日一早,我一开房间门,忽然看到地上有个黑乎乎的东西。我把它捡起来,发现居然是个BP机,汉显的,上头还留着一句话:"哥们儿,就用这个,随时联络。"

药不然这小子,不知道用的什么手段,居然扔了这么个东西在这儿。BP机是单向的,我被动接收信息,对在逃的药不然来说,这种方式联络起来相对安全一点。我把它别在裤腰带上,早早离开旅馆。一出门,一群记者却扑了上来,不停地问各种问题。幸亏我在出发前,已经从上海旅汽预约了一辆普桑出租车。我一言不发,等到车一到,立刻直接上车扬长而去。那些记者没准备汽车,追赶不及,一个个气得哇哇直叫。

我径直来到虹口邮电局,办了个国际长途业务,然后钻进无人的电话间,拨通了黄克武在香港的电话。

电话很快就接起来了,黄克武的声音还是那么洪亮,却充满了疲惫。我说我是许愿,对面劈头就问:"你把烟烟救出来没有?"

我说戴鹤轩已经撤诉,她很快就能被释放。黄克武问我在哪儿,我说在上海。他顿时火冒三丈,毫不客气地把我训斥了一顿,质问我为什么不陪着她。

我懒得辩解,等他骂累了,我直接问他从哪里得到大齐通宝的。黄克武说:"你问这事干吗?"我终于忍不住怒火:"我还能干吗,当然是要调查《清明上河图》的事情!您当初把大齐通宝给我,怎么回事也不说清楚,害我在戴鹤轩那里差点吃了一个大亏。现在五脉生死存亡,你们这些老前辈说话能不能直接点,别藏着掖着好不好!"

我发了这么一通脾气,黄克武那边沉默片刻,居然没骂回来。我听到话筒里传来一声叹息,然后黄克武悠悠道:"好吧,好吧,你小子翅膀硬了,连我都敢骂啦。我告诉你就是,这也不是什么丢人事。"

原来这枚大齐通宝,是黄克武20世纪50年代在上海买到的。当时他来上海出差，在闸北区的一家文物商店谈事情的时候，正好目睹了一起收购。

来文物商店卖东西的，是个老头子，戴着玳瑁腿的小圆眼镜，穿一身黑马褂，一看就是经营古董的老掌柜。他带着两个大木盒子，一个后生拿扁担挑着。老掌柜抖着手，一件一件往柜台上搁。

黄克武站在一旁看着，心里明白老掌柜为啥手发抖。这些买卖古董的人，要把自己心头肉交出去，那比剐了他们还难受。但大环境在那里摆着，也由不得他们选择。那时候已经解放，全国都在大改造，古董界也未能幸免。五脉都要改组学会，更别说是普通古董店铺了。这些铺子有两个选择：一是合并到文物商店去，公私合营；二是把东西都卖给文物商店。这老掌柜选择的显然是后者。

黄克武拿眼睛一扫，老掌柜带来的货色不错，明中的斗彩瓷瓶、清代的铜炉玉佛、汉代的方印、秦代的瓦当，还有几幅书画，品类很杂，搁到市面上都能卖出好价钱。

负责收购的是个小青年，老掌柜搁得特别小心，他却不当回事，随手拿起来乱看。等到老掌柜摆完一箱，小青年拿着笔一点，说一件五块，一共二十件，那就是一百块钱。老掌柜当时就急了，说同志你不能这样，文物哪能这么报价。小青年眼皮一翻，说我这儿规矩就是这样。老掌柜"唰"地展开一幅画，说这是孙克弘的《溪边对谈图》，从前要卖八十银圆都不止，又拿起一块墨，说这是查士标亲笔题写的松墨，光这两样就得两百多银圆。

小青年听得不耐烦了，拿手一挥："那是旧社会，都是封建地主剥削劳动人民的血汗钱。现在可不兴这一套。一件四块，你要还啰唆，就三块一件了，你自己掂量着看。"老掌柜气得要死，一跺脚，说："我不卖了。"小青年冷笑："你不卖给文物商店还能卖哪儿去？我现在就打电话给其他商店，让他们就按这个价给。看看你的脚程快，还是我的电话快。"老掌柜站在商店门口，放声大哭。

黄克武实在看不下去了，走过去把小青年痛骂一顿。当时文物商店的很多职员都是五脉的人，黄克武站出来说话，这小青年立刻不敢吭声了。最后老掌柜的两大木盒子文物，总算结了一个相对公道的价钱。老掌柜对黄克武千恩万谢，从怀里摸出一个红丝绸包，里面藏着一枚铜钱。

黄克武一看这铜钱，眼睛顿时瞪大了，他认出来这是传说中的那枚缺角大齐通宝。老掌柜把铜钱放到他手里，说："这东西是我们店的镇店之宝，一直秘藏至今。

现在世道变了，留着也没用了，您是识货的人，知道它的价值，请你收下它，求你善待这些宝物，可别糟蹋了。"说完以后，老掌柜让那后生搀扶着，晃晃悠悠离开了文物商店。

"这是哪家古董铺子？"我问。

黄克武道："我不记得了。不过你可以去问问那个小青年。"

"叫什么名字？"

"他叫刘战斗，现在是上海书画鉴赏协会的副秘书长，刘家在上海的负责人。"

我吃了一惊，没想到这小青年居然也是五脉的人，而且现在地位已经这么高了。我还想多问黄克武一个问题，可他说必须得走了，然后就匆匆挂掉了电话。

挂了电话以后，我有点犹豫。自从《清明上河图》的事情爆发以来，五脉的产业在全国各地都遭受重创。他们所有人都认为，我是这场劫难的始作俑者。媒体把我捧得越高，他们就越抵触我。刘一鸣知道这一点，所以才建议我不要借助五脉的力量，自己偷偷调查。现在如果我去找刘战斗，等于是自己公开了行踪。

可随后我转念一想，那些记者肯定已经发了稿子，我实际上已经被曝光了——那就没必要藏着掖着了。在这个紧要关头，不能再顾虑那么多。

邮局这里有电话簿，我没费多大力气就查到了上海书画鉴赏协会的地址，立刻赶了过去。

这个书画鉴赏协会坐落在黄浦区淮海路上，是一栋蓝白相间的三层法式建筑，从前是某个英国商人的宅邸，街道两侧都栽满了法国梧桐，环境相当好。我赶到以后，对收发室的人说找刘战斗，然后亮出公安八局的证件。

方震给我的这个证件，真是相当方便。收发室的人一看那几个烫金的字，二话没说，立刻给我指了刘秘书长的办公室位置。我到了办公室，敲了敲门，里面说请进。我推门进去，屋子里的陈设和刘一鸣的小汤山别墅风格很像，淡雅简朴，墙上挂着几幅龙飞凤舞的书法，落款都是一些高层领导人。向阳的窗台摆了十来盆盆景。一个中年人正手执剪刀，在埋头修饰。

"您好，我是许愿。"我开门见山地说。

中年人一听这名字，立刻转过身来。这人背头梳得一丝不苟，嘴唇薄得像两片刀片，脸倒是很胖，不过不见一丝皱纹，下过功夫保养。他先深深地打量了我一下，然后坐回到办公桌前，把剪刀放回抽屉，又拿起眼镜布擦了擦眼镜，晾了我足足两分钟，才冷笑着说："我当是谁呢，原来是许大名人。你来我这儿，是又发现什么假货啦？"

一听这口气，我就知道他的态度。我在三〇一养病的时候，五脉的人差点冲进病房打我一顿，这个刘战斗没呵斥我滚出去，算是不错了。不过这也不怪他，整个学会都被我坑得不轻，我有愧于他们。

我忍气吞声，把来意说了一遍，说希望能查到当年那老掌柜的名字，或者商号，最好能找到他本人。刘战斗的脸色更加阴沉起来："黄老爷子让你过来，就是拿陈年烂谷子的事儿来羞辱我？"我连忙说没那意思，我是在调查一件特别重要的事，这个信息非常关键。

刘战斗嘲讽道："你的事情当然重要了，五脉这么多人的饭碗，都差点让你给砸了。我若帮了你，就怕你拿去写篇什么文章，掉过头来把我害了。"说完刘战斗把身子往椅背一靠，双手搭到肚皮上，"对不起，文物商店那都是几十年前的事情了，我不记得。"

果然，他们现在对我的警惕性太高了，生怕说出什么来，又惹出什么乱子。我暗自叹了口气，说："这事是刘老爷子安排下来的，事关五脉安危，如果你不信，可以直接去问他。"

我本以为抬出刘一鸣的名号，他就会配合。可刘战斗眼睛一眯，仍是一副拒人千里的嘴脸："你干吗？拿刘老爷子吓唬人吗？我告诉你，我当时在文物商店时一天要处理十来笔收购，那种芝麻小事，我怎么可能还想得起来？就是刘老爷子今天亲自来问我，我也是想不起来。"

我一时无语。想不想得起来，只有他自己知道，旁人一点办法也没有。刘战斗见我一脸尴尬，露出细微的快意神色，他一指门口："你走吧，可别说我们刘家欺负你一个打假英雄。"

这个刘战斗真是一点面子都不给，我只得悻悻离开，琢磨着实在不行就给刘局打个电话好了。这个刘战斗身上的官僚气味很浓厚，刘局对他会更有办法。

刚一出小楼的楼门，我的BP机"嘟嘟"地响了。我低头一看，上头有一句话："去找刘战斗了？"我抬起头，扫视四周，人来人往，梧桐树沙沙地摆动着叶子，没任何异样。但我知道，药不然肯定在附近什么地方偷偷跟踪我，只是不知警察是否会派便衣跟踪我，所以才没现身。

很快第二条又发了过来："买一两栀子、一包红茶、十个橡子，再去。"

# 古董局中局 2

## 第七章

## 发现真相

一两栀子、一包红茶、十个橡子？

我莫名其妙，这是啥？中医药方还是什么饮品配方？这三样东西都不是什么稀罕物，靠这个就能打动刘战斗？不会是谁的消息发错了吧？

这时候第三条跳了出来催促："时不我待。"

"死马当活马医吧……"我把 BP 机放回腰上。

这三样东西别看常见，凑齐了还挺麻烦的。我先在淮海路附近找了家中药铺，忍着人家鄙视的眼光要了一两栀子，然后去小卖店买了一盒袋装红茶（人家不单卖），最后在一家干果店硬着头皮数了十粒橡子出来。

我把这三样东西搁在一个小塑料袋里，再度登门拜访刘战斗。刘战斗正在接电话，正说得神采飞扬，一见我去而复返，嘴上不停，手势不耐烦地挥舞，让我滚出去。

我没吭声，把塑料袋往他的桌子上一放，几粒栀子和橡子滚落出来，还露出半个茶包。

说来也怪，刘战斗一见这三样东西，面色顿时大变。他对电话里敷衍了几句，赶紧挂断，看我的时候，两眼几乎要冒出火来。

"你这是什么意思？"他问。

"你确定想要我在这儿说出来？"我真不知道怎么回事，但故弄玄虚的意识还是有的。

刘战斗明显坐不住了，好像他的盆景全跑到椅子和屁股之间。我似笑非笑，从容淡定，保持直视。刘战斗无法承受这种目光，只得压低嗓子道："你到底要怎么样？"

"我听说这个药方能改善人的记忆力，所以特意给您送过来。"我掰字酌句地说道，这么说一来显得有底气，二来我怕我说多了露馅儿。

刘战斗腮帮子颤了颤，隔了一阵，白净的脸上才勉强挤出一个笑容："小许啊，你走了以后我仔细回想了一下，有点想起来了。既然刘老爷子让你查，总不能让他老人家失望。"我心中暗暗称奇。这药方的效果，真是立竿见影，不会是什么武侠小说的巫蛊吧？不然没法解释刘战斗前倨后恭的转变。

"那您说吧，我听着。"

刘战斗掏出一块布擦了擦额头的汗，然后才发现是眼镜布。他晦气地甩了甩手，告诉我道："那家商铺叫樊沪记，掌柜的就姓樊。这家铺子在上海算是个小字号，规模不大，信用还不错。"

"你为难的老掌柜就是他？"

"当时我也不是故意为难他。那时候，越穷越光荣，谁会惦记着拿古董赚钱啊。我是受了……呃，你知道的，受了那谁之托，才杀杀价。谁知道黄老爷子出差来这儿。"

我见他吞吞吐吐，心中疑云大起，听起来这个刘战斗似乎和什么人有勾结，而且他认为我"应该"知道。我有心多问一句，又怕露出破绽，只得面无表情地点点头："那么樊掌柜人呢？"

"早就病死了，樊沪记的铺子也关了。"

"当时不是有个后生陪他去的吗？"

"哦，你说樊波啊。那是他侄子，进了一家工厂当工人，现在还在上海。"

"你们还有联系？"

刘战斗露出一丝苦笑："有啊。前几年他来找过我一次，闹着说当初收购古董的价钱不公道，要求归还或者赔偿。我说那是国家文物商店的统一政策，跟我没关系。他不服，就一封封申诉信往上写，也不嫌烦。"

我问他信都在哪里，刘战斗起身从一个文件柜里翻出一摞信，交给我的时候语气还有点得意："这些都是樊波的申诉信，上级部门一收到，就直接转到我这儿来了。他还傻乎乎地一封封写，能有什么用？"

我很不喜欢刘战斗这种口气，没接他的茬儿，拿起一封申诉信来看。这信皮我太熟悉了，我给我父母写申诉材料的时候，也是这样一封接着一封地写，信皮格式简直熟极而流。想到这里，我心中微微一疼。

我发现所有的信都没拆封，看来那个樊波一年年申诉的辛苦，算是全白费了。我拿着信看了一眼刘战斗，刘战斗赶紧说："随你，反正都是扯淡的东西。"我把封口撕开，里面是三页信纸，除了讲述那次收购的过程以外，还有一张被强制收购的古董清单，缺角大齐通宝也赫然在内。不过这个樊波显然是个外行人，不仅把许多字写错了，而且还把大齐通宝当成件不值钱的玩意儿，列在清单最后头。

我心里一沉，心想麻烦了，线索可千万别在这里断了。这种事特别多，前一代明明留下许多好东西和故事，后一代不识货，又不舍得传给外人，传承就断了。从前有人专门收藏京城京剧名角儿的戏单，视若珍宝，可他儿子根本对京剧没兴趣，他爹死后，就把收藏扔在一处仓库角落里。等到有人想起这件事，想找他收购，一打开仓库，戏单全都霉透了。

这个樊波看起来也不太懂古玩，樊沪记和大齐通宝之间有什么故事，他可未必知道。

我暗暗祈祷这个猜想不要成真，继续往下看，看到樊波在信的结尾处留下自己的家庭地址，这是申诉信的标准格式。我拿笔把地址抄了下来，忽然转念一想，我这么贸然找过去，人家未必肯开口，便抬头对刘战斗说："你陪我去看看吧。"

"我去干吗？他对我可一点好感都没有。"刘战斗一脸不情愿。

"解铃还须系铃人。正因为他屡次找你申诉不成，现在你主动去拜访，他一定会升起解决的希望，人一怀着希望，就好说话了。"

刘战斗跳起来大怒："许愿，你别得寸进尺！凭什么让我答应这种无理要求！"

"只是叫你陪我去看看，别的也不用你做什么。"说完我朝着那装着栀子、橡子和红茶包的塑料袋瞟了一眼，刘战斗牙齿磨了磨，只得勉强答应。

我越发好奇，药不然这开的是什么药方，简直跟金庸小说里的三尸脑神丸似的，能够把人像傀儡一样控制。

樊波住的地方，位于闸北区一条小弄堂里。弄堂的小路狭窄，两侧都是低矮破旧的二层小楼，砖壁泛黑，木框剥落，抬头望去，逼仄的天空被一排排枯黄色晾衣竿切割成无数细碎的形状。两三个老人坐在弄堂门口晒着太阳，目光浑浊。和刘战斗一路打听了一圈，才知道樊波一家住在一处阁楼上。这楼本身年岁就不小，黑洞洞的楼梯摇摇欲坠，堆满了杂物。我们走到三楼，还要再顺着一个沾着油漆星点的大竹梯爬上去，才抵达阁楼。

这阁楼没有门，只是用一个油渍斑斑的布帘挡着。我喊了一嗓子樊波在不在，里面传来一阵噼里啪啦的声音，感觉有好几个人在。折腾了一阵，才有一个满脸皱纹的男子掀帘出来："我是樊波,你们是?"

这家伙年纪跟刘战斗应该差不多大,可两人面相真是天差地别。他脸上的沟壑,写满了生活的愁苦,日子过得一定不很顺心。

"我们是上海书画鉴赏协会的,想找你了解点事情。"我说。樊波看到我身后一脸不痛快的刘战斗,眼睛一亮,赶紧让我们进来了。

我一进去,才知道刚才为什么屋子里要闹腾那么久。这阁楼高度也就一米七左右,进去以后没法挺直身体,总面积二十多平方米,里面却塞了两张叠在一起的木床、一张书桌、一个煤气灶,甚至在屋角还用两片白布单隔了一个厕所出来。就在这个鸽子笼里,却住着樊家五口人。床上躺着两个老人,书桌上靠着一个半大小子,厕所里应该还有一个,估计是他老婆,听到有外人来,不敢出来。屋子里弥漫着一股混杂着油烟、腥臭和腐朽的味道——看来樊波的日子,过得非常不好。

阁楼太低矮,樊波殷勤地从床底下拖出两个板凳,拿袖子拂了拂让我们坐。刘战斗皱着眉头,用手帕捂住鼻子。我一看这种状况,直接开门见山道:"我们这次来,是想问问你关于樊沪记的事情。"

"申诉有回应了?"樊波大为激动,一挺胸膛,差点撞到天花板。

刘战斗赶紧说:"你那些都是无礼要求,国家没有政策。"樊波大怒:"那你们来干吗?!"我瞪了刘战斗一眼,温言宽慰道:"我是想找您了解一下情况。"樊波"哦"了一声,又坐了回去:"我的情况,申诉信上都写得很清楚了。"

"我们需要落实你申诉信附的古玩清单细节——比如这枚缺角大齐通宝,我们想知道是什么时候购入的,从谁手里购入的。"我尽量和颜悦色。我不想骗他,但也不能明白地说出我的目的,只好在言辞上尽量含糊。

不料樊波眼珠一转,开口道:"除非国家给我一个准话,否则我是不说的。"刘战斗不高兴了:"樊波,你胆子不小啊,还敢跟国家谈条件?"樊波把屁股挪了挪,嘿嘿一笑:"这么多年,我见过不少人打着各种旗号来问我樊沪记的事,还不是觊觎樊老掌柜的东西?"

刘战斗靠近我,小声解释了一下。我这才明白,樊沪记在上海也算是个小有名气的铺子,老掌柜虽说折了两大箱子宝贝给文物商店,但他有没有私藏一些小件,藏在哪里,谁都不知道。这几年文物市场复苏,不少人都跑到樊波这里旁敲侧击,觊觎老掌柜留下的东西。樊波就是被他们撺掇了几次,才兴起了申诉之心,想要国家把当年樊家的东西赔回来。

所以我一张嘴，樊波就听出来了，我们是有求于他，毫不犹豫地打算要谈条件了。

"你要是不配合，申诉的事我可就不管了。"刘战斗虎着脸说。樊波倒也硬气："说得好像你从前管过似的。我叔叔积攒了一辈子的心血，当年就是被你糟蹋了。我告诉你们，他的心血不归还，我是不会说一个字的。"

场面一下子变得很尴尬，樊波这么多年申诉无门，好不容易找到一个可以要挟的机会，就跟溺水之人捞到根稻草似的，死死抓住不放。床上的老人微微呻吟，厕所里的女人不安地咳嗽了一声，这些细节，让樊波的眼神更加坚定。

我很熟悉这种眼神，这不是某种理想希望得到实现，而是某种欲望渴望得到满足。换句话说，樊波对樊老掌柜的心血没有太大兴趣，他关心的是如何改变窘迫的现状。

我正在飞快地思考怎样劝他开口，刘战斗蹲在门口，说了一个提议："樊老掌柜当年卖给文物商店的那些东西，早就流散各地，不可能追回。不过如今在书画鉴赏协会里面，收藏着一幅夏圭的《云山烟树图》，也是从樊沪记里收购来的。我可以个人名义捐赠给你，但你要保证以后不会继续申诉，而且要乖乖说出你知道的事。"

刘战斗这个提议，大大地出乎了我和樊波的意料。他陪我来就很勉强了，现在居然主动提出赔偿，莫非是转性了？

"夏圭的《云山烟树图》……"樊波犹豫地重复了一句，然后点点头，这幅画确实是在申诉信的清单里。

"夏圭是南宋四大家之一，他的真迹，现在可以卖上一个非常好的价钱了。"以刘战斗的眼光，自然一下就看穿樊波是求财不是求物，索性略过这画的艺术价值，直接点出价格。

"你只还给我这一幅？"樊波显得很矛盾。

刘战斗脸色一冷："不是还，是捐赠。我是看你可怜，所以捐一件个人收藏给你。当年是合法交易，我和国家可从来没亏欠你任何东西。"他说到这里，唯恐樊波还啰唆，又强调道："这是你最后一次机会，要么拿画走人，要么乖乖在这个鸽子笼里趴着，写你的申诉信。"

触手可及的小利益，和遥遥无期的大目标，对一个急于改变家境的人来说，不难选择。樊波长呼一口气："我要那幅画。"然后他又警惕地补充道，"等你们送过来，我才告诉你们樊沪记的事。"

我和刘战斗离开阁楼,回到他的办公室。刘战斗当着我的面抓起电话,说赶紧给我送一幅夏圭绢本《云山烟树图》来。我眉头一皱,听他的口气,好像这东西不止一幅似的。但我没动声色,坐在沙发上静待。刘战斗也没有跟我说话的意思,拿起剪子继续侍弄他的那几盆盆景。中间不时有人来拜访,说的都是书画方面的话题,看来业务颇为繁忙。

半小时以后,一个秘书送来一卷画。刘战斗拿到以后,把它摊在桌子上,招呼我去看。这是立轴装裱的水墨纸本,画卷上云雾缭绕,山树浑然一体,颇有意境。云山烟树是国画里的一个大众主题,许多人都画过,这幅画画得很好,但我也说不出个所以然。我对书画懂得不多,对夏圭的笔法特点更是一窍不通,注意的只是一些技术细节,比如说,画心上下两端的锦眉颜色很新,说明是新近装裱的,而绢色却淡淡泛黄,有如秋叶,历经年头可真是不短。

"如何?"刘战斗问。

"还算不错,不愧是红字门的高手。"我模棱两可地回答,这话怎么理解都不能算错。

刘战斗嘿嘿一笑:"也算是我的得意之作。"

"原来这是赝品?"我目光一凛,又仔细去看。

刘战斗得意地掀起一角,用手指捻动:"你看,这绢是双丝绢,匀净厚密,最好的院绢。"

"什么是院绢?"我不耻下问。没错,我就是想用这个成语。

刘战斗以为我是不放心,他这方面倒是一点不藏私,便给我讲解说:"宋代作画用绢,质地分为两种,一种是单丝绢,一种是双丝绢。双丝绢的经线两根一组,纬线为单丝,交错时经线一根在上一根在下,比单丝要致密紧凑,能够历久不坏不散。这种绢在当时制造难度很大,只有御用画院才用得起。还有一种贡绢,质地更好,那就是皇家独享了。"

夏圭号称院派,所以这幅仿他的赝品,自然就得用院绢来画。

"一般赝品,可没我考虑得这么周到——只可惜那樊波是个没文化的土包子,分辨不出其中妙处,体会不到我的匠心独运。"刘战斗喋喋不休地说,仿佛觉得这么一幅精雕细琢的赝品落到不识货的人手里,真是委屈了。

我听他说完,特意观察了一下绢质,确实很好。我拿起放大镜,仔细地审看绢丝结构,确实是双丝。幸亏我之前曾经在纺织厂打过零工,知道点纺织原理,不然还真看不明白。刘战斗看我拿放大镜的笨拙样子,嗤笑道:"老手一捻就知道了,哪用这么费劲。"

"确实很精致。"我不得不承认。

刘战斗犹觉自己的巧妙心思没有说透,他又指着画道:"你看这绢黄。"

我低头看过去,发现绢黄分布得很均匀,而且枯透纹理。我见过其他赝品,纸黄绢黄是用烟熏或者茶垢咬出来的,深浅不一,泛黄线和纸面纹理走向往往不一致。而且这种黄浮于表面,一蹭就掉。我伸过指头去,蹭了蹭,居然没有掉色。

"做旧做得不错。"

"那当然。这就是栀子、红茶加橡子壳这个配方的威力了。栀子水焦黄,茶水深红,橡子壳煮出来的水是赭黄。有这三种颜色配兑,就能调出想要的旧色和香灰色了。再加上紫外线照射脆化,那真是天衣无缝,比单用茶垢效果好多了。"

一听他这话,我脑子里"腾"的一声,迷雾消散。

这三样东西,原来是给书画做旧用的。

我说刘战斗怎么一见我拿出这三样东西,就立刻面色大变呢。这家伙恐怕这几年一直在暗中经营书画赝品,用的就是这个配方。他以为我已经洞悉他的勾当,生怕我去告发,这才服软。

五脉秉承的原则是"去伪存真",想不到刘战斗身为红字门的中层骨干,居然背地里搞这么一套,于公于私都是严重违纪。看来郑教授的担忧是对的,改革开放以来,五脉也是人心思变。从前的原则,被越来越多的人所忽视,从前的理想,在金钱面前也变得慢慢不值一提。刘一鸣想搞拍卖行,未必是他自己的意愿,恐怕也是被迫顺应学会内部要赚钱的主流呼声吧。

可刘一鸣开拍卖行,那是把利益摆在明面上,去堂堂正正地赚钱;像刘战斗这种造假,根本就是犯罪。他是上海书画鉴赏协会副秘书长,还有个五脉的身份。有他居中调度,赝品可以源源不断地流入市面,影响会有多大,我简直不敢想象。我推测到这里,一下想到这个配方是药不然给我的,他居然了解刘战斗的秘密,这说明什么?这说明刘战斗肯定是被老朝奉拉下水的,他是老朝奉在五脉里隐藏的代理人之一。

药不然居然把这个重大秘密都告诉我,真不知道他们葫芦里卖的什么药,是别有图谋,还是想证明合作的诚意?

"事不宜迟,咱们走吧。"刘战斗看我沉默不语,催促道。

"不成。"我皱着眉头说，在心中做了一个重大决定。

刘战斗正把卷画卷到一半，听我一说，不由得一愣："这画有破绽？"

"画没破绽，但它是赝品。"

"废话，不是赝品我还会拿去给樊波？"

我严肃道："五脉的规矩你都忘了？去伪存真，绝不造假。拿这么一幅赝品给他，置明眼梅花的规矩于何地？"刘战斗像是不认识我似的，把我端详了一圈："许愿你没发高烧吧？怎么开始说胡话了？"

"发高烧的是你。"我坐回到沙发上，盯着这个背叛了五脉精神的人。

"你不是很想打听樊沪记的事情吗？这张画送出去，樊波就会开口，这不是很简单的事情吗？"

"不错，我是急于让樊波开口，但这是一件赝品。五脉中人，只有识假，绝不该有贩假。"

"你是傻×吗？"刘战斗忍不住骂了一句粗口。

"也许是吧。"我耸耸肩。

拿《云山烟树图》的赝品去给樊波，这当然是件非常合算、非常方便的事，但这样一来我跟老朝奉又有什么区别？我若把自己的坚持都否定了，那么忙这一路，到底还有什么意义？

别的人我管不着，但我决不能做这样的事。从我家先祖许衡开始，到我爷爷许一城、我父亲许和平，一以贯之，一直都在和赝品做斗争。如果我现在为了贪图方便，拿一张赝品去糊弄别人，那么我们许家一千多年来的坚持，就烟消云散了。

人活在这个世上，总要坚持一些看起来很蠢的事。

黄克武在南苑机场问过我这个问题：当现实逼迫你违背原则，你该如何处之？

这就是我的答案。

刘战斗看我摇头拒绝，也不劝了，把画一卷："不愧是打假英雄啊，高风亮节，那你自己去感动樊波吧。"我坐在沙发上没动，用指头敲着椅背，眯起眼睛盯着他，一字一句道："既然你有《云山烟树图》的赝品，我想，真品一定在你手里吧？"

刘战斗一听，勃然大怒："你神经病！你自己要当圣人，还想慷慨他人……呃……"他话说到一半，才意识到我是在试探他。他恨恨地把那幅赝品扔在地上："真品就在我手里，那又怎么样？你还能抢不成？"

刘战斗这种人，不会无缘无故大方。他既愿意出手让出赝品，手里一定存着真品，如此一来才有好处。

我不疾不徐道："我问不到樊波消息，就做不成刘老爷子交托的事。事情办砸了，我就得回北京去给他老人家请罪。"刘战斗眼神阴沉，动作却是一僵。

五脉现在产业不少，私下里不少人都在偷偷搞赝品，但明面上谁都不敢承认。如果我把这事捅到刘一鸣那儿去，刘战斗肯定彻底坐蜡。我不为已甚，只是要他舍出一幅夏圭真品，这幅画虽然能卖不少钱，但比起他这几年偷偷赚的，只是九牛一毛而已。

从当年欺负樊掌柜那件事就可以看出，刘战斗这个人心志偏狭，欺软怕硬。他有了如今的地位和财富，必然心有畏惧，唯恐失去现有的一切。同样的手法，我就没法对樊波用，他已经一无所有，便不怕失去任何东西。

在我的眼神逼视之下，刘战斗别无选择，只得恨道："好……你够狠！"他抓起电话，用上海话说了几句。我没听懂，但也不怕他耍什么花样。

过不多时，刚才那个送画的秘书又出现在门口，这次他手里抱着五个卷轴。刘战斗接过去，关好门，把卷轴一一摆在我面前的桌面上。

刘战斗的嘴角，露出一丝不屑："你不是要真品吗？我给你放在这儿，你自己找。"

外界炒作，都说我是打假英雄、鉴定大师，其实我对书画鉴赏是门外汉。刘战斗看穿了我这方面知识的短板，故意给我出了个难题。若我错选了赝品，那是自己无知，跟他就没什么关系了。

"你为什么不直接告诉我哪一幅是真的？"我不满地问。

"我忘了，只好辛苦你了。"刘战斗一摊手，一脸小人得志。

我低头看着这五个卷轴，半分都没犹豫，伸手拿起左手第二个卷轴。刘战斗整个人傻在那里，嘴巴张得能塞进一个鹅蛋。我看到他的表情，就知道自己选对了，这卷是真品。

"怎……怎么可能，你都没打开卷轴看！怎么可能选中！"刘战斗声嘶力竭地喊道。

我一脸无辜地看着他："很简单啊。你的秘书进门送画的时候，右手一把抱起四卷，而左手只握着一卷，而且没握实，怕伤到画心。我想这位称职的秘书，肯定会对真迹格外小心保护吧。"

我刚夸完他秘书，刘战斗一口血喷了出来，真正字面意义上的喷血。我特别能理解他，这确实是太气人了。

刘战斗吐完血，整个人瘫软在沙发上，软绵绵的一声不吭。

我知道他死不了，便拿起那一幅夏圭的《云山烟树图》真迹，离开办公室。临走之前，我在走廊里还特意拍了拍那位秘书的肩膀，称赞他是个称职的好人。

我赶到樊波家里，樊波一看这画，大喜过望。我告诉他，这算是对当年樊老掌柜的一点补偿。樊波连连叹息，说他叔叔死的时候一直抓着他的手，说一定要设法把东西都赎回来。可惜他自己也混得很惨，除了每年坚持写申诉信以外，也没别的办法。说到这里，樊波居然哭了出来，说他没能耐，对不起老掌柜。

"这幅画也算是能告慰他老人家了吧。"我安慰道。

樊波苦笑道："怎么可能，我得马上去把它卖掉。"他回头看了眼低矮阁楼里的床铺："老人等着看病买药，小孩子等着上学，哪儿都需要用钱……"

我没说什么，这实在不好苛责。对他来说，古玩的艺术价值远不如它的商业价值重要，前者只关系到品位，后者却与生存相关，这是个最现实不过的问题。我宽慰了他几句，把话题引到樊沪记上去。樊波得了《云山烟树图》，心中卸下一块大石，说话自然也就痛快起来，给我讲起他在樊沪记的经历。

樊波说樊老掌柜原来是给别的大当铺做朝奉的，后来自己攒了点钱，在1927年独立出来，开了这么一家古董铺子，找到他这个侄子来做帮手。我一边听着，心里一边发沉。我最担心的情况出现了：这个樊波，完全不懂古玩。他之所以在樊沪记工作，只是因为是樊老掌柜的亲戚。樊老掌柜也知道他的水平，所以只让他在店里负责打杂帮工护院，具体业务从不让他沾手。

古玩交易，是一桩隐秘交易，很少当人。樊波既然不参与业务，自然对里面的弯弯绕绕茫然无知。找他了解樊沪记的交易，就好像找银行门口的保安问贷款的事情一样。

"樊沪记有没有留下档案文字什么的？"

樊波摇摇头："破四旧的时候都烧了。我申诉信里的文物清单，都还是从文物商店里抄来的。"

"那么樊老掌柜从前跟什么人打过交道？"我有点不甘心地追问道。

这个问题太大了。樊沪记虽不是什么大店，但也算是名号之一，跟他们打过交道的人数不胜数。樊波呆了半天，才慢慢吞吞道："我见过许多，都不记得名字。"

"他最好的几个朋友你还记得吗？"我问。樊老掌柜的好朋友，肯定都是古董圈里的，说不定能知道樊老掌柜收购缺角大齐通宝的内幕。

樊波想了半天道:"跟老掌柜最好的,应该是一个叫周顺勋的先生。"

"哪家铺子的老板?"

"呃……不是卖古玩的,是晋京汇银号的经理。"

"这个周顺勋先生在哪里?"我问。

"1949年去台湾了。"

"唉。"我大为遗憾。

樊波见我不说话,以为我不满意他提供的消息,便说道:"周先生人很好的,每次都主动跟我打招呼,有时候还打赏我几块钱。老掌柜常说,没有周先生帮忙周转,就没有樊沪记,让我见到他一定要客客气气的,不可无礼。"

我猛然抓住他肩膀:"你再说一遍!"

"周先生人很好……"

"下一句!"

"老掌柜常说,没有周先生帮忙周转,就没有樊沪记……"

我眼睛一亮,我都已经绝望了,可没想到真是柳暗花明又一村。

古董这个行当的特点是"三年不开张,开张吃三年",一件古玩,什么时候能卖出去,很难预料。小规模的铺子,都是靠本钱周转,现金流很容易断裂,稍有不慎就会赔得倾家荡产。但清末以来,西方银行业进入中国,带来了先进的金融理念,尤其是在广州、厦门、福州、宁波、上海五口通商地区,外国银行、本国银行加上大大小小的私人银号多如牛毛,给了古董商们一个新的选择。

比如说他们看中了某件货,恰好钱不凑手周转不开,就拿一件古玩去找银号做抵押贷款,贷出现金把货收到手里,等周转开了,再去还钱赎回抵押品。这么做,实际上就等于把积存货品转换成流动资金,手段灵活,收货快,利周转,尤其对一些想收大货的小铺来说,非常重要。

樊沪记规模不大,如果要收购像缺角大齐通宝这种级别的古玩,自己出钱风险太大,很有可能会走银行贷款的路子。这种贷款,势必要找相熟的人。听樊老掌柜这句话,显然周顺勋所在的晋京汇银号,是樊沪记最常去贷款的渠道。

古玩和金条、房子、工厂之类的东西不一样,专业性太强,估起值来有难度,种类又是千变万化。所以银行做这种贷款,都会把货物和抵押品信息附在账本右侧,什么种类、什么样式、什么颜色花纹、什么质地等,以便查询评估。五脉作为权威鉴定机构，经常会被银行请去做评估，所以我对这一套知之甚熟。

换句话说，如果能查到晋京汇银号的账本，说不定里面就有戴熙字帖的详细资料。

我又问了樊波几个关于晋京汇银号的问题。樊波只知道这家银号是京城一位山西籍大员开办的，总号在北京，在上海等地设有几个分号，规模不算大。与其说是银行，倒更像是私人高利贷。我心里有数了，像这种银号，组织非常严密，每个月掌柜的都得向总号报账，账簿也要定期封存运到北京的总号存档。

如果是别的人，可能就放弃希望了。事隔这么久，又经历了这么多次变乱，恐怕这小银号早就倒闭了，去哪儿找啊？

但我还不算完全绝望。

因为我恰好认识这么一个以收集档案为乐的家伙……我匆匆告别樊波，离开弄堂，找了个能打长途电话的地方。

我不是打给郑教授或刘一鸣，而是打给图书馆。

我去找《清明上河图》照片的时候，图书馆不无得意地告诉我："你想找什么银号的账本、赫德的海关档案、张学良的电报密码本，咱都能给你挖出来。"这句话让我印象深刻，一直记在心里。他专注收集各类破旧档案这么多年，说不定真能查到点东西。

图书馆接电话的时候很不耐烦，大概是在忙着什么事被打断了。我说我是许愿，他停了一阵，才说："哦，是你啊，什么事？"我知道他的脾气，也不啰唆："我想要查一个叫晋京汇银号的账簿，你那里有没有？"

"两万。"图书馆一点都不含糊。

"我只是查一下，不是买。"

图书馆道："这么冷门的东西，我都不知道有没有，我还得给你翻去。检索不要钱吗？"

"那也用不了两万吧？上次你不是才收了两千吗？"

"哼，你还好意思说！早知道你会在报纸上弄出那么大动静来，我应该多收你十倍才对。"图书馆恨恨道，又对着话筒道，"我就是这个价，不愿意你找别人去。"

"对了，上次你给我喝了一杯橘子水吧？"我陡然之间转移了话题。

"早知道老子一杯自来水都不会给你！"

我说道："那天我离开以后，直接被送去了三〇一抢救，差点死了。医院有书面的诊断结果，说是因为那杯过期橘子水导致的。"

"两千，现金。"图书馆毫不犹豫地妥协了。

"我不在北京，钱我让人给你送过去。"

"成交——说吧，你想要查什么？"

对一个纯粹拜金的人来说，谈话变得特别简单。只要价格谈妥了，其他事情根本不用操心。我对图书馆说："我要查一家叫晋京汇的银号，北京的。我想要知道它在1927年到1946年之间上海分号的古董抵押类贷款记录。"

"你要求还挺多……"图书馆抱怨。

"贷款经手人叫周顺勋，贷款人姓樊，樊沪记的。"

"好了好了，我知道了。"

"能查到吗？"

"今天晚上告诉你结果——如果你的钱送到的话。"说完图书馆把电话给挂了。

我又给方震拨了一个电话，让他给图书馆送两千块钱，方震问都不问就答应下来。我放下电话，环顾四周，然后……然后我忽然发现自己无事可做了。

从我前往郑州调查老朝奉开始，这些天来马不停蹄，疲于奔命，心情大起大落，日程特别忙。现在陡然清闲下来，我还真有点不太习惯。

我走在大街上，一阵空虚感涌上心头。现在所有的线索都抛了出去，我能做的都已经做了，接下来只能被动地等待着福祸未知的结果。这种感觉，就像是一个高三学生从高考考场里走出来，他对接下来的命运无能为力，只能忐忑不安地等待成绩放榜。

我无事可做，只得回过头审视自己的所作所为。我愕然发现，我之困境，皆因我自己而起。我的执念，既是果，也是因。我一心坚持去伪存真，结果却让五脉面临灭顶之灾；我一心要追查老朝奉，结果却不得不与药不然联手；我想要弥补自己的错误，结果却越补窟窿越大，越补心思越迷惘。矛盾相接，雾障丛生，最后搞得自己无所适从。

刘一鸣说人能鉴古物，古物亦能鉴人。这一路走来，东鲁柘砚鉴出了一个心浮气躁的我，山水小盂鉴出了一个仇恨滔天的我，南京古碑鉴出了一个心志薄弱的我……那么这一幅《清明上河图》，究竟鉴出来的是什么样的我？我不知道。

我随便找了一处街边长椅，缓缓坐下，觉得全身软绵绵的没有力气，就像是跑完马拉松一样。今日天气很好，我靠着椅背微微仰起头，让阳光晒在脸上，一股暖洋洋的倦意袭上心头。就在我即将睡着的时候，腰间一颤，那个BP机响了一声。

汉显屏幕上分页显示："刚得到消息，京港文化交流展览的日程确定了，一个星期后。"

我眉头一皱,看来刘一鸣和老朝奉联手阻击,也只能阻挡到这一步了。两张《清明上河图》,终究还是要直面相对。我抬起头,朝左右看去。街上车水马龙,熙熙攘攘。药不然肯定是藏在某个角落窥视着我。他拿着我的大哥大,可以随时拨打寻呼台。而我能回应的,只能是点头或者摇头。

很快又一条信息进来:"你查得怎么样了?"

我在阳光下缓慢而坚定地点了点头,又摇了摇头。

我没想到,这个晦涩的动作药不然居然读懂了:"当一个人开始等待时,他就会思考,一思考就会怀疑自己,一怀疑就会陷入迷茫。偏偏等待还很漫长。哥们儿,这种感觉很难受吧?"

没等我做出回应,第四条信息又发了进来:"我也差不多啦,所以得让自己忙碌,忙到无空瞎想就最好。等到了那边,我就不用玩捉迷藏了。到时候咱们好好聊聊。"

为了不让寻呼台的小姐起疑心,药不然用了一个隐晦的说法。香港还没回归,内地警方去抓人要费不少周折。药不然如果能顺利潜入香港,行动就会重获自由。

可是,他想跟我聊什么?

"谈谈人生和理想。"这是典型的药不然式回答。随后他又补充了一条信息:"咱们可很久没坐下来闲扯胡吹一通啦,就像从前那样。"

我嘴唇露出一丝冷笑,这怪得了谁?他本来前途无量,可他自己选择了背叛,这个局面,根本是咎由自取——他有什么资格惋惜,有什么资格跟我谈人生?药不然大概是看到了我一脸嘲讽的神色,又发了一条信息过来:"你知道,人活在这个世上,总要坚持一些看起来很蠢的事。"

我看着这句话,呆了很久。这本是我想对刘战斗说的话,现在他居然也搬出这句话来,让我又好气,又好笑。如果药不然告诉我说,他是为了金钱或者仇恨,我还稍微能够接受;现在他居然说得大义凛然,好似投靠老朝奉与五脉为敌是一项伟大事业、一个甘愿为之牺牲的理想,为了这个理想他甘愿背负苦衷与委屈。

别开玩笑了!

我把 BP 机从腰上解下来,扬起手,把它扔出去。小小的机体画出一道半弧线落到柏油马路上,电池和屏幕盖被摔开。然后一辆泥土车轰隆隆地开过,把其余的部件碾了个粉碎。

到了晚上七点半，我终于无法忍受等待的痛苦，给图书馆打过去，问他查到什么没有。

图书馆倒没计较我提前半小时打电话，他告诉我："查到点东西，但我先说明白，无论有用没用，钱我可不会退。"

我握着话筒，尽量让自己的声音不那么激动："说。"

图书馆道："晋京汇银号在1947年因为经营不善，发生挤兑风潮，最后破产。不过算你小子运气好，其中几年的旧账簿一直扔在某个股东家里，没挪过地方，我之前拿收废纸的价儿收下来了。不过那些账簿可真不少，我撅着屁股翻了一下午，累得腰酸背疼，这个可是要另外算钱的。"

"赶快说重点。"

"我查过了，晋京汇银号跟樊沪记之间的业务，几乎都是古董抵押类的贷款，得有那么三十多笔。钱数有多有少，但最后都平账了。"

我强压住兴奋："那么，这里有没有关于缺角大齐通宝的记录？"

"让我看看，嗯……还真有。民国二十五年七月十三日，樊老掌柜质押了两件东西，其中一件是缺角大齐通宝，一共贷了五十两黄金，三分利，一个月后还清。"

"另外一件是什么？是不是戴熙字帖？"

"咦？你怎么知道的？"

我的手心顿时变得无比潮湿，声音都变得不一样了："你看看那行记录旁边，有没有写着一排字。"

银号收了古董做抵押品，都要详细写明它的情况，尤其是像字帖这种容易被裁剪的东西，只要字不太多，都会全文抄录，以免客户赎回的时候货不对板，引起纠纷。

"哦，有啊，字还不少呢。"图书馆道。

"念给我听。"

"这可是要额外收费的。"

"一百块钱，快念！"

图书馆清了清嗓子，念道："余尝见有所谓徽宗《及春踏花图》绢本者，画势浮靡，笔力怯弱，其赝毕显，而其上有双龙小印，颇得真味，殊不可解。今入宫得阅《石渠宝笈》，中有张择端《清明上河图》，细审之，卷帙荡尽三成，徽宗签题及双龙印记皆不存。由是推之，张画必横遭剪裁，余者绞碎，分布诸画，《及春》不过其一耳。呜呼，如斯杰作，惜无完体，以真掺假，不胜悲夫。然天子所藏，不敢妄言，姑录于此，俟后人证白。"

戴熙在这里说得很清楚：他从前看过一幅号称宋徽宗真迹的《及春踏花图》，但是那个画风太差，一眼就看穿是假的。但是这幅假画上的双龙小印，却像是真的，戴熙一直没想明白为什么。今天他去宫里看了《石渠宝笈》里收藏的《清明上河图》，推测出《清明上河图》差不多缺了三分之一的长度，其中包括徽宗的签题和双龙小印。戴熙意识到，很可能《清明上河图》在这之前被人剪走了三分之一，裁成若干碎片，分别补缀到其他十几幅赝品里去，《及春踏花图》只是其中一幅而已。如此的杰作，居然落得残缺不全的下场，还以真充假，真是令人伤心。可是《清明上河图》是天子收藏的，他不敢多说什么，只好记在这里，等后人来考证吧。

戴熙说的这个情况，在古董造假中很常见。造假者经常会把一张真画或字帖剪碎，补到十几甚至二十几张假画上去。这样一来，假画几可乱真，当成真品去卖，利润可翻几十倍。戴熙一生爱画，当他发现《清明上河图》也遭遇了这样的劫难，失落的那三分之一永不可能恢复，一时间心神激荡，才会写下这么一张字帖。

我放下话筒，对《清明上河图》的坎坷经历，终于有了一个通透的了解。

当时在画院里绘制汴河景色的，一共有两个人，张择端和另外一位不知名的作者。宋徽宗选中了张择端的画，亲题"清明上河图"五字与自己的签题，又钤以双龙小印。另外一幅画，则被存在画院之中，湮没无闻，姑且代称为乙本。

《清明上河图》一直流传到明代，在李东阳收藏之后，此画惨遭毒手，被裁掉了三分之一。造假者把这三分之一剪碎成十几甚至几十片，制成了一批赝品。其中最重要的一幅，叫作《及春踏花图》，留有双龙小印的那一片《清明上河图》绢布，即补入了这幅画中。

到了嘉靖朝，残缺不全的《清明上河图》真品流入严嵩手里。与此同时，吴人黄彪拿到了乙本，并以此为底，制成了几可乱真的《清明上河图》赝品，并流入王世贞的弟弟手里。等到严嵩败亡，这一真一赝两个版本，便彻底混淆了。没人知道被嘉靖皇帝抄入内府中的，是真还是假。

到了清代，戴熙先在别处看到《及春踏花图》，产生疑问，然后在宫中看到《清明上河图》残本。他指出《及春踏花图》上的双龙小印，原本属于《清明上河图》。但慑于皇威，他不敢声张，把这个发现写成戴熙字帖，和缺角大齐通宝一起珍藏在铁匣内，不示于人，连他儿子戴以恒都没见过。

戴熙死后，戴熙字帖和缺角大齐通宝一并失踪，不知被谁偷偷取走，这两样东西辗转落到了樊沪记。樊老掌柜视若珍宝，从不出卖，只在向晋京汇贷款时当过一次抵押物。此后战乱频生，戴熙字帖遗失，只剩下缺角大齐通宝还留在手里。中华人民共和国成立后文物铺子搞公私合营，樊老掌柜前去文物商店卖货，被刘战斗欺负，幸得黄克武仗义执言。樊老掌柜把缺角大齐通宝送给他，以示感激。然后就到了现在，黄克武把大齐通宝交给我，让我去跟戴氏后人交涉……这是我这一次调查得出的结论。

一幅《清明上河图》，却有故宫和香港百瑞莲两个版本，必然其中一幅为真，一幅为黄彪所造之赝品。但黄彪是拿同时代的乙本造假，所以用碳十四无法比较出结果。

《清明上河图》被剪裁的惨事，发生在李东阳收藏之后、黄彪造假之前的几十年之间。理论上说，只要找齐被裁掉的那三分之一补缀的假画，就能拼凑出完整的《清明上河图》。可惜究竟哪些画上带有《清明上河图》的"基因"，已经永远不可能知道了。唯一知道名字的，只有一幅带有双龙小印的《及春踏花图》。

《及春踏花图》我虽然没看过，但这个故事我听过。话说宋徽宗有一次在画院主持考试，给考生们出了一道题：踏花归来马蹄香。意思是骑马出去春游的时候，踏了一路的鲜花，连马蹄都沾染上花香了。有的考生画出马蹄上满是鲜花，有的考生画出骑马者身在花丛中。唯有一个考生，没有画鲜花，而是在奔驰的马蹄附近画了几只萦绕的蝴蝶。宋徽宗大喜过望，重赏此人，拔为头名。这幅画，恐怕就是从这个典故来的。

只要找到《及春踏花图》，把双龙小印那一块绢布与《清明上河图》两个版本做对比，就可以知道哪个版本是真的。

这正是刘一鸣要我找的底牌。

而如何找到《及春踏花图》，就不是我能解决的问题了。

我整理好思路以后，打了个电话给方震，请他转接刘一鸣。刘一鸣已经休息了，但方震知道兹事体大，还是把他叫醒了。老人的声音很疲惫，这些天为了维持五脉，他殚精竭虑，负担可不小。可我知道这不是愧疚的时候，连问候都省略掉，直接把自己的发现原原本本讲给刘一鸣听。

刘一鸣听我讲完，感慨道："前辈手段，竟至于斯——辛苦你了，小许。"

我又提醒道："《及春踏花图》是幅明代仿的宋画，如果流传到现在，应该也算是一件文物。我想这么珍贵的画,您应该能查到线索吧?"我一个人势单力孤,但红字门一直从事书画鉴定,又跟许多大收藏家有来往,查一幅画的下落对他们来说,应该轻而易举。

"《及春踏花图》这幅画我知道。"刘一鸣说,我心中大喜,可他接下来的话却让我心中一沉,"可惜它早就被扯碎了。"

"怎么扯碎了?被谁?"

刘一鸣道:"抗战结束后,五脉有一次豫陕之争,你应该听说过吧?"

"我知道。"我忽然想到,这个典故居然还是钟爱华告诉我的,命运真是奇妙。

"七家郑州商铺在豫顺楼设下赏珍会,力战黄克武。黄克武连战连捷,他们只得从开封请来一位叫阴阳眼的高人,与黄克武赌斗'刀山火海',用的就是这一幅《及春踏花图》。阴阳眼最终击败了黄克武,自己付出的代价却是《及春踏花图》化为碎片。"

"这也无妨。咱们需要的不是完整的《及春踏花图》,而是双龙小印那一片绢布。哪怕只有一片指甲大小的残布,对我们来说也足够了。"

"当时具体发生了什么,我并不清楚。黄克武回来以后,对五脉的人绝口不提,似乎是发过毒誓保密。所以没人知道那一战的细节。"

"那还不简单,问一下黄老爷子不就得了吗?"

我之前曾经在南苑机场问过黄克武一次豫顺楼的事,他当时骂我不要管闲事。现在这件事变成五脉存亡的关键,他总该开口了吧?

"唉……"刘一鸣发出一声长长的叹息。我心中升起不祥的预感,连声问怎么了。刘一鸣沉默片刻道:"刚刚得到的消息,克武心脏病突发,已经被送到了香港玛丽医院,如今还处于昏迷中。"

一听到这个消息,我如五雷轰顶:"怎么回事?"

刘一鸣道:"克武是跟一名女性谈话之时,突然心脏病发作,直接被送去了医院。"

"梅素兰?"我脑海里跳出那个双目已盲的老太太。

"据随行者说,她是在黄克武回到宾馆时出现的,两个人在大堂只交谈了几句,克武就病发了。"刘一鸣回答。

我握紧话筒,暗地里骂了一句。这应该也是百瑞莲的计划之一。素姐本来就是他们手里握着的一张牌,先用来欺骗我,然后再击溃黄克武。如今五脉又折损一员大将,局面变得更加岌岌可危。

现在黄克武病重入院，生死未卜，当年豫顺楼的真相无从得知，自然也没法追查《清明上河图》残片的下落。

我呆呆地握着话筒，难道我们努力了这么久，最后还是徒劳而无功？

刘一鸣听我半天没吭声，徐徐道："小许，你别太自责，你已经尽力了。放心吧，自古赝不胜真，邪不胜正，就算找不到那张残片，五脉也未必会输。只要秉承求真之心，手握无伪之物，任尔东南西北风，我自岿然不动。"

话虽如此，他的声音却是疲惫不堪。我知道这是老人在安慰我。刘一鸣又道："我年纪大了，医生不允许我长途旅行。这次京港文化交流，小刘会代表我过去。你尽快赶回北京吧。"

听他的口气，几乎是有点托孤的意思了。我大声道："还没到认输的时候呢！"然后把电话"啪"地挂掉。

虽然刘老爷子向我保证，故宫版是真本，但古董鉴定这种事很难有百分之百的保证，万一他走眼了呢？万一故宫鉴定组从根子上就错了呢？万一百瑞莲突然亮出一个无可辩驳的证据呢？百瑞莲辛苦筹划这么久，必然握有能证明故宫版是赝品的犀利杀招，如果我们没有对抗的底牌，失败的风险极大。到时候沦陷的可不只是五脉，还有中国古董市场的大好江山。

这种情况，我怎么能放弃，我怎么敢放弃？

我这个人没别的优点，只有固执。任尔东南西北风，我自咬定青山不放松。我们许家，从来都是如此迂腐，如此顽固。

我从电话亭出来，定神环顾四周，突然涌起一个奇怪的念头。此时已是晚上十点多钟，车辆和行人都很少，只有一排排泛着白光的路灯矗立大街两侧。我走到人行道上，迈开步子开始奔跑。开始只是慢跑，然后逐渐加快，我的双脚有节奏地踏在路面，双拳紧握，交替摆动，像一只笨拙的鸽子在拍打翅膀。我沿着这一条宽阔街道一路不停地跑下去，耳边有呼呼的风响。

我不是个热衷体育的人，体格也只能算中等，骤然这么大的运动量，身体马上就起反应了。只跑出去大概一公里，我就开始喘得厉害，双腿酸疼不已。我咬紧牙关，让大脑鞭笞着运动神经，要榨出它们的最后一点能量，继续保持着匀速奔跑。很快我的额头开始流汗，衬衫的背部也开始出现洇渍。

但随着身体疲惫的加剧，我内心那一股烦闷之气一点点散发出体外，脑子越来越清明。我从老徐那里学到了一点，坏心情就像是海绵里的水，可以被剧烈的体力运动挤压出身体。我在紫金山下，用碑拓挤出了失衡纷乱的情绪，现在用这种疯狂的跑步，把烦躁消耗一空。

我一口气跑回到我住的宾馆，全身都是汗水，像刚从黄浦江里爬出来一样，肺部火辣，两条腿抖得几乎站不住。我走进房间，门都顾不得关，一屁股坐进沙发，再也站不起来了。

肉体极度疲惫，情绪却无比放松。我靠在沙发上，脑袋后仰对着天花板，开始回忆从郑州开始的每一件事，每一个细节，仔细地搜检，看是否有什么被遗漏的线索。说来奇怪，我已经连一个小指头尖都抬不动，思路却前所未有的清晰，之前的一切场景就像是放电影一样，一格格在我眼前放映。

我就这么安静地坐在沙发上，让这些场景在脑中一一回放。不知过了多久，一段场景在我眼前点亮，随即另外一段场景也亮了起来，一条看似细小的线连缀两者；随即这条线又抛出另外一个线头，从深邃的记忆里拽出第三个点，随即是第四个、第五个……很快在我的脑海里构造出一张错综复杂的蜘蛛网。

我闭上眼睛，试图把这张蜘蛛网看得更加清楚。我在想象中伸手过去，曾经模糊的线索，这次变得异常清晰。我可以摸到线条之间的组合，可以捋清楚彼此之间的走向。我感觉自己甚至可以把蜘蛛网拆卸掉，再一点点拼回去。

我睁开了眼睛，恰好是午夜十二点整。我摊开双臂，支在扶手上用力，勉强让自己从沙发里站起来。接下来，我必须要赶去一个地方，可是发现自己连房间前的走廊都未必能走完。

这种靠大运动量排除烦躁的方式固然很好，但当你想继续行动时，却会造成不可避免的负面影响。

但我没有时间可以浪费了。

我忍着剧痛，一步步挪到前台，朝值班服务员借了一根拐杖，然后在她怪异眼神的注视下，一步步挪出宾馆。

我要去的地方，是复旦大学。此时校园早已陷入沉睡，大门紧闭，只有几间实验室的灯光还亮着。我对门卫说我是打篮球受伤了，才从医院回来。门卫也没多问，挥手就把我放进去了。我稍微辨别了一下方向，直奔博士楼而去。

博士楼里虽有宿管老师，但管得没有本科生宿舍那么严格，都十二点多了，门也没锁。我轻手轻脚爬上三楼，然后轻轻地敲了敲戴海燕的门。戴海燕还没起来开门，附近几个宿舍的门却悄悄打开一条缝，暧昧的眼神从门缝里射出来，在我身上扫来扫去。我顾不得理睬他们，继续有节奏地敲。敲了二十多下，门里才传来一个慵懒的声音："谁呀？"

"是我，许愿。"

门被打开了，戴海燕穿着花布睡衣，睡眼惺忪。她迷迷糊糊地说："如果你是想追求我，那可真是选了个最错误的时间。"

"我知道太晚了，打扰你休息了。但是有件急事我一定得问问你。"我压低声音。

"事关生死？"戴海燕问。

"事关生死！"我郑重地点点头。

戴海燕"哦"了一声，把门再打开一点，让我进去。我把住门框说："事情紧急，我就不进去了，我就问几句话，问完就走。"

"你说吧。"戴海燕索性靠在门边，双手抄胸。

我问道："我记得你上次提到过，戴鹤轩一脉是戴氏的分家，很早就迁离了钱塘。"

"没错。"

"你那次说的是，他们家先去的河南，再迁到南京？"

"是。"

"他们家在河南做什么营生？"

"古玩。据说做得还不错，河南地面上数得着的大字号。一直到解放前，他们才迁回南京。"戴海燕回答。

"多谢！"我一拱手，拄着拐杖转身离开。戴海燕没料到我走得如此干脆，她扫了一眼那几个开了一条门缝的宿舍，低声嘟囔了一句"原来你还真是来问话的"，然后转身关上了门。

离开复旦大学以后，我返回宾馆，给戴鹤轩打了个电话过去。

这个时间，戴鹤轩倒是没睡，接电话的弟子说他正在练功吐纳，这会儿夜深人静，正合养气。我懒得听这一大套废话，索性搬出宇宙黄帝文化推广有限公司推广大使的身份，让戴鹤轩立刻来听电话。那个弟子不敢怠慢，连忙告诉师父。过了五分钟，戴鹤轩才慢悠悠地把电话接起来："乖徒儿，你这么晚打电话来，莫非在功法上有什么疑惑让为师开示？"

"我找你有事要问。"我不想啰唆，直截了当地说道。

"你不是已经找到我那个奇葩侄女了吗？"

"和她没关系。"

"那就是黄烟烟喽？她已经离开看守所了，你不知道？"

我停顿了一下，这几天一件事接着一件事，我都没顾上想。一想到她出看守所我都没去接她，心里颇有些内疚。但眼下情势危急，我顾不得多想，开口道："和她们都没有关系，我是想问你，你跟我赌斗的那种形式叫百步穿杨，是不是河南特有的说法？"

戴鹤轩没想到我会问这么个问题，说道："对啊。'百步穿杨'这个叫法，既不属于北京，也不是南京叫法，只有在河南地面那么叫。"

我暗骂自己粗心。之前戴鹤轩提出跟我赌斗时，用了这个词儿，显然说明他们家原来是在河南。我当时动了疑心，后来一忙起来就忘了这事了。后来戴海燕又提了一句戴鹤轩一支迁居河南，我还是没警醒。一直到了现在这时候，我才把这两件事联系到一起。

"戴海燕说你家原来也在河南待过，经营的还是古玩生意。"

"岂止开过，我家在河南的铺子，可也算是一省之魁首，可以排进十名之内。可惜抗战胜利之后，我家老人对蒋介石太过信任，举家搬来南京发展，然后……咳。"戴鹤轩不无遗憾地说。

"那你听说过豫顺楼的赏珍会吗？"我努力克制自己的心跳。

戴鹤轩想了想才说道："知道，河南古玩界挺轰动的一件事。黄克武那次大败亏输，从此被刘一鸣压住一头嘛。"

"那次是河南七家大铺联手办的，你们家有没有参与？"

戴鹤轩一听，神气十足："有啊。我家的铺子，排名第六位。我们家是从晚清才迁居河南，作为外来户能有这么高的排名，很不得了。黄帝起源于河南，我的黄帝内功，就是从家学获得灵感……"

我没听他的自吹自擂，继续追问道："那你知道那次赏珍会的详细情况吗？"我忽然想到戴鹤轩的年纪，于是改口道："你家里老人，有提过豫顺楼赏珍会上发生了什么吗？"

戴鹤轩道："那次赏珍会要求严格，各大铺子只派了一个掌柜去，一共只有七人。我们家派出席的那位，回来以后只说了一句'侥幸得胜'，其他什么都没说。他们老一辈人脾气特固执，发过了誓，打死都不开口。"

我一阵失望，都已经追查到这一步了，难道一点机会都没留给我？

"真的一点都没说？"我不甘心地问。

"呃……他确实没说，不过这天下哪有天衣无缝的事，我后来陆陆续续听其他人提及过一点端倪。据说本来七位掌柜信心十足，没想到黄克武如有神助，连战连捷，把他们设的套一一破去。七位掌柜眼看撑不下去了，其中一位提议，连夜从开封请来一位姓廖的神秘高人，一战定了乾坤。"

"那个姓廖的，外号叫阴阳眼对吧？"我问。

戴鹤轩道："对，不过他什么来历，我就不清楚了。这人到了豫顺楼，直接和黄克武上了顶楼，说要斗一场刀山火海。其他人都退到二楼，不能上去。过了半个时辰，黄克武下楼认输，至于阴阳眼，他是被抬下楼的。至于顶楼发生了啥，就真没人知道了。"

"阴阳眼什么下落，真的没人知道吗？"

"这我可不知道。"

我失落地叹了口气，这些信息我早就从钟爱华和刘一鸣那儿了解了，我甚至还知道这两个人赌斗用的是《及春踏花图》，比戴鹤轩了解得更详细。现在看来。当年上了豫顺楼的人，七个掌柜都已去世，黄克武昏迷不醒，阴阳眼不知所终。那幅《及春踏花图》的线索，到这里就彻底断了。

"那个阴阳眼，真的能看穿黄泉来路？"我沮丧地抓了抓头发，心想如果他真有这种特异功能，不会只用这一回，走到哪里都会有轰动，说不定在别处也能找到线索。

戴鹤轩哈哈大笑："你是黄帝内功的推广大使，怎么能相信这些荒诞不经的东西呢？特异功能又不是大白菜，怎么会到处都是啊——所谓阴阳眼，那是河南当地的一种说法，其实就是一眼大、一眼小，先天性小眼裂家族遗传畸形而已，跟什么阴曹地府一点关系都没有，封建迷信而已。"

我抓头发的动作骤然停住了。

一眼大、一眼小。

籍贯开封。

姓廖。

这三个条件综合到一起，我一下子想到一个不算熟悉的人，心里顿时掀起惊涛骇浪。

这不就是请人吃现席、被我亲手抓进监狱的大眼贼吗！

我清楚地记得，大眼贼是和他儿子一起落网的。两个人的眼睛都是一大一小，可见是遗传下来的。审讯的时候，他自报家门，就是说姓廖，家住开封。听戴鹤轩这么一提醒，难道说大眼贼就是阴阳眼的后人？事情有没有这么巧？

我转了一个大大的圈子，居然转回到原点了。我最终要找的人，居然是我最早遇见的人，命运实在是开了一个大大的玩笑。

我把电话"啪"地挂掉，冲进洗手间用凉水冲了一把脸。凉水扑在脸上，微微刺激我的皮肤。我抬起头，镜子里出现的是一张不存在任何迷茫的脸。

我把方震给我的那本公安部的证件拿出来，时间已经不多了，我要尽快赶回北京。

我连行李都懒得理，直接走出宾馆大门。一出去，噼里啪啦一通闪光灯亮起，几个记者从隐蔽处跳了出来。我一看，还是当初在复旦大学围堵我的那几个人。原来他们一直没有放弃，死守在宾馆门口，身后居然连摄像机都跟着。

"请问您刚才又夜入戴海燕小姐的宿舍，你们的关系已经确定了吗？"

"您为什么一直拒绝发表评论，是受到了官方威胁吗？"

"你爷爷许一城的遭遇，对你的选择有影响吗？"

乱七八糟的问题扑面而来。我沉着脸推开这些烦人的苍蝇，一言不发地朝前走去，记者们如影随形。在这一片嘈杂声中，我忽然听到一个记者喊道："京港文化交流展马上就要举行，到时候故宫将和百瑞莲就《清明上河图》进行对质，作为始作俑者，你有什么看法？"

我停下脚步，走到那个发问的记者面前。那是个四十多岁的女人，脸胖胖的，波浪发卷，嘴唇涂得血红。我死死盯着她，她有点畏惧地后退了一步。我伸出手夺过她手里的麦克风，然后转到摄像机前，一字一句道："我会去香港，我会带去真相，希望你们做好准备。"

我知道钟爱华一定听得到，百瑞莲和它背后的那些人，也一定听得到。说完这句话，我把麦克风扔给那女人，转身离开，昂扬的斗志在我心中升起。

我已经想明白了。就算线索断在大眼贼这里，我也要去香港。此事因我而起，必须因我而平。我怎么把五脉推下山崖的，就要怎么把它拽回来。这是一个鉴宝人的责任。

那张特别证件真是好用，我靠它赶上了最近的一班军航，在第二天清晨抵达北京。我一下舷梯，方震的吉普已经等在了停机坪上。我顾不得呼吸一口新鲜空气，直接跳上车。

方震一边启动车子一边告诉我:"故宫今天会开库调出《清明上河图》,和其他参展文物会合装箱以后,刘局会亲自带队前往香港,我也会以安保主管身份前往。"

"几点钟出发?"

"我把你送过去以后,立刻就得走,接下来怎么跟大眼贼说,就靠你自己了。"方震面无表情地开着车,又补充了一句,"大眼贼的案子马上就判了,如果他有立功表现,可以有适当减刑。"

我笑了,有他这句话就够了。

吉普车在马路上飞驰,方震忽然道:"对了,你不是让我去查钟爱华吗?我查到一点东西。"

"嗯?"我立刻来了精神。

"他给你讲的故事,基本属实。他确实有个在安阳的舅舅因为收购文物失误而自杀,这件事还跟五脉关系不小。十年之前,中华鉴古研究学会在全国搞馆藏文物赝品排查,在安阳查出一件赝品,黄克武亲自通报给安阳,安阳当地文物局认定是钟爱华舅舅进货的时候搞贪污,结果他转天就自杀了。第二年,钟爱华就随他父母移居去了香港。"

"所以他才这么恨我们?"

方震道:"钟爱华在香港的经历就不太清楚了。只知道他父母死得很早,他加入过新义安,还惹过人命官司,后来逃入九龙寨城,再没人见到过这个人,直到你在郑州遇见他。"

"九龙寨城?"

"算了,你不会想知道这个地方的。"方震皱皱眉头,难得流露出一丝厌恶的情绪。

我闭上眼睛。一个小小年纪就在香港加入黑社会的家伙,摇身一变,成了国际大拍卖行的内地代理人,这个丰富经历,简直可以拍一部电影了。难怪这家伙狡猾得像一只狐狸,有着和年龄不符的沉稳和成熟。我每次想到钟爱华在郑州表演出的那种天真热血,就不寒而栗。

但奇怪的是,自从我们在复旦不期相遇之后,他除了施展手段吓退了药不然,让记者们限制住我的自由,就没有进一步举动了。他停止纠缠戴海燕,也没给我接下来的一系列调查捣乱。

他这种安静,让我略微有些不安,那是一种恶狼在草丛里伏低身体准备扑击前的安静。我努力把担忧收回去,告诉自己这不是目前最需要担心的问题。

吉普很快来到位于南城郊外一处僻静的监狱的大门前。方震跟里面的人交代了几句，然后匆匆驱车离去。监狱的工作人员把我带到一间接待室，让我填了一张探视犯人的申请表格。我没有办案公安的身份，进不了审讯室，就只能通过探视程序去见大眼贼。

这间接待室很简陋，墙漆剥落大半，刷上去的标语模糊不清。屋子被正中间一道暗褐色的齐胸高桌隔开，但桌子上方没用玻璃隔开。

我坐定以后，没过多一会儿，大眼贼被一名看守从另外一个门带进屋子。这家伙身穿灰色的囚犯服，头发剃了个精光，精神倒是不错，进了门还有心思左顾右盼。大眼贼一看来探视的是我，大眼一瞪，那只小眼却眯了起来："您这面相，可是越来越不对劲了。"

我这才想起来，上次见他，大眼贼帮我批了个面相，说我面悬金剪，正对人中，是个劫相——你别说，很快就出了《清明上河图》这档子事，不知算不算应验。这家伙的阴阳眼，还真是有点门道。

"哪里不对劲？"我问。

"您脸上这把金剪，如今两条剪刃是半开半闭，摸不清去向，不知道是要剪下去还是张开，所以是个悬命。吉凶如何，就得看您自己一念之间。"大眼贼说得眉飞色舞，旁边看守咳了一声，大眼贼连忙谦逊地摆摆手，"唉，不过这些都是封建迷信，我正劳动改造呢，就是顺口胡说，您别当真。"

我开门见山："这次我来找你，是有件事要问你。"大眼贼晃晃脑袋，一脸委屈："我的犯罪事实都交代清楚了，没有隐瞒。"

"你们家解放前一直是开封的？"

"是，到我这辈，才慢慢往外走。"

我一指他的脸："你这一对眼睛，是天生的？"

大眼贼一愣："是啊，您是打算给我办保外就医？我研究过，这个不符合条件……"

我打断他的话："你们家里人，也都是这样的阴阳眼吗？"大眼贼听见"阴阳眼"三个字，脸色大变："您……您连这个都知道啦？"

"回答我的问题。"

大眼贼习惯性地把右手凑到嘴边，这时才发现没烟，苦笑一声，小眼露出几分感慨："我们家族这个毛病，医学上叫先天性小眼裂，遗传的。人家都是祖传宝贝，我们家是祖传毛病，您说多倒霉。长成那副模样，别说做官做买卖，就是给人当长工干活都不受待见，到处都受歧视。我家祖先一看没辙，索性化废为宝，自称这是阴阳眼，能看穿黄泉来路。从前的人特别迷信，真以为我们家是天生异象，碰到算命看卦、下葬入穴、驱鬼祭神什么的，都找我们家，久而久之，就有了阴阳眼的名头。"

"整个开封，是不是就你们一家有阴阳眼？"我问。

"别的地方不知道，在开封，我们家那是独一份——这倒霉病可不是到处都有啊。"

我深吸了口气："四十多年前，开封有个阴阳眼去了郑州的豫顺楼，打败了五脉一个叫黄克武的高手。这事你知道吗？"

大眼贼一点没犹豫："知道。"

"是你家族的人干的吗？"

"是我家二爷爷。"大眼贼答得特别干脆。

我双手猛然抓住高桌边缘，心脏差点停跳。那个豫顺楼之战的神秘人，居然就这么现身了。

"你能详细讲讲吗？"我强抑兴奋。

大眼贼这个人是表演型人格，我从别人那里探听线索，总要费一番周折，只有这家伙说话特别痛快。他一听我要他讲自己家的故事，顿时兴致就上来了，拇指一跷，身子后仰，得意道："我那个二爷爷，可真是廖家中的一个异数。他叫廖定，我们家里人都是靠给人算命看相为生，只有他不搞这一套，一心研究古玩。我之所以投身古玩这个行业，一部分原因也是受二爷爷的影响。只可惜时运不济，解放以后我英雄无用武之地，虚度光阴，只能沦落到如今……"

"说正题！"

"好，好。我听家里老人讲，二爷爷从前是个江湖骗子，凭着一对阴阳眼在北方几省闯荡。后来他也不知怎么的，骗到了一位高人头上。人家一眼识破他的诡计，把他给困住了。不过高人就是高人，手段高，胸襟也高，他对我二爷爷说你资质不错，用来骗人太浪费了，就教了他一些古董的鉴定手法，给了笔钱，打发他回老家做点正当生意。我二爷爷深受感动，回到开封以后，把骗人的伎俩都收了，一门心思钻研古董。世界上就怕认真二字，我二爷爷本来就是个聪明人，这么一潜心研究，真搞出名堂来了，成了一个古董鉴定的高手。到后来，圈子里都传说他的阴阳眼不光能看黄泉去路，还能贯穿古今，看货一看一个准，越传越神。但我二爷爷知道，他这一切都是高人所赐，但高人没正式收他当徒弟，他也不敢妄称，就在家里摆了个生祠，为高人立了一块长生牌，天天三炷香，从来没断过。后来那位高人因为倒卖文物，被国家当汉奸给枪毙了，我二爷爷……"

"等一下！"我大喝一声，眼睛几乎要瞪得爆裂出来，"那个高人，叫什么？"

"姓许，叫许一城，是五脉的掌门人——五脉你知道吧？它又叫明眼梅花，自古……"

大眼贼接下来的喋喋不休，我完全没听进去。我整个人僵在座位上，动弹不得，内心巨浪滔天。我万万没想到，这件事居然牵扯到了我爷爷许一城，这可真是横生波澜。

"哎，你怎么了？怎么脸色这么差，要不咱们休息一下？"大眼贼关切地问道。

"不，不用，你继续。"

"许一城因为卖文物给日本人，被当作汉奸枪毙。我二爷爷在长生牌位前大哭了一场，说打死他都不信许掌门会当汉奸。我二爷爷哭完以后，买卖也不做了，宣布退隐，估计受的刺激不小。抗战胜利以后，有人突然来找二爷爷，说请他去郑州豫顺楼救急。本来二爷爷都回绝了，可他一听要对付的是五脉中人，一拍桌子，说许掌门死得那么惨，跟五脉那群忘恩负义的东西有直接关系，他的仇我不能不报，立刻就赶了过去。"

我的双手不由自主地开始颤抖，眼眶湿润起来。许一城当年身死，举国皆斥为汉奸，想不到在开封这里，还有人一直相信他是清白的。

"然后呢？"

"然后我就不知道了。"大眼贼说，"我二爷爷出去的时候，带的是一幅画，回来时却只带了一堆碎片。回来不久，他就咽气了。"

我几乎坐不住了。那幅画，肯定就是《及春踏花图》，果然如刘一鸣所说，在赌斗中化成了碎片。

"那堆碎片去了哪里？"

大眼贼道："二爷爷临终遗言，说他已经替许掌门报了一部分仇，无愧于心，让我们把那张画的碎片陪葬。这样在阴曹地府告诉许掌门说为他报了仇时，也好有个凭据。"

"陪葬？廖定葬在哪里？"我问。

大眼贼又说："二爷爷说他死后要葬在许掌门离魂之地，这样二魂相近，方便他寻见许一城的魂魄。我们家里人遵照遗言，把二爷爷火化，骨灰装进锦盒，一路运到北平埋葬。"

"等一下,火化?"我大惊。

"我们阴阳眼能窥视天机,为天地所不容。所以我们家历代不留尸骸,死后全都火化。"大眼贼一本正经地说。

我暗叫糟糕,如果这样的话,那陪葬的《及春踏花图》碎片岂不是也化为了灰烬?不会让我在最后关头抱憾而归吧?不行,无论如何,我要亲眼看到那些纸灰,才肯罢休。

"廖定是葬在北京哪里?"我问。

大眼贼点了点头,朝东边伸手遥遥一指:"我二爷爷下葬之地,就是当年许一城被枪决的刑场旁边,就在如今燕郊灵山脚下。"

我傻在了原地。

我站在公路旁的一片凸起的丘陵之上,负手远望。广袤的燕山蜿蜒至此,山势已尽,余脉突拔而成一座尖峰灵山,东接群山,其他三面皆是平原。峰顶有一座建于辽代的灵山宝塔,五级八角,与东边的盘山塔、西边的孤山塔结成三角之势。

燕郊这里距离北京五十多公里,在三河市境内。明、清两代,三河都属顺天府,一直算是京畿之地。清代皇帝拜谒东陵,就在这里驻跸,所以三河素有"天子脚下,御驾行宫"之称。民国迁都南京,直隶改河北省,它才划归为河北,但老百姓心目里,始终把它当成北京延伸的一部分。

我爷爷许一城被老朝奉陷害,以汉奸的罪名被处决,即行刑于此。而解决这次五脉危机的关键人物廖定,他的埋骨之地,也在这里。如果还嫌命运不够奇妙的话,我还可以告诉你们,我们许家四口人的墓园,就在不远处的灵山宝塔墓园,离刑场旧址不过数百米之遥。造化这只大手,把我拨来弄去,画了一个大大的圆,最终却将我送回到了起点。这究竟预示着什么呢?

我举头仰望,天空湛蓝,清澈到仿佛可以看到缥缈的灵魂。一阵微风吹过,似乎有几缕轻烟凭空浮动,在金灿灿的阳光下变换着形状。

"爷爷、爸爸,是你们吗?"我喃喃自语。

我没等到回答,也不必等到回答。我深深吸了一口清冽的空气,抬步迈下丘陵,手里紧紧攥着一把工兵铲。

廖家当初把廖定葬在灵山脚下,遵照遗嘱并没有特意设墓,只是在紧邻刑场的正东方起了一个低矮的小土包,连墓碑都没立。刑场旁边乃是大凶之地,谁也不会想到会有人特意埋在这里。也幸亏如此,让廖定的坟墓躲过了这几十年来的各种折腾,一直幸存到了现在。

这么多年过去了,这小土包上面覆上了一层碧绿色的杂草,密布着蚂蚁窝,与周围环境融为一体。如果不是大眼贼指点,我就算脚踩到坟包,都发现不了。

挖坟掘墓是不道德的事,我来之前特意请求大眼贼准许。大眼贼是个好人,他对我的要求没有异议,只希望作为回报,我能定期带几本最新的法律书籍去牢里,他好学习。

我把随身带的香烛摆好,恭恭敬敬冲着廖定的坟磕了三个头,说五脉遇难,我今日不得不冒犯开坟,五脉是许一城的心血所在,他若在世,必不会袖手旁观,希望廖二爷爷在天之灵能够理解,不要怪罪云云。

说完以后,我拿起工兵铲,狠狠地插进泥土里,然后双手一抬,铲出一块泥土。蚂蚁们惊慌失措地四散而逃,我顾不上怜惜这些小东西的性命,又铲起了第二下。这个土包不大,我很快就把它全都挖开了,露出来的是个标准的主墓室加左右耳室的结构,只不过规模非常小,跟微缩模型差不多。

我又铲了几下,在墓室正中,铲子头突然碰到一样东西。我急忙俯身,从土里挖出一个锦盒来。这盒子也就一尺见方,通身铁质,外头覆了一层锦缎。锦缎已经腐朽不堪,看不出颜色,手指一碰即烂。盒子外壳锈迹斑斑,上头勉强可以分辨出"廖定之墓"四个字。

我把铁盒小心翼翼地捧出来,发现上头没挂锁,只用一根糟朽了的木销子卡住。我把木销子拔掉,打开盒子,里头是一堆灰白色的骨灰。在骨灰当中,还可以分辨出有纸灰痕迹。这两者很容易分辨,骨灰颗粒较大,呈灰白色,纸灰发黑,更为细腻。

我脸色苍白,双手几乎抱不住盒子。最后一丝希望,彻底灰飞烟灭了。我与真相只有咫尺之遥,却倒在了最后一步上。

我沮丧地一屁股坐在草地上,胸中的郁闷简直要让人窒息。我失魂落魄之下,右手一歪,盒子朝一侧倾去,我吓了一跳,连忙恢复平衡,廖定算是我许家恩人,挖坟已经很过分了,可不能让他的骨灰都撒出来。

就这么来回一颠倒,我忽然看到,盒子里的灰烬之中,似乎多了样东西。我凑过去瞪大了眼睛,看到露出一角枯黄。我屏住呼吸,用随身带的镊子轻轻地夹住那一角,拈出一张小绢片来。

这绢片只有小婴儿手掌那么大,一直埋在盒子的最底下。它的形状很不规则,边缘发黑，卷边，显然是火烧成的。我夹起绢片，对着阳光看去。绢质老旧，但上头的痕迹仍旧可以分辨。这是一块小巧的暗红色印记，上头犹有双龙形迹，绢面还沾着几滴像是眼泪一样的痕迹。

没错，就是它，就是那片自明代以来就失踪了的《清明上河图》残本余片，就是那片可以挽狂澜于既倒的关键证据。

我哈哈大笑，整个人倒在草地上，四肢伸展开来。

原来，是这么回事。

廖定和《及春踏花图》显然是分开来烧的。廖家在开封先将廖定火化，骨灰带来北京在灵山这里下葬。在把骨灰盒埋下去之前，把《及春踏花图》的碎绢片点燃扔进盒子里，这才算是入土为安。

那几滴眼泪状的东西，叫作烛泪。

刘一鸣在三〇一医院培训我时说过，书画在重裱的时候，要加胶、加矾、加蜡，把背面轧出光来。重裱次数多了，侧看绢面会有一层极为淡薄的光芒，叫镜面，也叫鉴云。这片双龙小印本来是属于《清明上河图》的，被补缀到《及春踏花图》上以后，被特意轧过几次。在燃烧之时，绢面的胶、矾、蜡起了一点保护作用，加上盒子一关，里面空气稀薄，使得这一片没有燃烧完全。蜡融化之后，就留下了眼泪一样的痕迹。

造假者本意是为了修补破绽，却无意中保护了原作。《及春踏花图》的其他部分都烧成了灰，偏偏这一片因为抹过了蜡而幸存下来。

为了虚假而施展的手段，却遗留下了真实，这是一件多么讽刺的事情啊。

我躺在草坪上，手里拈着残片，笑得上气不接下气，笑到后来，竟然泪流满面。

刘一鸣说得不错，人能鉴古物，古物亦能鉴人。

这一幅徽宗赝品，鉴出了我爷爷许一城的坦荡胸襟，鉴出了廖定的煌煌忠义，也鉴出了我内心深处底层的希冀——我的家人从来没有抛弃我，他们一直在我身边。不然实在无法解释，为何我一直苦苦追寻的东西，会藏身于许家四位成员埋葬的墓园附近。

我跪倒在地，在这片许一城被处决的刑场旁，在这一片埋葬着我所有亲人的墓园旁，号啕大哭。那一刻，我就像是回到了自己真正的家一样，每个人都在，他们都面带微笑看着我，叫着我的名字。

天空变得更蓝了，几片白云悄然飘过，为我遮去了炽热的阳光。

# 古董局中局2

## 第八章

香港：
真假国宝现场对决！

我一踏下飞机，一股带着海腥味的热浪扑面而来。我手搭凉棚，举目眺望，远处九龙城的繁华闹市在阳光照耀下闪闪发光。

香港和北京真是不一样。首都机场附近是大片大片的空地，视野开阔，格局很大。而启德机场附近全是高楼大厦，空间非常局促。刚才降落的时候我从舷窗往外看，飞机居然从香港市区上空呼啸掠过，吓得我手心全是汗。听我邻座的客人介绍，启德机场三面环山，距离海港和市区又非常近，所有的飞机都只能从西面进入降落，不愧是世界十大危险机场之一。

飞机安全降落以后，我长出一口气，那张珍贵之至的双龙小印残片，就在我身上。两版《清明上河图》的对决，将由这张残片做出最后裁决。就算我出事了，它都不能出事。

这是我第一次离开内地，好在方震事先帮我打点好了所有的手续，一路顺顺当当出了关。我注意到，在通道两侧，已经张贴了京港文化交流文物展的海报，《清明上河图》占据了海报核心的位置。距离文物展还有三天，可气氛已经炒得很热烈了。

我一出闸门，看到有二十多个香港记者等在门口，其中有几个我认识，在上海参加过对我的围追堵截。

此前我在上海当着他们的面，宣称我会带着真相前来。我的宣言第二天就上了报纸头条——《打假英雄打破沉寂，亲临鉴定现场揭开真相》，还有比这更有戏剧性的转变吗？公众本来就因为真假《清明上河图》公开对质而兴奋不已，我的宣言一发，这个话题变得比香港的天气还要热。

这次我没有不耐烦地把这些记者推开，而是整了整西装，先任凭他们拍了一通照片。然后我缓缓抬起手，他们立刻安静下来。

我清了清嗓子，开口说道："我此前发表了对《清明上河图》的质疑文字，但比较仓促，论证未臻完备。恰逢百瑞莲拍卖行宣布《清明上河图》真本现世，与故宫藏品孰真孰假，引发公众争议。我身为五脉的成员之一，秉承去伪存真之理念，有责任就这一争议厘清真赝。所以，本着实事求是的态度，我在接下来的一段时间里进行了一系列调查。现在我手里已经掌握了辨别《清明上河图》真伪的决定性证据，这次到香港参加京港文化交流展，我将会在现场进行对比，正本清源。"

说到这里，我提高了声调："《清明上河图》是中华民族的文化瑰宝，是所有中国人的伟大财富。我不会容许任何虚假来玷污它，无论以什么借口。"

记者们一起鼓起掌来。

这段讲话，是我事先准备好的。刘一鸣当初曾经指出，百瑞莲的计划里有一个破绽，他们为了破坏五脉声誉，将我推至一个很有公信力和影响力的高度，这让我成为一把双刃剑。

看看来迎接我的记者阵容就知道，如今许愿这个名字，知名度已经不逊于那些电影大明星。我在机场这一番大造舆论，会让我在公众中的影响力进一步提升。届时公开鉴定，我的举动将会对结果产生举足轻重的影响。

说得简单点，只要我手里有合理证据，公众就会认可我做出的最终判断。

记者们还要继续发问，我微笑着把手摆了摆，表示已经说完了，迈开大步走出候机楼。

这时一个车队耀武扬威地停到了大门前面，一水儿全都是大头宾士和劳斯莱斯。第二辆车停在我前面，从车上走下一个中年人，大背头，穿着打扮……嗯，就跟录像带里那些香港黑社会老大一个扮相。

"许先生，欢迎欢迎。"中年人热情地朝我伸出手，操着一口生硬的普通话。他见我在原地没动，拍拍头，"哎呀，一兴奋我都忘了自我介绍了。我姓王，王中治，百瑞莲的香港负责人。这次听说您莅临香港，我们百瑞莲准备了接风宴，请您务必赏光。"王中治朝车里做了个请的手势，我才注意到，车子后排还坐着一个大美女，冲我抛了个媚眼。

一直处心积虑要搞垮五脉的百瑞莲，总算是露面了。我本以为他们各个三头六臂、神通广大呢，原来也只是普通人类而已嘛。王中治亲昵地拍了拍我的肩膀，把头凑过来压低声音道："我们老板说了，一定要把您伺候得舒舒服服，您尽管吩咐。"

我后退一步，微微眯起眼睛，不动声色地端详着王中治。利诱这一套手段，他们已经玩过一次了。钟爱华曾经许诺让我担任一处拍卖行的主管，被我拒绝了，百瑞莲应该已经了解我的决心。他们现在突然跑过来示好，用意很值得玩味。

我揣测，应该是我在上海发布的那个宣言，让百瑞莲有点坐立不安。他们肯定能猜到，我从戴海燕那里得到了关键性的线索，并且拿到了足以翻转局面的底牌。但他们不知道那张底牌是什么，只好派人来试探我的虚实。

一直加在五脉身上的压力，现在开始悄然转移到百瑞莲的身上。

一句话，他们急了。

我咧开嘴，对王中治露出一个温和的笑脸："不好意思，我还有点事，先走了。"

王中治连忙道："有什么事？可以坐我的车去，我陪您。在香港，没有我办不了的事。"

"呵呵，不用了。"我委婉地回绝，继续朝前走去。王中治一把拉住我的胳膊，脸色有些阴沉："许先生，您也许没听懂我的意思。在香港，没有我办不了的事。"

"哦，那还真是让人佩服。"我耸耸肩。

基督山伯爵不吃仇人家的任何东西，我也有必要遵循这个原则。我把略显惊愕的王中治推开，大摇大摆穿过这一大溜豪车的队列，到对面打了一辆出租车。记者们注意到这个小小的过场，扑过来又是噼里啪啦一通乱拍。

我在出租车后视镜里看到，王中治面无表情地做了个手势，然后坐回到车上。整个车队有意加速，示威般地超过出租车，扬长而去。司机探出头去啧啧称赞："好大的排场——先生您去哪儿？"我靠在后排座椅上，跷起二郎腿，用笨拙的粤语说道："玛丽医院。"

我没骗王中治，我确实有事。我得先去探望一下黄克武。

玛丽医院算得上是香港最著名的医院，别说香港人，就连我们这些看惯了香港电影电视剧的内地人，都听过它的名号。出租车一路把我载到玛丽医院正门，我没顾上多看一眼西博寮海峡和太平山的景色，直奔住院部而去。

我推开病房门，首先看到的是躺在病床上的黄克武。他仍旧处于昏迷状态，身上插着各种管子，旁边几台我看不懂的仪器有规律地发出蜂鸣声。而在床边趴着陪护的，居然是烟烟。

"烟烟？"我有些吃惊。

烟烟抬头看到是我，先是揉了揉眼睛，站起身来一下把我紧紧抱住，下巴垫在了我的肩膀上。烟烟怕惊扰到黄克武，只敢咬着嘴唇嘤嘤地小声啜泣。细细的悲伤如同牛毛细针刺入心中，这比号啕大哭还要令人心疼。我笨拙地抚摸着她微微抖动的肩膀，一句话都没有说。在看守所里待了那么久，一出来就听到最疼自己的爷爷在香港病危，这对一个刚二十出头的姑娘来说，冲击未免有些太大了。

我们就这么无声地拥抱了好久，直到烟烟情绪缓和了点，我才问她怎么会跑来香港。烟烟告诉我，她一从南京看守所放出来，就听到黄克武的病情，当即联系方震，直接赶往香港来照顾爷爷。

"老爷子现在怎么样？"

烟烟道："没恶化，也没好转。医生说他是情绪过于激动诱发脑出血。好在我爷爷有武功的底子，不然很难撑过这一关。"

我侧脸去看黄克武。老爷子本来红光满面，可现在脸色却苍白得吓人，眼窝都凹陷下去，仿佛被抽光了所有的精气。自从五脉事发以后，刘一鸣在北京坐镇指挥，黄克武就亲赴香港冲锋陷阵。老爷子就像当年独闯豫顺楼一样，殚精竭虑，硬生生把一边倒的质疑扳回来。若没有他的努力，恐怕五脉连这个公开鉴定的机会都没了。

"都要怪那个女人，都是她害了我爷爷。"烟烟咬牙切齿地说道。

我询问详情。烟烟告诉我，黄克武那天约见几位文化界的主笔谈话，然后返回酒店休息。在酒店大堂，一个盲眼女人忽然叫住了黄克武。据随行的人说，黄克武当时面色一下子就变得很差，立刻和那女人走到一旁。两人没交谈几分钟，忽然"当啷"一声，一件瓷器从黄克武手里跌在地上，然后他就捂着胸膛倒下来。那个女人在一片混乱中悄然离去，但根据目击者的描述，相貌和素姐一模一样。

"喏，就是这件瓷器。"黄烟烟递给我一包碎片。

我一看就知道，这就是素姐托我送给黄克武的那个小水盂。他们两个之间，一定有什么难以解开的纠葛，才能让黄克武精神如此坚忍的人，都遭受了重大打击，连这么个小东西都拿不住。

百瑞莲可真是太阴险了。黄克武在香港的游说对他们的计划非常不利，但他们又不敢动手除掉他，只能用素姐去影响他、打击他。老人是自己得的脑出血，他们自然也就没有任何嫌疑。

我轻轻叹了口气，归根到底，黄克武弄成这个样子，都是我的错。如果我从一开始没被仇恨蒙了心,他根本就不必跑来香港。如果我早点查出《清明上河图》和当年豫顺楼一战的联系,黄克武说不定早就把实情讲给我听,就不必躺在这张病床上,有口难言。

"黄老爷子,对不起,对不起。"我握起他苍老如树皮般的手,喃喃说道,也不知道他能不能听见。

"你这个浑蛋,这些天都跑哪里去了?"烟烟站在我身后,轻轻地用拳头捶了我一下。

"一言难尽哪……"我简略地介绍了一下我之前的经历。烟烟安静地听着,时而皱眉,时而轻笑,听到我夜闯戴海燕宿舍的时候,还无奈地摇了摇头,伸出手去掐了我手臂一下。

我讲完以后,满脸愧疚地说:"归根到底,这一切都是我惹出来的祸事,烟烟,对不起。"

我本来预料她会痛斥我一顿,可她只是平静地问道:"那你现在拿到底牌了吗?"我点了点头。烟烟把我的衬衣衣领整了整:"我爷爷说,一个真正的男人应该有勇气去承认自己的错误,有能力去纠正它。你如果真觉得惭愧,就像个真正的男人那样,替我和爷爷把那些浑蛋狠狠地揍趴下。"

她的眼神闪烁,悲伤中带着坚毅。我摸摸她的脸:"一定。"

病房里不能待得太久,我叮嘱了烟烟几句,然后依依不舍地离开了。刘局和方震已经率队抵达,我得先跟他们会合。

我走出玛丽医院大门,一路思考着该怎么筹划下一步行动。这时从左边的马路上冲过来一辆面包车。它速度很快,我连忙向后退了几步,没想到面包车在我面前一个急刹,侧门一拽,从里面冲出来三四个戴着头罩的家伙。我猝不及防,被他们一下子拉上车,随即眼前一片漆黑,大概是被什么东西套住了头。

我听到车门"咚"地一响,然后车子开始疾驰。我挣扎了几下,脑袋上突然挨了一记,随即不省人事……当我再度醒来的时候,发现自己置身于一个废弃的屋子里。我的双手被绑在一把破旧的不锈钢椅子上,四面墙壁的霉斑勾勒出种种奇妙的花纹,好似楚地墓室墙壁上的图腾。我的头顶是一盏忽明忽暗的白炽灯,发黑的铁窗框外是一片奇特暧昧的昏暗。整个房间就像涂满了锈蚀了几千年似的青铜锈。

屋子外进来两个人,我定睛一看,一老一少,老的是王中治,少的是钟爱华。两个人的表情因为光线缘故，显得有些晦暗不明。

"许先生，我告诉过你，在香港没有我办不了的事。"王中治开口道，还是一副彬彬有礼的腔调。我嘿嘿地笑了起来，王中治道："有什么好笑的？"

我仰起头来："我笑你们穷途末路。"

百瑞莲在之前的行事风格，都是谨慎做局，几乎没有用过暴力。现在他们居然绑架我，说明他们已经阵脚大乱，开始不择手段了。

王中治眉头一皱，还要再说，钟爱华却拍了一下他的肩膀，说："王先生，这里交给我吧。"王中治笑道："嗯，许先生来一趟香港不容易，你们也该叙叙旧了。"

钟爱华还是那副平静的面孔，但我却感觉他有了些许变化。之前在内地的时候，他像是一只捕猎的猛兽，潜伏在草丛里无人能觉察，只在动手瞬间露出狰狞面目。而现在他的杀气却显露无遗，仿佛野兽回到自己巢穴，不再有任何遮掩。

钟爱华道："许大哥，大家都是聪明人，所以话不妨明说。只要你交出东西来，我们之前的协议仍旧奏效。"

我心中一动。我猜钟爱华趁着我昏迷时已经搜过我的身体。但我把那张残片藏得十分小心，他们不可能找得到。要知道，钟爱华没能从戴海燕口中打听出来关于《清明上河图》残缺的研究成果，也不知道戴熙字帖的内容，更不可能了解阴阳眼廖定和许一城之间的关系。所以他们连我的底牌是什么东西都不清楚。

想清楚了这个细节，我就有底气了。

钟爱华仿佛看穿了我的心思："许大哥，你现在心里一定在想，只要咬紧牙关坚持不说，我们就拿你没办法，对吧？"我冷笑道："不就是用刑嘛，你们尽管来试试看好了。"

钟爱华伸出手，把我贴在额头的头发撩开："许大哥，你别忘了，我们要的不是这张底牌，而是这张底牌没法在京港文化交流文物展上使用。我根本不必动手，只要把你关在这里三天，等到鉴定结束之后把你放走就行了。"

我针锋相对地昂起头："你也别忘了，我现在是全港关注的名人。我如果失踪了，香港警察一定会到处搜查，稍一调查就知道你们最有嫌疑。你以为你们逃得掉吗？"

在一旁的王中治忍不住哈哈大笑起来："这真是我今天听过的最有意思的笑话。"钟爱华面无表情地走到窗边："在这里，警察是进不来的。"他双手猛然推开窗户，锈蚀的窗框发出刺耳的吱呀声。

我转过头去，眼睛陡然睁大。我所处的房间大概位于七楼的高度，可是外面看不到任何自然景观，视野里是一片密密麻麻如蜂巢一般的楼房，它们歪歪斜斜，似乎不是同一时间建成，彼此距离极近，根本没有任何空隙。灰褐色的墙体上沾满污秽，油腻的电线与管道拉成错综复杂的蜘蛛网，围得严严实实，让人简直要窒息而死。现在应该是白天，可这一片破败、荒芜的楼群之间，仍旧弥漫着属于夜晚的腐臭气味，昏暗无比。

最可怕的是，这里面居然还生活着许多人。我从窗户向外望去，几乎每个窗户都有人影晃动，偶尔还能传来一声凄厉惨叫，在楼间回荡。

"欢迎来到九龙寨城。"钟爱华站在窗边，就像是一个迎接客人到自己家的殷勤主人。

我眉头一皱，我听方震提过这个名字，钟爱华小时候惹过人命官司，就是逃进这个地方。可这究竟是哪里？

钟爱华道："虽然没法带许大哥你到处参观，但我可以勉强充当一回导游，来为你介绍一下九龙寨城——毕竟我从小就在这里长大，对这里可是熟悉得不得了。"

他咧开嘴，笑得就好似窗外那些阴森的建筑。

原来这个九龙寨城位于九龙半岛。这里最早是一处炮台兵营，清政府将香港割让给英国以后，在这里设立了衙门，成为清朝在香港可以行使主权的一处飞地。关于这块飞地的主权归属，从清末一直扯到了现在都未能得到解决，港英政府无权管理，中国政府又自顾不暇，不可能亲自去管理，结果这里便逐渐演变成了三不管地带，大量流浪汉、贫民和穷凶极恶的罪犯都开始在这里聚集，以躲避政府追捕。历经几十年风雨，九龙寨城里已经挤满了一层层的违法建筑，变成一个错综复杂的迷宫。在这个迷宫里隐藏着妓院、赌场、黑诊所、地下毒品工厂，变成了由逃犯、黑社会分子、毒贩、贫民、流浪汉等社会底层组成的一个无法国度。

这里没有电，供水也少，都是黑帮控制，治安极差。即使是香港警察，也从来不敢涉足这里。任何人只要逃进寨城，就不会被抓住，但安全也无人能够保证。想要在这片丛林里生存，必须回归自己最原始的野性。

"香港警察搞了几次突击，全都无功而返。如今港澳台地区和东南亚的逃犯，都在设法逃进这里来，只要进入寨城，警察就毫无用处了——许大哥，现在你还那么有信心吗？"钟爱华说得轻描淡写。

我沉默不语。我实在没想到，香港是全球最繁华的都市之一，想不到距离它这么近的地方，还存在着这么一座黑暗之城。我浑身变得冰凉，如果这里真如钟爱华所说，那我还真指望不到什么援军。

钟爱华见我不说话了，重新蹲到我面前，双眼盯着我："许大哥，你还记得咱俩在郑州相遇时我说的那些话吗？我告诉你，那些话不是骗你的谎言，而是我发自内心的钦佩，还有羡慕。你和我的舅舅，就是我的偶像。"

"事到如今，说这些废话有什么意义。"我撇了撇嘴。

钟爱华仰起头，看向天花板的一角："我记得在我的小时候，舅舅每次出差都会给我带回几件小物件来，不值什么钱，却很有趣。我舅舅每送一件，都会给我讲一个故事。他总爱说，古物身上，带着古人古事，真正的研究者，使命不是评估它的价值，而是还原其中的真实。那时候的我，立志要以我舅舅为榜样。你和我舅舅是同一类人，执着、坚强、一心追求真相。如果我的梦想能够实现的话，那应该就是许大哥你现在的样子。"

"可惜你没有。"

钟爱华自嘲地笑了笑："可惜命运弄人，黄克武举报了我舅舅，我舅舅自杀，我家被迫移居香港，然后我就因为人命官司，逃进了这九龙寨城。在这里，我学会了所有最恶劣的品行，也学到了所有最实用的技能。所以我加倍羡慕你，许大哥，本来我也可以成为一个打假英雄，结果却成了一个彻头彻尾的恶徒。很多夜里，我都在想，如果舅舅没死，我的人生会不会不同，我会不会现在也和你一样，成为一个维护真实的卫士？"

说到这里，他的声音一下子提高了八度："我舅舅之死，我不怪你们，他买赝品是他走了眼。但是你们五脉一面喊着去伪存真的口号，一面自己却做着那些龌龊的事情，真是令人恶心。你知道这些年中华鉴古研究学会暗地里搞出了多少赝品，骗了多少人？我舅舅只因为一件赝品就自杀了，而明眼梅花的诸位贩卖了这么多假货，为什么还可以泰然自若地身居高位，昧着良心说什么去伪存真？你们这些伪善者凭什么，凭什么？"

他说到这里，已经近乎咆哮，指头狠狠地点在我的额头上："这次《清明上河图》风波，就是你们的报应。如果五脉贪婪的真面目被撕开，如果你许愿根本就不是什么英雄，我们根本就是一样，那么我的人生，也就不会那么遗憾了。"

"把恶行怪罪到别人头上，你只是在为自己的堕落找借口而已。"我忍不住驳斥道。

这次轮到钟爱华冷笑了："看来许大哥你对五脉的龌龊，了解得还不深哪。"他抬起手臂，打了个响指。门外一位戴着墨镜的老妇人被人搀扶着走进来。钟爱华快步走过去，扶住老妇人的胳膊，引导着她来到我面前。

"素……素姐？"我勉强挤出这个名字。

素姐的神态，和当初在那间黑屋里一样，沉稳而不失优雅，不过气色要好多了。钟爱华小心地搀扶着她的胳膊，低声说了一句："外婆，您小心点。"

我的脑子"嗡"了一声，像是置身于被木槌敲击的大铜钟里。

钟爱华管素姐叫什么？这是怎么回事？

素姐的墨镜很宽大，几乎遮住了她的大半张脸。她颤巍巍地走到我面前，摸了摸我的头："小许，我骗了你，对不起。"钟爱华怒道："外婆，咱们不欠这家伙的，不要给他道歉。"

素姐缓缓道："一码归一码，他们许家，并没做过对不起我的事。给他松绑吧。"钟爱华虽然不大情愿，但也没有违拗，走过去把我的双手解开。我揉着勒疼的手腕子，心情却没有因此而变得轻松。钟爱华对我说："你不要想着逃走，就算你离开这间屋子，也不可能活着离开九龙寨城。"

我没理睬他，面对素姐说道："这到底是怎么回事？"

素姐嘴角略微挑了一下，答非所问："小许，我骗了你一回，那就给你说个故事作为补偿吧。这个故事全世界如今只有两个人知道，其中一个已经躺在了病床上，只能由我来讲给你听了。"

我知道她指的是谁，呼吸变得有些沉重。

素姐道："还是从豫顺楼那一战说起吧。我想你东奔西走了那么久，对那一战多少也有点了解了吧？"

我"嗯"了一声。

"1945年，五脉派黄克武南下郑州，重新收拾河南古玩界。他到了郑州，先后办成了几件大事，让整个河南古玩界风声鹤唳。于是河南当地七家最有名的古玩大铺联手，在豫顺楼设下赏珍宴，想一战打退黄克武。他们想得很简单，黄克武不过是个毛头小子，以七家的底蕴，怎么都可以收拾掉他了。不料这七家里却出了一个叛徒……"

素姐说的时候，唇边的皱纹都舒展开来，似乎在讲述一段令人开心的美好回忆。

"当时七家之中，以梅家的势力最大，其他六家都唯梅掌柜马首是瞻。梅掌柜有个小女儿，叫梅素兰，不知发了什么昏，喜欢上了那个叫黄克武的臭小子。你想啊，黄克武只身入豫，单刀赴会，雄姿英发，哪个女孩不喜欢这样的孤胆英雄呢？结果一来二去，两个人就偷偷好上了，其他人谁都不知道。"

不知道为何，素姐刻意要用第三人称来讲述，似乎在讲一个完全与己无关的故事。

素姐继续道："梅掌柜为了准备豫顺楼一战，和其他六家掌柜筹划了很久。结果就在开宴前夜，梅素兰把所有的设置，全偷偷告诉了黄克武。你知道的，古董赌斗，千变万化不离真假二字。如果事先已经知道谁真谁假，那么胜负就变得非常简单了。黄克武得了梅素兰的暗助，自然是无往不胜，一路高奏凯歌。梅素兰心中也暗暗喜欢，因为黄克武允诺河南平定之后，就带她回北平成亲——可是偏偏在这个时候，变故横生。七家大铺眼看抵挡不住，居然从开封请来一位阴阳眼，要跟黄克武斗一场刀山火海。"

"什么是刀山火海？"我之前就很好奇，现在正好问出来。

素姐脸上抽搐了一下，似乎仍旧心有余悸："刀山火海是赌斗里最残忍的一种。双方先是交换宝物给对方鉴定，估出价值，然后开始一件件自毁，谓之'上刀山'。每毁掉一件，另外一人必须得付出同等代价。所以给对方估值时，非常考验胆略，估得比实际价值少，等于自承鉴别水平不够；估得价值多，等一下对方上了刀山，自己损失得更多，心理压力极大——而且赌斗一开始，双方都要坐在刚刚点燃的火炉之上，火势会越来越旺，谁支持不住先离开火炉，也算输，谓之'入火海'。"

我倒吸一口凉气，这已经不是赌物，而是赌命了。这种血淋淋的赌法，不像在河南地面，倒像是关外胡子的作风。

素姐道："除非有深仇大恨，很少有人会斗刀山火海。那位阴阳眼不知收了什么好处，一上来就选了这个，举座皆惊。黄克武年轻气盛，不肯落了气势，结果两个人上了三楼，就这么斗了起来。比拼到最后，阴阳眼亮出一幅宋徽宗真迹《及春踏花图》，其上有绝押'天下一人'，无比贵重。阴阳眼就这么坐在火炉上，面不改色地一段段绞碎。黄克武没料到他如此决绝，自认做不到这点，只得认输。阴阳眼打败了黄克武，但自己的下体都被烤烂，命已去了八成，被马车连夜送回开封，据说没几天就死了。七位掌柜和黄克武钦佩这人的手段，一起发了毒誓，对豫顺楼上发生的一切都保密。"

我听得额头上全是汗，事隔几十年后，我似乎都能嗅到豫顺楼三层上那一股皮肉烤煳的味道。之前听大眼贼讲述廖定的故事，我只是佩服他对我爷爷的义气。现在听到细节，我只能说廖定这个人实在是太可怕了，坐在火炉上居然还能泰然自若地斗宝，简直就是古玩界的邱少云。

素姐道："黄克武认了输，这趟河南就算是白来了。可这个人，却把失败归咎给梅素兰，认为她故意隐瞒阴阳眼的事，引他入彀。黄克武的心情可以理解，天之骄子，心高气傲，却因为惧怕死亡而被逼认输——何况他的竞争对手刘一鸣又顺利平定了陕西，豫陕之争，黄字门彻底落败，他的心态一下子就失衡了。黄克武就这么负气离开郑州，返回北平，再也没联络过梅素兰。梅素兰没想到等来的居然是这么个结果，她想去北平找他，正赶上内战爆发，道路不通，只得回家。她很快发现，自己居然已经怀孕了，只得匆匆找人嫁了过去。婚后她产下一个男孩，幸好丈夫是个好人，对她态度不改。很快梅素兰和她的丈夫又生下一个女孩，一家四口很是幸福。可惜天有不测风云，没过几年，丈夫因病去世，梅素兰只得独立支撑着这个家庭，靠自己在丹青方面的造诣，在顺州汝瓷研究所工作，带着一对儿女艰苦度日。儿女都很争气，她的儿子长大以后，大概是继承了他父亲的天赋，对考古、古玩有着极大兴趣，去了安阳考古队。而她的女儿也很快嫁人，给她生了一个外孙。可是她的儿子因为一次误买赝品的事故，被黄克武查了出来。他一时想不开，居然选择自杀。女儿一家决定移居香港，想把她接走，她拒绝了，仍旧留在河南。等到女儿女婿在香港车祸身亡、外孙失踪的消息传来，她的眼睛彻底哭瞎了，这时候一个自称老朝奉的人出现了……"

素姐说到这里，双肩耸动，几乎说不下去了。钟爱华双手抱住素姐，抬头道："接下来还是让我说吧。我父母双亡，只得流浪街头，后来惹出人命官司，逃到九龙寨城里，很快混成了一个小头目，和百瑞莲的高层有了联系。这次百瑞莲针对五脉要布一个大局，我便自告奋勇，参与其中。我多次潜入内地，打探情报，终于得知外婆被困在成济村里。我没有急着救她出来，而是想到一个绝妙的对付五脉的计划。然后就很简单了，我只要把一个一心报仇的傻瓜引到成济村，让外婆给他讲一个故事就够了。"

说到这里，我面色一红，这是我毕生的耻辱。梅素兰的情绪恢复了一点，她又道："你还记得我让你拿给黄克武的小水盂吗？"

我连忙点点头。

"这次他来到香港,我特意去见了一面。我没说别的,我只是告诉黄克武,这个小水盂,是用掺杂了他儿子骨灰的瓷土烧成的,那个当年他亲手害死的儿子。这是他们父子第一次见面。"

我霎时觉得通体冰凉,素姐说得轻描淡写,但这小小的水盂里隐藏的,是何等的怨恨和痛楚啊。我作为旁观者,都觉得毛骨悚然,黄克武这个当事人遭受的打击,可想而知该有多么大。

素姐没有继续说下去,但她的身体却微微地抖着,显然也在强抑着激动。钟爱华对我说道:"这样一个组织、这么一群人,寡廉鲜耻,背信弃义,你还觉得自己在维护着正义?你自己好好想想吧。"说完他把素姐小心地搀扶了出去。

一直在旁边没作声的王中治拍拍我肩膀,笑眯眯地说:"许先生,这可比电影还精彩吧?相比之下,我们百瑞莲可要讲道义多了。我们苦心孤诣,可全都是为了中国古董界的大利益呀。"

说完他也转身离开。大门"咣当"一声关上,屋子里只剩我一个人。

我坐在椅子上,闭上眼睛,慢慢消化这些故事。1945年的豫顺楼之战,就像是一个大十字路口,居然向外牵扯出了如此之多的枝蔓,戴氏的传承、廖家的忠义、梅家的悲剧、黄家的失势以及刘家的上位,还有我们许家的恩怨隐在后头——而且每一家都与《清明上河图》有着或明或暗的关系。一件古董,居然影响了如此之多的人的命运。

我知道钟爱华的用意,他们是打算摧垮我的心神,迫使我就范。但我也知道,他们没必要在这上面撒谎,这些故事,恐怕都是真的。五脉隐藏在历史中的风波,远比我想象中的要复杂。

我很同情素姐,这个女人一生的遭遇实在是太过坎坷。她后来所做的事情,我一点都不怨恨她。但是我该怎么选择?难道跳出来指责黄克武始乱终弃?还是坚持原来的立场?我苦笑一声,放弃了思考。现在想这些都没意义,还有三天,两幅《清明上河图》的公开对质就要开始了,我能不能赶到,都是个大问题。

这屋子里没有钟表,窗外永远都是阴森混沌的景色,空气也很恶劣,让人脑子发晕。我浑浑噩噩地度过不知多少时间,钟爱华和素姐再也没出现过,只有王中治来过几次,他从不进入正题,每次都慢悠悠地给我讲一些最近的时事,哪里的店铺被查出假货了,哪里的大学研究所被发现开发造假技术了,都和五脉有关。在他嘴里,五脉在内地的势力，正在土崩瓦解，只欠临门一脚。

后来他看我不理他，又开始吹嘘起百瑞莲来，历史有多么悠久，规模有多么大，如果百瑞莲能够打入内地市场，那它将会开始一个新的腾飞云云。他甚至还给我讲他是如何把钟爱华从九龙寨城挖掘出来，并培养成才的。

"你们内地人才济济，但有些人无处发挥。只有在我们百瑞莲这里，才有机会一展才华，找到自己的价值。"王中治绕来绕去，总会绕到这个话题。

我"呸"了一声，王中治终于翻脸，找两个打手把我狠狠地打了一顿，直至晕倒。我醒过来以后，还是一言不发。他只好悻悻离开。

随着时间推移，我的心一点点冷下去。没了我和《清明上河图》的残片，公开鉴定对五脉十分不利。要是赶不上，之前的一切努力可就白费了。我现在不知所终，刘局和烟烟这会儿想必已经急疯了。可惜现实不是香港武打片，我没法像那些功夫巨星似的，无论多绝望的情况都可以绝处逢生。

又不知过了多久，交谈声在门外响起。我知道，又到了吃饭时间了。百瑞莲在这方面，倒是从来不亏待，每次的饭菜质量都不错。我从来没客气过，一扫而光，尽量让自己保持体力。

破旧的铁门"吱呀"一声打开了，一个戴白帽子穿条纹短衫的外卖小哥走进来，手里还提着一个食盒。九龙寨城里不可能有这么高级的食物，都是从外头送来的。外卖小哥进了房间，熟练地蹲下身子，打开食盒。里面有腊鹅，有肠粉，有虾饺，还有一盒干炒牛河和一盅银耳雪梨猪蹄汤。

外卖小哥把食盒刚摆出来一半，守卫忽然眉头一皱："你不是小王？"外卖小哥头也不回："小王妈妈病了，我临时替他。"看守立刻变色："胡说，小王的妈妈早就去世了！"外卖小哥回过头来，笑嘻嘻地说："你到下面问问不就知道了？"他的手里，是一把从食盒里拽出来的五四手枪。

一声枪响，守卫扑倒在地。我抬起头，外卖小哥把帽子一摘，露出药不然的脸。

"是你……"我愣住了。

"到了香港，我就可以为所欲为了，嘿嘿。"药不然潇洒地摆动一下枪口，拽起我的胳膊，"快走！"

我顾不得问他是怎么找来这里的，赶紧起身，跟他一起朝门口跑去。这时门外传来大声呼喊和杂乱的脚步声。看来百瑞莲不只放了一个守卫在这里，刚才的枪声，惊动了更多人。药不然骤然停下脚步，左右看看，走到窗边，飞起一脚，那面锈蚀的窗框轰然倒地。

药不然探头出去，对我说："门口不能走了，从这儿跳下去。"

"这可是七楼……"

"相信我，跳下去！"药不然喝道。

我不知从哪儿生出的勇气，二话不说，纵身从窗户跳了出去。我只觉得身子一轻，有那么一瞬间好似要飞起来一样，然后重重落在地上。这地上非常柔软，我直接陷了进去，居然没有受多大冲击，唯独鼻子里充满了腐臭。我挣扎着爬起来，环顾左右，发现自己置身于一大片垃圾堆中。这里堆满了沤烂的食品、破旧的塑料袋、女人的卫生巾、避孕套、针管、粪便、破烂不堪的衣服和说不出来历的垃圾。它们杂乱无章地堆叠成一座座小山，厚度惊人，我甚至还看到一只腐烂了一半的人手从垃圾里伸出来，向着天空。我挥手一挣扎，一大片苍蝇"嗡"地惊飞，好似剥去一层黑纱似的。

这里四个方向被四栋楼房围住，仅有的空隙被木板和瓦楞棚填塞得满满的。看来这里的住民从来没考虑过把垃圾运出去的问题，直接丢弃在这里，形成一个城中垃圾山。

药不然也跳下来，我们两个挣扎着起来，试图从这个垃圾山上爬开。追兵从窗户探出头来，药不然二话不说，举枪就射，上面的人赶紧把脑袋缩回去。

药不然看了一下周围环境，手一指，我们两个跑到一个与垃圾山平齐的窗户口，又是一脚踹过去，窗户应声而裂。我们顺着窗户钻进去，里面是一间极狭窄的屋子，一个赤裸着上身的女人坐在行军床上，正在给自己注射着针剂，屋子无门，只被一道粉红色的门帘隔开。我们突然闯入，她吓得把针头都弄断了，发出痛苦的叫喊。

我和药不然顾不上管她，掀开门帘冲了出去。一出门，我才明白，为什么钟爱华说你就算出得了房间，也走不出九龙寨城。

在我面前的是一个立体迷宫，几栋铅灰色的大楼之间被无数管道相连，密布着数不清的通道和招牌，高高低低的棚户和垃圾山填塞其间，错综复杂，让人眼花缭乱。除了污秽的灰褐色和惨白色，其他颜色都被侵蚀无踪。几缕阳光从天顶垂下来，仿佛这已是上天恩赐的极限。

"我的天。"我不由得感叹道。药不然一拽我胳膊："等你以后写回忆录再感慨吧！快走！"

"你知道怎么走？"

"不知道，我也是被人带进来的，凭直觉吧！"药不然说。

这里之所以被称为迷宫，除了复杂，还在于它的不可预测性。你完全没法用正常的建筑逻辑去猜测。你眼看一段上去的台阶，可能走到尽头却是一面水泥墙；你以为前面被两间小屋挡住无路，却会发现旁边有一截木梯子，过往行人需要爬梯子从屋顶钻过去。更神奇的是，我看到一处走廊突然拔高斜上，半吊在空中，然后朝左右伸出三条通道，可以跃向三个方向的楼层。

我和药不然一路狂奔，旁边行尸走肉般的居民漠然地看着我们，似乎对这种逃亡已经熟视无睹。远处人影闪动，似乎是追兵杀过来。他们是地头蛇，自然要比我们更加熟悉地形。

药不然一边跑，一边朝后射击，每次都引起一阵骚乱，但很快就会恢复平静。我们不知道在这个九龙寨城里跑了多久，感觉一直在绕着圈子。追兵的人数在逐渐增加，距离也在逐渐接近，而且对方也开始开枪了。这样下去，被追上是迟早的事。

我们跑到一片开阔地，看到在空地正中竖起一个自来水龙头，一个浑身文身的马仔一手抓着水管，一手抓着一把票子。旁边一排衣衫褴褛的居民，有老有少，各自提着塑料桶和碗盆，等着打水。

"沿着自来水管子跑！"我喊道。

"为什么？"

"我记得钟爱华说过，九龙寨城没有市政供水，仅有的几个水龙头都是盗接的，被黑帮把持。如果是盗接的话，自来水管不会走地底，肯定是从地面接过去的。沿着它走，就一定能走出去。"

"好主意！"药不然大声赞道。这时候，那个卖水的黑帮马仔注意到我们，警惕地掏出水果刀来。药不然一点也不客气，一枪把他撂倒。居民们先愣了愣，然后争前恐后地扑向水龙头，开始争抢水源。

我们趁着混乱，顺着自来水管延伸的方向跑去。

如果是正规市政工程，水管都是埋在地下，根本不可能追踪。可这里是无法之地，市政根本顾及不到，他们想接水，势必是在地表直接把管子架进来。

果然如我预料的那样，黑帮根本不会精雕细琢地施工，他们的办法简单粗暴，从寨城外头沿直线拆毁沿途建筑和棚屋，愣拆出一条通道，然后直接把管子架设进来。

所以这条通道很宽阔，可以供两个人并肩而行。

这让我想起以前听到过的一个笑话。如何最快从一个迷宫里走出来？朝一个方向一路拆墙直线前进。

我们顺着供水通道跑了十来分钟，拐过一个弯，前方忽然射来几道耀眼的光芒。在这个阴冷灰暗的寨城待久了，看到这光芒我简直要哭出来，那是阳光，那是出口，代表我们马上就要脱离寨城了。后头的追兵们也跟过来了，子弹开始擦着我们的耳朵飞过。药不然忽然"哎呀"叫了一声，跌倒在地。我连忙去扶他，发现满手都是血。

我大惊失色，问他伤到了哪里，药不然龇牙咧嘴地说："给打中屁股了，妈的，伤哪里不好。"

"我扶你走！"

"算啦，这种英雄场面不适合咱俩。我留下争取点时间，你赶紧走吧。"药不然挥舞着手枪。

我急道："怎么能把你扔在这里？"

"你别忘了当初的约定。咱们是因为要干掉百瑞莲才联手的。你再磨蹭可就赶不上展览会啦。"

"展览会是今天？"我一惊。

"没错！你已经失踪三天了。"

药不然给手枪重新填了子弹，然后蹭到一根柱子旁边靠住，朝后头开了几枪。那边的脚步声消失了，我看到几个人影躲了起来，探出脑袋用粤语大声怒骂着。药不然撕下一截衣袖，给自己的伤口做了简单的包扎，地上已经有了一小摊鲜血。

"老朝奉的这个任务，可真麻烦哪。"他嘴里抱怨道。

我望着这个家伙，心情很复杂，几乎想揪住他的衣领大声质问一句："你到底在想些什么！"

这家伙是我的挚友，是我仇敌的爪牙，是我居心叵测的合作伙伴，现在又成了我的救命恩人。到底哪一面才是他的本来面目，到底他是什么心思，我完全混乱了，我现在甚至不知道该用什么表情面对他。

药不然看了我一眼："唉，本来还说到了香港，咱们可以好好聊聊的……你说你干吗摔我的 BP 机呢？"我无言以对。药不然见我神情尴尬，哈哈大笑："开玩笑的，真是的，是我讲笑话水平退步了，还是你根本就没什么幽默感？"

"你要活下去。"我正色道。

药不然靠在柱子旁，露出一个虚弱的笑容："你这算是命令？"

"活下去，去自首，然后我会和你好好聊聊。"

"知道了，赶紧走吧！"药不然不耐烦地催促道。我眼神复杂地看了他一眼，转身朝前跑去，身后药不然的枪声一声紧似一声，好似送葬的钟声一般。

我沿着自来水管终于跑到了通道的尽头，这里修了个小门，不过没加锁。我推门出去，一下子被灿烂的阳光晃得睁不开眼睛。外头正是正午时分，蓝天白云，一轮红日高悬。我眯起眼睛，长长地出了一口气，就像仿佛是在阴曹地府里转了一圈又还阳回到人世。如果让我在寨城里再待上几小时，我不敢保证会不会窒息。

我现在没时间耽搁了。九龙寨城附近没有交通工具，治安也很乱。我一路小跑，一口气跑出去两三公里，才看到一辆私家小车开过马路。我拦住车，上车后扔过去一沓钞票，大声对司机说："带我去湾仔香港会展中心！"司机见我一身腥臭，满脸凶神恶煞的表情，又是从寨城方向过来的，没敢跟我理论，一打方向盘朝着维多利亚湾而去。

开到一半，司机看着后视镜，忽然问道："您是许愿先生？"

我一怔，他怎么知道的？

司机一拍方向盘，特别兴奋："还真是！这几天报纸上全是你的照片，说你是什么打假英雄，一到机场就遭神秘绑架，警方大肆搜寻，还张贴海报悬赏，搞得可热闹了。"

没想到我被绑架后，惹出这么大的动静来。

"您这是去展览会现场？"司机不停地问。我没有精力应付他，只得敷衍称是。

"有内幕消息可以透露一下吗？"

"我刚从九龙寨城逃出来。"我不悦地透露出一句"内幕"。司机吓得顿时不敢说话了，安静开车。

京港文化交流文物展的举办地点，是在位于湾仔港湾的香港会展中心。据说这是为了迎接"九七回归"而修建的大型会议中心，算是香港目前最好的展示中心。如果我记得不错，这次文物展最重要的环节——两幅《清明上河图》的公开对质，今天下午就是在这里举行。

进入市区以后，看着美轮美奂的亚洲第一都市，刚从九龙寨城逃脱的我，有种恍如隔世的感觉。

那辆私家车把我送到湾仔港湾的马路边，慌慌张张地离开了。此时会展中心附近非常热闹，四处彩旗飘舞，远处还有舞龙和舞狮表演，人潮涌动，这其中有游客，也有来参加文物展开幕式的市民。我还看到好几辆架设天线的直播车停在路边，一大群记者在调试着自己的相机和摄像机。《清明上河图》炒作了这么久，公众的胃口已经被彻底吊了起来，估计半个香港的媒体都跑过来了。

我朝前走了几步，立刻被两名警察拦住了。这不怪他们，我现在一身邋遢，头发脏兮兮的，和乞丐没什么大的分别。我向警察说明情况，警察一听我是许愿，连忙对着对讲器说了几句。过不多时，方震匆匆赶了过来。

这还是我第一次看到方震穿着西装，脖子上挂着个证件，耳朵里还塞着一个耳机，相当有派头。方震打量了我一眼，问我这几天跑哪里去了。我苦笑道："九龙寨城，名不虚传哪。"

方震眉头一皱："这几天警方把香港翻了个底朝天，想不到居然藏在那里，难怪找不到。"

"请你快点派警察去。那里还有一个人，为了掩护我逃走他一直在阻挡追兵。"我焦急地催促他。

"谁？"

"药不然。"

方震深深地看了我一眼，拿起对讲机说了几句，然后说："我先带你去见刘局吧，时间不多了。"我点点头，筹划了这么久，终于到了短兵相接、刺刀见红的时候了。我们边走边说，很快就进入会展中心内部。凭着方震胸口的证件，一路畅通无阻。

刘局在会展中心西翼的一处VIP厅里。我一进门，就看到他手持对讲机，紧盯着旁边临时接过来的几个监控屏幕。他的双鬓看起来比原来可白了不少，这段日子除了刘一鸣，就数他压力最大了。

刘局看到我出现在门口，眼神一喜，放下对讲机迎了上来。

"小许，你来了。"刘局的声音，一如既往的洪亮，眉宇间有遮掩不住的喜色。

屋子里还有几个五脉的人，可我都不认识。

"烟烟呢？"我问。

"她还在陪黄老爷子，我让人放了台电视进去，可以看直播。"

"百瑞莲那些人来了没有？"

"王中治、钟爱华、梅素兰都来了，他们手里的《清明上河图》也已经运进来了——你到底怎么回事？"

我简单地把之前三天的遭遇说了一遍，包括药不然的事也都没隐瞒。刘局大手一挥："其他事情，回头再议。咱们要抓住主要矛盾，放过次要矛盾。当务之急，是如何准备《清明上河图》的对质——小许，底牌你好好带在身上对吗？"

我一拍胸脯："没丢。这是从……"

刘局叹了口气道："本来我们有三天时间来商讨你这张底牌，可没想到百瑞莲会用这种卑劣手段。现在没时间了，我相信你的判断——刘老爷子刚才还打电话过来，询问你的事情，我都没敢说你被绑架了。"他抬腕看了看表："现在是十二点半，开幕式是一点半开始，正式开始两张画的对质，大约是在两点半，流程你都知道吗？"

我摇摇头。我一到香港就遭遇绑架，展览怎么安排的根本是一头雾水。

刘局拿起一张打印好的表格，递给我："两点半，在会展中心的会议主厅，两幅《清明上河图》同时推上台去，由第三方遴选的十位专家，将现场对两幅画进行鉴定。算上你的话，一共是十一位。你们十一个人轮流发表意见，指出哪幅是真哪幅是假，并阐述原因。最后统计票数，票高者为真。"

"文物鉴定，怎么搞得跟民主选举似的？"

"香港人的主意，他们就喜欢热闹。哦，对了，针对你，他们还有个特别流程，一会儿导播会跟你说。"刘局意味不明地笑了笑，忽然鼻子一耸。我知道这是我身上的味道，有点不好意思。刘局说道："这样子可没法上台，这里有一间客房，你好好洗个澡，换身衣服，然后就在这个VIP厅里不要出去。时间太仓促了，我需要你在这里好好想想，一会儿怎么对付百瑞莲。"

"嗯，好的。"我答道。

刘局拍拍我肩膀："我相信你不会让五脉失望、让祖国蒙羞的。"

我顺着他的眼神，看到在厅里的正中央，是一个装着四个轮子的超长展台。展台上是一个长方形的防弹透明玻璃罩，罩子里摊放着一幅完全展开的长卷。

故宫珍藏的《清明上河图》？我心中一惊，为它折腾了这么久，可算是见到实物了。

刘局又拿出一份印刷极为精美的大画册："这一份，是百瑞莲那份《清明上河图》的高清图。文物鉴定毕竟不是唱歌跳舞，就算要公开鉴定，也得事先把准备做足。十位专家，在这之前都拿到了两个版本的高清复制品，上台之前都是有准备的。你的当务之急，就是静下心来，仔细研读对比一下这两幅画，想想如何打出这张底牌。"

"那十位专家，都靠谱吗？"我接过画册，担心地问道。

刘局露出一个高深莫测的笑意："一半一半。"

我去 VIP 厅旁属的房间里痛痛快快地洗了个热水澡，出来以后，床上已经搁了一套崭新的西装。我看看时间不多了，换好衣服，回到 VIP 厅。

按照刘局的吩咐，屋子里的人都离开了，连监视器都撤掉了。这里隔音效果非常好，门一关上，外面一点声音都传不进来，异常安静。故宫版《清明上河图》真本就搁在旁边的展台上，百瑞莲版的高清复制品放在桌子上。

我看看时间，现在是一点，距离开始还有一个半小时。我拿过我右脚的皮鞋，伸手在里面一抠，把鞋垫取出来。那张珍贵至极的双龙小印残片，就藏在鞋垫之间的夹层里。这不是什么高明的隐藏方式，但百瑞莲并不知道我的底牌到底是什么东西，即使他们趁我昏迷时搜过身，也不知道该找什么才好。

我把残片轻轻搁在桌子上，缓缓坐回沙发，双手合十，把一切杂念都排除在外。现在整个世界，只剩下我、残片以及那两幅《清明上河图》了。

一切的障碍，都已经排除；一切的谜底，都已经揭开。现在，我要做的，就是做出最后的裁决。

故宫版的《清明上河图》我印象极深，每个细节都记得；而百瑞莲版的《清明上河图》，我却是第一次见到。虽然这并非实物，但复制得非常清晰，一切细节都能看得到。

我仔细地比较了一下，两者几乎可以互相当镜子，画面细节几无二致。一张是张择端的真迹，另外一张底稿出自同时代画院的无名画师，又在明代被黄彪按照真本加工过一次，自然是长得好似一对双胞胎。

我用手轻轻触摸着两幅画卷的最左边。它们都是画到一个十字路口，戛然而止，再过去就是历代题跋和印章了。看来仿冒者也注意到残缺的问题，特意把赝品也截成了真本的长短。

我特意看了一下赌坊里赌徒的口型，两幅画都是圆形，仿冒者也对这个破绽做了弥补。

看来光凭这两幅画比较，是比不出名堂的。

还得要看残片。

我拿着残片在两幅画卷上移动，拿起放大镜对比，仔细地辨别起来。

残片来自正本，那么我只要找出它和故宫本之间的契合点，或者找到它和百瑞莲赝品之间的违和点，就算是大功告成。

这不是件容易的工作，毕竟我手里只剩下这么一小片，而且已经烧得形状全变。时间也非常有限，这种比较的工作量应该是以月来计算的，而我现在只有三十分钟不到。我拿出在紫金山拓碑的精神，沉下心去，一点点地看过去，双眼不停地在两幅之间扫视，终于让我有了发现。

百瑞莲本和故宫本最大的不同在于，故宫版被重新装裱过许多次，除了画心以外的部分原始风貌已遭破坏。而按照百瑞莲方面的说法，百瑞莲本自落入王世贞的弟弟王世懋之手后，再也不曾现世，所以它上面没有嘉靖朝之后的题跋和印记，装裱痕迹也比故宫本要旧。

我注意到，在故宫本的画幅边缘，带有几丝墨痕。而我手中的残片上除了宋徽宗的双龙小印以外，边缘还带着几笔很淡很细的墨痕，像是笔扫至此的几抹残留。两者看起来，十分相近。

这个发现，让我似乎触摸到了什么。

我小心翼翼地把残片放到墨痕旁边，一点点挪动，像是给一片拼图寻找适当的位置。我的手腕突然一抖，残片跌落在画卷之上。那一瞬间，我的心脏如同被火筷子贯穿，浑身为之一震。

残片落下的位置，和画卷上的墨痕居然能勉强对上，中间虽有缺失断少，但大体不差。它们拼接在一起，依稀可还原半个完整的墨字。这墨字最明显的是向右的细瘦一捺，长斜入小印，向左还有一道短撇，上面还有一团略微出头的墨点，看起来就像是一横的收笔。

如果补完缺失部分的话，这团墨迹整体看上去好似是一个"下"字，上面还有一横。

这个奇怪的墨字，仿佛给我通了一道强烈的电流。

宋徽宗是位书法大师，他在签名的时候，有个特点，喜欢留"天下一人"四个字，以显出皇帝身份。而且这四个字在宋徽宗手里，写得极有特色：先写一横，然后再向下空出一段，写上一个不出头的"大"字。如果把上面一横和下面三画合起来看，形状近似一个"天"字，单看下面那个不出头的"大"字，又很像是"下"的草体。那一横如果单看，可视为"一"，下面那个字去掉一横单看一撇一捺，恰好又是个"人"。

宋徽宗只用四画，就把"天下一人"四个字都包括在内。这个创举，被书法界称为"绝押"，是宋徽宗最鲜明的特点。这个特点，刘一鸣在三〇一医院给我突击培训时，曾经特意提及，还伸手给我画了一个样式，我印象很深刻。素姐讲故事的时候也提到过这个细节，阴阳眼斗刀山火海的时候，亮出《及春踏花图》也带有此押。

《及春踏花图》是赝品，但它上面的双龙小印是真的，以常理推之，那么小印上的徽宗绝押，应该也是真的。

现在这枚残片和故宫本上残留的墨痕能对出一个不出头的"大"字，这说明宋徽宗原题在这里的，就是"天下一人"四字绝押。那一捺写得有点过长，划过双龙小印。造假者在盗挖时挖走了印记，连这个花押也带走了一半。

这一个证据，明白无误地证明，故宫本才是真正的《清明上河图》，百瑞莲本是赝品！板上钉钉！

最后一段迷雾，终于散去。漫长的求索之旅，终于到了光明的尽头。

我双肩轻松，开心到简直想要放声歌唱。《清明上河图》的事情发生之后，我心中一直压着几尊沉重的大鼎，愧疚、焦虑、愤怒，让我一直沉浸于灰暗的情绪中。现在《清明上河图》终于真相大白，我胸中的积郁顿时烟消云散，一下子感觉浑身轻快得不得了。

我站起身来，兴奋地在屋子里走了几步，又转回去再验证一遍，唯恐只是空欢喜一场。验证的结果让我很满意，残片与故宫本能很完美地拼接出"天下一人"真迹，理论解释也合情合理，我想不出还有什么比这个更有说服力。

我正坐在那儿傻笑，VIP厅的门被刘局推开了。他一看我这样子，先是吓了一跳，随即会意，整个人也如释重负。他对我说："你准备一下，要去化妆，还要和导播沟通一下。"

"具体什么流程？"我问。

"他们想安排得更有戏剧性一点，这样对收视率有帮助。哼，资本主义，娱乐至上。"刘局说到这儿，又补充道，"当然，你要是不愿意，咱们可以按照原来的路数来。"

"没关系，什么形式我都不介意。"我略抬了抬下巴。现在自信在我体内茁壮地成长，滋养出压倒一切的乐观情绪。

刘局让一名工作人员带我去化妆间，然后吩咐其他几个人去搬运《清明上河图》真迹，准备登台。

我坐在化妆间镜子前，一名化妆师拿出一堆奇怪的道具往我脸上扑。这时一个长发披肩的导播凑过来："许先生，你知道吗？前几天你抵港后突然失踪，全港报纸都疯狂报道，现在可是比四大天王还火。"

我不能动脸，就抬手示意他继续说。

"鉴于您的焦点地位，也为了让这次《清明上河图》鉴定更加公正、透明，我们为您量身定制了一个环节。是这样的，我们给您在舞台上安排了一个绝对隔音的单向玻璃间。在前十位专家的点评期间，您待在这个房间里，看不到外面，也听不到声音，但观众可以全程看到您。等到专家们的点评结束之后，两幅画会送进那个房间，您进行现场鉴定。我们的大屏幕会重放专家发言，予以配合。"

导播说得很委婉，但我听出来他隐含的意思了。把我放在房间里隔绝，是为了确保我听不到前面专家们的一系列点评，鉴定时只能靠自己的学问。如果我犯了什么低级错误，导播就会直接在大屏幕上放前面专家的话，现场打脸——这确实是老百姓喜闻乐见的艺术表现形式。

这个安排背后，恐怕也是有百瑞莲的影子在里面，当场打了我的脸，就是打了五脉的脸，这该多么有宣传效果啊。

但我又有什么怕的呢？我摸了摸手里的残片，无比自信地想。

于是我对导播说我没有意见，他高高兴兴走开去安排了。我则闭目养神，任由化妆师在我脸上任意施为。

到了差十分两点半，我被一位旗袍美女引上了会展中心的舞台，此时舞台上挂着厚厚的幕布，但另外一侧仍能隐约听到入场的喧闹声，我知道在场的观众一定不会少。

这个舞台装饰得相当漂亮，完全仿照《清明上河图》的宋代汴梁风貌，一条虚拟的汴河横贯舞台，后面垂下三四层彼此相隔半米的透明薄纱，纱上绘着水墨画风格的房屋、竹林、行旅、牲畜，在精心布置的灯光照射下，这几层纱画互相映衬，画面陡然变得立体，鲜活欲动。主办方真是下了不少功夫。

专家席的设计更是匠心独运，做成了蚱蜢舟的模样，摆在那条"汴河"上的两边。我看到十位专家已经就座，看上去就好似几位文人雅士正在泛舟汴河。

在"汴河"前方，摆放着两个特制超长展台，平行而放，里面各铺展着一幅长长的画卷——不用问，这就是今天的主角：故宫和百瑞莲的《清明上河图》。两台摄像机对准了它们，下面还接了轨道，观众随时可以看到任何一个位置的特写。

而我即将要进入的房间，则是在汴河的正中间，两幅《清明上河图》的分界线上。这是一个钢结构加玻璃的正方形小屋，被装修成了隐士草庐的风格。在草庐上方，悬吊着一面大屏幕，此时正播放着我一步步登台的画面。

我一登台，十位专家二十只眼睛齐刷刷一起看过来。我知道这段时间，许愿这名字已经成为古董界的一个热门话题，所以他们如此好奇也不足为怪。我扫了一眼，一下子发现了王中治。他作为百瑞莲的代表，自然也坐在专家团里。他似乎对我的意外出逃没怎么懊恼，还友好地冲我笑了笑，似乎一点都不在意。

"装腔作势。"我冷笑道。到现在百瑞莲都不知道我的底牌是什么，他们输定了。

我再去看其他专家，一位认识的都没有了。不知道哪些是我们的人，哪些是百瑞莲的人。

不过无所谓，谁来都一样。真相是客观的，证据永远不会变。文物鉴定可不是民主选举，不是人数多的一方就是对的。

我昂首挺胸，钻进那座"草庐"里去。一进去，我才发现，里面跟外面完全不同。从外往里看，这就是个透明玻璃房子，可从里往外看，却只看到一面面镜子。我一坐进去，四面八方都是我的镜像，眼花缭乱。等到门"咔嗒"一关，连声音也被彻底隔绝了。

房间里的绿灯闪了几下，然后切换成了红灯。这是导播和我事先约好的信号，红灯一亮，说明直播开始，幕布拉起，全场观众都能看到我的一举一动。

我靠着沙发，不太好意思跷二郎腿，只得正襟危坐，望着镜子里的我发呆。到了这时候，我才有机会好好打量一下自己，看看大眼贼所说的金剪倒悬之相，到底消弭了没有。我不大会看相，可是总觉得那剪子似乎还在。

"封建迷信。"我咕哝了一句，想做个鬼脸，又想到自己可能被无数人看着，便打消了这个念头。

小屋子里静悄悄的，可我知道外面一定热闹得很。那些专家会从各个方面进行对比，但这与我无关。全世界只有我手里握着残片。

不知过了多久，小屋里的红灯开始闪烁。这是前面的环节即将结束的预兆，等到绿灯亮起，这间小屋就要打开了。我把残片放在手心，整了整衣领，心脏跳得有些快。

屋门打开，仿佛录音机一下子通了电，巨大的喧哗声从外面飘进来。我看到台下无数观众注视着我，闪光灯不时响起，而主持人正慷慨激昂地介绍着我之前的"光辉事迹"。十几台摄像机在不同机位转动着，把我的影像传送到不知多少台电视机上去。

我定了定神，走出"草庐"，环顾四周。十位专家分别待在两条船上，他们已经完成了自己的点评。在台下第一排的贵宾席里，刘局和其他贵宾目不转睛地看着我。不知为何，刘局神色铁青，不知道之前那些专家都说了些什么。在贵宾席的另外一侧，素姐和钟爱华面无表情地并肩而坐，他们在等待着复仇的终局。

主持人激情万丈地高喊道："现在，许先生从'草庐'中走了出来。我们看到，他之前一直隐居'草庐'，不问世事。现在他终于初出茅庐，要对这两幅画独立做出品评！让我们拭目以待！"

我懒得去计较他成语用得对不对，上前一步，掏出手里的残片，对着麦克风说："各位，在鉴定之前，请允许我为你们讲一个故事。"

大屏幕上立刻出现我的特写，逐渐推进，最后拍到那枚残片。整个会场鸦雀无声，所有人的视线都集中在那小小的一片东西上。

我从《清明上河图》的名字解读开始讲起，讲到李东阳、王世贞，再讲起《清明上河图》是如何被切割成残本，又是如何被补到赝品《及春踏花图》上；戴熙如何发现这一细节，戴熙字帖如何流传出去，在豫顺楼之战中又是如何被毁掉……（当然，我把黄克武和梅素兰的细节略掉了。）

这一讲，就讲了大半小时。台下的观众听得眼睛都直了，他们可没想到这一枚小小的残片会隐藏着这么多故事。

"……综上所述，《清明上河图》丢失了两米长卷，为造假者所毁，已不可追，令人无比痛惜。如今只残留了这么一小片下来，我现在要做的，就是让这一小片，回归它原本该属于的地方——就像香港一样。"

我以这句作为结束,然后一挥手。舞台的灯光一下子全部熄灭,只剩两幅长卷展台的排灯还亮着,在黑暗中如同两条火蛇。我俯身下去,慢慢注视着它们。展台上的罩子悄无声息地打开了,我戴好手套,探进去,轻柔地把画卷捧起一段在手里。

之前我已经看得相当透彻,现在只是要走个过场,在每一幅画上都看上几眼,对公众有个交代,就可以公布结果了。

我把故宫本缓缓放下,又托起了百瑞莲本。这是我第一次看到它的实体,那种沉甸甸的真实感觉,是多么高清的照片都无法体现的。难怪百瑞莲拍卖行有底气跟五脉对抗,百瑞莲本的细节几可乱真,是相当完美的赝品,如果没有残片佐证,两者真的是难分胜负。

可惜,它生不逢时。

我把百瑞莲本举起来,展台的黄色小灯透过绢本,把它照了个通透。突然一道不安的情绪划过脑海,我觉得有什么地方不对劲。

我连忙抄起手边放着的放大镜,低头去看。这一看不要紧,我的心脏骤然收紧,一阵像是被枪击的剧痛直击神经。我放下百瑞莲本,又扑向故宫本去验证,结果让我的面色如罩冰霜。我哆哆嗦嗦拿起残片来,借着灯光透过去,一瞬间差点晕眩过去。

我想起一件事。刘战斗对我卖弄夏圭赝品的时候说过,宋代院绢皆用双丝,民间皆用单丝。张择端是为画院所做,自然用的是院绢。因为"天下一人"的证据太过耀眼,所以这个细节我之前一直就没注意到。现在重新数过之后,我发现百瑞莲本的绢质,经线为双,纬线为单,是典型的双丝绢;而故宫本的绢质,经纬则各是一根,属于单丝绢。

而残片——是双丝绢。

我口干舌燥,连忙把残片放在故宫本的画卷上,拼出"天下一人"绝押。这一看,就看出问题来了。

残片与故宫本两者看似弥合得天衣无缝,可透过光去看,两者留在绢上的墨迹深浅并不一样。一个是双丝,一个是单丝,墨浸程度自然有所不同。若不存着心思,委实很难发现。

我整个人呆在原地,不知所措。

难道说,故宫本是假的?百瑞莲本是真的?这个结论,太出人意料了。

追查了这么久,我连命都差点没了,查出来的,居然是这么个结果?我用手盖住额头,思绪一片混乱。我真希望这是一场噩梦,可以立刻醒来的噩梦。

可残片不会说谎,它安静地躺在画上,诉说着简单的事实。

我一阵想笑,又一阵想哭,强烈的不适感袭上胃部,差点要呕出来。命运简直就像是个顽皮的小孩子,它伸出指头只捅一下,就把你辛辛苦苦搭建起来的纸牌城堡弄垮了。

这是何等的讽刺啊!我一心要维护五脉的声誉,到头来,却发现敌人才是正确的。我一切行动的立论基础,就是故宫本为真,百瑞莲是欺世盗名。现在一下子完全颠倒过来,我该怎么做?

一个念头跳进我的脑海:"你可以什么都不做。"

对呀,我可以什么都不做,只把"天下一人"的徽宗真迹公布出来,完全不提单丝、双丝的事情,不就好了吗?刘老爷子可以松一口气,刘局、黄克武、烟烟,还有五脉的其他人,也都皆大欢喜。

可是,这样做真的没错吗?

我指着故宫赝品说这是真的,然后指着百瑞莲真品说是假的。这种行为,叫作标准的颠倒黑白。如果我为了自己的利益说了谎,那么我和钟爱华指斥的那个无耻伪善的"五脉",又有什么区别?

人活在这个世上,总要坚持一些看起来很蠢的事,但这才是最难的。一次把持不住,之前的坚守就会变成笑话。我之前信誓旦旦地宣称绝不作伪,也大义凛然地拒绝用赝品拿去骗人,可我要是这么做,从此以后,再没有脸面提及"去伪存真"四个字。

可坚持真理的代价,将是无比巨大。整个五脉,甚至整个中国古董界,都会因此倾覆,我也将彻底成为五脉的罪人,恐怕连我爷爷许一城,都不及我的罪名大。

何去何从,我拼命揉着头发,却茫然无措。我甚至有种拔腿就跑的冲动,两条腿却根本挪不动地方,因为我根本不知道该往哪里跑。

我闭上眼睛,在心里大声呼喊着:"爷爷,我到底该怎么办?"

就在这时,整个世界一下子变了颜色,我陷入了重重黑雾。突然间,我似乎看到远处有一道光,好似灯塔般闪亮。我朝那道光走去,走近后才看到,原来这是一朵明眼梅花。瓣分五朵,花蕊似眼,就这么闪耀着,照亮着四周的黑暗。我伸出手去,它倏然消失了。

舞台的灯光一下子全部开启，我缓缓睁开眼睛，心潮回归平静。

我已经做了决定。

没那么多算计，没那么多考虑。我是一位鉴宝人，我是明眼梅花，我的眼中只该有最简单的真伪。

我离开展台，走到麦克风前。主持人声嘶力竭地喊道："看起来许愿已经有结果了！他即将大声地说出来！"我握了握话筒，低沉急促的鼓点，从舞台两侧响起，所有人都屏息宁气，盯着我的口型。

我感觉像是用全身力气把声音挤出嗓子，每个字都重逾千钧："这枚残片其上有徽宗墨迹，疑为后人所加。细察结构，属于双丝绢，与百瑞莲本相仿，而故宫本为单丝。因此我判定此片与百瑞莲本是同源所出……"

主持人打断了我的话："许先生，你是说，你判断这枚残片是裁自百瑞莲本吗？"

"是。"我的语气干瘪无力，却又坚定无比。

我还没说完，就听台下和台上同时掀起一阵巨大的惊呼浪潮，硬生生把我后面想说的话打断了。我迷惑地抬起头，看到观众席上骚动不已，议论纷纷。我看到坐在贵宾席上的刘局和其他五脉中人个个面露惊异，心中苦笑，我辜负了他们的期望，恐怕他们现在已经在我名字上画了大大的"叛徒"二字吧。

我再转过头去，台上的十位专家此时都在交头接耳。但最出乎我意料的是，王中治身为百瑞莲的代表，非但没有露出胜利者的微笑，神情反而极度扭曲，像被一只无形的大手一抹，让五官全都挪了位。他双手死死抓住船边，两只瞪圆的眼睛死死瞪着我，像两挺喷吐着火舌的机枪。

我看向台下另外一侧，我的敌人们反应颇为奇怪。钟爱华站起身来，愤怒地看向舞台，对素姐叫嚷着什么。素姐端坐不动，只是轻轻地摇着头。

他们怎么不像是在欢庆胜利？

我困惑地看着这一切，有些不明就里。

主持人高亢的声音响起："下面，让我们重播一下大屏幕！"

大屏幕上开始重播刚才专家点评的场景。其实所有的观众都已经看过，只有我待在"草庐"里，听不到也看不到。

屏幕上的王中治正在侃侃而谈："……专家团一致认为，倘若存在这么一枚残片，其真实性是十分可疑的。徽宗绝押迄今所见，有《草书千字文》《芙蓉锦鸡图》《池塘晚秋图》等，皆系徽宗作品。可见绝押乃是徽宗画作自题，断然不会写在别家作品上。如果残片与《清明上河图》上残墨能拼接出天下一人的徽宗真迹，则必为无知者刻意而为的赝品无疑。因此我们可以大胆地说，如果有所谓《清明上河图》残片的存在，肯定为假，与残片相证的画卷，必系伪作……"

主持人大喊道："十位专家一致认为，残片为假，与残片相证的画卷，必系伪作；而许愿先生认为残片与百瑞莲本相合。我认为结果已经很明显了，没有争议，故宫本《清明上河图》，才是真正的真品国宝！"

王中治从船上跳下来，愤怒地大喊："等一等！怎么能就这么下定论，太草率了！我不同意，我不同意！我收回刚才的话！"

可惜这时候已经没人听到他的话。隆重的音乐响起，有彩屑从天花板上撒落下来。百瑞莲本的展台灯光倏然熄灭，故宫本的展台灯光却是大亮。我看到刘局带头起立鼓掌，带动了一大部分观众。一时间大厅里掌声雷动，只有钟爱华铁青着脸，一动不动。

我整个人完全傻掉了，这种跌宕起伏的骤变，到底是怎么了？无数疑问在我脑内盘旋。

王中治那句分析，其实相当正确。"天下一人"是宋徽宗的花押，论理只应出现在自己画的作品上。他可以在《清明上河图》加盖双龙小印，可以题书画名，可以签题，但唯独不该留这四个字。我不是书画专家，一时间竟忘了这个细节。

可问题是：王中治是怎么知道残片的存在的？

而且残片自从被挖出来以后，一直在我身上，他又是怎么知道它是假的？

还有，现在这个诡异的胜利局面，到底是怎么回事？王中治刚才那番话，到底是出于什么考虑才说的？

我还呆呆地站在舞台上，王中治跳下专家台，向我扑过来，失态地叫嚷道："你为什么要选百瑞莲！你为什么不选故宫！"我任由他揪住衣领，满脑子糊涂，这一切太混乱了。王中治吼道："你是不是早就知道了？是不是梅素兰那个贱人给你透的底？"

"你在说什么？"我迷惑不解。王中治继续唾沫横飞地叫嚷着："一定是那个贱货干的，那个老婊子对黄克武余情未了，偷偷把计划透露给他孙女婿了，对不对？对不对？"

这时一个森冷的声音插了进来:"你怎么能这么说我外婆?"

王中治一看,钟爱华不知何时爬到了舞台上,一腔怒火立刻全都扑向他:"我说的就是那个吃里爬外的老贱货!还有你这条蠢狗!全是蠢材!都是因为你们出的馊主意!现在全完了!我怎么跟百瑞莲的股东们交代?我当初怎么会把你救出来,还不如救一头猪!"

钟爱华手腕一动,寒光一闪,王中治眼睛瞪圆,喉咙上却多了一条血线。钟爱华平静地把匕首丢在地上,伸手推了他一把,王中治发出"呼呼"的声音,双手捂着脖子倒下去。

"你不该说我外婆,王先生。"他冷冷地说。

其他人已经发现王中治的惨状,专家们和主持人狼狈地朝舞台下跳去。我也是悚然一惊,急忙往后退了几步。钟爱华转过头来,嘴角带着浓浓的自嘲:"这么精妙的局,最终却败给了一个人的原则和坚持。不愧是许大哥,我还是那句话:我很钦佩你,也很羡慕你,你就是我一直想成为的那个人。"

"这到底是怎么回事!"我大声问道。

可惜钟爱华已经不可能给我答案了。保安们已经扑上来,一下子把钟爱华按在地上。钟爱华也不反抗,任由他们把胳膊扭到背后,头颅却一直昂起来看着我,目光平静。

"帮我扶一下外婆,谢谢。"他说。

我扭过头去,看到无人搀扶的素姐朝着舞台走来,她双眼已盲,只能双手朝前摸索,跌跌撞撞。我走过去,抓住她的一条胳膊,低声道:"别上去了,王中治死了,钟爱华干的。"素姐浑身一颤,整个人瘫坐在地上,双手捂住脸,干涸的眼窝流淌出眼泪来。

钟爱华被保安推推搡搡地带出了会场。媒体记者已经注意到这意外的转折,全都发了疯般地拥过来,把镜头对准王中治和被押走的钟爱华,舞台上一片混乱,暂时没人会留意我和素姐。我看着这个不幸的女人,心中无怨也无恨。

我低下身子,把钟爱华被带离会场的消息告诉素姐。素姐闻言抬起头,无神的双眼在我面上扫来扫去,终于叹道:"命,这就是命。"

"我不明白。"我一动不动。

不用我再继续追问,素姐知道我的疑问是什么:"让我来解答你的疑问吧。事实上,你的事情百瑞莲全都知道,从头到尾。"

"哦?"这大出我意料。

"钟爱华在第一次拜访戴海燕的时候,就已经在宿舍里安放了窃听器。"

我暗暗骂了一句,原来是这样!这么说来,我们的谈话,钟爱华全都听得清清楚楚。我说他怎么后来不缠着戴海燕了呢,有我们帮忙问话,他可省了不少力气。

"不只是戴海燕,后来的刘战斗、樊波、图书馆,你接下来接触到的每一个人,百瑞莲都跟进了。"

这三个人里,刘战斗对我怀恨在心,樊波家境贫困,图书馆嗜钱如命,百瑞莲想从他们三个那里打听事情,可以说是轻而易举。不过这份名单里没有大眼贼,他关在监狱里,可不是能轻易接触到的。但这已经不重要。从这些人处获得的情报,加上素姐本来就是豫顺楼之战的亲历者,他们只要稍加分析,就能推测出《清明上河图》和《及春踏花图》之间的关系。

"你前往燕郊,百瑞莲也有人跟着。所以你手握残片的事,他们一直清楚得很。"

我背后一阵发寒,好家伙,我自以为行事机密,没想到人家早就看了个通透,从头跟到了尾。

我再细细一想,陡然领悟道:"所以你们把我绑到九龙寨城是假,将残片调包是真!"素姐点点头。她点透了这个关节,我立刻就想明白百瑞莲的盘算了。

素姐说,他们绑架我以后,从我的鞋底取走了真残片,用一枚一模一样的假残片替换掉。这一枚假残片上故意勾了几道墨痕,能够和故宫本《清明上河图》上的墨痕拼接在一起,构造出"天下一人"绝押的假象。

而素姐在九龙寨城给我讲豫顺楼的故事时,特意强调了一句《及春踏花图》上有"天下一人"的花押。这句话在我心里形成了一个强烈的暗示。

接下来,没发觉被调包的我带着假残片离开九龙寨城,来到会展中心,并按照百瑞莲所期望的那样,把伪造出来的"天下一人"当成了故宫真品的铁证。

开幕式现场那个"隐居草庐"的噱头,正是百瑞莲故意安排的。王中治趁我在"草庐"里时,先向观众指出残片的绝大破绽,挖好了坑等我往里跳。只要我亮出残片,用"天下一人"的铁证去证明故宫本,就等于是在众目睽睽之下自承大错,自掘坟墓,故宫本自然也就是假货无疑了。

这本是一个万无一失的精巧布局。我越是痛恨百瑞莲,越是想证明故宫本是真的，越是想帮五脉脱困，败得就越惨。

可王中治万万没想到的是，我在关键时刻注意到了丝绢的异同之处，做了一个完全出乎意料的选择，把残片放回百瑞莲本的身上。这样一来，王中治精心预设的一切铺垫，都反噬回来，重重地打了他自己和百瑞莲的脸，让大局逆转。

他们千算万算，唯独没有想到，我会选择坚持真相，哪怕那真相与自己的立场相悖。

如果说这个布局有什么破绽的话，那就是他们低估了人性。他们搬起人性的石头，却砸了自己的脚。

回顾过去几天来的这些细节，我真是冷汗淋漓。百瑞莲的布局实在了得，我以为我只在郑州中了一次圈套，没想到还有第二个圈套等着我。从头到尾，我都在他们的算计之中而浑然不觉。只要我在舞台上对原则稍有动摇，恐怕就会落入万劫不复的境地。

"这些计划都是钟爱华想出来的？"我问。

素姐回答："是，他可是个聪明孩子，只是命太苦了。为了确保假残片看起来足够真实，他特意从百瑞莲手里的《清明上河图》上截了一片下来。没想到，这个看似保险的举动，最后却成了失败的原因……"素姐停顿了一下，随即又摇了摇头，"不，换了其他人碰到这种情况，一定会藏匿不说。只有你，才会明知仇人得利，也要坚持说出真相。"

"人生在世，总要坚持一些看起来很蠢的事情。"我正色道，"即使是最终百瑞莲会获胜，我也会做同样的选择。我是个鉴宝人，眼中应该只有真伪。"

素姐抬起手，摸了摸我的脸颊，颤声道："我替爱华谢谢你，至少他以最欣慰的方式输掉了。你知道吗？那孩子一直崇拜你崇拜得不得了——你没让他失望，他的梦想没有破灭，五脉，至少还有一位真正的明眼梅花啊！"

素姐向我鞠了一躬，然后把墨镜戴上。我想上前搀扶，她却甩开我的手，向着她外孙被带走的方向摸索而去，步子迈得很坚定。

我怔怔地站在原地，心中百感交集。

这时刘局和其他五脉的人朝我走过来，刘局高兴地拍着我的肩膀："搞出这么一出，还有高层内讧被杀的戏码，百瑞莲算是脸面丢尽了。我看哪，几年内是别想觊觎内地市场了。干得漂亮。"其他人也七嘴八舌地向我道贺。他们都以为我神机妙算，早早识破了百瑞莲的圈套，还反手诱使他们自相残杀，根本不知道刚才我天人交战的痛苦和凶险。

这些赞誉，让我非常疲惫。我现在只想尽快赶到玛丽医院，烟烟还在那里等着我。

无论如何，这一切算是结束了。五脉的危机解除，我也算是为自己赎了罪。《清明上河图》是真的，但五脉在这期间暴露出的那些事情，也着实触目惊心。至于这个古老的组织到底会不会继续转型、金钱大潮究竟会把它变成什么模样，这就不是我能控制的了。

舞台上那煌煌大气的汴梁画卷依然平静地摊开着，以无比沉静的气度睥睨着周遭的喧嚣。在过去的千年时光里，它无数次见证了欲望与理想的碰撞。今天所发生的一切，不过是它漫长经历中的一个小小片段罢了。

我忽然想到了刘一鸣那句话：人能鉴古物，古物亦能鉴人。我今天来鉴定《清明上河图》，又何尝不是《清明上河图》在考验我呢？

希望这次考验，我还算是合格。

方震分开人群，朝我走过来，他是这群人里唯一仍旧保持平静的人。我冲过去，问他警察有没有赶到九龙寨城，有没有发现药不然。方震回答说："刚刚有消息传回来，你说的那个地方，只发现地上有一摊血，但没看到任何尸体或伤员。"

"那就是说药不然顺利逃脱喽？"我问，心情颇有些复杂。方震眯起眼睛："老朝奉的地下势力，可不只在内地。"

我表情猛然紧绷。这个熟悉的名字提醒我一件事，我和这位宿敌，还有一个约会。

# 尾声

"喂，小许，你好。"电话那边传来老朝奉的声音，苍老但很矍铄。

"药不然呢？"

"他很好，你放心。"老朝奉说。

"我有三个问题。"

"呵呵，你的问题还不少啊。好吧，我们这次合作得很愉快，就给你这个机会。"

"我回来以后想了很久。百瑞莲在九龙寨城压根就没打算杀我，他们需要的是让我合理地离开寨城，不产生怀疑。然后药不然就适时出现了，还带着我来了一出胜利大逃亡。这根本就是你和百瑞莲安排好的吧？"

"怎么会呢？我和他们可是敌人哪。"

"你只是两边下注罢了。如果我败了，这就是送给百瑞莲的一份人情；如果我胜了，这就是送我的一份人情。"

"不要把人性想得那么灰暗。"

"面对你，我实在是没法乐观得起来。"

"至少不要把小药想得那么灰暗嘛，他可是真打算去救你的。"

"他到底为什么一心一意要跟着你？你到底是拿什么要挟他的？"

"这个，你自己去问他好了，我可不能替年轻人回答。"

"好吧。那么第二个问题。我始终想不通，徽宗朝的画院都应该用双丝绢，但故宫本《清明上河图》却是单丝绢。为什么会出现这样的状况？"

"这个问题你为什么会问我呢？应该去问刘一鸣嘛。"

"现在大局已定，从五脉我得不到答案。"

老朝奉沉默了一下，才娓娓道来："徽宗画院的画师们，也是分三六九等的，获得的笔墨纸砚品质，自然质量也不同。张择端最初地位并不高，画《清明上河图》时用单丝绢也不足为奇。直到宋徽宗亲笔品题，才声名大噪——现在你知道为什么《清明上河图》上没有张择端的署名了吧？他原本名气太小，没有署名的资格，等到天子御笔签题后，他就更不敢补名了。"

"这就是你的解释？"

"如果我是刘一鸣的话，就会这么回答，嘿嘿——好了，你的第三个问题是？"

"你明明答应我事情解决以后，你会站出来与我会面。现在却只打这么一通电话，算怎么回事？"

"你还记得那个堵住你门口的虎子吗？"老朝奉突然把话题岔开。

我一愣，随即想起来了。在我抱病写质疑《清明上河图》那篇文章的那一夜，我家门口离奇地多了一个虎子，来得很蹊跷。不过后来大事一件接着一件，我就把这件小事抛到脑后去了。

"夜虎当门，必要伤人，我提醒过你要谨慎。结果你不听，后来倒大霉了吧？"老朝奉悠悠道。

"那是你放的？"

"其实那个时候，我就已经打算跟你见一面了，虎子里就藏有我的地址。只要你稍微细心一点，就能发现。可惜你当时急火攻心，根本没注意，可见咱俩机缘未到，不可强求。"

"你这是要食言喽？"我怒气冲冲。

"你出去找找，如果那个虎子还没被人偷走，说明我们还有缘分。你按照那个地址过来，我在那儿等着你。"

电话挂断了。我放下话筒，飞快地走到四悔斋前店，四处扫视。很快发现那个虎子还好好地趴在墙角，身上盖着一层尘土。琉璃厂这地方人杰地灵，连小偷都有眼光。像虎子这种用来做夜壶的玩意儿，连贼都不屑一偷。

我把它抱起来，搁在玻璃柜上来回观察，很快就发现在虎口深处似乎粘着一张字条。我把手伸进去，掏出字条打开，上面写着一行工整的墨字。我飞快地读了一遍，不由得把字条贴在胸口，让它感受一下我心脏的剧烈跳动。我没法不激动，这寥寥十几个字，将带我见到那个我一直苦苦追寻的老朝奉，我们许家的大宿敌。

这一刻终于到了。

我片刻都不想耽搁，把字条揣在怀里，推开店门，昂首走了出去。外头强烈的阳光照射进来，如金似瀑。

好一个艳阳天！

# 后记

本书虽纯属虚构，但其中关于《清明上河图》的种种分析，却都有本可据。

早在20世纪30年代，吴晗先生即在《〈金瓶梅〉的著作年代及其社会背景》中详细考证了王世贞、严世藩与《清明上河图》之间的种种传说。

有趣的是，吴晗先生当时是想买一部《明史纪事本末》，但没有钱，就在暑假里写成此篇，换取十元稿酬。《清明上河图》残本之说，在学术界一直有争议，郑振铎先生在担任鉴定组组长时，曾撰专文予以探讨，各方众说纷纭，并无定论。

至于《清明上河图》其名其释，孔宪易、邹身城、史树青等学者均别有创见。小说广采诸家之言，化用于情节之中，特此鸣谢。